Omslagontwerp:	Erik de Bruin, www.varwigdesign.com Hengelo
Lay-out:	Christine Bruggink, www.varwigdesign.com
Druk:	Koninklijke Wöhrmann Zutphen
Foto auteur:	Maud van der Kroef

2e druk, 2009

ISBN 978-90-8660-052-6

© 2008 Uitgeverij Ellessy
Postbus 30227
6803 AE Arnhem
www.ellessycrime.nl

MOORD-STAD

GUIDO VAN DER KROEF

ELLESSY
CRIME

1.

'Dag Marcel, wat ben ik blij je te zien.'
Ik draai me om en kijk uit over de Grote Markt. Natuurlijk weet ik dat ik hier op een stomme plaats sta, midden op een open plein, maar het was me gewoonweg ontschoten dat in Nederland mensen rondlopen die mijn hoofd met plezier van mijn romp willen scheiden. Maar ach, wie kent me nou in deze stad? Het is markt vandaag en het stinkt naar vis en pis. De kopergroene torenspits van de Grote Kerk steekt scherp af tegen de blauwe zomerlucht. Vanuit een boekenwinkel zie ik iemand op me afkomen, een slungelige knul in een spijkerbroek en een groene polo. Hij is ergens in de twintig. Een van zijn ranke handen zwaait naar me. Ik voel me een moment een oude lul in mijn Italiaanse maatpak, maar *soit*, ik kom ook nog maar net van Schiphol af. Neeflief heeft een pokdalig gezicht, zie ik als hij op vijf meter afstand is. Hij lacht. 'Pjotr, wat een genoegen je te zien,' zeg ik als ik zeker weet dat hij me kan horen. Het is tien uur, en het is al druk met volk tussen de kramen. *'Long time no see,'* voeg ik er grijnzend aan toe.
Pjotr pakt mijn hand en zwengelt eraan alsof het een dorpspomp is. Ik laat het maar over me heen komen. Ik ben al blij dat hij me niet op de schouder slaat.
Hij grijnst overdreven. Er ontbreekt een stukje van een hoektand. 'Godsamme oom Marcel, blij dat je kon komen.'
Ik worstel mijn hand los. 'Even *levelen*. Ik hoorde via via dat je behoorlijk in *troubles* zit? En noem me in godsnaam geen oom, *mind you.'*
Zijn lach verdwijnt terwijl hij zijn handen in zijn zakken steekt. 'Wat een snertplaats, Breda. Ik had gewoon in Limburg moeten blijven.'
Omdat ik het zonlicht wat fel vind worden in de open lucht, begin ik hem met me mee te trekken naar de overkant van de

markt waar, als mijn geheugen me niet bedriegt, ergens een tentje moet zitten met lichtbeelden op de wanden. 'Je moet me eerst maar eens vertellen wat er gebeurd is.' Op zijn slaap zie ik een verse wond zitten. 'Hoe komt dat?' Een beetje plagerig wijs ik naar de roestbruine korst, maar hij kan er niet om lachen, knikt nerveus. 'Vertel ik zo.'

Ik haal mijn schouders op. 'Mij best.'

Pjotr begint weer zacht te praten, maar de klokken van het carillon overstemmen hem. Hij stopt met zijn verhaal, verslikt zich en hoest een paar keer. Het carillon klingelt hinderlijk door, ik meen muziek van Jamie Cullum te herkennen.

'Ben je ooit al eens in deze snertstad geweest?' roept Pjotr ineens op de toon van een overenthousiaste VVV-juf.

'Ooit. Een keer. Voor zaken. Ik heb in het donker alleen dit plein en wat cafés gezien. *That 's all.*' Veel zin om mijn reisjes met Pjotr te bespreken heb ik niet. Als hij geen familie van me was geweest, was ik absoluut niet vanuit Zuid-Amerika naar Breda gekomen. En eerlijk is eerlijk, ik had nog wat andere dingen in Europa te doen. 'Loop nou maar mee.' We laveren tussen wat oude dames door. Pjotr stoot zijn hoofd aan een balk. *Clumsy type,* van mijn vaders kant, vandaar. Ik moet wennen aan die kleffe zomerwarmte hier, en de jetlag bezorgt me een zompige koppijn die maar niet wil weggaan. Pjotr kijkt over zijn schouder, lacht nerveus en volgt me op de voet. Hij gedraagt zich als een schichtige tekkel. *'Tell me,* wat was er nou? Kun je niet vast een tipje van de sluier oplichten?' We sjokken langs de kramen met koopwaren. Ik ruik de zoete geur van stroopwafels.

Pjotr schudt zijn hoofd, likt zijn lippen en schudt zijn hoofd opnieuw. 'Liever niet, Marcel, beter van niet.'

'Beter van niet?' vraag ik. Ik moet proberen die cynische ondertoon weg te laten, want straks barst een van die puisten op zijn kin nog van de stress. 'Dan gaan we eerst binnen zitten.' We scharrelen tussen twee kramen door naar een oud gebouw dat tot een restaurant is omgebouwd. *Flinstering* heet het, ik was de naam vergeten. Ik laat Pjotr voorgaan. Hij duwt tegen de deur, houdt hem niet eens voor me open. Misschien moet hij toch maar weer oom tegen me gaan zeggen en me keurig met u aanspreken. Ik houd de deur met de punt van mijn schoen tegen, stap naar binnen en bots tegen de rug van neeflief op. *'Jesus Christ!* Wat doe je nou, knul?'

Hij doet een zuinig stapje vooruit en blijft dan verstijfd staan. Binnen is het koel, er hangt een *easygoing* sfeertje. Vanachter de bar staart een juffie ons aan, haar collega is bezig een cappuccino bij elkaar te sputteren. Ze taxeert of ze ons zal groeten, lacht, en knikt.

'Morgen,' roep ik, meteen mijn ogen op de zaak vestigend. Er vertoeft wat gezelschap aan de kant, en achterin hangt een verliefd stel aan een tafeltje. Bij de trap zitten drie kerels met een glas bier voor zich.

Pjotr draait zich langzaam om. 'Het is wat benauwd hier. Kunnen we ergens anders naartoe gaan?'

Fijngevoelige neef heb ik. Ik begin medelijden met hem te krijgen. Het gaat niet goed met hem. *'Any suggestions?'*

Hij heeft haast met naar buiten gaan en wringt zich langs me heen door de deur. Ik grijns naar de juffrouw en draai me om. Jammer. Ik mocht haar wel. Pjotr staat buiten al een eind verderop aan de achterkant van een fruitkraam te wachten. Hij gebaart dat ik moet opschieten. Onder zijn oksels zitten zweetplekken. Ik loop op mijn dooie akkertje naar hem toe. 'Wat heb je toch?'

'We gaan naar de V&D,' meldt hij, zijn polo straktrekkend. 'Daar is meer lucht.'

'Wat jij wilt.'

Hij vertrekt meteen en gidst me een paar winkelstraten door. Een vloek en vijf zuchten later staan we voor de ingang van een overdekt winkelcomplex. Pjotr lijkt zich meteen beter te voelen zodra we daar binnen zijn. Opgetogen wijst hij naar de

entree van de V&D en pakt me bij een arm. 'Daarheen. Sorry, ik heb helemaal vergeten te vragen hoe de vliegreis was.'
'Goed.'
'Je vriendin is toch meegevlogen gisteravond?'
'Ja, die is meegekomen.' Nou en of! Ze zit nog in het hotel. Wilde later op de dag gaan winkelen. We zouden nog bellen. Waarschijnlijk is ze nog aan het uitslapen.
Terwijl Pjotr wat meer praatjes krijgt, verdwijnen we het warenhuis in en nemen de roltrappen naar boven. Ergens beneden kun je ook wat drinken, maar dat vindt hij maar niks. Ik voel aan mijn water dat hij een *save haven* zoekt. Iets of iemand volgt hem. Of hij is paranoïde aan het worden, want hij blijft steeds achterom kijken. 'Verwacht je iemand?'
Met grote schrikogen staart hij me aan. 'Nee. Hoezo?'
'Je loert steeds rond,' zeg ik lekker droog. Ik zie aan alles in zijn reactie dat ik het goed geraden heb, maar hij geeft zich nog steeds niet bloot.
'Doe ik altijd. Ik houd graag alles in de gaten. Nieuwsgierig baasje ben ik.'
'Zit in de familie.' Ik voel in mijn binnenzak naar mijn portemonnee. Pjotr ziet er niet naar uit dat hij veel geld bij zich heeft. 'Ik dacht eigenlijk dat je nog in Maastricht woonde.'
'Niet meer. Sinds een paar jaar,' antwoordt hij kortaf terwijl we de roltrap naar de bovenste verdieping nemen. Jammer dat hij haast heeft. Ik had bij de boekenafdeling willen snuffelen naar een woordenboek Spaans, want aanleg voor die taal heb ik niet bepaald, ondanks Samantha. Eigenlijk vertik ik het gewoon om het te leren. Overal spreken ze Engels tegenwoordig.
We zijn boven. Pjotr springt van de roltrap. We wandelen rechtdoor het restaurant in. Selfservice en afrekenen aan de kassa. Ik houd het op een kop koffie, Pjotr neemt een flesje appelsap - met rietje - en een stuk appeltaart. 'Ik heb daarstraks al iets pittigs gegeten,' zegt hij. Bij de kassa reken ik af en we lopen naar het balkon buiten. In de hoek vindt Pjotr een tafeltje dat hem zint.

'Oké,' zeg ik als we zijn neergestreken. *'Time is honey.* Steek nu maar eens van wal.'

Hij kan niet lachen om mijn grapje, zuigt aan zijn rietje, spoelt zijn mond en slikt. 'Nou, het gaat om een hoop geld.'

'Hoop geld?' Ik word nu tóch even wakker. 'Een hoop geld?' papegaai ik nog eens.

Pjotr neemt weer een slok. 'Een vriendje van me...', hij kijkt door de ramen het restaurant in, '... is actief beveiligingstester.' Zowaar lacht hij even.

'Hij breekt in, bedoel je?'

'Ja,' fluistert Pjotr bijna onhoorbaar. Hij aarzelt, zijn ogen schieten heen en weer, buigt over de tafel naar me toe. Ik ruik zijn zweet, vermengd met een opdringerige deo. 'Een tijdje terug had hij bij een normale kraak het gewone spul te pakken. Recordertje, cameraatje, je kent dat wel, paar kleine schilderijtjes. Vraag me niet waarom, maar die krengen waren veel geld waard.'

'Veel geld.' Ik frons mijn voorhoofd. 'Olieverf? Oud?'

'Weet ik niet. Ik heb ze niet gezien. Hoe dan ook, ik...'

'Wait a minute. Hoe heette dat vriendje van je? Want anders raak ik de draad straks kwijt.'

'Franklin. Achternaam laat maar zitten.' Pjotr leunt terug en neemt een flinke teug. Zijn bekkie krijgt iets kinderlijks als hij aan zijn rietje lurkt.

'En hoe wist hij dat die dingen wat waard waren? Ik heb niet veel vertrouwen in de kunstkennis van kruimelcriminelen.'

'Hij had ze aan een contact laten zien, maar die wilde ze niet eens hebben. Veel te opvallend, en dus niks mee te beginnen. Ik geloof dat die schilder Gooien heette. Iets uit Spanje.'

'Francisco Goya, bedoel je?' Ik fluit tussen mijn tanden. Dat is andere koek. 'En toen?'

'Het beste wat Franklin dacht te kunnen doen was ze te koop aanbieden aan de eigenaar.'

Ach, wat een briljante en stupide inval. De perfecte manier

om in de val te lopen als je het niet heel slim aanpakt. 'Knap stom, denk je niet?'

'Dat zei ik ook al,' zegt Pjotr verontwaardigd.

'Rustig maar,' sus ik. Eindelijk toont dat jong wat pit. Ik doe suiker in mijn koffie en roer langzaam.

'Maar,' zegt Pjotr weer. 'Hij had dat geld nodig, had schulden, Wehkamp, Otto, dat soort zaken, dat tikt aardig aan. Je kent dat wel.'

Ik heb de neiging nee te zeggen, maar slik het in. 'Hij deed het tóch, kortom?'

'Ja. Twee weken geleden zei Franklin dat die kerel van de schilderijen hapte. Hij zou er behoorlijk wat losgeld voor krijgen. Snap je?'

'Verzamelaars hebben er wat voor over om hun kunst terug te krijgen. En de verzekeraars van de bestolen eigenaars zien er geen been in de kunst van de inbrekers terug te kopen. Mooie ethiek is dat in die branche.'

'Jawel, stil nou.' Pjotr tikt met zijn nagels tegen zijn flesje. Het wankelt, maar blijft staan. 'Vanaf dat moment ging er iets mis. Wat, dat weet ik niet, maar een week daarna was Franklin van de aardbodem verdwenen. Ik bleef hem bellen, maar heb sindsdien niets meer van hem gehoord. En hij was niet thuis als ik langsging.' Pjotr praat lichtelijk warrig nu.

'Oké. En waar woonde die Franklin dan?'

'Hier in de stad, een huis in zo'n nieuwbouwpark, hij had een aardig baantje en wat geld om te investeren, geloof ik, dus had hij daar iets gekocht en...'

Mijn buik rommelt. Een beetje meer *to the point* mag wel. 'Ja, mooi allemaal. Kennelijk was hij even weg. Maar wat heeft dat met jou van doen?'

'Dat weet ik juist niet. Maar sinds een paar weken word ik gevolgd. En ik ben bang.'

'Waarom ga je niet naar de politie?'

'Ik ben een paar keer opgepakt voor winkeldiefstal. Jaren geleden hoor, maar het leek me niet verstandig. Ze geloven me toch niet.'

'Wie volgt je dan? Beeld je je niets in?'

Rond zijn mond verschijnt een vertwijfeld trekje. 'Ik weet zeker dat iemand me volgt.'

Omdat zijn uitdrukking erg wanhopig wordt, wend ik mijn ogen af naar de daken van de stad. Meteen word ik duizelig en draai mijn hoofd weer terug. 'En wat heeft dat uiteindelijk nou met jou te maken allemaal?'

Hij lacht en staat op. 'Zal ik zo vertellen, maar ik moet eerst even naar de wc.'

'*To piss or not to piss, that's the question.*' Ik trek mijn wenkbrauwen op. 'Of niet?'

'Zal wel.' Schutterig loopt hij terug naar het restaurant en verdwijnt in het warenhuis. Ik heb intussen onstuitbaar met hem te doen. Hij zit niet lekker in zijn vel, die jongen. Om de tijd te doden bestudeer ik het etiket op het appelsapflesje. Gezond ongefilterd sap uit de Betuwe. Het is tien voor half twaalf en het carillon begint weer. De beiaardier is aan het oefenen. Iets tuttigs deze keer, geen jazz.

De tijd verstrijkt. Waar blijft Pjotr? Zijn zijn darmen op hol geslagen en zit hij nu volslagen hulpeloos te wachten tot ik zijn billen kom afvegen? Ik heb geen zin meer om te wachten. Ik laat de helft van mijn koffie staan, sta op en banjer vanaf het balkon het restaurant weer in. Je kunt de jeugd ook niets alleen laten doen. Van een bestektafel pluk ik een servetje en veeg mijn mond af. Het propje papier sluis ik naar een van mijn zakken. Ik ben weer in het warenhuis, sjok tussen handdoeken en lakens door, op zoek naar een bordje van de toiletten. Omdat ik het zo snel niet zie, klamp ik een winkeljuf aan die me doorverwijst. Achterin, niet ver van de roltrap naar beneden, zie ik het bord aan het plafond hangen. Een smalle gang voert langs een nooduitgang ernaartoe. Ik bots tegen de arm van een tegemoetkomende man. Hij excuseert zich niet, loopt stoïcijns door. Bij een tafel met schoteltje zit de toilet-juffrouw. Ze leest een roddelblad. Ze kijkt me neutraal aan, oordeelt dat ik geen kwaad kan en leest verder. Bij de heren-afdeling ruikt het naar schoonmaakmiddel. Een mannetje met een hoedje loopt net van de handendroger weg. Het is verder leeg. Rechts de wasbakken met spiegels, links de pisbakken met daarachter de toiletten, maar geen Pjotr. Waar kan die knaap nou gebleven zijn? Langzaam loop ik naar de toiletten. Vijf zijn het er. De eerste is open, ik kijk binnen door de deur op een kier te trekken. Niets te zien. Nummer twee, drie en vier leveren hetzelfde resultaat. Niemand thuis. Ik voel aan mijn gulp. Die staat dicht, ik vergeet dat wel eens. Shit! De laatste deur zit op slot. Het zijn degelijke toiletdeuren, je kunt er niet onderdoor of bovenlangs kijken.

'Pjotr?' roep ik zacht. Ik krijg een misselijk gevoel in mijn maagstreek. Straks zit er een wildvreemde op de plee. Ik wil die niet van zijn karwei afhouden. Niemand antwoordt, dus ik roep nog eens, wat luider. Geen resultaat. Met twee vinger-toppen klop ik op de deur.

'Is daar iemand?' Weer geen reactie. Ik word echt bezorgd. En nog misselijker. Uit mijn binnenzak vis ik een klein zakmes-je met een schroevendraaiertje eraan, steek het in de sleuf van het slot en draai de deur open. Geen mens protesteert achter de deur. Ik check of er niemand de toiletruimte binnenkomt en trek de deur een stuk open. Op de pot, met zijn broek gewoon aan, staart Pjotr verbaasd mijn kant op.

'Ik wist niet dat jij er perverse gewoontes op na hield,' begin ik. Hij blijft me aankijken. Hij knippert niet. Verdomme, hij knippert niet met zijn ogen. Feitelijk beweegt hij helemaal niks. Plotseling valt me een straaltje bloed uit zijn oor op. Slapjes leunt hij achterover tegen de muur. Ik stap het toilet binnen, vloek, ketter binnensmonds. Er loopt ook bloed uit de zijkant van zijn hals. Verdomme. Hij ademt niet. Hij is morsdood. Met tegenzin voel ik zijn zakken na. Behalve een creditcard is er niets dat zijn identiteit kan verraden. De kaart steek ik in mijn zak. Het is warm. Ik stik bijna. Langzaam stap ik terug het toilet uit, sluit de deur en draai met mijn zakmes het slot weer dicht. Verdomme, ze hebben hem als een rat vermoord. Iets in deze stad is fout gegaan. *It 's one hell of a day again.*[1]

'He is what?' roept Samantha door de hotelkamer vanuit het bad.
Het is zes uur in de avond. Ik heb een tijd in de lounge van het hotel rondgehangen en een wandelingetje gemaakt tot ze terug was. Het eerste wat ze deed was haar inkopen op bed mikken, mij zoenen, en in bad gaan. Ik hang mijn jasje over een stoel en trek mijn boord wat losser. Geen stropdas, ik ben in een *casual mood* de laatste tijd. Mijn hoofdpijn is weg, zomaar. Ik ga op de drempel van de badkamer staan. Samantha heeft haar goddelijke Barcelonese lijf verborgen onder een dik pak schuim. Haar ravenzwarte haren vallen over haar schouders.
'Dead. Murdered in the toilets of V&D.'
'Jesus!' Samantha kijkt me geschokt aan. *'And you said this city was a nice little town.'*
Ik haal mijn schouders op. *'Sorry. I really thought it was.'*
'Good to be back in Holland.' Ze taxeert me. *'You must be shocked.'*
Ik knik. Ik ben zeker geschokt. Sinds we weg zijn uit Nederland heb ik geen enkele vorm van geweld meer gezien in mijn nabijheid, en na die moordpartij in Limburg [1] zat ik daar ook niet op te wachten. Ik ga op de rand van het bad zitten en vat kort samen wat er precies gebeurd is. Samantha luistert geïnteresseerd terwijl ze zich wast. Ik doe haar rug, daar ben ik best goed in, haar rug doen. Ze knort tevreden. *'So, it had to do with these paintings, I presume??*
'Denk ik wel,' zeg ik, wetende dat Samantha me goed begrijpt als ik simpele woorden gebruik en niet te snel spreek. Heb ik haar geleerd tussen de piña colada's door. *'And you know what?*

---

[1] Zie het boek 'A hell of a day'

I hate it when they kill my family.'
'Sure. What are you going to do?' Ze likt haar lippen en lacht.
'Time to have a bath too?'
Het is heel verleidelijk, maar ik wimpel haar idee af. 'Nee dank
je. Ik denk dat ik eens op onderzoek uitga.' Ik sta op en kijk
in de spiegel. Hij is beslagen. Dan loop ik de badkamer uit en
haal een flesje soda uit de minibar. Ik drink het met grote slok-
ken leeg. Die Franklin woont in een nieuw park, zei Pjotr, en
hoewel hij die lullige Goya's niet kwijt kon, heb ik daar natuurlijk mijn kanalen voor in het buitenland.
Zo te horen stapt Samantha uit bad. Ze wil straks in de stad
iets gaan eten. 'Marcel?'
'Yep!'
'What's a V&D?'
Het verbaasde me al dat ze dat wist. *'A typical Dutch depart-
ment store.'*
'Thought so.' Dan zwijgt ze weer.
Ik ga voor het raam staan. Aan de overkant van de straat fietsen opvallend vaak hockeymeisjes en -jongetjes voorbij. Als
ik me niet vergis zit daar ergens een *fancy* hockeyclub. Eindelijk
gaat de telefoon. Het is de receptie. Er is bezoek voor me. 'Ik
kom wel naar de receptie,' haast ik me te zeggen en leg op.
'My friend is here, Samantha. Ik haal hem op bij de ingang.'
'Great. See you.'
Door de open badkamerdeur zie ik dat ze haar billen afdroogt.
Jammer dat ik wat anders te doen heb. Ik ga de hotelkamer uit
en trek de deur steviger dan anders dicht. Dan loop ik de gang
door naar de receptie. Het is een aardig wandelingetje. Hij staat
te wachten bij de ingang. 'Zippi!' roep ik uit, verdomd blij
hem weer te zien. Hij loopt naar me toe en we omhelzen elkaar.
'Marcel, hoe lang is het niet geleden dat we elkaar gezien hebben?' vraagt Zippi. Hij is van mijn leeftijd, dik, grote buik,
knalrood haar, en we kennen elkaar van de middelbare school.
Tegelijk zijn we in zaken gegaan, hij in Brabant, ik in Limburg.

'Het lijkt wel eeuwen geleden,' antwoord ik en houd hem nog even bij de schouders vast, alsof hij een kostbare vaas is die ik voor geen goud wil laten vallen.

'Prima dat je vanmiddag belde.' Zippi heeft een baard van een paar dagen, en dat staat hem goed. Hij lijkt een beetje op de sergeant uit Zorro, draagt een katoenen zomerbroek met dito jasje en een polootje. Zijn leren schoenen hebben een krokodillenprint. Normaal gesproken is het mijn stijl niet, maar Zippi kan het hebben.

'Tof dat je tijd had,' zeg ik.

'Luister, ik heb altijd gezegd, als je in de buurt zit, moet je *contacten*.'

Ik laat hem los. Hij lacht. Ik grijns terug. 'Even tegen Samantha zeggen dat ik weg ben, en met haar afspreken voor een restaurant. Eet je vanavond met ons mee?'

Zippi produceert wat denkrimpels, maar ik zie dat het *game-play* is. '*Sure!* Wat denk je. Ik wil die Samantha wel eens zien.'

'Top!' Ik draai me om en loop terug naar onze kamer. Samantha heeft intussen wat kleren aan, iets sportiefs, en haar favoriete schoenen. Ze is bezig met make-up.

'Hi. I'm leaving with Zippi. See you at this restaurant. ' Ik vind een notitieblokje en een pen op tafel en noteer naam en adres. *'Eight o'clock in the city. Call a taxi, all right?'*

Ze lacht, legt haar eyeliner weg en zoent me. *'Everything you want, babe.'*

Ik geef een tikje op haar neus, pak mijn portemonnee en mobieltje van het nachtkastje en ben weer weg.

Zippi staat binnen vlakbij de schuifdeuren te wachten, vet *smiling* als hij me ziet aankomen. 'Gaan we met mijn auto?'

'Best. Die huurbak van mij inspireert me niet erg.' Naast elkaar gaan we naar buiten. Zippi's auto staat bijna voor de deur. *'Great!* Een Audi TT Roadster 3.2 quattro, *I guess?'*

Zippi straalt. 'Tweehonderdvijftig pk schoon aan de haak. Ik vond dat ik mezelf eens iets moois cadeau moest doen.'

'Aardig gelukt.' We stappen in en stuiven weg naar de uitgang van het parkeerterrein. Met dit weer geeft een cabrio het ultieme gevoel van vrijheid. Wauw. Buitenkant TT is Mauritiusblauw pareleffect, binnenkant leder anijsgeel met diepblauw interieuruitrusting, versnellingsbak volledig gesynchroniseerd met sportprogramma, EPS, volledig elektronische sequentiële inspuiting, super design aluminium, tot en met de rolbeugels achter onze schouders. Ik geniet. Zippi informeert waar dat neefje van me woont, en we rijden er via de singels naartoe. Zippi ontpopt zich als een lopende reclamefolder van de stad en werpt met regelmaat toeristische informatie mijn kant op. Intussen praat ik hem snel bij over Pjotr. Enkele zijstraten met huizen en fabrieken nemen we nog, en we staan voor de deur van Pjotrs huis. Midden door de straat lopen werkloze spoorrails. Het onkruid woekert over het ijzer.

Zippi zet de motor af. 'Hier is het?' vraagt hij.

'Ja, als dit het adres van Pjotr is. Ik ken de stad nauwelijks, weet je nog?' Ik haal diep adem. 'Ik hoop niet dat de politie op de proppen komt, maar ik heb in de V&D maatregelen genomen om dat te vertragen.Wc-deur weer op slot gedraaid, alle identiteitsinfo weggehaald.'

'Iets anders verwachtte ik ook niet van je,' grijnst Zippi en stapt uit. Ik werk me ook uit mijn leren stoel en volg Zippi naar het huis. De deur van Pjotrs woning is keurig geverfd.

'Hij woont alleen?' Zippi kijkt tegen de gevel omhoog. 'Er staat boven een raam open.'

'Ja. En ik ga niet klimmen. Hoogtevrees,' zeg ik om dat idee voor te zijn.

Zippi lacht, hij heeft een grappig hoog lachje. 'Maak je niet druk.' Hij vist een stalen pin en een plastic kaart uit zijn zak. 'Eerst even flipperen voor we moeilijk gaan doen. Houd in de gaten of er geen pottenkijkers komen.' Handig steekt hij de kaart ter hoogte van het slot tussen de deurpost, schuift hem wat heen en weer, rammelt aan de deurknop en de deur klikt open. 'Handig geintje, niet?' kijkt hij me aan.

Ik grinnik. 'Dat had ik zelfs kunnen doen.'

Zippi lacht zijn typische lachje weer. Hij duwt de deur verder open en we gaan naar binnen, waar we ontdekken dat Pjotr op een bovenhuis woont. Een steile trap voert ons naar boven. We proberen het zachtjes te doen. Boven belanden we op een overloop waar de deuren van een slaapkamer, een woonkamer, een keukentje en een badkamertje openstaan.

Zippi kijkt rond. Zijn buik schudt. 'Geen interieurliefhebber, die neef van je.'

Inderdaad is het een kale boel, meer dan het hoogstnoodzakelijke heeft Pjotr niet aangeschaft.

Zippi wrijft over zijn stoppelkin en wijst naar de zoldertrap. 'Ik kijk boven, jij zoekt hier beneden.' Uit zijn achterzak haalt hij twee paar huishoudhandschoenen.

'Herken de pro,' glimlach ik en trek, evenals Zippi, een paar aan. Het latex voelt klam aan mijn handen, maar het voorkomt een vingerafdrukkenfeest.

'Wat zoeken we?' informeert Zippi.

'Alles wat nuttig kan zijn. Maar als eerste het adres van Franklin.'

'Franklin Roosevelt?' hikt Zippi en klost naar boven. Hopelijk zijn de benedenburen niet thuis. Ik loop de huiskamer in. Pjotr heeft vooral een voorliefde voor elektronica, want van dat spul heeft hij alles *state of the art* staan. Verder nog twee oude leunstoelen, een bureautje met een mottige werkstoel, een salontafel en een krakkemikkige eettafel. Voor de ramen hangen stoffige halfgeopende jaloezieën. Een voorraam staat op een kier, dat zagen we buiten al. Het invallende licht is diffuus, alsof de zon met tegenzin de kamer in komt. Op het bureau, naast een pc, liggen een stapel post en een stapel tijdschriften. Ik begin daar maar. Een voor een neem ik de papieren door. Rekeningen, onduidelijke brieven, weer rekeningen. Dan de tijdschriftenstapel. Veel tijdschriften over elektronica, twee oude kranten, en bijna onderop stuit ik op een klein notitieboekje.

Ik pak het met twee handen beet en sla het open. Adressen en telefoonnummers! Precies wat ik zocht. Het zijn er honderden, en daar er van enig systeem geen sprake is, lees ik ze globaal stuk voor stuk door, bladerend door de pagina's. Na vijf minuten heb ik de namen en e-mailadressen van tientallen onbekende meiden gezien, maar niets van ene Franklin. Ik gooi het boekje weg. Dan stuit ik op een dun langwerpig krantje met plaatselijke cultuuraankondigingen, *De Uitloper*. Bioscoopnieuws, dat soort dingen... Ik hoor Zippi naar beneden komen. Het blaadje is verre van recent, van weken terug zelfs. Ik kijk opzij. Zippi zoekt al tussen de andere spullen. Boven heeft hij niets zinnigs gevonden. Achter op het blaadje vind ik in de marge wat ik zoek. Een kleine krabbel over een afspraak met Franklin, maar geen adres. Ik pak het adresboekje weer op en kijk voor de zekerheid op het achterste schutblad. Bingo. De naam van Franklin met zijn adres. 'Zippi, kom eens.'
Steunend onder zijn eigen gewicht komt hij naar me toe en leest mee. 'Het park vlakbij het theater.'
'Een nieuw park met woningen? Daar had Pjotr het over.'
Zippi knikt bevestigend, grist het boekje uit mijn hand en leest nog eens. 'Makkelijk te vinden.'
'Kom op dan. Hoe eerder we er zijn, hoe meer kans dat we iets zinnigs vinden.'
'En iets van waarde,' wijsneust Zippi. 'Zuinigheid met vlijt, bouwt huizen als kastelen.'
'Je lijkt op mijn werkster,' pest ik.
'En jij op de mijne,' kaatst hij terug. 'Alleen is de jouwe vast jonger.'
'Hoe weet je dat?'
Zippi tikt tegen de zijkant van zijn neus. 'Ik ken mijn pappenheimers. Op de eerste plaats zijn jonge werksters goedkoop daar bij jullie, op de tweede plaats heb jij geen voorliefde voor rimpelige dames.'
'Scherp geredeneerd.' Ik geef hem een dreun op zijn robuuste schouder, haal een theedoek uit de keuken en ga als eerste

de trap af. Onderweg veeg ik met de doek de leuning af. Voor we buiten zijn, neem ik de deurknop nog even mee. Op straat doen we onze handschoenen uit en veeg ik tot slot de knop aan de buitenzijde af. 'Zo goed?'

Zippi knikt tevreden. 'Even dacht ik dat je niks geleerd had.' Omdat we hier verder niets te zoeken hebben, stappen we in en rijden weg, terug naar de singels. Ik ken het woonpark niet, maar volgens Zippi ligt het achter het stadhuis, niet ver van de singel. Het zal wel. Onderweg vraag ik me even af of we niet erg opvallen met die Roadster, maar Zippi lijkt zich nergens druk over te maken. 'Er rijden hier wel meer opvallende typen rond,' zegt hij en wijst naar een van de vele SUV's die we al zijn tegengekomen. 'Wil je soms in zo'n verschrikkelijke tractor rondrijden dan?'

Hij heeft gelijk. Liever zijn TT, véél liever, en zoveel bekijks hebben we inderdaad niet. Trouwens, sommige mensen vinden de TT juist extreem *uncool,* dus wat zeur ik? Zippi houdt zich keurig aan de snelheid, wat in de redelijk drukke avondspits ook niet zo moeilijk is. In *no time* rijden we over een parallelweg langs de singel. Recht voor me glanst het dak van de koepelgevangenis. Even erachter ligt een groot parkeerplein met een spiegelglazen gebouw van een zorgverzekering. Ik vang een glimp op van de nieuwe schouwburg met golfdak. Dan zijn we kennelijk opeens bijna waar we moeten zijn, want Zippi remt af en rijdt stapvoets verder. Aan de ene kant stroomt achter een groenstrook met bomen het water van de singel. Aan de andere kant kijken we uit over een groot woonpark met hoge en lage huizen.

Zippi's vinger priemt naar rijen kaarsrechte huizen aan de zijkant. 'Daar woont hij ergens. Vlakbij het theater.'

'Interessant,' veins ik. 'Weet je het zeker?'

'Heel zeker. En zo te zien had die Franklin geld op voorraad, anders woon je daar niet. Het is me een raadsel waarom zo'n jongen inbreekt.'

'Mij niet. Voor de kick natuurlijk. Dat is een soort verslaving,

Zippi. Dezelfde reden dat ik me soms stierlijk verveel in Zuid-Amerika.'

Nu we stilstaan overvalt de zwoele avondlucht ons. Zippi begint te zweten, zijn voorhoofd is nat. 'Laten we erheen lopen.' 'Als het aan jou lag reed je er liever naar toe, Zippi.' Knipoog van Zippi. 'Niet goed voor mijn bandjes, Marcello.' Hij prikt zijn auto langs de straat. 'Hier bekeuren ze zelden.' We stappen uit, hebben het over het uiterlijk en de maatschappelijke status van de gemiddelde parkeerwacht terwijl we naar de huizen lopen. Volgens Zippi noemen ze het theaterwoningen, maar wat mij betreft hadden het ook legohuizen kunnen zijn. Een stuk of wat fantasieloze blokkenrijen zijn op een hectare naast elkaar geplempt met bestrating als bindende factor. Het heeft het soort modernigheid dat vreemd genoeg nog gezellig aandoet ook. We zoeken naar huisnummers. Franklin woont in een middenrij. De huizen hebben grote raampartijen waardoor we lekker schaamteloos naar binnen kijken, tot we bij Franklin aankomen. Hij heeft zich gespecialiseerd in ondoorzichtige vlasgordijnen. Zippi wil meteen aanbellen en beklimt het trapje van de lage deuropgang al.

'Wacht even,' roep ik.

Zippi's stoppelgezicht draait naar me toe, één wenkbrauw omhoog. 'Even wachten? Terwijl die gozer jouw neef... ?'

'Sst.' Ik leg een vinger op mijn lippen. 'Even luisteren naar de juf nu. We hebben nog geen plan.'

'Moet dan dan? We bellen aan en als hij thuis is doen we een diepte-interview.'

Ik frons. 'Die diepte-interviews van jou ken ik wel. We moeten iets beters bedenken, want hij zal heus niet zomaar prijsgeven wie Pjotr om zeep heeft geholpen. Dan is hij namelijk de volgende.'

Besluiteloos blijft Zippi halverwege het trapje staan. 'Wat dan?' 'We moeten wel een goed verhaal hebben. Hem in de val lokken, een worst voorhouden, snap je?'

'Een slagerij beginnen?' smaalt Zippi en stapt de treden naar de begane grond terug.

'Zoiets.' Ik wacht tot hij weer bij me is. 'De *asshole* die Pjotr vermoord heeft, wil ik hebben. En tegelijk een flinke poot uitdraaien, maar...'

'Hij is niet thuis,' roept een schelle stem achter onze rug. Zippi kijkt nog verbouwereerder dan ik. Ik draai me om en zie een middelbare vrouw met fiets staan, degelijke rok en net bloesje, peper en zouthaar in een knot, volle mand met groente op de bagagedrager. Ze lacht vriendelijk en wijst naar het huis van Franklin. 'Hij is niet thuis.'

Ik tover mijn allercharmantste glimlach tevoorschijn. Dat kan ik heel goed als het nodig is. 'U kent Franklin?'

'Tuurlijk.' Ze stapt af en gaat er eens goed voor staan. 'Hij werkt.'

Ik hoor Zippi afkeurend door zijn neus snuiven. 'Hij werkt? Nu?' vraagt hij.

'Hij werkt in het theater.' Ze wijst ergens achter zich, naar het theater dat zich achter de volgende rij huizen verstopt. 'In de catering en zo.'

'Nu ook?' Mijn hoofd doet iets tussen knikken en schudden in. 'Ja hoor. Ik weet het, want ik woon tegenover hem, ziet u. Daar.' Deze keer neemt ze niet de moeite om te wijzen. Haar fiets, die ze met een hand aan het stuur vast heeft, wordt te zwaar. Ze plaatst haar zadel tegen haar eerbiedwaardige heuppartij. 'Vanavond is er een voorstelling, een musical. Zo'n personeelsuitje, weet u wel?'

'Gezellig,' zeg ik vals. 'Bedankt voor de informatie.'

Ze lacht. Haar tanden staan iets te ver naar voren. 'Wie kan ik zeggen dat er geweest is?'

Ik voel Zippi verstrakken. 'Niemand,' glimlach ik. 'We zoeken Franklin wel even op.' Venijnig geef ik Zippi een peut tussen zijn ribben. 'Laten we gaan, ja?'

'Goed plan.' Zippi geeft zichzelf meteen de sporen. Ik groet de vrouw en loop achter Zippi aan. Het mens blijft ons nakijken. *'Stupid cow,'* moppert Zippi. 'Straks brengt ze ons in de problemen.'

'Onmogelijk!'

'Hoezo?'

'Vanwege mijn idee. *A hell of a plan, a hell of a city.'*

'Werkelijk?' Grijnzend haalt Zippi zijn autosleutel tevoorschijn. De TT glanst verleidelijk in de zon.

'Sinds de Porsche 911 zijn er niet meer van die verrukkelijke auto's gemaakt, Zippi. Was hij duur?'

'Wat is duur?' kaatst Zippi terug. 'Ik vond mijn fiets duur, want daar zakte ik de volgende dag doorheen. Snap je? Alles is relatief.'

'Iedere prijs zijn kwaliteit. Dat ken ik uit onze branche.' We stappen in, keren de auto en rijden met een omweg terug naar de parkeerplaats bij het spiegelgebouw. Zippi vindt het daar bij nader inzien te *risky* om zijn rijdende *beauty* achter te laten, en we besluiten de TT gewoon lekker proleterig voor de schouwburg weg te zetten. Gewoon doen of we er als vip op bezoek zijn. Strikt genomen zouden Zippi en ik het hele gebouw zowat kunnen opkopen, maar dat doen we maar niet. We sjokken door een grote klapdeur naar binnen. De toegang naar het casino lopen we voorbij. *'A place for losers,'* mompelt Zippi chagrijnig.

Ik vermaak me er wel eens, moet ik toegeven. Ik ben onder de indruk van de architectuur van het theater. 'Valt niet tegen voor zo'n kleuterstad.' Voor me strekt zich een immens hoge foyer met flathoge kleurige pilaren uit. Aan de kant en aan het einde bevinden zich horeca en vestibule, en de toegangen naar de zalen. Op een monitor zien we dat er een voorstelling bezig is. Een musical, inderdaad, voor het personeel van een trotse Hollandse bank.

Zippi draait zich verveeld om zijn as. 'Personeel genoeg. Maar wie van hen kan Franklin zijn?'

'Goede vraag.' Ik zucht. Mijn voeten zweten, zoals altijd, flink.

Hopelijk gaan ze niet zo snel ruiken vandaag. Dankzij mijn sokken met hypervezels. Ik werp een blik in de brasserie naast me, waar niemand zit. 'We hebben geen signalement gekregen van die fietstante.'
'Zou dus vreemd zijn, als we hem aan zijn neus herkennen, niet? Dat wordt vragen.' Zippi grijnst.
'Jij een punt.' Voor ik nog veel meer kan uitbrengen, slaan de deuren van de grote zaal open en stroomt een dampend publiek de foyer in. 'Shit, we vallen net in de pauze.'
'Pech over de heg,' zegt Zippi. 'Laten we wat te drinken halen voordat iedereen voor onze snufferd staat.'
'Deal.' We lopen een paar meter terug en bestellen twee cola light bij een counter niet ver van de ingang. Voor iemand anders de kans krijgt bezetten we twee barkrukken. Een man, keurig in uniform, bedient ons. 'Volgens mij een flikker,' bromt Zippi als de man zich omdraait om wisselgeld uit een kassa-la te halen.
'Houd je vooroordelen nou maar even bij je, eikel,' zet ik hem op zijn plaats. Zippi heeft zoveel testosteron in zijn lijf dat hij zich in alles wat niet supermacho is onmogelijk kan verplaatsen. Jammer voor zo'n intelligente jongen.
'Wat is dat...' hij beweegt zijn mond overdreven, *'hell of a plan* van jou nou eigenlijk?'
'Eerst Franklin vinden.' Grinnikend draai ik me naar de bediende toe. Op zijn borst bungelt een badge met zijn naam. F. Boon.
'Dank u wel, meneer Boon.'
De bediende kijkt me aan, knijpt zijn ogen samen, maakt een verwijfd gebaar met zijn hand en lacht. 'Op zijn Engels, als u het toch wilt weten. Boen.'
'Sorry, aangenaam, meneer Boon,' herstel ik mijn fout.
De man overhandigt me mijn geld. 'Franklin, voor bekenden.' Meteen richt hij zich tot de klant naast me. Ik heb van Zippi al een venijnige trap tegen mijn scheenbeen te pakken. In mijn nek staat een schouwburgbezoeker te hijgen in een poging dich-

ter bij de counter te komen. Ik maak mijn schouders breed. Hij verschuift naar een andere plek. 'Niet nodig me in elkaar te trimmen, Zippi,' zeg ik en wrijf over de pijnlijke plek op mijn been. Stiekem wijst hij naar de bediende. 'Zou dat hem zijn, die koffieventer?' Zippi lijkt er lol in te krijgen.
'Kan niet missen. Gewoon blijven zitten en je cola drinken.'
Voor mijn neus ligt een programmagids van het theater. Ik zoek op welke musical er vandaag is. 'Niks voor mij, zo'n musical. Samantha is dol op opera. En op popconcerten. Het eerste was even wennen, moet ik zeggen.'
'Als je zo'n moordwijf hebt, moet je niet zeuren. Je hebt haar toch in Barcelona leren kennen?'
'Dat verhaal vertel ik je nog wel eens.'
Zippi neemt een enorme slok. 'Zeg, was het echt zo'n puinhoop vlak voor je uit Nederland vertrok?'
Heb ik zin daarover te praten? 'Ik had nog nooit een wapen in mijn poten gehad, geen idee dat het zo snel zo'n bloederige geschiedenis kon worden. Eerst bijna mezelf om zeep geholpen, toen bijna geflest, en uiteindelijk toch met de buit ervandoor. Dankzij de Samsonite van Samantha,' meesmuil ik.[2] Zippi luistert alsof ik godennectar bij hem naar binnen giet, maar ik vind het niet het moment om verder te gaan. Te weinig privacy. 'Intussen heb jij niet slecht geboerd, makker?'
'Ik heb mijn zaakjes goed voor elkaar. Alles goed gedelegeerd, dan blijf je altijd buiten schot.'
'Slim zaken doen, heet dat.' Hoewel Franklin druk bezig is met klanten en op korte termijn niet dreigt weg te lopen, houd ik hem in de gaten. Het wordt steeds warmer. Mijn ogen prikken en mijn voeten zwemmen mijn schoenen uit. Die rotsokken helpen niks. Om de tijd te doden kijk ik wat Franklin en zijn vrouwelijke collega professioneel uitspoken. Ze hebben routine. Zippi heeft zijn ogen gekluisterd aan een welgevormde roodharige, vijf plaatsen verderop. Hij loert discreet, dat wel, maar ik zie het wel. Eindelijk klinkt er een bel en wordt er omge-

[2] boek 'A hell of a day'

24

roepen dat de voorstelling hervat wordt. 'Het zal tijd worden.'
'Jammer,' verzucht Zippi en knikt naar de vrouw met het rode
haar. 'Ze had een vriend.'
'Goed voor haar.' Het publiek begeeft zich langzaam maar zeker
weer naar de zaal. Ook de roodharige. Zippi kijkt haar na, dan
draait hij zich om. Franklin ruimt kopjes en glazen van de balie.
Ik heb nog bijna niks op van mijn cola.
'Geen dorst?' informeert Franklin als hij bij ons is aangekomen.
De bar is leeg, op ons na. Ik kijk over mijn schouder. Iedereen
is zo'n beetje naar de zaal vertrokken. Er hangt een onnatuur-
lijke stilte nu het geroezemoes is weggestorven. 'Niet echt. Ik
houd niet eens van cola.'
Verbaasd kijkt Franklin me aan. 'Moet ik het glas meenemen?'
'Doe maar niet.' Ik buig voorover. Franklin stapt net even weg
om een poetsdoek voor de counter te pakken, maar daar is hij
alweer. 'Franklin?' vraag ik uitnodigend.
Hij stopt met boenen. 'Meneer?' Zijn mooie ogen worden groot.
Hij gebruikt oogschaduw. Ik hoor Zippi kreunen.
'Franklin, het schijnt dat we een gemeenschappelijke kennis
hebben.'
'Echt?' Hij twijfelt of hij moet glimlachen of niet. Zijn onder-
lip trilt even. 'Wie dan?'
'En we hebben een gemeenschappelijk belang,' vervolg ik, op
zachtere toon. 'Ik begrijp dat Pjotr tot je kennissenkring behoort?'
Franklins wangen kleuren. Zippi gaat op zijn kruk verzitten.
Hij krabt onder zijn oksel, zwijgt broeierig terwijl hij Franklin
aankijkt. Franklin bijt op zijn wang, schraapt zijn keel tot drie
keer toe en poetst recht onder mijn neus wat donkere vlekken
van de counter. 'Zou kunnen. Zegt me wel iets die naam.'
'Sure,' meesmuil ik. 'Belangrijker is dat jij iets kwijt wilt, en
wij iemand kennen die iets wil hebben.'
Franklins bewegingen worden ineens berekenend, als een slang
glijdt zijn vrije hand naar zijn hoofd en schikt wat haren zon-

der dat hij zijn schoonmaakactiviteiten ook maar een tel staakt. 'Over een minuut of tien heb ik rookpauze. Buiten. Wacht daar op me, wil je?'

Ik grijns, pak een bierviltje en vouw het doormidden. 'We wachten op je.'

Franklin knikt, zijn ogen zoeken geen contact meer met ons. Ik ga rechtop zitten. 'Mijn cola mag je meenemen.' Meesmuilend stoot ik Zippi aan. 'Kom, we gaan naar buiten.'

'Eindelijk.' Zippi springt van zijn kruk. 'Het ruikt hier naar zweet.'

Ik lach wat ongelukkig. Zouden mijn voeten wel eens kunnen zijn. Franklin is intussen aan het andere einde van de bar bezig. We laten hem rustig werken en lopen terug naar de uitgang. Buiten is het bloedheet, maar zelfs in de volle avondzon lijkt het frisser dan binnen.

'Veel te veel volk,' moppert Zippi. 'Ik woon niet voor niets buitenaf.'

We slenteren naar de Roadster, waar een vader met zijn dochtertje bewonderend bij staan te kijken. Zippi kan het wel waarderen. 'Als ik tijd had, mochten jullie een proefritje met me maken.'

Het meisje blijkt een kenner te zijn. Zippi knoopt een gesprek met de twee aan over de TT. Ik houd me afzijdig, veeg enkele modderspatten van de achterflank. Ik hoop dat mijn plan werkt. Verveeld trap ik wat steentjes weg. Vader en dochtertje wandelen eindelijk verder. Zippi heeft het naar zijn zin. Hij is trots op zijn *car*.

Door een van de klapdeuren komt Franklin aangezet. Hij heeft een pakje sigaretten en een aansteker in zijn handen. Natuurlijk heeft hij ons allang zien staan. Hij is hebzuchtig. Dat zag ik onmiddellijk toen hij eenmaal geld rook. Halverwege stopt hij om een sigaret aan te steken. Hij inhaleert, loopt naar me toe en blaast uit. Kort kijkt hij naar Zippi, dan weer naar mij. 'Daar ben ik.'

Demonstratief zwaai ik de rook weg. 'Je kent Pjotr?'

Franklin lacht. 'Tuurlijk. Goede vriend van me. Volgende week gaan we samen *biken* in de Ardennen.'

'Gezellig,' grijns ik. De klootzak weet nog niet dat Pjotr in de hemel aan het *raften* is. 'Ik ga er niet omheen draaien: jij wilt iets kwijt, en wij kennen iemand die dat kopen wil. De vorige koop liep mis?'

Franklin trekt aan zijn sigaret. 'Iemand wilde spullen hebben. Van je weet wel. Maar hij bood me te weinig.'

'Wat wilde hij precies?'

'Alles, van die ene kraak. Met inbegrip van die schilderijtjes.' Franklin hikt er een maf lachje uit. 'Alsof ik niet doorhad dat die dingen geld waard zijn. Twee Goya's! Pjotr had niets in de gaten, die houdt niet zo van kunst.'

'Oké,' zeg ik bedachtzaam. 'En wie was die geïnteresseerde dan wel?'

'Zeg ik niet. Iemand uit de regio. Zwart geld teveel, denk ik.' De superieure houding die Franklin aanneemt zint me niet. Hij denkt dat hij ons de baas is. Een vergissing. 'Kom op, ik wil weten wie mijn concurrent is. Ik heb geen zin er een veiling van te maken.'

Franklin schudt zijn hoofd. 'Sorry.'

Zippi trekt me aan mijn mouw weg, buiten gehoorsafstand van Franklin. 'Volgens mij weet hij het echt niet. Hij bluft. Natuurlijk zal een eventuele koper zijn identiteit niet bekendmaken. Waarschijnlijk is het in een vroeg stadium al fout gegaan. Misschien eiste Franklin te veel *money.*'

Hm, daar zou Zippi wel eens gelijk kunnen hebben. 'Goed, we gaan verder met mijn plan.'

We stappen terug naar Franklin, die het interieur van de auto bekijkt. 'Mooie wagen! Super.'

Zippi reageert niet. Net als ik is hij allergisch voor geslijm. 'Luister Franklin, ik bied je vijftigduizend voor die schilderijtjes. Contant. Lijkt me niet slecht voor een simpele jongen als jij.'

Vijftigduizend?' Franklins stem buigt naar alpenhoogte. 'Man, die dingen zijn tig keer zo veel waard.'

'Valt tegen. Op de gewone markt misschien. Maar dit is anders.'

Verbeten lurkt Franklin aan zijn sigaret. 'Zestig.'

Ik schud mijn hoofd, kijk hem aan. 'Vijfenvijftig. *Final offer.*'

'Goed, goed,' bindt Franklin in. Hij merkt dat ik geïrriteerd raak. 'Wanneer?'

'Geef je telefoonnummer maar.'

Zippi haalt een pen tevoorschijn en schrijft het nummer dat Franklin dicteert op zijn hand.

Franklin mikt zijn peuk weg en trapt hem uit. 'We bellen.'

'Reken er maar op. Vanavond nog.'

'Ik ben rond elven thuis,' zegt Franklin, draait zich zwierig om en loopt terug het theater in.

Zippi geeft een trap tegen de nog gloeiende peuk op de grond. 'Een onbetrouwbare flikker. Dat zijn de ergste.'

'Onbetrouwbaar, klopt. Dat hij homo is maakt niets uit, Zippi,' corrigeer ik hem.

'Doe jij maar politiek correct. Ik laat me niet naaien door zo'n jongen.' Zippi begint te lachen. 'Ongelukkige uitdrukking in dit geval.'

'Jij bent onverbeterlijk.' Ik kan mijn lachen niet onderdrukken, hoewel ik zijn discriminatoire inslag afkeur. 'Wat denk je ervan, *mister TT*?'

'Moet lukken. We kijken of we hem uit zijn tent kunnen lokken. Anders moeten we andere middelen gebruiken om te weten te komen met wie hij contact had.'

'Andere middelen?' Ik trek een wenkbrauw op. 'Niet te fanatiek, hè?'

'Nee,' trekt Zippi een onschuldige kop. 'Alleen effectief.'

We stappen in en rijden weg. Onderweg komen we de vader met zijn dochtertje nog tegen. We zwaaien. Het meisje zwaait blij terug. In ieder geval iemand gelukkig gemaakt vandaag.

'I don't think it's a good plan,' zegt Samantha als we ons bij restaurant *Chocolat* hebben gesetteld. 'Je weet niet wat je aan die Franklin hebt.'

'Hoeft ook niet. Ik weet dat hij eurotekens in zijn oogjes heeft, en dat is genoeg. Die knaap wil gewoon een keer vet geld vangen, in plaats van lullige fooitjes.'

'I don't know.' Samantha, naast me, wendt zich tot Zippi aan de overkant. *'What is it exactly that Franklin wants?'*

Zippi heeft het menu voor zijn neus. 'Zwezerikjes?' grapt hij, maar voegt er meteen aan toe: 'Ik heb mijn twijfels. Ik vond die Franklin helemaal geen type voor dat crimi-milieu.'

'Dat kun je wel van meer insluipers beweren,' werp ik tegen. Een serveerster brengt de huiswijn die we besteld hebben. Ik gebaar dat ik zelf wel inschenk. 'Die jongen verdient zich echt niet scheel in zo'n theater.'

'Er zijn slechtere jobs,' vindt Samantha, die er werkelijk weer *gorgeous* uit ziet.

Langs onze tafel schuift iemand die een plek zoekt. Hij of zij draagt een zware parfumlucht bij zich. Omdat ik er met mijn rug naartoe zit, moet ik me omdraaien om de figuur te zien. Het is een man van een jaar of vijftig in een grijs kostuum. Kaal, mondaine bril op, goed geschoren wilskrachtige kin. Hij is alleen. 'Maffe vent. Hij komt me bekend voor.'

'Lijkt me sterk,' zegt Zippi.

'Marcel has a good memory for faces...' Samantha nipt van haar wijn. 'Denk goed.'

Haar accent is weer beeldig. Ik laat mijn hersens knarsen. Het was ergens vandaag in de stad. Ineens weet ik het weer. 'In de V&D. In de buurt van Pjotr. Iemand botste tegen me op. Op weg naar de toiletten.'

'Weet je het zeker?' veert Zippi op.

'Niet helemaal zeker. Maar hij lijkt er wel op.'

'Toeval, Marcel? Of worden we in de gaten gehouden?' Zippi

kan vanuit zijn positie de man makkelijker opnemen. 'Lijkt me geen speciaal type.'

Ik maak een luchtig gebaar. 'We worden niet gevolgd. Daar let ik standaard op als ik in Nederland ben. Misschien is het allemaal toeval en heeft hij niks met Pjotr te maken. Deze stad is net een dorp. Je moet moeite doen bepaalde mensen niet tegen te komen.'

'Sure,' kirt Samantha die het kennelijk allemaal redelijk heeft kunnen volgen. ' *Village or no village, I'm seriously hungry. I have made my choice. You too?'*

Zippi bestudeert zijn menukaart weer. *'No.'* Hij glimlacht. *'Almost.'* Hij knipoogt naar me.

Met hem erbij heb ik er vertrouwen in dat het allemaal wel goed komt. Ik heb al te lang en te vaak alleen moeten werken. 'Ik wil toch wel eens weten wie die vent is.' Ik schuif mijn stoel naar achteren, kijk Samantha aan, glimlach, en loop achter de man aan. Hij draagt zijn bril bijna stoer, alsof het een handelsmerk is. Beetje artistiek. Hij zegt wat tegen het dienstertje dat voor hem uit loopt, wijst naar de uitgang, dan weer naar een tafeltje verderop. Plotseling draait hij zich om. Ik duik weg in de garderobe. Hij passeert. Mijn intuïtie kriebelt. Ik heb het gevoel dat hij zich bewust is van mijn aanwezigheid, hoewel hij recht vooruit kijkt. Ik stap uit de nis en kijk naar de uitgang. Brillenman is weggegaan. 'Weet jij toevallig wie dat was?' vraag ik aan de serveerster die hem begeleidde.

Ze haalt haar schouders op, wipt haar neus de lucht in en schudt haar hoofd. 'Sorry, geen idee. Ik heb hem nooit eerder gezien.'

Lekker ding, dat meisje. Ik loop naar de uitgang, stap zonder iets te zeggen langs onze tafel waar alle ogen op mij gericht zijn, en ga het restaurant uit. Via een binnenpoortje bereik ik de straat. Links en rechts is niemand te zien. De kale man is weg, en blijft weg. Ik blijf besluiteloos staan, ontevreden over het feit dat ik niet weet wie hij is. Dat hij iets met Pjotr te maken heeft, weet ik ineens zomaar zeker. Kippenvel kruipt over mijn rug. Met een luidruchtig knorrende maag ga ik terug naar binnen naar onze tafel en schuif weer aan.

Zippi is met Samantha in gesprek. 'Wat kijk je bezorgd, Marcel?' merkt hij ineens op.

'Het irriteert me dat ik niet exact weet op welke manier Pjotr hierin betrokken is geraakt.'

Samantha legt een hand op mijn arm. Haar huid is zacht. *'Don 't bother. You 'll find out.'*

'Precies.' Zippi pakt de menukaart stevig vast. 'Ik ga eens wat bestellen. En straks zien we verder.'

Hoewel ik me niet helemaal bij de situatie kan neerleggen, probeer ik Zippi's advies op te volgen, en zoek wat lekkers uit van de kaart. Stom genoeg verheug ik me het meest op het nagerecht, waarvan ik er een paar zag langskomen. Kwijlend lekker.

Nadat we een aangeschoten Samantha naar de hotelkamer hebben gebracht, bellen we Franklin thuis. Hij neemt op. Ik zet mijn mobiel op handsfree. Kan Zippi ook meeluisteren.

Franklin klinkt lichtelijk vermoeid. Zijn stem is hees. 'Ik had jullie niet zo snel verwacht.'

'We houden van aanpakken.' Ik trek een geniepige snoet naar Zippi, die glimlacht. We staan op de hotelparkeerplaats en de zachte dashboardverlichting oogt intiem. Buiten is het nog warm, maar voor onze privacy heeft Zippi de kap over de Roadster gehaald. 'Luister Franklin, we gaan verder voor de deal die we vanmiddag gemaakt hebben. Zijn de schilderijtjes nog intact?'

Er valt een stilte aan de andere kant.

'Franklin?' roep ik. 'Nog wakker?'

'Jazeker,' haast Franklin zich te antwoorden.

Ik twijfel. Heeft hij die Goyaatjes nog wel? 'Zijn ze werkelijk in jouw bezit?'

Weer aarzelt Franklin. 'Zeker, maar ze zijn niet bij mij in huis. Ergens veilig.'

'Mooi. Wat stel je voor?'

Franklin bromt iets onverstaanbaars. Steeds minder zie ik deze *nono* bij iemand insluipen. Zou hij handelen in opdracht? 'Ik doe een voorstel.' Zippi fluistert me een tijd en locatie toe. 'Morgen op de parkeerplaats bij het casino. Bij de skatebaan.'

'Dat is niet ver van het politiebureau!' reageert Franklin met een ondertoon van ontreddering.

'Word je bang? Als je niet wilt *traden,* dan moet je het zeggen.'

'Tuurlijk wel.' Franklin stikt bijna in zijn woorden. 'Tuurlijk wel. Ik zal er zijn. Hoe laat?'

'Half twaalf morgenavond. Je herkent me wel. Ik rijd in een huurauto.'

Franklin niest, even stilte, hij niest weer.

'Gezondheid,' zeg ik.

'Dank. Ik zie je morgen. Ik wil wel eerst het geld zien, anders *no deal.'*

'Best. Wordt geregeld.' Ik hang meteen op.

Zippi tokkelt met zijn vingers op het stuur. 'Ik vertrouw die knaap niet.'

'Ik evenmin. Maar we hebben weinig keus, hij is onze enige ingang.'

'Vendetta?' grijnst Zippi.

'Yep, de familie-eer... en geld misschien,' gnuif ik. 'Maar *no doubt* weegt het eerste het zwaarst.' Ik geef Zippi een broederlijk tikje op zijn knie en stap uit. 'Bedankt voor je hulp. Ik zie je morgen. Lunch?'

'Best.' Zippi start de motor, geeft gas en rijdt met een grote boog over het parkeerterrein weg. Vlak voor hij uit het zicht verdwijnt zwaait hij. Ik zwaai terug, naar hem, maar ook een beetje naar de TT.

2.

Samantha heeft zich behaaglijk tegenover mij genesteld aan tafel. Van het ontbijtbuffet heeft zij wat lekkere broodjes en worst geplukt. Vanochtend heel vroeg is ze langsgeweest bij een fitnesscentrum hier tegenover het hotel. 'Goedemorgen,' zegt ze. Ze draagt een strak vrijetijdspakje dat haar goed staat. Heel goed, zelfs. De letter g spreekt zij uit zoals het een Spaanse betaamt, gortdroog en pittig.

'Morgen, schat. Lust je die worst wel?' Ik wijs naar de cervelaat op haar bord. *'It's no chorizo, dear,' smile* ik.

'No chorizo.' Haar lippen krullen. *'But it will do.'*

'Als dit achter de rug is, maken we een trip naar Barcelona voor we teruggaan. Misschien kan ik er een appartementje kopen.' Ik neem een hap van mijn ontbijtkoek. *'Do you understand?'*

Aan haar glanzende ogen zie ik dat ze het begrijpt. Tuurlijk begrijpt ze het. 'Super, Marcel!'

Nederlandse koffie smaakt naar niks, begint me op te vallen. Ik neem toch een slok, en zie in mijn ooghoeken een hotelbediende op me afkomen. Hij heeft een draadloze telefoon in zijn hand. 'Voor mij?' Ik wijs naar mezelf.

Het is voor mij. De jongen houdt de telefoon voor me. 'Iemand die u dringend wilt spreken.'

Ik kijk op mijn horloge. Het is nog vroeg. 'Geef maar hier.' Ik neem de telefoon over, en wacht tot de *boy* weg is. 'Marcel hier.' Ik hoor geruis, dan ritselt er iets, het lijkt wel cellofaan. 'U bent familie van Pjotr?' Een mannenstem.

Ik schiet rechtop in mijn stoel en stoot tegen de tafel. De koffie schommelt net niet over de rand van mijn kop. 'Wie ben jij?'

'Ik wil je spreken. Op de parkeerplaats. Over een minuut.'

Samantha kijkt me vragend aan. Ik gebaar dat ik nu niets kan zeggen tegen haar. 'En met wie heb ik het genoegen?'

'Ik wacht op je. Het heeft met Pjotr te maken.' Klik, en over is het gesprek.

Ik schuif mijn stoel naar achteren. 'Iemand wil me spreken. Buiten.'

'Be careful.' Samantha is bezorgd. *'Pjotr is pretty dead, don't forget.'*

Alsof het allemaal weinig om het lijf heeft kijk ik haar geruststellend aan, sta op en loop het restaurant uit, langs de receptie naar de uitgang. Buiten stuiteren de zonnestralen over de autodaken. Met tegenzin loop ik de parkeerplaats op. Jezus, wat een vochtige warmte weer. Ik zie niets en niemand, blijf in de buurt van de ingang staan. Waar is die beller nou? Ineens hoor ik ergens een autodeur opengaan. Boven de autodaken uit verschijnt tien meter verderop een bekend kaal hoofd. Een arm gebaart dat ik dichterbij moet komen. Ik houd niet zo van commando's, steek mijn handen in de zakken van mijn *casual* broek en loop toch maar tussen de auto's door naar de man toe. Hij leunt tegen de zijkant van een Japanse middenklasser en kijkt glimlachend hoe ik dichterbij kom. Bij de neus van zijn auto blijf ik staan. 'Ik wist gisteren in het restaurant dat ik je eerder gezien had.'

Brillenman draagt nog steeds zijn grijze kostuum. Het is *coolwool.* Geen slechte keus. Met de punt van zijn pink schuift hij zijn bril goed op zijn neus. 'En ik wist dat je me herkende. Stap even in.'

Ik aarzel. 'Wat wil je?'

'Niet hier.' Zijn hoofd knikt. 'We rijden een rondje.'

Ik schud mijn hoofd en loop naar de andere kant van de auto, trek het portier open en stap in. Brillenman is lenig. Ruim voor ik de deur open had is hij al achter het stuur gekropen. Hij kijkt in de spiegel naar zichzelf en start de motor.

'Gaan met die banaan,' zeg ik en trek mijn portier dicht.

Met een ruk rijden we achteruit, dan weer vooruit, om met piepende banden van het parkeerterrein te scheuren. Brillenman zwijgt, rijdt geconcentreerd, tot we op de nabij gelegen snelweg zijn aanbeland. 'Het spijt me dat ik zo contact met je moet maken. Het is voor ons beider veiligheid,' zegt hij, richting Den Bosch rijdend.

'Wat moest jij in de V&D?' Steels taxeer ik de kale man. Mijn intuïtie bedriegt me niet. Hij heeft Pjotr niet *kaltgestellt*. Zo'n type is het niet. Het ruikt in de auto naar hamburgers. Ik wed dat die kale er regelmatig een lunch wegwerkt.

Hij kucht. 'Niet onvriendelijk bedoeld, maar ik stel de vragen.' Langzaam schuift hij opnieuw zijn bril goed, houdt het stuur dan weer losjes met twee handen vast. Hij is minder oud dan ik dacht, tóch van mijn leeftijd. 'Je lunchte met Pjotr. Waar ken je hem van?'

Ik snuif door mijn neus. Wat zal ik prijsgeven? 'Ik ben geen beginner, dus behandel me zo niet. Jij eerst. Wat deed je in zijn buurt? Je volgde hem, meneer de detective.'

Brillenman bevriest een moment. Hij onderschatte me. 'Oké. Ik volgde hem.'

'Voor wie?' Ik probeer het brutaal, om meer info te krijgen, maar hij tuint daar op zijn beurt niet in.

'Doet er niet toe. Jij mag nu antwoorden.'

Ik moet wat toegeven, anders zijn we snel uitgepraat. 'Pjotr was familie, niks anders. Ik zocht hem op, omdat ik anders veel in het buitenland zit. Voor zaken.'

'Noem me maar Ray,' zegt brillenman ongevraagd. 'Dat praat makkelijker.'

Witte wegdekstrepen flitsen langs de auto. Bij het vliegveld gaan we weer van de snelweg af. 'Waarom wilde je me spreken?'

'Ik wilde je niet spreken.' Ray draait aan het stuur. We gaan binnendoor terug. 'Ik wilde je waarschuwen. Pjotr zat dik in de problemen.'

'Kan ik me niet voorstellen. Hoe heeft hij dat voor elkaar gebokst dan?'

'Weet ik niet. Maar ik raad je aan je er verder niet mee te bemoei-en.'

'Is dat een dreigement?'

Ray schudt zijn hoofd. Hij kijkt me kort ernstig aan. De ogen achter de brillenglazen hebben een vreemde zeeblauwe kleur. 'Helemaal niet. Het is wat het is. Een advies. Als je werkelijk alleen maar op bezoek bent, laat het dan rusten.'

'Waar is Pjotr eigenlijk gebleven?' Ik blijf doen alsof mijn neus bloedt, dat kan ik heel goed als het nodig is. 'Ik was hem ineens kwijt bij de V&D. En thuis is hij ook niet meer.'

Ray laat het gas een seconde los. Hij is blij te horen dat ik niet weet wat er met Pjotr gebeurd is. Opvallend genoeg stond er vanochtend niets in de plaatselijke krant, wat wil zeggen dat de politie er vooralsnog over zwijgt. Een vermoorde man in een toilet maken ze hier natuurlijk niet iedere dag mee.

Ray heeft nog een brandende vraag. 'Heeft je neefje iets verteld? Iets van belang?'

Ik klak met mijn tong. 'Wat zou hij verteld moeten hebben, Ray?'

'Niets bijzonders. Zat er iemand achter hem aan?'

'Nee. Weet jij waar hij uithangt? Nogal lullig om mij zo te laten zitten daar in die shit V&D.'

Routineus haalt Ray zijn schouders op. 'Geen idee. *Keine Ahnung.*'

We staan te wachten voor een verkeerslicht. Als het groen wordt, lijkt Ray haast te krijgen. Hij zet de radio aan op een muziek-zender. 'Ik breng je terug. Denk aan wat ik gezegd heb. Bemoei je er verder niet mee.'

'Ik knoop het in mijn oren. Bedankt.' *Damn!* Nog steeds weet ik niet wat ik van Ray kan verwachten. We rijden over een rechte weg, hebben mazzel met de groene lichten, en rijden na een minuut of tien de stad weer binnen. Ray zegt niets meer. Hij kent de weg op zijn duimpje en toert terug naar het hotel. Als we de parkeerplaats opdraaien, kijkt hij me nog een keer aan. 'Pas op, Marcel.'

'Je weet meer dan je loslaat, Ray. Veel meer.'

'Dat denk je maar.' Bij de hotelingang stopt Ray. Zijn blik is op de voorruit gericht.

'Niet met me spelen, Ray. Jij zei dat Pjotr mijn neef was, en dat heb ik je niet verteld. Je doet je werk goed, maar niet goed genoeg.' Even pesten nog...

'Eindpunt,' zegt Ray bits, weerbarstig oogcontact vermijdend. Mijzelf verkneukelend stap ik uit en sla het portier dicht. Ray vertrekt meteen. Hij is pissig dat ik minder te melden had dan hij hoopte. Ik ben niet ontevreden over het gesprek. Maar toch nestelt zich een onbehaaglijk gevoel in mijn buik. Vanavond moeten we Franklin ontlokken wie er belangstelling voor die schilderijtjes had, anders kom ik geen sikkepit verder.

Mijn huurauto is *boring, boring, boring,* maar Zippi was niet te beroerd om naast me plaats te nemen. Het is half twaalf in de avond, en al zeker een kwartier staan we op de parkeerplaats bij de skatebaan te koekeloeren naar twee jongens die er maar geen genoeg van kunnen krijgen hun stunts te vertonen. 'Moet ik ze verzoeken te vertrekken?' biedt Zippi aan, wrijvend over zijn vlezige ongeschoren onderkin.

Het geluid bezorgt me rillingen. Ik draai mijn raampje open en zet de motor stil. Onmiddellijk verdwijnt de koelte van de airco uit de auto. 'Laat maar even.' We staan tussen twee andere auto's in. Achter de skatebaan loopt de singel met zijn zwarte water. 'Misschien gaan ze zo. Het is allang donker, tenslotte.'

'Dat zal uitmaken voor die gasten.' Zippi draait zijn raampje ook open. 'Er is hier straatverlichting genoeg.' Hij trekt aan zijn portiergreep. De deur springt open.

'Wacht. Ze gaan al!' Ik wijs naar buiten.

Zippi houdt in. De jongens pakken hun skateboard op, doen hun afscheidsritueel en slenteren naar hun in de buurt weggezette fietsen. Met hun board onder de arm trappen ze ieder een andere kant op.

Opgelucht blaas ik uit. 'Zie je wel. Soms moet je gewoon even wachten.'

Vanaf de andere kant van de parkeerplaats hobbelen twee lichtbundels onze kant op, zie ik in mijn achteruitkijkspiegel. Steeds verdwijnen ze even achter geparkeerde auto's. Hier en daar lopen nog mensen die vanuit het theater hun auto opzoeken om naar huis te gaan. De lichten schommelen naar ons toe. Zippi en ik kijken gespannen over onze schouders. De auto is nu vlakbij. De lichten strijken over het kille staal van de skatebaan. Vijf plaatsen verder komt de auto tot stilstand. De lichten gaan uit, en ik hoor de motor stilvallen. Ik fluister: 'Franklin D. Roosevelt is aangekomen.'

Zippi heeft zijn portier nog steeds niet dichtgedaan. Hij zet een voet op straat. 'Franklin de Rat is aangekomen.' Hij worstelt zich uit de auto, duwt de voorstoel naar beneden en pakt een sporttas van de achterbank.

'Nog bedankt voor het regelen van de financiën.' Ik zou het bijna vergeten. Aardig van Zippi, want ik krijg zoveel contanten niet in korte tijd bij elkaar in Nederland.

Zippi maakt een wegwuifgebaar. 'Even kijken of het werkelijk onze theatervriend is.'

'Wacht maar.' Snel kom ik ook naar buiten en tuur over de autodaken naar waar de lichtbundels verdwenen zijn. Uit een roestige brik komt Franklin net tevoorschijn. Schichtig taxeert hij de omgeving, maar ziet mij niet. 'Psst. Hier zijn we,' sis ik hem toe.

Alsof een bom bij zijn voeten ontploft, zo geschrokken draait hij zijn hoofd naar me toe. 'Jezus! Jullie zijn het!'

'Had je de burgemeester verwacht dan? Schiet op. Kom deze kant op.'

Franklin wikt en weegt, maar uiteindelijk loopt hij voor de auto's langs naar ons toe. Zippi en ik staan hem op te wachten, ieder aan een kant van de auto.

Franklin blijft recht voor onze auto stilstaan. Hij vouwt zijn handen voor zijn schoot en haalt zijn schouders op. 'Hier ben ik dan. Hebben jullie het geld?'

Van zijn branie is niet veel overgebleven. Ik knik naar Zippi, wiens gezicht er in het licht van de straatlantaarns spookachtig uit ziet. Met twee armen tilt hij de tas tot op borsthoogte. 'Precies wat je vroeg. En het zit hierin.'

'Zet het maar op de grond en schuif het naar mij.' Franklins stem trilt. Knoeier.

Zippi laat de tas op de grond vallen. 'Waar zijn die schilderijtjes dan?'

'Zeg ik pas als ik het geld heb gezien en bij mijn auto ben.'

Franklin houdt voet bij stuk, dat moet ik hem nageven. 'Wie zegt dat jij er niet met de euro's vandoor gaat?'

'Ik. Omdat ik bij voorkeur gewoon hier blijf doen wat ik altijd doe en deed. Wonen en werken.'

'*Sounds fair.*' Ik zucht. 'Ik sta erop te weten wie je vorige potentiële koper was. Anders geen geld, vriend.'

'Geen geld?' piept Franklin. 'Ik weet het echt niet. Ik sprak hem via de telefoon. Hij woonde ergens in een groot huis, geloof ik, vanwege de echo.'

Ja hoor, meneer speelt Sherlock Holmes... 'En Pjotr? Hoe kwam die bij de koper in beeld?'

Franklin wankelt, dan hervindt hij zijn balans. 'Ik eh... ik heb zijn adres opgegeven. Als contactadres.'

'Zijn adres!' Ik spuug mijn woorden uit als vuur. 'Eilul dat je bent! Daardoor verwarden ze jullie met elkaar.'

'Verwarden?' Franklin praat steeds meer alsof hij hoge nood heeft.

'Verwarden ja! Ze zagen Pjotr voor jou aan!' Ik werp een wanhopige blik naar Zippi. 'Geef hem het geld maar, het stuk onbenul.'

Zippi geeft de tas een trap. De tas zeilt over de grond naar Franklin en komt tegen zijn voeten tot stilstand. Hij knielt, trekt de tas een stukje open en loert erin. 'Veel geld, zeg!'

'Doe er vooral wat leuks mee.' Ik kan mijn sarcasme niet verhullen. 'We mogen nog niet van onze plaats komen, als ik het goed begrijp?'

Franklin schudt zijn hoofd. 'Blijven staan! Ik ga eerst weg!' Hij heeft zich in zaken gestort die hij niet kan overzien, maar kan niet meer terug. Een flinke sprong van Zippi, en we zouden hem in zijn nekvel kunnen grijpen. Ik zie Zippi al gulzig loeren. Die lust Franklin rauw voor het ontbijt.

'Pjotr bedankt je vanuit de hemel,' bijt ik Franklin toe.

Franklin sluit de tas, pakt hem aan de hengsels beet en komt overeind. 'Hoe bedoel je?'

'Pjotr heeft gisteren het leven gelaten. Hij is omgelegd. In plaats van jouw persoontje.'

Franklin staat doodstil, ik hoor hem kokhalzen. Plotseling draait hij zich om en begint te kotsen. Onbestemd eten in maagsap plenst op de straat. Een zure lucht verspreidt zich. Franklin hoest, spuugt nog wat uit, veegt zijn mond af aan zijn hand en wendt zich weer tot ons. De tas heeft hij geen seconde losgelaten. 'Shit zeg!'

'Ik zal aan zijn ouders overbrengen dat je het shit vindt. Hele troost.'

Zippi slaat met zijn hand op het autodak. 'Die kraak heb jij niet gezet, vermoed ik. Wie wel?'

Franklin doet een stap in de richting van zijn brik. 'Jawel. Waarom niet?'

'Jij was alleen degene die bemiddelde? Jij dacht toevallig verstand van kunst te hebben?' zegt Zippi dreigend. Hij hijgt, wat aangeeft dat zijn geduld opraakt.

Franklin doet een volgende stap bij ons vandaan, aarzelt, en kijkt of we blijven staan. 'Ja, zeker, ja. Maar...' Plotseling zet hij het op een rennen, de tas krampachtig onder een arm geklemd. 'Wacht!' Nu kom ik in beweging. Ik spring half over de motorkap van de volgende auto en ren Franklin achterna. 'Wacht eens even.'

Hij is al in zijn auto gedoken.

'Waar zijn die schilderijtjes, verdomme?'

'Bij de vriendin van Pjotr,' roept Franklin. Net voor ik zijn portiergreep beet heb drukt hij de deur op slot.

'Waar woont die?' schreeuw ik door een kier in het portierraam.

'Ergens in de buurt van Pjotr. Meer weet ik niet. Ik heb alleen haar nummer.'

'Geef dat nummer aan ons!' Het wordt een beetje schreeuwerig nu. We moeten niet de aandacht van andere mensen gaan trekken. 'Nou?'

'Hier is het.' Franklin krabbelt iets op een papiertje en schuift het langs het raam naar buiten. Dan start hij de motor en schakelt in zijn vooruit.

Ik buk en raap het vodje op. 'Wacht nou eens, verdomme. Hoe weten we dat... ?'

Franklin heeft het nu werkelijk niet meer. Vlak langs mijn tenen scheurt hij van de parkeerplaats weg, maakt een bocht en zet koers naar de uitgang

'Zie je wel dat we het geld niet hadden moeten geven,' zeg ik verwijtend naar Zippi, die ontspannen tegen de motorkap van mijn auto leunt.

Grinnikend kijkt hij Franklins auto na. 'Misschien heb je gelijk.' Hij speelt met een plukje van zijn varkenshaar.

Pissig spuug ik op de grond en loop naar Zippi toe. 'Niet slim van Pjotr om de schilderijtjes aan zijn vriendin te geven. Die loopt nu ook gevaar.'

Zippi vindt de wegrijdende Franklin nog steeds belangrijker dan mijn geneuzel. Hij staart naar de uitgang van het par-keerterrein waar Franklin intussen is aangekomen. Zijn richtingaanwijzer knippert naar links, maar plotseling begint de andere mee te flitsen. *'What the hell...!'* Zippi strekt zijn nek. Plotseling zien we een enorme lichtflits, gevolgd door een oorverdovende knal. Zippi duikt weg en trekt me in één beweging naar de grond achter mijn auto. Ik vloek, Zippi vloekt nog harder. We houden onze hoofden een paar seconden laag, tot we geen lawaai meer horen. Tegelijk krabbelen we op en kijken naar de plaats waar Franklins auto zo-even nog reed. Hij is veranderd in een roodgloeiende fakkel waar geen mens levend uit ontsnapt. Uit het politiebureau vlakbij hollen mensen naar buiten. Dikke rookwolken zoeken hun weg naar de sterverlichte avondlucht.

Ik veeg het stof van mijn kleren. 'Een ongeluk?' Mijn knieën voelen als rubber, ze trillen.

'Aan mijn bevallige achterste,' taxeert Zippi. 'Een autobom! Als we dat vriendinnetje van Pjotr niet snel vinden, is ze straks ook *dead meat.*'

Ik slik en haal diep adem. 'Jammer van het geld.'

Zippi gebaart dat we moeten instappen voor er mensen onze kant op komen. Bij Franklins brandende auto wordt geen enkele poging tot blussen ondernomen. Het heeft geen zin en is te riskant. '*No problem*, dat geld,' lacht Zippi. 'Het was nep. Een goede kopieermachine doet wonderen. Ik vermoedde dat hij er wel in zou trappen. Alleen bovenop lag echt geld.' Hij opent de deur en wentelt zich de auto in.

Ik controleer haastig mijn valse nummerplaat aan de voorkant en stap vlak na Zippi in. Niemand lijkt ons te hebben gesignaleerd. De lucht van verbrand rubber hangt in de auto. Ik start en rijd stapvoets weg. Via de andere uitgang maken we dat we van de parkeerplaats verdwijnen. Ik geef gas bij, mijn rechterbeen trilt nog steeds. Het blijft me benauwen, het idee dat je leven aan een zijden draadje hangt. Ik zet de radio aan. Mazzel! Robbie Williams speelt. Zijn muziek kalmeert me meteen.

In het hotel blijkt Samantha nog in de bar te zitten. Ze zag ons aankomen. Nog voor we bij haar zijn worden er twee whisky's voor ons neergezet. Ik ga op de kruk naast haar zitten, Zippi aan de andere kant. Zijn buik past net onder de bar. Samantha drinkt een martini met ijs. *'Well?'* Verleidelijk depo-

neert ze een zoen op mijn wang. Haar lippen zijn vochtig.
Ik ruik de alcohol in haar adem. Lekker. 'Nou, het was geen
onverdeeld succes. Franklin ging er met het geld - nepgeld -
vandoor, en gaf ons het telefoonnummer van Pjotrs vriendinnetje. Daar zou hij de spullen verborgen hebben.' Hopelijk snapt
Zippi dat ik over Franklins ongelukje liever nog even mijn kop
houd.
Zippi glimlacht langs Samantha heen naar mij. Hij snapt het.
*'He took the money and ran? Clever boy. You already called
his girlfriend?'* vraagt Samantha.
Tot mijn verbazing heeft Samantha alles begrepen was ik zei.
Ik wend mijn blik naar de barkeeper die met andere klanten
bezig is en zie in mijn ooghoeken Zippi onhandig met zijn glas
heen en weer schuiven. *'Not yet.'*
'Do it, silly boy. Now!' grinnikt Samantha, knipt haar tasje open
dat op de bar ligt en haalt er haar mobieltje uit. Omdat ik Samantha
niet graag in de zaak betrek, aarzel ik, maar als ik niet bel
snapt ze meteen dat het niet helemaal snor zit met Franklin.
Ik trek Franklins kattenbelletje uit mijn achterzak en tokkel
het nummer op het mobieltje. Stoïcijns neemt Zippi een slok
van zijn whisky. Samantha houdt haar adem in. Ik hoop dat er
niet opgenomen wordt.
'Met Cecilia.'
Shit. 'Met wie spreek ik precies?' vraag ik rustig. Samantha
kruipt bijna bij me op schoot om alles te kunnen horen.
'Met Cecilia,' antwoordt het meisje onzeker. 'Als je een grap-
penmaker bent, leg ik op.'
'Niet opleggen. Ik ben familie van Pjotr. Een verre oom, zal
ik maar zeggen.'
Het is even stil, maar ik hoor Cecilia uitademen. Ik vervolg:
'Hij heeft me jouw nummer gegeven. Ik ben in Nederland en
vroeg me af of jij wist waar hij uithing.'
'Nee,' zegt Cecilia op verrassend vrolijke toon. 'Geen idee. Is
hij niet gewoon thuis, dan?'

'Nee, niemand deed open.'

'Dan weet ik het ook niet hoor.'

Het vermoeden bekruipt me dat ze zo dadelijk de verbinding gaat verbreken. 'Luister eens. Ik wil je graag spreken. Het is dringend.' Samantha steekt een optimistische duim op, draait zich om naar Zippi en zegt iets tegen hem, eerst in het Spaans, dan in het Engels. Ik versta het niet, wacht op Cecilia's reactie. Cecilia lacht heel kort, nerveus. 'Maar ik ken je niet.'

Ik neem een slok whisky. Het brandt in mijn tandvlees. Samantha is intussen druk in gesprek met Zippi geraakt. 'Klopt. Hoeft ook niet. Het schijnt dat jij iets hebt dat verhandelbaar is. Pjotr heeft iets bij jou verstopt.'

'Bij mij?' giechelt Cecilia. 'Wat dan?'

'Iets van waarde.' Ik schuif weg bij Samantha en druk het mobieltje vaster tegen mijn oor. 'We moeten het daar eens over hebben. Luister, we denken dat Pjotr jou in gevaar brengt.'

'Pjotr?' Cecilia spreekt de naam uit alsof ze hem voor het eerst hoort. 'Gevaar?'

Jezus, het is toch geen dom blondje zeker? 'Ik wil je morgenochtend spreken. Geen uitstel, alsjeblieft, want ik meen het serieus.'

'Oké. Best. Morgen om tien uur. Tegenover het Mastbos is een hotel-restaurant. Ik zit op het terras. Je herkent me aan mijn blonde haar. En ik zal een *Stem* bij me dragen.'

'Is dat een krant?'

'Ja.'

Origineel bedacht. 'En als ik nou eens...' Ik krijg te laat door dat ze heeft opgelegd. Cecilia is kennelijk een meisje dat niet snel vertrouwen schenkt, en dat is maar goed ook in deze harde wereld. Samantha begint opeens hard te lachen. Zippi heeft iets buitengewoon grappigs gezegd, want ze komt niet meer bij. Ik heb geen zin in seks vanavond.

Zippi gooit de Roadster zo fel in de bocht dat ik aan meer dan enkele G-krachten wordt blootgesteld. Hij weet dat ik dat leuk vind. Speciaal voor mij heeft hij muziek van Robbie opgezet. 'Ben jij daar wel eens geweest, in Engeland?' vraagt hij. 'Waar Williams vandaan komt?'

'Tuurlijk. Onbegrijpelijk dat hij daar is opgegroeid. Het is óf onuitstaanbaar burgerlijk, óf walgelijk *upper class* daar. Adel en gepeupel hebben nergens zo veel gemeen als in Engeland.'

'Ik vond Lady Di anders wel een lekker ding,' poneert Zippi. 'Dat was een schooljuf. En die is dood. Ik bedoel maar...'

'Jij bedoelt maar!' aapt Zippi me grijnzend na, remt zo onverwacht dat mijn hersens tegen mijn voorhoofd kaatsen, en zet de Roadster aan de straatkant weg. Rechts van me zie ik het terras van het restaurant liggen. Aan de overkant beginnen de bossen. 'Heren van Oranje,' lees ik hardop de woorden van de gevel.

Zippi haalt zijn schouders op. 'De plaatselijke cafénamen blinken niet altijd uit in elegantie. Sorry.'

'*Never mind.* Zo'n naam heeft wel iets voor deze locatie.'

We stappen uit en lopen het terras op. Zippi vangt wat bewonderende blikken voor zijn karretje. Onder de luifels, in de schaduw, zijn de tafeltjes nog leeg. We blijven staan en kijken rond. Een paar meter verderop, aan de andere kant, zie ik een blonde juffrouw van een jaar of twintig zitten.

Ik stoot Zippi aan. 'Zou ze dat zijn?'

'Zou kunnen.' Zippi laat me voorgaan.

Ze zit met de rug naar ons toe. Midden op tafel ligt de *Stem*, zo scherp opgevouwen alsof ze er nog geen woord uit gelezen heeft. 'Cecilia?'

Arrogant kijkt ze over haar schouder. 'Oom van Pjotr?' Ze draait haar lichaam bij en trekt haar wenkbrauwen op. 'Met een vriend?'

We gaan bij haar tafel staan en ik geef haar een hand. 'Marcel Kwast. En dit is mijn vriend Zippi.' Zippi buigt als een overjarige butler.

'Kom erbij zitten,' nodigt Cecilia ons, in een oogwenk ontdooid, uit.

We zakken tegenover haar neer. 'Dank je. Fijn dat je tijd had.'

'Ben jij echt een oom van Pjotr? Jullie lijken totaal niet op elkaar.'

'Feitelijk een soort van achteroom. Maar we zijn familie, ja.'

'Zou je niet zeggen.' Cecilia wenkt een serveerster. We bestellen drie cappuccino bij een onuitgeslapen studentenmeisje. 'Jullie wilden me spreken, heren?'

Zippi en ik wisselen een blik. Cecilia is een stralende mooie meid. Die moeten we heel zien te houden. Ik schraap mijn keel om tijd te winnen. 'Het schijnt zo te zijn dat Pjotr iets bij jou in bewaring heeft gegeven. Iets dat jou in moeilijkheden zou kunnen brengen.'

'O ja? Werkelijk?' reageert Cecilia naïef. 'Ik zou niet weten wat.'

'Iets van kunst.' Zippi geeft me onder tafel een trap, maar ik wil er niet omheen blijven draaien. 'Pjotr had een vriend beloofd iets te verhandelen.'

Cecilia's gezicht betrekt. 'Toch geen... crimineel gedoe zal ik hopen?'

De koffie arriveert. Zippi rekent meteen af. Geen fooi. 'Dat weten we juist niet. Maar feit is dat jij het beter niet in huis zou kunnen hebben.'

'Jeetje.' Cecilia mikt suiker uit een zakje in haar cappuccino en begint bedachtzaam te roeren. 'Ik dacht dat het allemaal niet zo veel voorstelde.'

'Wat niet?' vraag ik. Zippi snuift door zijn neus.

Ik blijf kalm. We moeten haar niet pressen, want dan slaat ze dicht. 'Hij hééft je dus iets gegeven?'

Cecilia knikt. Ze roert nog steeds. 'Wel iets ja.'

'Toevallig twee schilderijtjes? Jij was toch zijn vriendin?'

Ze stoot tegen haar kopje. De koffie gutst over de rand. 'Vooropgesteld dat dat klopt: hoe weten jullie dat?'

Zippi blaast door zijn neus en mengt zich in het gesprek. Zijn omvang maakt dat hij snel iets gemoedelijks over zich heeft. 'Kennen jullie elkaar al lang?'

Cecilia fronst, er verschijnen rimpeltjes boven haar neus. 'Twee weken?'

Ik schiet bijna overeind, houd mezelf nog net in. Wat stellen een armzalige twee weken nu voor? Mijn ex en ik hebben het een oneindig veelvoud met elkaar volgehouden. 'Nog niet zo heel lang dus.' Mijn stem slaat over. Ik wrijf over mijn keel.

'Nee, niet zo heel lang,' antwoordt Cecilia. 'Het klikte gewoon.'

'Dat is mooi.' Zippi zit te glimmen met het gezicht van iemand die de romantiek net persoonlijk uitgevonden heeft. 'Jonge liefde. Vandaar dat hij je vertrouwde. En wat dingen in bewaring gaf.'

Opeens lijkt Cecilia minder geamuseerd. 'Daar hebben jullie het steeds over, ja. Hij heeft me alleen ooit zijn bankpasje in bewaring gegeven. Toen hij een weekeinde wegging. Meer niet.'

Dat smoesje slikken we natuurlijk niet. Cecilia halfslachtig tegen de haren in strijken zal niet helpen. Dan toch maar de bikkel erin. 'Het spijt me, maar we hebben aanwijzingen dat Pjotr in problemen is gekomen door *whatever* hij jou heeft gegeven. Forse problemen.'

Ze schuift haar kopje van zich af. 'Lijkt me sterk.'

Hard hoofd voor een blond meisje... Zippi zet zijn cappuccino ook weg en buigt half over de tafel haar kant op. 'Ze hebben het hem betaald gezet. Dat hij voor zijn vriend leurde. Franklin, ken je die?'

'Ja. Vaag.' Ze knikt, bijna gedwee. Haar weerstand staat op breken. 'Die werkt toch bij het theater?'

'Klopt.' Ik schuif ook wat dichter aan. 'Alleen, die lui waar Pjotr mee te maken had kwamen er wat laat achter dat hij niet de echte dealer was.' Verdimme, waarom krijg ik ineens medelijden met Cecilia. Achter haar koppige façade verschuilt zich een bang en kwetsbaar meisje. 'Franklin wilde verkopen wat

Pjotr jou in bewaring heeft gegeven.'

Haar oogopslag is fel. 'Ik heb niks bijzonders, zei ik je toch?' Moet ze nou zo moeilijk doen? 'Ik zal er geen doekjes om winden. Gisteren hadden we een gesprek met Franklin. Toen hij wegreed ontplofte zijn auto.'

'Jezus.' Cecilia slaat een hand voor haar mond. 'Die ontploffing in de stad?'

'Die ja,' sist Zippi. 'Die was het.'

'Nou,' herstelt Cecilia zich wonderbaarlijk snel, 'ik had geen idee dat het allemaal zo *heavy* was.' Haar lange blonde haren golven als ze ze over haar schouders naar achteren schudt. 'Oké, Pjotr heeft me iets gegeven. Een kartonnen doos. Dichtgeplakt met tape. Maar ik zweer je dat ik geen enkel idee heb wat er in zat.' Eindelijk wordt ze verstandig.

'Die doos, hoe is die in aanvang bij Franklin terechtgekomen?' In twee schokkerige etappes haalt ze haar schouders op. 'Geen idee. Ik dacht dat hij van Pjotr was. Die doos stond gewoon bij mij. Verder niks, hoor. En volgens mij zat er voornamelijk lucht in.'

Zippi's knie klapt tegen de tafelrand als hij zich achterover in de stoel laat vallen. 'Dus Franklin blufte?' vraagt hij aan mij. Cecilia's koffiekop staat intussen in een riant voetbad.

Ik aarzel. 'Ja Zippi, eh... nee. Als die werkjes niets waard waren geweest, had de eigenaar ze niet terug willen hebben.'

Het baart me zorgen dat Cecilia nog steeds nauwelijks benul heeft van het gevaar waar ze zich in bevindt. Ik wend me weer eenduidig tot haar. 'Luister meisje. Pjotr kreeg die spullen via Franklin van een vriendje van Franklin, een inbreker. We weten niet wie dat was. Feit is dat er iemand is die er alles voor over heeft zijn spullen terug te krijgen, in het bijzonder twee kostbare kunstwerken die in die doos zitten. We kunnen jou pas helpen als we alles weten wat jij weet. Snap je dat?'

Ze knikt, knippert een paar keer snel met haar ogen, alsof ze alles op zich in moet laten werken. 'Best. Goed. Maar meer dan wat ik gezegd heb kan ik je niet vertellen. Dit is alles wat ik weet.'

'Shit.' Ik neem een slok van mijn cappuccino om na te kunnen denken. Het is beter om niet te vertellen wat er met Pjotr is gebeurd om te voorkomen dat ze helemaal in paniek raakt. 'Had Pjotr veel vrienden?'

'Niet veel, geloof ik. Ik heb er in ieder geval nooit bezoek gezien.'

'Hobby's? Interesses? Ging hij wel eens weg?'

'Hardlopen, in het bos. In zijn eentje.' Ze wuift een paar langszwevende paardebloempluisjes weg. 'Of films kijken, thuis. Hij was best een teruggetrokken jongen. Maar wel heel aardig.'

'Werkte hij?' vraagt Zippi, zijn ongeschoren kop in een geïnteresseerd standje trekkend.

'Hij was op zoek naar werk.' Cecilia begint zich ongemakkelijk te voelen en verschuift op haar stoel. 'Luister, ik zit hier niet in het beklaagdenbankje. Ik ben al ongerust genoeg, want het is niets voor Pjotr om niet thuis te zijn.'

'Wat doe jij eigenlijk in het dagelijks leven?' doe ik een poging lucht in het gesprek te brengen

'Studeren. Toerisme. Hogeschool,' antwoordt ze staccato.

'Heb je vaak contact met Pjotr, dat je zo precies weet wanneer hij wel en niet thuis is?' Zippi geeft het niet op, maar met een stiekem kort gebaar onder de tafelrand geef ik aan dat hij even moet stoppen. Ik inhaleer diep en blijf Cecilia aankijken. 'Je kunt er ook niets aan doen tenslotte. We zullen je niet langer lastigvallen en laten het weten wanneer we Pjotr vinden. Mocht hij eerder bij jou opduiken, laat het ons dan ook weten.' Ik haal een pen uit mijn zak en schrijf mijn mobiele nummer op een bierviltje. 'Hier,' schuif ik het haar toe.

'Bedankt.' Ze pakt het op en bekijkt mijn nummer. 'Ik zal het bewaren.' Dan lacht ze. 'Mooie auto hebben jullie. Ik zag jullie aankomen.'

Precies in de roos om Zippi op te vrolijken. 'Audi TT Roadster. Speeltje van mij.'

'Goede smaak. Misschien mag ik eens een ritje met je maken als ik meer tijd heb?'

'Houd ik je aan.' Zippi drinkt zijn koffie op en kijkt naar de ingang van het restaurant, waar iemand met een scootmobiel in de deuropening is vastgeraakt.

'Ik moet gaan,' zegt Cecilia plotseling. 'Bijna vergeten dat ik nog een andere afspraak heb. Bedankt voor de koffie.' Meteen staat ze op. Ze is onverwacht lang, en gespierd. 'Ik spreek jullie nog wel.' Met grote passen loopt ze het terras af naar de straat en verdwijnt om de hoek.

Er start een auto. Een moment later zien we haar langsrijden in een Peugeotje. Haar donkere blik is strak op de weg gericht. 'Mooi meisje. Maar onbetrouwbaar,' zegt Zippi die overeind komt en haar auto een ogenblik nakijkt.

Hoe komt hij daar nou bij? 'Welnee. Gewoon een moderne meid die zich aangetrokken voelde tot een wereldvreemde nerd.'

'En dat vind jij normaal?' schampert Zippi. 'Zou Samantha zo'n type willen?'

Ik maak een geluid met mijn mond alsof ik een paard aanspoor. 'Denk het niet.'

Zippi straalt. 'Precies!'

We lullen nog een tijdje verder over mannenzaken, betalen en stappen op. Aan een tafeltje onder een van de luifels zie ik een bekende zitten. Zodra hij me ziet, trekt Ray zijn krant als een gordijn voor zijn gezicht, maar hij weet dat het te laat is en ik hem in de smiezen heb. Als we passeren, sis ik: 'Ha die Ray. Niet meer ons nalopen, ja?' Ik doe het zo dat Zippi het niet hoort, want als die in de *wrong mood* is heb je kans dat hij er meteen op gaat rammen, en daar zit ik niet op te wachten. Niet nu.

Omdat Samantha zin had om in haar eentje te winkelen, hebben Zippi en ik de TT nabij het centrum gestald en zijn we als mannen onder elkaar maar een eindje door de stad gaan kuieren. Een vaag onderbuikgevoel van mij dirigeert ons naar de Grote Markt. We kopen er een Italiaans ijsje. De kramen zijn verdwenen en vervangen door de terrassen van cafés en restaurants. We zakken neer op een bankje voor de ijszaak dat merkwaardig genoeg niet op het plein maar op de winkel zelf gericht is. Zippi, die zijn ijs meer hapt dan likt, kijkt over zijn schouder. Zijn buik puilt uit zijn broek. Hij moet beter aan zijn gezondheid denken. 'Daar heb je je vriendin weer,' zegt hij op een goed moment.

'Samantha?'

'Nee. Cecilia.'

'Cecilia!' roep ik uit.

'Heb je papegaaien in de familie?' Hij trapt hard tegen mijn enkel. 'Kijk zelf dan!'

Ik draai me om. Op een terras aan de overkant zit inderdaad Cecilia.

'Ze is niet alleen,' voorziet Zippi het geheel van commentaar. 'Er zitten wat kerels bij. Studenten.'

Ik draai me nog verder om. Cecilia en haar gezelschap hebben een paar pilsjes voor zich staan, maar ondanks dat oogt het niet als een gezellig gesprek. 'Wat ik al hoopte.'

'Watte?' kreunt Zippi. Zijn lijf is niet berekend op de kreukel waarin hij zich gewurmd heeft. Hij komt uit de bank en staat op. 'Dat we haar hier zouden tegenkomen? Maak dat de kat zijn kont wijs. Je bent toch niet helderziende?'

'Hier komen veel studenten, zei jij. En ze had een shirt met de naam van dat café aan.'

'Zou ze hier bijverdienen?' Krakend begint Zippi van zijn hoorntje te knabbelen.

Cecilia staat op en pakt een dienblad dat tegen het tafeltje leunde. *'Need I say more?'* zeg ik.

'Oké, *smart ass.* Jij hebt gelijk,' geeft Zippi toe. 'Maar wat...'

'Stil,' leg ik Zippi tijdelijk het zwijgen op. 'Die jongens die bij haar zitten, die lijken me alles behalve studenten.' De knapen zien er ouder uit, zeker ergens in de dertig, en ze dragen dunne zomerpakken, zonder stropdas. Maar het is vooral de uitdrukking in hun ogen. Trots, eisend, niet gewend hun zin niet te krijgen. Dit zijn jongens uit een ander milieu dan dat van de hogeschool. Cecilia loopt weg en roept iets naar ze. Het is niet te verstaan, maar vriendelijk is het beslist niet. Voor ze in het café verdwijnt tikt ze nog op haar horloge, een gebaar ter bevestiging van een afspraak. De mannen zwaaien, lachen opeens, en schurken zich loom in de zon. Hopelijk vergis ik me, en zijn het gewoon vrienden.

Zippi veegt het zweet van zijn voorhoofd. 'Kolere, wat is het warm.' Hij kijkt me aan. 'Ik wed dat ze zo pauze heeft.'

'Mijn idee.' Ik kom overeind en gooi het halfvolle hoorntje met ijs en al in een afvalbak.

Zippi komt naast me staan zonder het terras uit het oog te verliezen. In een paar grote happen verorbert hij het laatste stuk van zijn ijsje. De mannen drinken hun pils in een paar teugen op en komen overeind. Ze gooien wat geld op tafel en wandelen weg naar een winkelstraat.

Quasi-nonchalant sjokken we het plein over en verschuilen ons aan de overkant in de schaduw van een luifel. Cecilia komt met een vol dienblad naar buiten, brengt bestellingen rond, rekent af, ruimt af, neemt charmant nieuwe bestellingen op, en dat ritueel voltrekt zich nog een keer.

'Shit, wat duurt dat lang zeg,' mokt Zippi.

'Geduld. Ik weet zeker dat ze zo pauze heeft.' Zippi's gezeur stoort me een beetje, maar wat me vooral irriteert is dat hij verlekkerd naar Cecilia's kont kijkt zodra die in beeld is. Net iets te begerig naar mijn zin. Van vroeger weet ik dat Zippi het niet zo nauw nam met de vrouwtjes, maar van zo'n meisje als Cecilia moet zelfs hij met zijn *dirty mind* afblijven.

'Dromerd, let op.' Zippi port me tussen mijn ribben. Cecilia is zonder dienblad naar buiten gekomen. Ze groet naar iemand binnen en wandelt het terras af, naar de Grote Kerk. Ik knik naar Zippi. We zullen haar volgen.

'Dat meisje heeft ellende aan haar broek hangen,' mompelt Zippi.

'Geloof je? Volgens mij ben jij van nature veel te wantrouwend.'

Zippi spuugt een stukje noot op straat. 'Mijn vader zat in de politiek voor een zeer christelijke partij.'

'So what?'

Cecilia is de kerk al gepasseerd. Aan het einde van de Grote Markt gaat ze naar rechts. We verhogen ons tempo om haar niet kwijt te raken. Ter hoogte van de kerk geeft Zippi pas antwoord. 'In geen gezin in ons dorp werd zo veel gemept als in het onze. En toch stond mijn vader iedere week braaf in de kerk bijbelteksten te declameren.'

'Jeugdtrauma?'

Zippi veegt zijn mond schoon met de muis van zijn hand. 'Actueel trauma. Iedere keer als ik van die christelijke politici op de tv zie, heb ik de neiging naar een granaatwerper te grijpen.'

'Aha,' sla ik hem op zijn schouder. 'Ook een haat-liefdeverhouding met Balkenende soms?'

'Een kennis van me is ooit bijna door hem overreden in Zoutelande. Balkenende reed een veel te vette Mercedes. Heel naar als je zo bij de Zeeuwse duinen aan je einde komt.'

'*What 's in a name!* Het liep toch goed af?' Ik vermaak me openlijk om Zippi's klaagzang.

'Ja, maar het idee is al erg genoeg.'

We hebben de Markt verlaten, gaan rechtsaf, en zien Cecilia naar de Militaire Academie gaan. Ze heeft haast. Dan verdwijnt ze weer uit beeld achter een huizenblok.

'Ze gaat het park in.' Ik ken deze buurt inmiddels goed genoeg om te weten dat dat de enige optie is. 'Daar heeft ze afgesproken.'

Zippi bromt iets onverstaanbaars. Zijn ogen glanzen.

'Je valt wel op haar, geloof ik?'

'Klets niet. Te jong, veel te jong,' zegt Zippi en spuugt tegen het standbeeld dat we passeren, een ruiter te paard op een enorme sokkel. Iemand heeft de ballen van het paard geverfd. Zippi grijnst. 'Moet je de tattoos op de mijne maar eens zien.'

Ik bloos. 'Lijkt me pijnlijk.'

'*Mama,* staat er op,' grijnst Zippi. We zijn bij een volgende hoek, slaan weer rechtsaf en steken een plein over om in het park te komen. De sfeer is *easy going* in het park. Asfaltpaden doorsnijden hectares van gras, bomen en struiken. De fontein van de grote vijver spuit hoog in de lucht. Opeens zie ik Cecilia. 'Daar loopt ze.'

Zippi heeft haar al uren in de smiezen. Hij was mentaal altijd al sneller dan ik. Daarom deed hij het bij de meisjes een stuk beter. We acteren dat we geen haast hebben, slenteren over het pad verder. Tegemoetkomende fietsers slingeren langs ons heen. Vanaf het station gaan forensen en dagjesmensen naar het centrum, de kortste weg door het park nemend. We denken nog even dat Cecilia naar het station gaat, maar dan slaat ze af, precies voor de speeltuin. Veel meer dan vijftig meter zitten we niet meer achter haar. Ze aarzelt, kijkt rond, en gaat op het enige lege bankje zitten dat er nog is. De andere zijn ingenomen door ouders die de capriolen van hun kroost in de speeltuin gadeslaan.

'Amai,' kraait Zippi op zijn Belgisch. 'Onze lieftallige dame is haar achterpartij aan het testen.'

'Stil. We lopen èen stukje door, over het gras, zodat we achter haar blijven.' Ik wijs naar een mensdikke boom. 'Daar bij die stam.'

'Best, *Mr. CIA.*' Zippi's ironie ontgaat me niet. Hij vindt dat ik niet geschikt ben voor dit soort dingen. Zomaar laait de jaloezie op die ik op de middelbare school soms voor hem voelde. Een scène waarin Zippi me de loef afstak bij de mooiste en geilste meid van de klas, schiet door mijn hoofd.

Het belletje van de ijscoman bij de parkingang rinkelt. Ik ruik etenslucht van het nabije theehuis. Mijn voet zwikt om over een tak als ik het gras op stap. Zippi heeft nergens last van. Als een locomotief dendert hij voor me uit, naar de boomstam toe. Het zweet staat in zijn gelaagde speknek. Hij gaat sneller dan zijn conditie aankan, de *foodjunk*. Bij de boom stopt hij en draait zich om, verbaasd kijkend als hij merkt dat ik hem toch nog op de hielen zit. 'Daar is ze.'

Dat zie ik natuurlijk ook, dat Cecilia op tien passen afstand op de bank zit. We hebben goed positie gekozen om de speeltuin te overzien en doen alsof we onze pauze vieren. Twee kantoormannen die even in de schaduw uitrusten... Daar let niemand op. Cecilia heeft precies in het midden van de bank positie gekozen. Ze wil niet dat anderen erbij komen zitten.

'Wachten?' vraagt Zippi.

'Wachten,' bevestig ik.

Zijn mobieltje trilt in zijn zak, maar hij slaat er geen acht op. Vanaf een zijpad aan de andere kant van de speeltuin, langs een theehuis, komen twee kerels aangelopen.

'Zaten die mannen op het terras?' Ik knijp mijn ogen toe tegen het felle zonlicht.

'Ja, ik geloof het wel,' antwoordt Zippi en krabt op zijn buik. De mannen hebben iets crimineels en oostblokkigs, maar misschien is dat laatste een vooroordeel. Hoe dan ook, ze stevenen recht op Cecilia's bank af. Ik herken ze nu zonder twijfel. Zonder te groeten zakken ze naast Cecilia neer, aan iedere kant een. Cecilia gaat rechtop zitten. Niets wijst erop dat ze zich bedreigd voelt. We horen haar stem, maar kunnen er geen chocola van maken. Het is te ver weg. De ene man staat op, groet en loopt weg. Dan begint de ander te praten. Zijn stem is luid, ieder woord goed gearticuleerd. Eindhovens accent, Limburgs met de zachte glans van een Philips sfeerlamp. 'Als je het mij vraagt, kun je dat beter niet doen. Je moet geen risico's nemen.'

Jammer genoeg gebaart Cecilia meteen dat hij zachter moet

praten, waardoor onze directe ontvangst wegvalt.

'Waar ging dat over?' vraagt Zippi.

'Ik weet net zo weinig als jij,' haal ik mijn schouders op. 'Stil. Misschien horen we nog wat.'

'Het heeft niet de schijn dat ze die gozer van haar gymkluppie kent.'

Zippi heeft gelijk, maar ik reageer niet, spits tevergeefs mijn oren. Na een minuut of vijf is het overleg klaar. Cecilia staat op en draait zich om. We gaan dichter achter de boom staan.

'Ik zie jullie nog wel. En we hebben het nog over het werkstuk. Ja?' Cecilia's toon is opgetogen.

'Tóch studenten?' verbaast Zippi zich.

Cecilia gooit haar haren naar achteren en begint aan haar wandeling terug naar het café. Subtiel gebruiken we de boomstam om uit haar zicht te blijven.

'*Yes*, tóch studenten!' Ik ben niet minder verrast. 'Wat doen we? Terug naar Cecilia, of kijken waar deze jongen vandaan komt?'

'Hangt ervan af.' Zippi strekt zijn nek om een laatste glimp van Cecilia mee te pakken, haalt zijn mobieltje tevoorschijn, tokkelt op de knopjes en staart moeizaam naar het schermpje. 'Leesbril nodig?'

'Ik niet! Die koleraschermpjes spiegelen als een bak olie.'

Oeps. Teer puntje geraakt. Die Roadster is toch een vorm van compensatie. Ik taxeer Zippi's buikomvang. Daar kan hij wel mee leven. Maar een leesbril is iets voor bejaarden...

'Verdomd,' roept Zippi. 'Raad eens waar Cecilia woont?' Hij is oprecht verbaasd.

'Hoe weet je dat überhaupt?'

'Sms'je. Een vriendje van me heeft haar kenteken gecheckt. Van de afspraak bij het terras in het bos.'

Slim dat Zippi daaraan dacht. 'Nou, waar woont ze dan?'

Hij glundert alsof we de hoofdprijs in een kennisquiz gewonnen hebben. 'Speelhuislaan.'

Ik word wakker. 'Waar Pjotr woont... woonde?'
'Yes. Nog sterker: ze is zijn buurvrouw.'
'Shit. Waarom vertelde ze dat niet?'
'Weet ik veel.' Zippi bergt zijn mobieltje weg en hijst zijn broek
op. 'Laten we er eens langsgaan.'
Opeens hebben we haast. Filosoferend over de rol van Cecilia
benen we terug door het park, de winkelstraten door naar de
bewaakte parkeerplek waar we de auto hebben achtergelaten.
Hij staat er met open dak nog spic en span bij. Zippi tipt de
parkeerwacht vorstelijk en we stappen in. Ongeduldig start hij
de motor. Hij heeft een verrassing als hij de radio aanzet.
'Robbie Williams! Zijn laatste cd,' zeg ik blij.
'Vanochtend gekocht. Speciaal voor jou.' Kleine speekseldruppeltjes uit Zippi's mond dansen in het zonlicht. We zijn al langs
de slagboom en rijden veel te hard door de straat. 'Geweldig!'
roep ik.
'Voor jou doe ik alles, maatje,' bezweert Zippi me. Hij geniet
van mijn lol, en van de auto.
Opnieuw laait mijn jaloezie op. Halverwege de rit belt Samantha.
Ze heeft voorlopig nog genoeg te neuzen in een boetiek, en
ze wil daarna een of andere film zien. Ze vermaakt zich prima
zonder mij. Mooi. Plotseling rijden we de Speelhuislaan in.
De wielen dansen over de onregelmatige keien. Halverwege
draaien we voorzichtig over de rails naar de overkant. Een stuk
voor Pjotrs huis stoppen we en lopen de laatste meters. De
woning ligt er onveranderd bij. Geen teken van leven te zien.
'Het verbaast me dat de politie nog niet geweest is. Zouden ze
zijn identiteit nog niet hebben vastgesteld?' peins ik hardop.
Zippi grinnikt. 'Heb je nóg een *hell of a plan?* ' pest hij als we
voor Cecilia's voordeur halthouden.
'Leuk,' zeg ik, niet echt *amused.* 'Hetzelfde recept als bij Pjotr?'
'Klinkt goed. Alleen deze keer heb ik liever dat jij op de uitkijk blijft staan. Stel dat die Ray van je weer opduikt.'
Ik zou liever mee naar binnen gaan, maar wil Zippi niet teleur-

stellen. Bovendien heeft hij onwaarschijnlijk veel *drive* in waar hij nu mee bezig is, en die wil ik niet in de kiem smoren.

'Goed.' Ik draai me om, kruis mijn armen voor mijn borst en stel me pal voor de deur op. Achter mijn rug morrelt Zippi weer vakkundig aan het sluitwerk, en de klik die na een halve minuut volgt, zegt genoeg.

'Ik ben naar binnen,' fluister Zippi.

Over mijn schouder zie ik hem de gang in sluipen. De voordeur gaat weer dicht. Hopelijk kan hij die doos vinden waar Cecilia het over had. Om het wachten te bekorten, ijsbeer ik wat voor de deur heen en weer. Af en toe passeert een auto, waarbij ik steeds met gespeelde aandacht de straat bestudeer. Ik tel de seconden op mijn horloge af. Na precies vijf en een halve minuut komt er leven in de brouwerij. Ongewenst leven. Vanaf de kant van de snoepjesfabriek komt een klein autootje de straat in gereden. Ik duik meteen tegen de gevel weg. Verdomd, daar is Cecilia. Is ze al klaar met haar werk? Ze parkeert haar autootje op de middenberm tegenover me. Ik duw op de bel om Zippi te waarschuwen. Hoewel er binnen een klokkenspel losbarst, is het te laat voor hem om ongezien weg te komen. Ik vloek binnensmonds. Cecilia is al uitgestapt. Ze gooit een tasje over haar schouder en mikt het portier dicht. Nog voor ze oversteekt heeft ze me al gezien. Ik doe een paar schuifelpasjes naar Pjotrs huis.

'Ha die Marcel,' roept ze opgetogen. 'Bij je neefje op bezoek?' Het duurt even voor ik snap wat ze bedoelt. Ze denkt dat ik voor Pjotr kom. Ze is de straat al over en gaat lachend voor me staan. Ik grijns onbenullig, dat kan ik heel goed als het nodig is. 'Tja, ik denk, ik probeer het maar eens. Maar er is niemand thuis.'

Vluchtig loer ik naar Cecilia's huis. 'En wat doe jij hier? Ook bij Pjotr op bezoek?'

Uitdagend krult ze haar lippen. 'Niet bepaald. Ik woon hier,' wijst ze naar haar voordeur.

Verdomme, ze flirt met me. 'Naast Pjotr?' Langzaam schuifel

ik nog verder van haar voordeur weg.

'Heb ik dat niet verteld?' zegt ze.

Ik let op haar ogen, die niets van argwaan of onzekerheid verraden. 'Niet tegen mij, in ieder geval.' Cecilia beweegt en praat alsof ze in een soap acteert. Als iemand me zou zeggen dat ze van bordkarton was, zou ik het geloven, en toch voel ik de behoefte haar te beschermen. Waar hangt Zippi toch uit?

Cecilia haalt haar huissleutels tevoorschijn en rammelt ermee.

'Wil je iets drinken soms?'

'Nee, bedankt.'

Ze steekt de sleutel in het slot.

'Lekker weer, niet?' Iets beters weet ik niet om haar op te houden.

'Ja?' Even kijkt ze naar de blauwe lucht.

Natuurlijk begint ze nu te denken dat mijn hersens oververhit zijn. Ik gedraag me als een verliefde puber. 'Sorry, ik doe wat onnozel. Ik maak me zorgen over Pjotr, snap je?' Heeft Zippi in de gaten dat ze voor de deur staat, verdomme?

Ze houdt in, laat de sleutel los. 'Ik ook hoor, maar hij loopt heus niet in zeven sloten tegelijk. Hij gaat wel eens vaker zomaar een paar dagen de hort op.'

'Jullie zijn allang buren?'

'Jaartje, ongeveer,' schat Cecilia. 'We kwamen elkaar te spreken door een botsing aan de overkant. Dan ga je kijken wat er aan de hand is, en van het een komt het ander.'

'Dat is zo en...'

'Dag mensen,' hoor ik Zippi's stem achter me. Goddank, hij is het huis uit. Ik draai me om. Gezeten in zijn auto zwaait hij naar ons. Heel *smart* van hem.

'Zo, je bent weer terug van het tanken?' knipoog ik naar Zippi. Zippi snapt het toneelspelletje meteen. 'Mijn karretje kan er weer even tegen.' Hij parkeert de Roadster langs de kant en stapt uit, waarna hij naar ons toe komt.

'Alles goed, sergeant Garcia?' vraag ik.

'Geel koet,' galmt Zippi lollig. Zijn blik kleeft meteen weer aan Cecilia. Het is en blijft een lekkere meid.

'Ik vertelde net dat ik Pjotrs buurvrouw ben,' verklaart Cecilia attent.

'Ach, wat een aardig toeval.' Zippi buigt en geeft haar een kushandje. Zo galant heb ik hem nog nooit gezien. Hij denkt te veel met zijn ballen.

'Ik moet verder nu,' zegt Cecilia en draait zich om naar de sleutels die nog uit het slot steken. Ze opent de deur. 'Doei.' Koeltjes stapt ze naar binnen en gooit de deur dicht. De invallende stilte is ondraaglijk.

'Waar bleef je nou?' sis ik naar Zippi.

'Jezus, ik moest er door een achterraam uit, en de route achterom was ook niet simpel, man!'

'Sorry. Ik zag de bui al hangen, dat ze je betrapte.'

'Die idiote elektronische bel van haar kun je echt niet missen.' Zippi plukt iets uit zijn neus en mikt het op straat.

'Heb je iets gevonden binnen?'

'Ik heb alleen beneden kunnen kijken. Weinig bijzonders. Een briefkaart van een vriendin, studieboeken, wat dichte enveloppen met rekeningen. Dat was alles.'

'Als ze die doos nog heeft, zal ze die heus niet beneden bewaren.' Met enige moeite onderdruk ik een nies. 'Of wel soms?'

'Nee,' zegt Zippi chagrijnig. 'Tuurlijk niet.'

'Nou, dit schiet niet op. Op die manier komen we er nooit achter wie Pjotr aan de kant heeft gezet.' Ik zucht. 'Laten we maar weer gaan.'

'Niet zo snel. Ik was nog niet uitgepraat met haar.' Zippi duwt me opzij en belt aan. Binnen galmt het Wilhelmus door de gang. We horen hakjes tikken, en Cecilia doet open. Ze heeft zich bliksemsnel omgekleed en draagt een verleidelijk doorzichtig zomerjurkje. Aan haar voeten zitten een paar hooggehakte open schoentjes. Ik hoor Zippi slikken. 'Jullie willen tóch iets drinken?' vraagt Cecilia.

'Iets vragen,' bromt Zippi, in een poging zich bars te gedragen. 'Die kartonnen doos, die heb je echt niet meer?'

'Nee, echt niet.' Cecilia's stem is minder zeker nu. Ze dacht ons zeker in haar zak te hebben. Ze houdt de deur aan de rand vast en doet een stap terug. 'Sorry, maar ik moet verder.' Alsof ze plotseling haast heeft gekregen duwt ze de deur dicht. Tegelijk zetten Zippi en ik een voet naar voren. De deur bonkt tegen onze schoenneuzen.

'Wat moeten jullie?' vraagt Cecilia en kijkt ons bang aan. Opeens laat ze de deur los, alsof ze beseft dat we ons niet laten wegsturen.

'Niet schrikken,' zeg ik. 'Niet voor ons, tenminste. Mogen we even binnenkomen?' Ik hoor Zippi ontevreden grommen. Het duurt hem allemaal te lang.

Cecilia zet de deur wagenwijd open. 'Kom dan maar binnen in hemelsnaam.' Meteen gaat ze ons voor naar de huiskamer. Als hekkensluiter doet Zippi de voordeur dicht. De huiskamer is knus ingericht, de aangename nestgeur van Cecilia hangt er. 'Ga zitten,' zegt ze. We bedanken en blijven midden in de kamer staan, net als zij.

Ik probeer een opening voor een prettig gesprek te vinden. 'Sorry voor onze ongebruikelijke binnenkomst Maar we hebben slecht nieuws. Beloof dat je het niet doorvertelt. Je zou ons en jezelf in gevaar brengen.'

'Wat dan?'

Ik geef geen krimp. 'Beloof je het?''

'Best.' Ze gaat op de bank zitten. We zakken ook maar ergens neer.

'Luister, ik zal er niet omheen draaien. Pjotr is dood. En we zijn er zeker van dat het met die doos te maken heeft.'

'Doos?' Cecilia blikt of bloost niet. Alleen haar stem schiet een toontje hoger. 'Met die doos?'

Ik verwachtte eerlijk gezegd een wat heftiger reactie, maar ze neemt het nieuws vooral als nuttige informatie aan. 'Weet je werkelijk niet wat er in die doos zat, of lieg je om jezelf te beschermen?'

'Nee, ik weet het werkelijk niet.'

Zippi staart naar Cecilia's knieën. 'Dan zitten we op een dood spoor. Maar feit is dat jij in principe ook gevaar loopt. In die doos zaten namelijk een paar peperdure schilderijtjes die Pjotr voor een vriend probeerde te verhandelen. Dat was dus Franklin...'

'Is Pjotr vermóórd?' vraagt Cecilia. 'Maar moeten we daarmee niet naar de politie, eigenlijk?'

Het verbaast me dat ze daar niet eerder mee kwam. 'Niet doen. Daarmee vestig je alleen maar de aandacht op jezelf. En die blauwe pakken kunnen geen enkele garantie voor je veiligheid bieden, snap je?' lieg ik overtuigend.

Beduusd kijkt ze me aan. 'Als ik het geweten had, had ik die koffer natuurlijk...' Haar wangen gloeien ineens.

'Koffer?' veert Zippi op. 'Koffer?'

Overduidelijk heeft Cecilia haar mond voorbijgepraat. Ze aarzelt, rolt geërgerd met haar ogen, kiest dan eieren voor haar geld. 'Pjotr gaf me geen doos maar een koffer met inhoud. Zo'n grote Samsonite.'

Ik bijt op mijn tong. Het is niet de eerste keer dat een verdachte Samsonite mijn levenspad kruist. 'Een grote?'

'Een vrij grote. Niet zo erg zwaar. En hij zat op slot.'

Zippi blaast piepend door zijn neus. 'Inbrekers maken van die dingen vaak dankbaar gebruik om de buit in mee te nemen. Maar daarmee weten we nog steeds niet met wie ze een deal wilden maken.'

'Nou,' zegt Cecilia samenzweerderig. 'Het was een hotemetoot uit de stad. Dat heeft Pjotr laten vallen. Hij hoopte dat het flink zou opleveren. Ik heb hem nog gewaarschuwd, maar meer wilde hij er niet over zeggen.'

'Oké.' Ik kijk Zippi aan en gebaar dat we moeten gaan. 'Die koffer is dus niet meer bij jou?' wend ik me nog kort tot Cecilia.

'Pjotr heeft hem weer opgehaald.'

'En toen?'

'Weet ik echt niet.'

'We *moven*,' zegt Zippi. 'Als Cecilia verder haar mond houdt, loopt ze geen enkel gevaar.'

Ik sta tegelijk met Zippi op. 'Sorry voor Pjotr,' voeg ik Cecilia nog toe.

Ze lacht. 'Met alle respect, het zou niet echt iets geworden zijn.'

Ik grinnik terug. 'Pjotr was een autistische nerd. Hij zou het met niemand uitgehouden hebben. Toch leuk dat je contact met hem zocht.'

Cecilia geeft zichzelf een dorre klap op de bovenbenen en staat op. 'Ik laat jullie uit. Verder kan ik jullie toch niet helpen.'

'Buiten komen lukt ons zelf wel,' antwoord ik. We stommelen de gang op, wisselen op zachte toon wat flauwe grappen over de inrichting uit en staan weer op straat.

'Typisch meisje,' zegt Zippi meteen als de deur is dichtgeslagen. 'Typisch meisje.'

'Alle meisjes zijn typisch tegenwoordig. Anders tel je niet mee.'

'Is dat zo?' zegt Zippi laconiek. We stappen in de TT en rijden weg. Het ruikt nog naar leer, zo nieuw is de kar.

Zippi perst zijn lippen op elkaar. Hij is aan het nadenken. 'Laten we een stukje door de Beemden rijden. Misschien schiet me nog iets te binnen,' oppert hij.

Ik vind het best. Als ik over mijn schouder kijk zie ik een zilvergrijze auto rijden. Achter het stuur zit een bekende. Ray heeft ons gevonden en volgt ons.

'Jouw vriendje is er weer,' merkt Zippi op. Hij heeft hem in zijn spiegel gespot. 'Die heeft zijn pitbulltanden in de zaak gezet.'

Laconiek trommel ik met mijn vingers op het dashboard. 'Je TT valt te veel op. Dat is het probleem.'

'Misschien moeten we eens een praatje met hem aanknopen,' stelt Zippi voor.

'Nu?' Ik sla graag spijkers met koppen. 'Kun je hem laten stoppen?'

'Later,' beslist Zippi. Op het rechte stuk geeft hij een dot gas. De tweehonderdenvijftig paardenkrachten doen hun werk, en Ray verdwijnt uit het zicht. Als we later langs het nieuwe woonpark bij het theater rijden, zien we in de buurt van Franklins huis politieauto's staan. Daar kunnen we voorlopig beter niet meer komen.

Er gaat een alarm af. Is het de wekker? Ik krijg mijn ogen bijna niet open. Nee, mijn mobieltje gaat over. Het is stikdonker in de hotelkamer, ik zie alleen het oplichtende display van mijn mobieltje naast mijn bed. Samantha slaapt er gewoon doorheen. Ze was gisteren doodop van het shoppen, en ik geloof dat mijn creditcard goed gebruikt is. Het is één uur. Het nummer is privé. Het komt niet van mijn partners in Zuid-Amerika. Ik neem op. *'Who the hell...'* begin ik. Mijn adem stinkt.

'Marcel?' onderbreekt de andere kant me.

'Zou zomaar kunnen.'

'Ray hier. We spraken elkaar al.'

Voortdurend zeurde al een stemmetje door mijn kop dat zei dat ik nog niet van hem af was. 'Wat wil je?' vraag ik kortaf.

'Praten, onder vier ogen.'

'Moet je horen, ik heb niets te verbergen voor mijn vriend en...'

'Die dikke kan er niet bij. Dat wordt te riskant.'

'Ik houd er niet van me te laten chanteren. Wat heb je te zeggen dat je de vorige keer niet te zeggen had? Sorry, ik hang op hoor.'

'Wacht nou even! We moeten elkaar even spreken.'

Samantha is wakker geworden en knabbelt aan mijn oorlel. Laat ik nou maar niet te moeilijk doen. 'Oké, onder vier ogen. Hoe laat en wanneer?'

'Grote Kerk. Morgenochtend tien uur. Ik vind je wel.' Hij verbreekt de verbinding.

'*Who was that?*' vraagt Samantha.

' *Just a guy I know.*'

'*Just a guy?*' Samantha's hand kriebelt over mijn billen. '*Please be careful.*'

'*Sure.*' Ik draai me om. Het is nog steeds donker. Ik voel haar warmte. '*This is Holland. Not Brazil. It's perfectly safe here, you know?*'

'*I know,*' antwoordt Samantha. '*Everything seems to be safe here. Keeping up appearances... It 's the Dutch way of life.*'

Ik knor als ze me op mijn neus zoent. Hebben wij zo'n twijfelachtig imago in de wereld?

3.

Ik bezoek maar zelden kerken. Heel zelden. Onterecht, want ik word er altijd een beetje meditatief van. Het loopt tegen tienen en het breekbare zonlicht valt door de ramen in de Grote Kerk. Stofdeeltjes dansen en dartelen in de goudgele lichtbundels. De kerk is groot, en ik heb geen idee waar ik Ray moet zoeken. In het middenschip staat een groepje toeristen met een gids. De stem van de gids verzuipt in zijn eigen echo. Ik draai me om en loop naar een zijbeuk, waar een grote grafsteen in een afgescheiden ruimte huist. Het interesseert me niet wie er ligt. Het is er in ieder geval lekker rustig. De natuurstenen bodem straalt een aangename koelte uit. Op de zoveelste plakkerige Hollandse zomerdag is het hier goed vol te houden. Een uitnodigende muur is bereid mijn rug wat steun te verlenen. Ik laat mijn oogleden zakken, probeer aan niets te denken - denk dus aan alles - , sluimer af en toe een beetje weg zonder mijn alertheid te verliezen. Ik weet niet hoe lang ik zo sta, misschien een minuut of vijf, maar dan hoor ik voetstappen naar me toe komen. Ik open mijn ogen. Hoewel het licht fel is, zie ik Ray op me af stappen. Hij draagt zijn grijze pak weer. Door zijn bril staren zijn typische ogen me met ironie aan. Hij steekt een hand uit. 'Moe?'
Ik beantwoord zijn groet. Zijn hand is sterk, de hand van iemand die weet wat er te koop is.
'Moment van reflectie,' zeg ik. We laten elkaar los.
Ray steekt zijn handen in zijn zakken, ijsbeert een paar keer voor mijn neus en blijft dan op een paar meter afstand staan. Hij is relaxed, zoals een panter relaxed kan zijn. 'Pjotr is dood.'
Achteloos en betrokken tegelijk, zo klinkt het. Routineus is misschien het goede woord.
'Weet ik.' Ik mik op dezelfde toon als Ray. 'De wc van V&D is *killing.*'

Ray lacht. 'Ik heb je onderschat.'

'Jij hebt hem niet vermoord, toch?'

Ray schudt langzaam zijn hoofd. 'Ik trof hem aan, net zoals jij. Niet verwacht dat je hem zou vinden.'

'Waarom wordt het niet in de openbaarheid gebracht?'

'Geen idee.' Hij doet een stap in mijn richting.

Ik blijf ontspannen tegen de muur leunen, laat me niet imponeren.

'Luister eens Marcel, ik heb je geadviseerd uit de buurt te blijven.'

'Ja, dat herinner ik me.'

'Laat ook maar. We zitten er allebei tot onze nek in.'

'Waarin?'

'Als ik dat eens wist.' Ray trekt een wenkbrauw op. 'Jullie waren gisteren bij Pjotrs thuis?'

'Nee, bij zijn buurvrouw.'

'Cecilia? Daar had hij iets mee?'

'Dat zegt zij.' Ik word het vraag-en-antwoordspel zat. 'Wie ben jij eigenlijk? Zou jij niet eens ophouden met verstoppertje spelen?'

Ray kijkt wat beteuterd. Hij maakt zijn grijze jasje met één knoop vast, rekt en strekt zijn armen op zijn gemak en zet zijn voeten ontspannen op de bodem. 'Zo, en welke winst haal ik daar dan uit? Als ik mijn schone en vuile was voor jullie buitenhang?'

Tja, kan ik zo gauw ook niet bedenken. Ik doe maar een gok. 'Samenwerking? Menselijke synergie?'

Goddank kan hij erom lachen. 'En financiële synergie? Hoe zit het daarmee?'

'Onvoorspelbaar, onvoorstelbaar,' flap ik eruit. 'Je zult er niet op verliezen.'

'Laten we het op een voorlopige samenwerking houden. Maar jij begint. Vertel wat je weet.'

Sounds fair. Ik waag het er op, al weet ik absoluut niet wat ik aan Ray heb als het erop aankomt. 'Kort en goed. Pjotr heeft een vriendje, Franklin. Deze probeerde kunst te verkopen, uit een inbraak verkregen. Of Franklin de kraak zelf heeft gedaan, laat ik in het midden. Hij geeft de schilderijtjes in bewaring bij Pjotr, in een koffer met nog wat andere buit. Pjotr, die ook wel wat geld kan gebruiken, geeft het spul door aan zijn versgebakken vriendin Cecilia, haalt het daar vervolgens na korte tijd weer weg. Waar de koffer gebleven is blijft vaag. Een ding is duidelijk. De gegadigden die de kunst kunnen kopen zijn niet blij. Eerst liquideren ze Pjotr, daarna Franklin. Voor minder doen ze het niet en...' Ik houd op met uit mijn nek lullen en wacht af wat Ray's reactie gaat worden.

Tevreden tekent Ray met de punt van zijn schoen denkbeeldige cirkeltjes over de grond, een eindeloze tijd, zonder me aan te kijken. Dan springen zijn ogen naar mij. 'Heel verstandig geredeneerd, allemaal. Veel verder ben ik zelf niet gekomen. Alles klopt, op een ding na. Pjotr had geen idee wat er in die koffer zat. Franklin gaf die koffer met een flauwe smoes in bewaring - er zouden belangrijke papieren in zitten -, en verder is die koffer niet veel meer dan een paar dagen bij Cecilia in huis geweest. Pjotr parkeerde hem daar toen hij twee dagen wegging om treinen te spotten. Hij kreeg de koffer daarna terug, maar wilde die liever snel kwijt. Franklin maakte hem wijs dat hij hem pas later kon terugnemen. Uiteindelijk is de koffer weggehaald.'

Ik luister ademloos. 'Hoe kun je daar allemaal zo zeker van zijn?'

Ray grijnst. 'Omdat Pjotr mij inhuurde. Ik ben politieman geweest en klus als *private investigator*. Hij kende mij via de spottersclub.'

Perplex staar ik Ray aan. 'Hij moet het wel heel benauwd hebben gekregen om mij er óók nog bij te halen.'

'Was hij ook. Hij kreeg twee telefoontjes die hij totaal niet vertrouwde. Mannen die hem bedreigden. Vanaf dat moment was hij in een voortdurende staat van paniek.'

'Legde hij enig verband met de koffer van Franklin?'

'Nee. Hij zei dat Franklin zijn beste vriend was. *That 's all I know.* Zoals je weet was Pjotr niet zo erg spraakzaam.'

'Kon hij niets aan doen. Hij was autist, of zoiets,' neem ik het voor Pjotr op. Dankzij Ray's uitleg wordt een en ander me duidelijk. 'Hoe lang ben jij bij de zaak betrokken?'

'Een dag langer dan jij. Pjotr belde me op na het tweede dreigtelefoontje.'

'Jezus,' verzucht ik. 'En dat allemaal om een paar lullige schilderijtjes die Franklin probeerde te helen of ...'

'Terug probeerde te verkopen aan de eigenaar dan wel verzekering,' vult Ray aan.

'Had ik ook al bedacht,' laat ik me niet ondersneeuwen. 'En nu?'

Ray komt nog wat dichterbij staan. We wachten tot enkele kerktoeristen gepasseerd zijn. Hij fluistert: 'Het enige wat ik kon bedenken is bij Franklin thuis binnen gaan kijken. Toen hij in het theater aan het werk was. En ik vond een adres.'

'Een adres?'

'Een adres van een woning in het villapark, categorie steenrijk. Ik gok erop dat daar de kraak is gezet.'

'En dat daar die koffer met inhoud vandaan komt?'

'Het zijn vermoedens. Bewijs heb ik niet. En veel meer dan er gewoon langsrijden is er niet van gekomen.'

'Wie is het?' vraag ik. Mijn onderlip trilt een beetje. Het is lang geleden dat ik de spanning van de business direct voelde. Ik mis het soms. 'Kennen we hem?'

'Laten we hem voor de voorzichtigheid maar meneer Victor noemen. Hij heeft zo zijn contacten in het zakenleven en de politiek, dus voor je het weet krijg je er last mee.' Ray haalt een witte zakdoek uit zijn zak en dept zijn neus. Pas als hij tevreden is met het resultaat gaat de zakdoek weer weg.

'Victor is in ieder geval iemand die rijk genoeg is om peperdure kunst aan de wanden te prikken?'

'Lijkt me wel ja. Topvermogen, weet je wel? Maar op zich een onberispelijk blazoen, hoor. Type eerlijke zakenman.' Zonder enige aanleiding kijkt Ray om zich heen. 'Ik zal je het huis laten zien. Loop zo dadelijk maar op flinke afstand achter me aan naar de parkeerplaats. We pakken mijn auto.'

'Best,' reageer ik weinig enthousiast. 'Ik heb toch niets beters te doen. Maar waarom zo geheimzinnig?'

'Voorzorg, dat is alles,' grijnst Ray.

Ik knik. Ray is me iets te glad, iets te sluw, iets te berekenend. Het gevoel bekruipt me dat ik voor hem moet oppassen. Echo's van harde mannenstemmen zwalken opeens door de kerk. Het is alsof Ray ervan schrikt. Hij doet een paar stappen terug, kijkt de kerk in en loopt zonder nog iets te zeggen weg. Ik wacht even, en loop hem na. Hij is al bij de uitgang. De deur klapt open. Het zonlicht wringt zich een moment de kerk in, een schaduw vult de deuropening, dan is Ray weg. Ik lach naar een peuter in een wandelwagentje. Aan de handgreep dobbert een rode ballon aan een touwtje. Zijn moeder bekijkt me en slaat haar ogen geërgerd weg. Ik voel me een kinderlokker in de dop. Eenmaal buiten staat Ray op een hoek aan de over-kant van de Markt op me te wachten. Zodra hij ziet dat ik hem in het vizier heb, gaat hij er weer vandoor. Wat een neurotisch gedoe allemaal. Ik steek de Markt over. Ray loopt honderd meter voor me uit langs de etalages. Omkijken doet hij niet. Ik kom bij een verkeersweg en steek over als de voetgangers-lichten op groen staan. Ray is uit beeld verdwenen, maar rechts van me zie ik de uitrit van een grote parkeerplaats. Bij gebrek aan betere opties loop ik er op mijn elfendertigst naartoe. Beetje sjachie word ik hiervan. De slagboom aan de ingang gaat net omhoog, en de discrete bak van Ray schuift voor. Half lig-gend over de passagierstoel doet hij het portier voor me open.

'Stap in, Marcel.'

'Thanks.' Ik stap in en sluit het portier. Nog terwijl ik met de veiligheidsgordel worstel rijdt Ray weg. Op de automatische

piloot koerst hij door de stad. We chatten over koetjes en kalf-
jes. Hij blijkt vaak filmhuizen te bezoeken. Hitchcock passeert, en films van Jacques Tati. Grappig, dat onze smaken
overlappen. Eenmaal binnen de zuidelijke grenzen van de stad
zijn we in *no time* in het villapark. Ray heeft niets te veel gezegd.
Tegen de bosrand strekt zich een woonwijk uit waar een muffe
geldgeur in de lucht hangt. Percelen waarop je met gemak een
midgetgolfbaan kunt beginnen. *Nice!* De straten zijn doodstil
en onberispelijk, alleen de knalrode fietstas van een postbode
vloekt met de eeuwige zondagsrust.
Ray maakt een kort armgebaar. 'Om de hoek woont Victor.'
In een slakkengang rijden we langs een metershoge liguster-
haag, maken een bocht met de haag mee en houden stil voor
een ingang met een hoog ijzeren hek. We kunnen door de tra-
lies loeren. Achter de haag verbergt zich, midden in een gigantische tuin, een kapitale villa. 'Daar woont Victor. Victor is
een *powerful guy* in kringen die het voor het zeggen hebben.'
'Denk je dat hij zelf die kunst terug wilde hebben'?
'Mogelijk.' Ray kijkt bedenkelijk. 'Zoals ik al zei zijn verze-
keringen tot onderhandeling bereid.'
'En jij weet toevallig niet bij wie Victor verzekerd was, en of
er aangifte is gedaan?'
Ray geeft een tipje gas en verplaatst de auto een paar meter.
'Heel goed idee. Ik zal het checken, als ik kan.'
'Kun jij vast wel,' slijm ik. In mijn ooghoek zie ik een beweging. Uit de schaduw van de haag maakt zich een geel scoo-
tertje los dat er met een noodgang vandoor gaat. 'Wie is dat?'
'Iemand die ons niet wil ontmoeten,' roept Ray en trapt het
gas onmiddellijk diep in. De wielen spinnen over de straat.
Het scootertje is inmiddels uit het zicht verdwenen, maar zodra
we de hoek om zijn zien we het wegspurten. 'Die kerel rijdt
of de duivel hem op de hielen zit,' zeg ik.
'We pakken hem,' zegt Ray en klemt zijn stuur in zijn handen. 'We gaan hem pakken.' Zijn ogen verharden zich. In de

achtervolging komen we weer op een bredere doorgaande weg. Verbeten bewerkt Ray zijn pedalen en versnellingspook, maar het scootertje vliegt als een raket over de weg. Geen meter lopen we in, maar we houden ons doelwit tenminste in het oog. We rijden weer langs de bosrand, ik zie het café waar we gezeten hebben, Ray vloekt, en verder scheuren we weer. Zonder Ray's stuurmanskunst waren we al tien keer tegen een boom beland. We hebben mazzel dat de verkeersdrukte meevalt, anders waren we die brokkenkoerier kwijt geweest. Weer een scherpe bocht, ik knal met mijn hoofd tegen de zijruit en vloek op mijn beurt. Ray hoort het niet eens. Erelid van de bond tegen het vloeken worden we zo niet. Op het rechte stuk kiest de scooter voor het fietspad aan de kant. Over het asfalt komen we eindelijk dichterbij, tot de scooter het bos weer in trekt. Ray remt op tijd af om de bocht te maken. De scooter maakt meteen weer snelheid, en wij volgen fanatiek. 'Die *son of a bitch* kan rijden,' constateert Ray verbeten.

'Laten we hem gaan?'

'We moeten wel, vrees ik, anders maken we brokken.' Ray heeft het laatste woord nog niet gesproken, of de scooter veert van de weg omhoog, slaat met berijder en al over de kop, scheert langs een van de bomen aan de zijkant en komt in de bosberm tot stilstand. 'Mazzel!' roept Ray opgetogen. Als een haas gaan we erop af. Eenmaal vlakbij wordt het duidelijk dat de scooter zichzelf over een rubberen verkeersdrempel gelanceerd heeft die op de bosweg op een prooi lag te wachten. We stoppen. Ray kijkt me aan. 'Weet jij wat van slachtofferhulp?'

Ik grijns schaapachtig en stap als eerste uit. Aan de voet van een kastanje ligt de scooter op zijn kant. Het voorwiel is volledig verkreukeld. De berijder zie ik niet. Ik hoor iemand kreunen. Ray staat intussen naast me. Achter de volgende boom ligt onze scooteraar. Een paar benen steken achter de stam uit. Hij heeft nog geprobeerd te vluchten. Ik stoot Ray aan en loop naar het slachtoffer toe. Ray snuift door zijn neus, grinnikt en volgt me. Dode bladeren ritselen onder onze voeten. De scooterrijder heeft zich intussen half overeind gewerkt. Hij schrikt als hij ons ziet, kruipt achteruit weg tot hij met zijn rug tegen een volgende boom tot stilstand komt. Hij kan geen kant meer op. Hij draagt een spijkerbroek en een dik kaki jack. De zwarte helm met donkere beglazing staat nog op zijn hoofd. Bij zijn voeten blijven we staan. Hij verroert geen vin meer, slechts zijn stampende ademhaling bewijst dat hij leeft.

Ray slaat zijn armen over elkaar. 'Goedemorgen.'

De man kreunt en grijpt naar zijn schouder.

'Pijn?' vraag ik, op zoek naar bloedsporen, die er gelukkig niet zijn.

Hij knikt. Muggen dansen rond zijn hoofd.

'Doe je helm eens af,' bitst Ray, die duidelijk niet voor de eerste hulp komt.

De scooterrijder knikt weer, maakt een riempje onder zijn kin los en brengt twee handen naar de zijkant van zijn helm.

'Gaat het?' vraag ik nog eens.

Hij kreunt weer en tilt langzaam zijn helm van zijn hoofd.

'Verdomme,' gooit Ray eruit. 'Klassieke scène, viriele motorrijder blijkt meisje te zijn.'

Mijn mond hangt open. Voor me zit, volledig *flabbergasted*, Cecilia op de grond. Mechanisch zet ze haar helm naast zich tussen de bladeren. Er staan tranen van pijn en schrik in haar ogen. Ik sluit mijn mond en hurk bij haar neer. Ze voelt weer aan haar schouder. Dan richt ze haar ogen op mij. Het zijn mooie ogen.

Ik veeg wat bladeren van haar broekspijp en wijs naar haar schouder. 'Is het gebroken?'

'Denk het niet,' antwoordt ze. 'Maar het doet wel pijn. Ik klapte met mijn schouder op de straat.'

'Je hebt geluk gehad,' zeg ik.

Ray schraapt zijn keel. 'Wat deed je daar bij dat huis?' Hij hurkt ook. Grimmige trekjes verschijnen rond zijn mond. 'Je stond daar te spioneren, niet?'

Cecilia verschuift. Haar knokkels zijn geschramd. 'Ja.'

'Kom op. Je moet ons wat meer vertellen,' zegt Ray dreigend zacht. 'Waarom was je daar?'

Een spinnetje loopt over Cecilia's haar. 'Nou,' zegt ze, een flauwe glimlach tevoorschijn toverend. 'Ik wilde gewoon eens kijken.'

'Kijken naar wat?' Ray maakt zich breed en neemt het gesprek volledig over. Ik laat hem.

'Wie daar woonden. Wat voor mensen.'

'En? Hoezo? Kom op, geen gezeik nu.'

Cecilia huivert. 'Vanwege die inbraak.'

'Die inbraak?'

'Daar kwam die koffer vandaan.'

Ray zucht en pakt Cecilia's enkel vast. Knijpt hij haar nou?

'Hoe wist je dat die daar vandaan kwam?'

'Van Franklin.'

'Van Franklin?' roep ik uit. 'Dat was toch een vriend van Pjotr? Hoe ken jij die persoonlijk?'

Cecilia begint te blozen. 'Ik ken Franklin al heel lang. We zijn vrienden. Gewoon vrienden, verder niks. Franklin had wel eens handel. Of hij zelf inbrak, dat weet ik niet, maar hij had wel eens aardige dingen. Pas geleden kwam hij met die koffer aan.' Ze wrijft weer over haar schouder. Zo lijkt ze op een klein verlegen meisje. 'En eh... ik wist niet wat daarin zat. Franklin zei dat het veel waard was.'

'Dus Franklin was een vriend van jou én van Pjotr?' Mijn kuiten krijgen kramp. Ik begin te begrijpen dat de waarheid bij Cecilia net zo kneedbaar is als het deeg van het brood dat ik vanmorgen gegeten heb. Is ze gestoord?

'Eigenlijk was Franklin voornamelijk mijn vriend.'

'Ik durf het bijna niet te vragen, maar hoe lang kenden Pjotr en Franklin elkaar?' Het antwoord kan ik ongeveer raden.

Cecilia lacht onnozel. 'Twee weken.'

'Net zo lang als het tussen jou en Pjotr zogenaamd aan was?'

Ray heeft nog steeds haar enkel vast. 'Jullie hebben hem erin geluisd.'

'Niet! Pjotr wilde de koffer per se in huis nemen. Hij en ik wisten wérkelijk niet wat de inhoud was. Dat wist Franklin alleen.'

'Schiet toch op.' Per ongeluk spuug ik een wolk kleine speekseldruppeltjes over Cecilia heen. Ze knippert met haar ogen. Ik vervolg: 'Jullie hebben hem doelbewust gebruikt, en zeker Franklin. Die had gewoon een handig schuiladres voor zijn waren nodig. Wat weet je nog meer?'

'Van die schilderijendeal weet ik niets, hoor.'

'Moeten we haar geloven?' zeg ik tegen Ray.

Hij laat haar los. 'We kunnen haar moeilijk martelen. Nog niet.' Hij meent het echt, geloof ik. Ray en ik gaan tegelijk rechtop staan. Ik wend me weer tot Cecilia. Ze trekt haar benen naar zich toe en krabbelt overeind. Noch ik, noch Ray helpen. Cecilia vloekt en betast haar schouder weer als ze haar balans gevonden heeft. Haar lengte is indrukwekkend nu ze recht voor onze neus staat.

'Luister,' zeg ik. 'Franklin vertelde je dus waar hij de koffer vandaan had?'

'Ja,' antwoordt Cecilia.

'En wat spookte jij daar uit bij dat huis?' Ray trekt de mouwen van zijn jasje strak.

'Gewoon. Ik besefte dat we Pjotr misschien in moeilijkheden hadden gebracht en hoopte iets terug te kunnen doen.'

'Zoals wat?'

'Weet ik niet.'

Ray zucht nog maar eens. Zoveel domheid in één meisje, dat kan hij niet bevatten.

'Kun je alleen naar huis?' Ik blijf een zwak voor haar houden, al verdient ze het niet.

'Gaat wel lukken,' zegt ze stoer.

We laten haar verder aanmodderen en lopen terug naar de auto.

'Ray, toch snap ik niet waarom Pjotr is omgelegd voor wat schilderijtjes.'

'Geld is macht, Marcel. Franklin heeft Pjotrs adres en telefoon gebruikt voor contacten met de potentiële kopers. En Pjotr was goedgelovig en had behoefte aan vriendschap. Hij was een simpel slachtoffer.'

Uit mijn buik stijgt gerommel op. Ray krabt zijn onderlip met zijn boventanden. 'Ray, kom op. Ik ben gekke Henkie niet. *Working together is synergy forever.* Wat houd je voor jezelf?'

'Oké.' Zijn lach heeft voor het eerst niets superieurs. 'Ik verwed er mijn verstand om dat het niet om die schilderijtjes te doen is. Franklin heeft de hele buit van de inbraak in die Samsonite gemikt. Daar zat nog iets ánders bij, iets dat belangrijker was.'

'Dus jij denkt dat Victor - *what's in a name* – geen *fuck* om die schilderijtjes gaf, maar iets anders terug wilde?'

'Yep. Victor wilde de hele koffer met huid en haar retour. Franklin redeneerde op een stupide manier fout.'

'Maar wie weet wat er in die koffer zat? En waar die koffer is?'

Nu moet Ray het antwoord schuldig blijven. 'Al sla je me dood.' Hij haalt zijn schouders op. Ik geloof hem. Hij steekt een duim op, loopt naar zijn auto en stapt in.

Ik spuug op de grond, wacht tot de motor gestart is en wandel rustig naar de wachtende auto. Zuchtend stap ik in. Duizenden gedachten zoeven door mijn kop als we door de bossen terugrijden. Maar de belangrijkste zorg is hoe ik nu verder moet. Ik zal me eerst door Ray laten terugbrengen naar het hotel. Daar is hij vast niet te beroerd voor.

Ik weet niet of twee uur in de middag een late lunchtijd of een vroeg borreluur is, maar Zippi heeft me meegetroond naar een marktje in een oude stadswijk, of zoals Zippi zegt, het mooiste pleintje van Nederland. We zitten op een driehoekig met terrastafeltjes gevuld pleintje met een oude waterpomp in het midden, waar aan twee kanten het verkeer voorbijraast. Sfeervol is het wel. Zippi hangt achter een pot bier, maar ik houd het nog op koffie. De Belgische patatten die Zippi heeft besteld komen er net aan. Jammer dat Samantha er niet bij is. Die is in een luie bui in het hotel achtergebleven. Zippi's TT staat niet ver bij ons vandaan langs de straatkant, precies voor een kapperszaak. Af en toe kijkt Zippi lichtelijk verliefd naar zijn Roadster. Om de een of andere reden heeft hij de kap eroverheen getrokken. Fluitje van een cent, kwestie van een druk op de goede knop, maar toch jammer. 'Nou moet je me toch eens vertellen, Zip, waarom ik hier met jou moest lunchen. Niet dat het onaangenaam is...' Meteen na het bezoek van Ray heb ik hem gebeld en bijgepraat, en nog geen halfuur later kwam hij me oppikken van het hotel.

Zippi sloebert van zijn bier. Hij ziet er even ongeschoren uit als altijd, losjes bewegend in zijn onafscheidelijke katoenen jasje. Een dwarse oprisping belet hem een moment het praten. 'Ik ben wat aan het informeren geweest. Die Victor, die kende niemand van mijn kennissen. Hij is zo'n beetje het spook van het villapark. Tot ik een oud contact bij de gemeente van me belde. Die wist me te vertellen dat Victor in werkelijkheid Wladimir Doe-maar-een-dotski heet. Wladimir heeft goed gescoord in het zakenleven en renteniert al jaren.'

'En hoe kan Franklin bij hem zijn binnengekomen? Zo'n huis ritselt toch van de beveiligingselektronica?'

Komen we nog wel achter,' antwoordt Zippi. Hij lijkt geërgerd omdat ik hem zijn verhaal niet laat afvertellen. 'Mijn contact had ook zijn telefoonnummer.'

Ik pak een patatje, doop het in de mayonaise en kauw het bedachtzaam weg.

Zippi staart me verwachtingsvol aan. 'Nou? Wat vind je ervan?'

'En nou moeten we Wladimir gewoon bellen? Met alle risico's van dien? Doe niet zo naïef Zippi!' Ik begin er steeds meer aan te twijfelen of ik de familie-eer wel hoog wil houden. Pjotr was per slot van rekening maar een achterneef. 'Je wilt opnieuw gaan onderhandelen?'

'Ja.'

'Maar je weet niet eens waar het om gaat.'

'Het zal wel iets van goud of edelstenen zijn geweest. Iets dat uit het buitenland kwam, oorlogskunst, weet ik veel. Zolang Wladimir met geld over de brug komt, vind ik alles best.' Zippi propt een paar patatten tegelijk naar binnen.

'Ik ben er niet blij mee.'

'No hell of a plan?' praat Zippi met zijn mond vol. Zijn lippen zijn vet.

'Nee.'

'Sorry.'

'Waarvoor?' Ik verschuif op mijn stoel, begin onrustig te worden.

'Voor het feit dat ik al gebeld heb.'

'Al gebeld, verdomme?' Zippi is schizofreen geworden. 'Graslul. Je brengt ons allemaal in gevaar!'

'Valt mee.' Zippi neemt een slok en spoelt zijn eten weg. 'Wladimir zal niet veel ondernemen zolang hij denkt dat wij hebben wat hij wil.'

Ik moet het even op me laten inwerken. Er zit misschien wat in. Ik besluit het over een minder paniekerige boeg te gooien. 'Goed. Wie kreeg je aan de lijn? Wat heb je afgesproken?'

'Wladimir zelf had ik vrij vlot aan de lijn. Ik zei dat ik wat interessants te bieden had. En ik heb afgesproken.'

'Wanneer en waar?'

'Hier. Over vijf minuten,' grinnikt Zippi.

Ik word acuut duizelig. Kalm blijven, Marcel, *keep cool.* 'Heel proactief. Mijn complimenten.'

'Ik dacht, laat we maar spijkers met koppen...'

Een schaduw valt over onze tafel. Tegelijk kijken we op. Een grote man met een opvallend bleke huid, vlasblond haar en blauwe ogen staat naast ons. Hij draagt een zwart kostuum.

Het jasje is onberispelijk dichtgeknoopt, waardoor alleen het witte boord van zijn overhemd te zien is met een grijze strop-das als sluitstuk. 'U wacht op meneer Wladimir?' Hij heeft een buitenlandse tongval die ik niet kan thuisbrengen.

Zippi knikt zuinig. 'Jullie zijn stipt.'

'Willen jullie meekomen?' Blondie wijst naar een grote don-kere bestelbus die achter de Roadster is geparkeerd. 'Meneer Wladimir wil jullie graag in zijn auto spreken.'

Ik wissel een blik met Zippi. Ik heb het niet zo op geblindeer-de bestelbussen. Achter het stuur zit een chauffeur in een pak te wachten. Zippi staat op en knipoogt naar me. Ik kom ook overeind. Blondie mikt twintig euro op tafel en gaat ons voor. We lopen tussen de tafeltjes door naar de bestelbus.

'Graag achterin plaatsnemen,' zegt Blondie.

Ik was er al bang voor dat het geblindeerde deel onze bestem-ming was. 'Zit Wladimir in de laadruimte op ons te wachten?' Blondie staat bij de achterkant van de bus. Hij zwijgt, zwaait een van de twee achterdeuren open, knikt, opent dan de ande-re deur. We voegen ons bij hem en zien een tafeltje met aan weerszijden bankjes, een minibar en een platte tv aan de wand.

'Waar is Wladimir?' vraagt Zippi.

'Hij wacht op jullie. Instappen.'

'Wat doen we?' fluister ik naar Zippi. Ik heb het gevoel dat we heel onverstandig bezig zijn.

Zippi glimlacht. *'Einsteigen.'* Meteen stapt hij over de ver-hoogde drempel de auto in. 'Kom op.'

Blondie kijkt me met een uitgestreken smoel aan. Hij zou een robot kunnen zijn, een humanoïde uit de toekomst. 'Goed, ver-domme,' voeg ik Zippi toe en ga naast hem zitten. Zonder ons ook maar een seconde te laten acclimatiseren smijt Blondie de deuren dicht. Aan het plafond gaat een lamp aan. De motor van de bus loopt al - of nog? 'Ik denk niet dat we dit moesten doen, Zip.'

'Niet emmeren.'

Ik krijg het steeds warmer. Een airco is er niet. Het is onmogelijk door het zwarte glas van de zijruiten naar buiten te kijken. We horen een voorportier dichtslaan. De bestuurdersruimte is met een solide wand afgescheiden van de laadruimte. Aarzelend komen we in beweging. Zippi houdt zijn buik vast. We schokken, maken een bocht, de auto rijdt door een kuil. 'Waar gaan we naartoe?'

'Ik hoop naar onze eindbestemming,' zegt Zippi narrig. 'Naar Wladimir.'

'Dat hoop ik dan ook maar.' Die ontploffende auto van Franklin staat me nog helder voor ogen. Ik heb geen zin om aan de piranha's, krokodillen of haaien gevoerd te worden. 'Dat we naar het villapark worden gebracht.'

'Dat laatste denk ik niet.' Zippi smakt met zijn lippen. 'Ik had mijn patat nog wel gelust, verdomme.'

Zippi's laconieke houding, alsof we onkwetsbaar zijn, deugt niet. Pjotr en Franklin werden zonder pardon uitgerangeerd, dus wat let hen om... Een ding begint me te dagen: ik had niet moeten instappen.

'Psst,' trekt Zippi mijn aandacht.

'Wat?' We houden ons allebei aan de tafel vast om niet zeeziek te worden.

Zippi maakt, als het even rustiger is, een hand vrij en tilt zijn shirtje op. Tussen zijn broekband zit een klein pistool geklemd. 'Ik ben niet gek.'

Nee, en ik word misselijk, niet alleen van Zippi's vetkwabben. Ik houd niet van wapens, dat geeft alleen maar gedoe. 'Had je niks groters?

Zippi schudt zijn hoofd. 'Die prikken in mijn kloten als ik zit.'

'O. Nooit last van.'

'Van je kloten?'

'Houd je kop.' Ik klem mijn kaken op elkaar. Zwijgend hobbelen en zwenken we door. Aan de rit lijkt geen einde te komen, maar als ik op mijn horloge kijk zie ik dat we pas een kwartier onderweg zijn. De wagen remt af en we worden opeens ruw heen en weer geschud. Onmiskenbaar rijden we over een onverharde weg. Het licht aan het plafond gaat uit.

'Wat gebeurt er toch?' vraagt Zippi, meer aan zichzelf dan aan mij.

'We naderen ons eindpunt, wed ik.'

'Zal tijd worden,' moppert Zippi. 'Mijn kont doet pijn.'

'De mijne ook,' klaag ik in de duisternis met hem mee. Ik doe stoer, maar knijp hem als een oude dief. Een grote kuil wipt ons van de bank omhoog.

Zippi vloekt, fluit tussen zijn tanden. 'Jezus, dat was pijnlijk.'

'Vet genoeg op je kont, dacht ik.'

'Ja, maar het was mijn kont niet die pijn deed. En ik zie geen moer hier.'

Irritant, ja. 'Ik dacht...' De woorden blijven in mijn keel steken. We remmen af, het geluid van de motor dat ons de hele rit gezelschap hield, is nauwelijks nog te horen. Op loopsnelheid bewegen we ons voort. Dan staan we stil. We horen een mannenstem. Ik wou dat ik een spoor van licht ontdekte, maar zelfs de deuren laten geen kiertje zien. Buiten wordt er op zachte toon een gesprek gevoerd. Het piepen van scharnieren klinkt. De motor blijft stationair draaien, tot we weer een stukje rijden. Een flinke hobbel, en we stoppen weer. Mijn maag protesteert. Het portier van de bestuurder gaat open, dan knalt het dicht. Voetstappen sterven weg. Weer dat metalige gepiep. Dan is het stil. We zeggen niets, wachten af. Het blijft donker, en er gebeurt niets.

'Moeten we eruit gaan, Zip?' Een betere optie kan ik niet bedenken.

'Voel jij eens. Jij zit het dichtste bij de deur.'

Ik heb aan de binnenkant van de deur een knop gezien en probeer hem op de tast te vinden. Daar heb ik hem. Ik trek zonder resultaat, dan draai ik. Een van de achterdeuren springt open. Tot mijn teleurstelling blijft het verwachte zonlicht achterwege. Buiten de auto is het net zo donker als erbinnen. Omzichtig duw ik de ene deur open, de andere laat ik dicht. Ik stap uit de auto, het donker in. De bodem onder mijn voeten voelt sponzig aan, het lijkt op zachte tuingrond. Omdat ik een duw in mijn rug krijg, stap ik vooruit. Zippi wil ook uit de laadbak. Ik hoor zijn plompe voeten op de grond ploffen. 'Waar zijn we?' vraagt hij.

'In de hel?' Ik draai me om en loop op mijn gevoel naar de voorkant van de bestelbus. Zippi volgt me, merk ik. Hij ademt zwaar. 'Is dit wel verstandig, Zippi?'

'Weten we pas over een uur.'

'Optimist.' We zijn bij de voorkant van de bus aangeland. Ik voel aan het passagiersportier, dat op slot zit. Ik loop verder naar voren, naar de neus van de auto. Zippi komt mee. Pal voor de bestelbus, met onze kuiten tegen de bumper gedrukt, blijven we staan. Ik heb het gevoel dat we niet alleen zijn. Ze hebben ons in een schuur gedumpt. Nergens, helemaal nergens is licht. 'Misschien hadden we de andere kant op moeten gaan.'

'Dan lopen we terug?' stelt Zippi, pragmatisch als hij is, voor. Hij staat dicht naast me. Ik voel de warmte van zijn arm tegen de mijne. 'Goed. De andere kant maar op.'

'Blijf staan,' roept een mannenstem uit de duisternis. Het is geen verzoek, maar een ondubbelzinnig commando. Bovenin, recht voor ons, springt een verblindende halogeenlamp aan. In een reflex buk ik en bescherm mijn ogen met een hand. De lamp blijft onbarmhartig op ons gericht. Langzaam kom ik weer overeind. Zippi is kaarsrecht blijven staan, zijn ogen hoogstens licht toegeknepen. Niet meer dan een moment verstarde hij. Mijn interne alarmsysteem staat op rood. Als ik mijn instinct volg, zou ik ervandoor racen.

'Wladimir?' roept Zippi.

Ik haal mijn hand langzaam weg. Naar achteren, onder de lamp, zie ik de contouren van een man. Ik gluur naar boven, naar het dak. Inderdaad zijn we in een schuur. Het plafond heeft houten balken. Op de zanderige grond liggen hier en daar plukken stro. Naast me ligt een leeg bierblikje.

'Wat hebben jullie in de aanbieding?' vraagt de stem. Hij is nasaal en diep, heeft een verborgen dreiging, als een vulkaan die op uitbarsten staat.

'Dat wat je zoekt.' Zippi klinkt zeker van zijn zaak.

'Wat zoek ik dan?'

'Ben jij Wladimir?' vraagt Zippi weer. 'Anders deal ik niet.'

'Ja.' Pauze. 'Er is een koffer uit mijn huis weg, met inhoud. Gejat. Ik wil de koffer met totale inhoud retour.'

'Kan geregeld worden.' Zippi kan mooi bluffen. 'Waarom moesten die jongens het ontgelden? Wie zegt dat je ons niet vernachelt?'

'Ik doe wat ik zeg.'

'En ik zeg wat ik doe. Komt me bekend voor,' fluister ik tegen Zippi. Dan roep ik naar Wladimir: 'Ze boden toch wat je vroeg?'

Wladimir lacht. Ik zie niet in wat er zo geestig is. 'Ik vroeg om de koffer. Niet een paar lullige schilderijtjes. De koffer. Met alles erin.'

'Genoeg geluld. Je krijgt de koffer. Waar? Wanneer? Hoeveel?' houdt Zippi het kort en zakelijk. 'Met de aantekening dat wij het niet gejat hebben, maar alleen terugbezorgen.'

'Tweehonderdduizend. *Final offer*. Jullie zijn niet in de positie om te onderhandelen.'

'Goed. We nemen nog contact op. Of jij met ons?' blaat ik.

'Ik bel jou wel,' zegt Wladimir. 'Schrijf je nummer maar in het zand.'

Ik buk en schrijf met mijn wijsvingertop mijn mobiele nummer in de zachte bodem voor ons. 'Ik hoor nog van je?'

'Achteraan instappen,' beveelt Wladimir. Dan gaat het halogeenlicht uit en staan we weer in de beklemmende donkerte. Het nabeeld van de lamp schroeit op mijn netvlies. We horen voetstappen, gefluister, dan niets meer. Voetje voor voetje schuifelen we terug naar de achterkant van de bestelbus. Ik stoot mijn neus tegen de nog openstaande achterdeur. Deze keer ga ik als eerste naar binnen, mijn neus wrijvend om de pijn te dempen. Ik ga weer zitten. Zippi stapt kreunend in en neemt tegenover me plaats. Scharnieren piepen weer, een reep licht valt de schuur in, maar meteen wordt de autodeur dichtgesmeten. De duisternis omgeeft ons opnieuw. Onze chauffeur stapt in en start de motor. Iemand doet de schuurdeuren open, en met een bonk schuiven we met de bestelbus achteruit de schuur uit. Ik stoot mijn hoofd aan de zijwand. 'Verdomme, kan het niet voorzichtiger!'

'Leef je nog?' informeert Zippi formeel, om meteen daarop te melden: 'Ze brengen ons terug.'

'Dank je voor de mededeling.' We rijden inmiddels weer vooruit. Onze chauffeur is deze keer minder galant en laat de binnenlamp uit. We hobbelen terug over het zandpad, tot we op een vlakke weg komen. 'Ik denk dat je gelijk hebt. Wladimir trapt erin.'

'Tuurlijk.' reageert Zippi triomfantelijk. 'Jij bent niet de enige met geweldige ideeën.'

'Gefeliciteerd ermee,' pest ik. Mijn horlogewijzers lichten op in het donker. Het is bijna drie uur. Ik schat dat de heenrit zo'n twintig minuten geduurd heeft, dus over een dik kwartier zijn we weer op Zippi's pleintje. 'Geloof jij dat Wladimir zoveel geld over heeft voor die inbraakkoffer?'

'Hangt ervan af wat erin zit. Van de waarde.'

'Géén grote kunst dus. Juwelen? Waardepapieren? Manuscripten?'

'Dat blijft raden.' Zippi haalt zijn neus op en gaapt. 'Ik denk dat ik mezelf vanavond eens op wat coffeeshoppigs ga trakteren.'

'Ik dacht dat jij clean was sinds de middelbare school.'

'Gelogen,' zegt Zippi. 'Om mijn ouders een plezier te doen.' Hij wil misschien nog meer zeggen, maar allebei houden we verder onze kop dicht. Het ruwe gehobbel is weer begonnen

en we hebben alle aandacht nodig om niet van de bank te stuiteren. We rijden weer over een zandpad.

'Was de achterdeur op slot volgens jou?' vraagt Zippi.

'Nee, dacht het niet. Ik heb niet gehoord dat hij op slot ging.'

'Ze brengen ons niet terug,' zegt Zippi opeens. 'We rijden anders
dan we kwamen.'

Ik krijg het koud. De aders in mijn slapen bonzen. 'Niet terug?'

'Nee.'

Oké. Ik haal diep adem. 'We rijden te hard om uit de auto te
springen.'

'Gewoon nog even wachten,' raadt Zippi me aan. 'Ik geef wel
een seintje.'

'Goed.' Mijn mond is droog. Dit gaat helemaal de verkeerde
kant op. Ik had mijn gezicht niet moeten laten zien in Holland.
'Shit. Driedubbel shit.'

'Wat?'

'Laat maar.' We schudden als een zak aardappelen heen en
weer, ondanks het relatief lage tempo. Takken slaan tegen de
carrosserie. *This is no Audi TT, mister President!* Uit lijfsbe-
houd klamp ik me aan de tafel vast. Die dombo achter het stuur
remt plotseling met zoveel kracht dat ik met mijn bovenlijf
opzij over de bank knal.

'Goddomme. We staan stil.' Zippi is evenmin in zijn element.
Ik werk me rechtop, kijk naar hem, maar zie alleen een donker gat. Mijn ribben doen pijn. Het voorportier gaat open, dan
weer zachtjes dicht. De motor draait nog. Ik wil iets zeggen,
maar plotseling hoor ik voetstappen.

'Laat mij nu maar,' sist Zippi. Net als ik ruikt hij onraad. De
bestuurder blijft achter de auto stilstaan.

'Op mijn teken,' fluistert Zippi. Onze doordringende zweet-
geur hangt als mist in de laadruimte. Buiten horen we een klik,
alsof iemand een wapen doorlaadt.

'Nu!' roept Zippi. Ik voel een luchtstroom, hoor hoe Zippi de
deurknop grijpt en zijn hele gewicht tegen de deur gooit. De

achterdeur vliegt open, zonlicht valt naar binnen, Zippi tuimelt naar buiten. Ik hoor een schreeuw van pijn. De deur is met volle snelheid tegen de bestuurder buiten geknald. Zippi staat al twee meter bij de achterbumper vandaan. Ik storm achter hem aan, maar val buiten de auto meteen stil. Alles gebeurt in een flits, een nanoseconde. De bestuurder schreeuwt het uit van pijn. Zippi haalt zijn pistool tevoorschijn en deelt een mep met de kolf uit, recht op de slaap van de man. Weer krijst de chauffeur, grijpt vertwijfeld naar zijn hoofd en valt achterover op de grond. Het is Blondie. Zonder enige aarzeling bukt Zippi, deelt een mep op zijn kaak uit en zet zich met zijn tientonnersbillen op zijn borst. Ik sta nog steeds verstard achter de auto met mijn ogen tegen het licht te knipperen. Rustig blijven, Marcel... Ik adem naar mijn navel, sprokkel innerlijk kalmte bij elkaar. We staan midden op een pad in een donker loofbos. Ik moet iets zinnigs doen. Omdat ik ziek word van de uitlaatgassen loop ik snel naar de cabine, zet de motor uit en loop terug, in het volle vertrouwen dat Zippi de zaak onder controle heeft. Nog volkomen groggy ligt Blondie op de grond. Veel meer dan zijn hoofd optillen kan hij niet met die honderdendertig kilo van Zippi op zijn ribbenkast. Zijn zwarte kostuum is stoffig geworden.

'Pak dat even op voor de veiligheid,' wijst Zippi naar een plek aan de kant.

Ik kijk, zoek naar wat Zip bedoelt. Tamelijk laat zie ik tussen de bladeren een riotgun liggen. Met zo'n ding schiet je dwars door metaal heen, en dat was precies wat Blondie in gedachten had. 'Hoe krijgen we hem aan de praat?' Ik pak de riotgun op en houd hem onhandig vast. De loop laat ik naar de grond wijzen, dat lijkt me verstandiger.

Zippi grijnst, heft zijn kont een decimeter op en laat zich vergenoegd op zijn ribbenbankje terugvallen. Botten kraken, Blondie kreunt. 'Vertel eens, chauffeur, wie is je baas?' grijnst Zippi. 'Wladimir.' Blondie hapt naar adem.

'Goed geantwoord.' Zippi knikt en kijkt Blondie aan. 'Waar zijn jullie naar op zoek?'

Blondie schudt zijn hoofd en zwijgt. Zippi heft zijn kont weer op.

'Wacht!' smeekt Blondie, waarvoor hij met een voorzichtige landing van Zippi beloond wordt.

'Je borstkas zit niet slecht,' grijnst Zippi. 'Nog even de vraag herhalen: waar zijn jullie naar op zoek?'

'Een notebook.' Blondie boert lucht op. 'Een pc. Een notebook.'

'Een notebook?' vraag ik. 'Leg eens uit.'

'Een notebook van Wladimir.'

'Waarom een notebook?' vraagt Zippi terwijl hij relaxed gaat verzitten en een vette scheet schiet. Het wordt gênant nu.

'Informatie,' kreunt Blondie. 'Informatie staat erop. Meer weet ik niet. Echt niet.'

Zippi lijkt hem te geloven. Hij wendt zich tot mij. 'Wat kan er anders voor belangrijks op zo'n ding staan? De vraag is: wat voor informatie? En over wie?'

'Over Wladimir?' raad ik.

'Zou kunnen.' Zippi fronst zijn voorhoofd. 'Zullen we hem even aan de kant leggen?' Zijn pistool heeft hij naast zich neergelegd. Hij pakt het wapen, staat op en houdt Blondie onder schot. 'Marcel, kijk eens in de achterbak of je iets vindt om hem vast te binden.'

Ik maak de andere achterdeur open zodat het daglicht de laadruimte vult. Ik zie niets bruikbaars en loop naar de bestuurderscabine. Onder de passagiersstoel vind ik een afgeknipte oranje sleepkabel. Ik pak hem op en loop terug naar Zippi. Blondie is gaan zitten. Hij wrijft over zijn kruin.

'Is dit wat?' vraag ik.

'Prima,' zegt Zippi. 'Bind zijn handen maar achter zijn rug, daarna een paar keer om zijn voeten draaien en knoop erin. Klaar is Kees.'

'Leuk voor Kees,' antwoord ik. 'Maar niet voor mij.' Cynisme is mij ook niet vreemd. Ik zeg Blondie zijn armen achter zijn rug te doen, wikkel het touw om zijn polsen, pruts er een knoop in, leg Blondie op zijn buik en trek het touw over zijn rug strak naar zijn enkels, waarna nog meer fraai knoopwerk de inpakpartij completeert.

'Goed gedaan,' keurt Zippi. Samen slepen we Blondie, die mild protesteert, op zijn rug tien passen van de auto weg en leggen hem tussen twee zilveren berkenstammen. We lopen terug naar de bestelbus, mikken de riotgun achterin en sluiten de bagageruimte.

'Nu zijn wij weer *in charge*,' zegt Zippi. Ieder langs onze eigen kant lopen we naar de bestuurderscabine. Ik kruip achter het stuur, start de motor, wacht tot Zippi ook lekker zit, en rijd achteruit het pad af. Als we langs Blondie komen zwaaien we naar hem. Met een verbijsterde blik kijkt hij ons na.

'Hij groet niet eens terug,' grinnikt Zippi.

Bij een open plek krijg ik de bus gedraaid. 'Wat nu?' vraag ik als we weer gewoon vooruit rijden. Ik ben niet hard genoeg voor deze wereld, besef ik voor de zoveelste keer.

'Naar huis. Terug naar het idyllisch terras.'

'Goed plan,' bevestig ik. Als we een geasfalteerde hoofdweg bereiken, trap ik het gas dieper in. 'Ik vond het eerlijk gezegd een beetje riskante onderneming van je, Zippi.'

Zippi trekt een pruillip. 'Nee toch? We zijn toch weer wat wijzer geworden? Luister, bij de buit van die inbraak zat een notebook. Een notebook met belangrijke informatie. Kapitale informatie voor Wladimir. Dodelijke informatie voor degene die het per ongeluk stal.'

'Oké, maar waar is de koffer, met de notebook, gebleven? En wie zegt dat die notebook niet allang verpatst is?'

'Ik voel aan mijn water van niet.' Zippi krabt in zijn kruis. Een jongen met manieren is het nooit geweest. Zijn pistool zit weer achter zijn broekband. 'Franklin dacht dat het om die schilderijtjes ging.'

'Maar waarom vroegen ze dan niet om de notebook?'
'Zou dom zijn, Marcel, want dan zou Franklin door hebben gekregen dat daar iets bijzonders op stond. En dan zou hij vast in de bestanden zijn gaan snuffelen. Daar zat Wladimir helemaal niet op te wachten, denk je niet?'
'Nee,' peins ik en klem het stuur stevig in mijn handen. Daar zat Wladimir totaal niet op te wachten. 'Het irriteert me mateloos dat we die notebook niet kunnen traceren.'
'Bij mij zijn voornamelijk mijn kikkerbillen geïrriteerd door dat gebonk in deze bus.' Zippi's wazige blik naar de contouren van de stad in de verte zegt genoeg. Hij verlangt naar zijn TT. En naar iets dat mij ontgaat.

Omdat het allemaal wat meer tijd kostte dan verwacht, beland ik pas tegen vieren in mijn hotelkamer. Samantha heeft haar dag in het fitnesscentrum doorgebracht met *body clinics,* zwemmen, saunaatje, van die dingen. Ze heeft zich vermaakt en is in een opperbeste bui. Ik ben net een paar minuten binnen en voel me smerig.
'Wow, what have you been doing?' kirt Samantha vrolijk als ik midden in de hotelkamer sta en zij is uitverteld over haar activiteiten.
'Let's call it a survival in de woods. Zippi would call it...,' ik vertaal het maar letterlijk, *'a case of apple and egg.'*
Samantha kijkt me aan of ik aan een opname in het plaatselijk psychiatrisch ziekenhuis toe ben. *'A case of what...* ?'
'Appeltje, eitje,' verzucht ik. *'It would be a piece of cake, Zippi said. But it wasn't. We almost got killed.'*
'Nasty,' oordeelt Samantha. *'Shower?'*
Ik knik en loop naar de badkamer. Samantha glipt voor me langs, zet de douche aan, en terwijl ik me uitkleed legt ze schone kleren voor me klaar. De douche is weldadig, ik neem hem lauw, zeker niet koud, want dat leidt op termijn tot meer gezweet. Mijn stinkende sokken moffel ik gauw weg in een hoek. Thuis

gooi ik ieder paar gewoon weg als ik het gedragen heb.

'Look,' kijkt Samantha om de hoek als ik me sta af te drogen. *'I bought you some new socks today.'*

Ik lach. Jezus, wat een moordwijf heb ik. Zomaar ontmoet in een bar in Barcelona en helemaal smoor op me. Nog steeds. Ik poets mijn tanden - floss is op - en trek mijn schone kleren aan. Katoenen broek en polo. Samantha heeft een paar verse gympen klaargezet zodat mijn andere schoenen kunnen luchten. Ik hobbel de hotelkamer in. Iedere spier in mijn lijf laat zich voelen. Samantha heeft champagne ingeschonken. We proosten, zoenen, en ik zet mijn eigen notebook klaar op het hotelbureautje. Om te voorkomen dat Samantha tot in detail vraagt wat we van plan zijn, leg ik meteen alles maar uit. In een paar Engelse steekwoorden is snel verteld wat we vandaag ontdekt hebben.

'So, this Wladimir wants his notebook?'

'Yep.'

'Especially the information on disk, I presume?'

'Yep,' knik ik en start mijn eigen notebook op. Braaf zoekt hij zijn weg naar het netwerk van het hotel, zodat ik het internet op kan. 'Je hebt het helemaal goed, Samantha.'

'Ja?' kirt ze en gaat op het bed zitten. *'I'm a clever girl.'*

'Yes you are, and not blond,' grijns ik. Ik weet niet eens of dat ravenzwarte haar eigen kleur is, eerlijk gezegd. 'Nu wil ik iets op internet opzoeken. Begrijp je wat ik zeg?'

Samantha lacht. Ze is een héél intelligente meid.

Ik praat vrolijk verder. 'Kijk, laten we voor het gemak aannemen dat Franklin de inbreker was die de buit in die Samsonite propte, waaronder de notebook. Hij dacht een slag te slaan met die schilderijtjes, en maakte daarmee een kleine taxatiefout. Wladimir was woest, maar het kwam hem goed uit dat Franklin zich bekend maakt. Helaas betrok Franklin, onder valse voorwendsels, Pjotr bij de zaak, waardoor Pjotr hem vooruitsnelde naar de eeuwige jachtvelden. Hamvraag nu is, waar is de

koffer gebleven? En wie heeft hem het laatst gezien of gehad?'
'Good question,' antwoordt Samantha. Haar borsten wiegen onder haar shirtje, en ze ziet dat ik kijk. *'Male chauvinist pig.'* Ik lach terug en pak de draad van mijn betoog weer op. 'Ik wil op internet zoeken naar contacten die Cecilia had, als die überhaupt te vinden zijn.'

'Go for it, baby.' Samantha staat op en schenkt zich champagne bij. Ik draai me om naar de notebook en maak contact met Google. Samantha komt achter me staan. Ze kroelt door mijn haar. Het leidt af, maar vooruit, onprettig is het natuurlijk ook niet. Ik tik Cecilia's naam in, haar achternaam stond op het bordje naast haar deur. Google neemt de tijd.

'Het duurt lang,' merkt Samantha terecht op, terwijl zij nota bene het meeste geduld heeft van ons tweeën. Haar uitspraak wordt steeds grappiger met die mengeling van een Engels en Spaans accent.

Daar verschijnen de resultaten op het scherm. Cecilia heeft meer hits dan ik voor mogelijk had gehouden. Ze is lid van een plaatselijke handbalvereniging, lid van een fotoclub, lid van een club verbonden aan de toeristenopleiding, en verder verschijnt ze op verschillende weblogs. Ik begin maar met de eerste link, wat weinig bijzonders oplevert behalve de wetenschap dat ze een week geleden gestopt is met het trainen van pupillen. Link twee is van de fotoclub, waar proeven van haar werk te bewonderen zijn. Op een van de foto's is ze zelf in de spiegeling van een ruit te zien naast een doorsneejongeman, voor de gevel van een voor mij onbekend kantoor. Het logo van het bedrijf is vaag in beeld. *Proftect.* Zegt me niets. Volgende link. Niets. Volgende weer niets. De volgende is een weblog, waarin haar naam valt en ze wat mededelingen doet. Een deel van de tekst intrigeert me: Cecilia meldt dat de wereld er voor haar binnenkort anders uit zal zien. Ze heeft tickets gekocht...

'Strange.' Achter me nipt Samantha aan haar champie.

'Zeker vreemd.' Ik probeer een volgende link. Iets van een

studentenclub. Een verslag van een feest. Veel geleuter over zuipen, seks, roddels. En de opmerking dat het jammer is dat Cecilia met haar studie gaat stoppen. Ik leun achterover, met mijn hoofd tegen Samantha's buik. 'Cecilia heeft enkele weken geleden van alles stopgezet. En tickets gekocht. Het was alsof ze wegging. Voor een lange periode. Waarom zou je anders ophouden met je studie?' Ik surf naar de laatste link, een werkzoekendensite met cv's, onder andere dat van Cecilia. Haar informatie is summier en weinig opwindend. Cecilia heeft een jaar elektrotechniek gedaan voor ze aan toerisme begon.

'Well?' Samantha is nieuwsgierig. 'Any conclusions?'

'Cecilia verwachtte iets groots. Ze sloot haar leven hier af, lijkt het wel.'

Een vage spanningshoofdpijn komt opzetten. Tot nu toe leek het of Cecilia een willoos slachtoffer van de omstandigheden was, maar het ziet er steeds meer naar uit dat ze de spin in het web is. Heeft ze Pjotr er doelbewust ingeluisd, niet alleen ten behoeve van haar vriendje Franklin, maar ook voor haar eigen gewin? Ik pak mijn mobieltje en bel Zippi.

Hij neemt meteen op. 'Jij weer?'

'Niet zo enthousiast, Garcia. Luister eens wat ik gevonden heb...' Ik citeer de websites, en Zippi's conclusie is niet anders dan de mijne. 'Met voorbedachten rade,' zegt hij nog stelliger dan ik. 'Weet je wat? Ik trakteer jullie op een etentje.' Hij noemt een adres dat me niets zegt. Samantha schrijft het voor me op, waarna ik de verbinding verbreek. 'We vertrekken nu, als je het niet erg vindt.' Ik sluit de notebook af.

'Nice,' lacht ze haar stralendwitte tanden bloot. Ze drinkt haar glas uit, werkt haar make-up bij, kleedt zich snel om en staat al klaar als ik de notebook aan de kant heb gezet. We gaan de kamer uit.

'What 's the matter?' vraagt ze in de gang.

'This face of that boy in the picture. I don't know... He looks familiar.'

'*Sure,*' zegt ze met een daar-zul-je-hem-weer-hebben-blik. Ik geef haar een tik op haar billen. 'Niet met me spotten, ja?'

Zippi heeft gereserveerd en ik begrijp dat het een restaurant van klasse betreft. De tent ligt op een landgoed en is gevestigd in een voormalig koetshuis. De ruimte binnen is hoog en wit. Zippi heeft een mooie plek uitgekozen. Hij zit al op zijn stoel te grijnzen als we aankomen. 'Kom hierheen!' roept hij. We voegen ons bij hem. Samantha's stoel wordt vaardig door een van de rondlopende knipmessen aangeschoven. Ze ziet er sjiek uit in haar jurkje.

Beetje *grumpy* ga ik zitten. 'Had je niet even kunnen zeggen dat het hier op niveau was? Dan had ik iets minder frivools aangetrokken.'

Zippi wenkt naar een ober en mompelt iets over Michelin-sterren. Zijn oogjes glimmen. De ober heeft zijn boodschap kennelijk begrepen. Pas dan heeft Zippi tijd voor een ordentelijk antwoord. 'Niet getreurd, Marcel. Echte klasse zie je altijd. Zeker als die uit Spanje komt,' *smilet* hij naar Samantha. Ze glimlacht terug.

Ik knik stug. 'Betekent dat dat we hier vanavond alleen maar paella te eten krijgen?'

'Het was een grapje, Marcel! Je bent wat gespannen. Dat is niet goed voor je,' grinnikt Zippi.

Een ober zet een ijsemmer met een fles champagne en glazen voor ons weg. Zippi staat erop de fles zelf te openen. En ik moet toegeven, dat doet hij met verve, zonder ordinaire knal. Hij schenkt in, Samantha eerst, en heft zijn glas voor een toost. 'Op je verrukkelijke vriendin, Marcel. En op jouw onverschrokken vriend, Samantha.'

'De moeilijke woorden begrijpt ze nog niet,' zeg ik. We tikken de glazen tegen elkaar. 'Proost.'

Zippi drinkt zijn glas in een teug uit. Hij ziet er goed uit in zijn snelle Italiaanse kostuum. Voor het eerst dat ik hem zoiets zie dragen, zonder strop weliswaar, maar vooruit, moet kunnen. De menukaarten worden gebracht, en we praten wat, snuffelend in de kaart. Omdat Zippi het restaurant goed kent, vertrouwen we de keuze aan hem toe en laten hem voor ons drieën bestellen.

'Zegt jou het bedrijf Proftect iets?' vraag ik na aankomst van het liflafje vooraf, iets met kaviaar.

'Proftect? Is dat geen kinderopvang?'

'Ik stel jou een vraag.'

'Ik houd het op kinderopvang.' Zippi kauwt zijn amuse luidruchtig weg. 'Lekker, die kavvie.'

'Cecilia kent iemand die bij Proftect werkt. Ze stond met een kerel voor dat bedrijf op de foto. Op internet.'

'Beetje kort door de bocht gededuceerd, maar vooruit,' antwoordt Zippi, waar hij weer eens een punt mee scoort, want strikt genomen is er geen enkele zekerheid dat die fotogenieke boy bij *Proftect* werkt.

Ik haal mijn mobieltje uit mijn zak - boze blikken van de buurtafel trotserend - en bel Ray. Zippi zal het wel weer geen goed idee vinden, omdat hij Ray niet zo ziet zitten. Er wordt opgenomen. 'Ray? Marcel Kwast hier. Ken jij Proftect?' val ik met de deur in huis.

Ik hoor gegiechel van een vrouw aan de andere kant van de lijn. 'Zo, ik ben wel eens meer gelegen gebeld, maar *never mind.*' Ray grinnikt als een rat met kinkhoest. *'Never mind.* Proftect doet aan beveiliging en alarmsystemen. Beetje duister bedrijf naar mijn weten.'

'Duister?' Eigenlijk was dat precies wat ik niet wilde horen. Er piept iets in mijn mobieltje. Ik krijg een wisselgesprek. Dat moet even wachten.

Ray kreunt verzaligd om redenen die zich niet laten raden. 'Voor zover ik weet zijn ze ooit eens bij fraude betrokken geweest. Maar ik hang op nu. Saluut.'

Nog even hoor ik een vrouwenstem, dan is de verbinding weg.

Ray heeft zijn vrije avond, dat is duidelijk. Zippi popelt om iets te zeggen, maar ik gebaar dat hij nog moet wachten en neem het andere gesprek aan.

'Marcel?' Het is een angstige vrouwenstem.

'Cecilia? Ben jij het?' Ik mime met mijn lippen haar naam voor de anderen aan tafel. Zippi knikt en steekt zijn duim op.

'Wat is er?' vraag ik.

'Marcel.' Ik hoor haar voordeurbel. De *Marseillaise* zeurt door haar gang. 'Ze zitten achter me aan.'

'Wie? Wie zitten er achter je aan?'

'Die mensen van de schilderijen.'

'Ken jij soms Wladimir?' Ik besef dat ze doodsbang is, maar misschien zegt ze daardoor juist wat zinnigs.

'Ze komen achterom. Help me, Marcel.' Geluiden van brekend glas, scherven. Een mannenstem. Cecilia gilt. Abrupt wordt de verbinding verbroken.

Nijdig klap ik mijn mobieltje dicht. 'Ze hebben Cecilia gevonden. We moeten naar haar toe.' Buiten schemert het. Bloedrode wolken hangen boven het park. 'Ze zijn bij haar binnen.' Ik haal mijn servet van mijn schoot en gooi hem op tafel.

'Fuck,' zegt Zippi verontwaardigd.

'Niet nu!' Ik haal wat biljetten uit mijn portemonnee en zet die onder de voet van een glas vast. Zippi drinkt zijn champagne uit.

Samantha staat al. Ze heeft begrepen wat er aan de hand is. *'It's this Cecilia girl... She is in danger?'*

'The hell she is.' Ik wenk een ober. 'We moeten weg. Sorry. Daar ligt geld.' Zippi staat op, wrijft spijtig over zijn buik en loopt met ons naar de uitgang. Jassen hadden we niet, dus we kunnen zonder gedoe doorlopen naar de parkeerplaats. We stappen in, Zippi in zijn TT, wij in onze auto, en rijden weg, Zippi voorop. Ik ben erger geschrokken dan ik wil toegeven. Ik had de kinderlijke illusie dat Cecilia buiten schot zou blijven. Klammig hangen mijn handen op het stuur.

'*Is it serious?*' Samantha klinkt even luchtig als altijd. Ze heeft het soort stem waardoor je zelfs bij grote rampen nog denkt dat er een futiliteitje aan de hand is. Niet geschikt voor presentatrice bij het journaal. Zippi lijkt intussen de kortste weg te gaan en laat ons alle hoeken en gaten van de stad zien, tot we na een tijdje weer langs de singel rijden. Dan begin ik de weg weer te herkennen.

'*Strange city,*' mijmert Samantha.

'*Why?*' De straatlantaarns zijn aan, maar de schemer lijkt zich vooralsnog niet aan de nacht over te willen geven. Het is nog bloedwarm.

Samantha met haar Spaanse genen lijkt er geen last van te hebben. Fris als een hoentje kijkt ze me aan. We rijden onder een spoorbrug door. '*It reminds me of my little brother. Wants to grow up, but loves to stay small at the same time.*'

'*Okay, but I...*' Bijna mis ik dat Zippi's auto voor ons onverwacht afremt en naar links afslaat. 'Shit!'

'*Oops.*' Samantha bonkt tegen het portier als ik de scherpe bocht maak. '*Wow! I do like sightseeing.*'

Ik grijns. Geestig bedacht van haar. Maar intussen rijden we weer in de straat van Cecilia met de merkwaardige rails in het midden. Zippi remt ergens halverwege, draait zijn auto over de middenberm naar de overkant en parkeert keurig bij Cecilia voor de deur. We volgen hem op de voet en zetten onze auto achter de zijne. Zippi stapt uit en werpt een kritische blik naar Cecilia's huis. Het licht van de straatlantaarns geeft de kozijnen en bakstenen een surrealistische kleur. Samantha en ik stappen tegelijk uit en lopen naar Zippi toe. Hij plukt aan het vel onder zijn kin. 'Geen teken van geweld. Maar ook geen teken van leven.' De huiskamergordijnen zijn dicht.

'Bellen we aan?' vraag ik.

Resoluut doet Zippi een stap voorwaarts en belt aan. 'Nieuwe muziek!' schampert hij. *The star-spangled banner* galmt onaangedaan door het huis.

Omdat er geen snelle reactie volgt en ik mijn rust volledig kwijt ben, duw ik tegen de voordeur. Vanzelf springt deze op een kier.

'Wacht.' Met de punt van zijn schoen duwt Zippi de deur helemaal open. Ik gebaar dat Samantha achter me moet gaan staan. Het licht in de gang is aan. Op het goedkope tapijt zitten witte vlekken. De kapstok hangt vol met oude wintertruien en jassen.

Over mijn schouder loert Samantha de gang in. *'Quite messy.'*

'Vrijgezel,' smaalt Zippi en zet als eerste een stap naar binnen. Het tapijt ligt zo los dat halverwege een plooi ontstaat. We volgen Zippi. Voorzichtig loopt hij verder naar de huiskamer.

'Cecilia?' roep ik in het donkere gat naar boven als we langs de trap komen. 'Ben je thuis?'

Zippi houdt in. Hij staat bij de huiskamerdeur. 'Jezus Marcel. Je lijkt kabouter Plop wel die op de koffie komt.'

Ik kijk tegen Zippi's achterhoofd aan, maar weet zeker dat er een spotlachje om zijn lippen speelt. 'Sorry.'

Hij draait zich om. 'We kijken eens binnen.' Hij doet de deur open, voelt om de hoek naar de lichtknop en doet een lamp aan. Daarna geeft hij een lompe trap tegen de deur, die met een klap tegen een meubelstuk binnen tot stilstand komt. We schuifelen de kamer in. Het lijkt er op een oorlogsgebied. Geen stoel staat meer overeind. Alle spullen zijn uit de kasten getrokken en over de vloer gegooid.

'I said it was messy,' zegt Samantha parmantig, raapt een Engels woonblad van de grond, bladert en legt het op de eettafel, zo'n beetje het enige meubelstuk met poten dat nog overeind staat. Ik kijk verbaasd rond. Zippi schuift met zijn voeten wat troep over de grond heen en weer. 'Hier is niet wat we zoeken.' Hij loopt naar de hoek van de kamer waar de telefoon op de grond ligt, rommelt weer tussen de spullen op de grond en raapt een boekje op. 'Adressen en telefoonnummers.' Zijn varkensoogjes glimmen. 'Effe wachten.' Hij worstelt zich terug naar de gang.

Als hij ons passeert knipoogt hij. Dan horen we hem de trap op stampen. Zijn voetstappen bonken over de bovenverdieping. Samantha pakt het tijdschrift maar weer. '*What's he doing?*' '*Looking for a Samsonite?*' 'De gordijnen achter staan nog half-open. Als ik de terrasdeuren naar de tuin controleer zie ik grote stukken hout op de vloer liggen. De deuren zijn met grof geweld opengebroken. Ik duw de deuren open. In het tuintje brandt een schamel lichtje op een paaltje. De betonnen omheining geeft het gevoel dat je in een strafkamp bent. Ik stap naar buiten, haal diep adem en draai me weer om. Het deurslot hangt er half uit.

Samantha staat nog midden in de kamer en glimlacht. 'Niemand?'

'Nee.' Omdat ik Zippi hoor terugkomen van de trap ga ik weer naar binnen en trek de deuren achter me dicht.

Daar is hij al. Zijn kin lijkt in het lamplicht nog stoppeliger dan anders. 'Boven is het ook puin. Ze hebben daar gezocht, maar niks gevonden.'

'Hoe weet jij dat nou?'

Alsof ik niets gevraagd heb, pakt Zippi het adresboekje uit een van zijn jaszakjes en begint erin te bladeren. 'Ze hebben Cecilia meegenomen. Als ze de notebook gevonden hadden, was ze nog hier geweest. *In a fucking bad condition...*'

Het laatste beeld van Pjotr op de wc zegt genoeg over de normen en waarden van Wladimir. 'Ze leeft dus nog.' Ik ga naast Zippi staan en lees mee, terwijl hij bladert. Ik weet waar hij op uit is. We moeten snel handelen, want ik vrees voor Cecilia's leven. Zippi's worstige wijsvinger pint zich op een van de bladzijdes vast. 'Kijk, Proftect staat erin. Met de naam van een jongen en een adres.'

Ik buig me over het boekje heen. Mijn ogen worden er niet beter op. Ik ruik mijn oksels. 'Herman Wisselaar?'

'Wedden dat dat die jongen op de foto is.' Zippi likkebaardt bijna, zo in zijn nopjes is hij.

'Bellen we hem?'

'Laten we hem eens aangenaam verrassen,' grijnst Zippi. Hij steekt het boekje weg en kijkt Samantha aan. 'Tijd voor actie.'

'What?' vraagt ze, haar ogen open op schotelformaat.

'We want to pay a visit to Cecilia 's friend Herman.' Ik knik. 'Begrijp je?'

'Sure,' zegt Samantha. *'We have to find that notebook.'*

'Slimme meid.' Zippi mept zichzelf op zijn indrukwekkende buik. 'We gaan.'

Ik haal mijn schouders op. 'Dat doen we dan maar.'

In de deuropening houdt Zippi even in. 'Je wilt Cecilia redden, is het niet?'

'Hoezo?'

'Geef het nou maar toe.'

'Ze doet me aan een nichtje van vroeger denken.'

'Heus?' Zippi loopt door. 'Ik hoop dat jij vertrouwen in de goede afloop hebt.'

Ik stap over een oude schoenendoos en grijns. 'Best wel. *This town is a hell of a city.* Een moordstad!'

Hermans huis blijkt een boerderijtje te zijn. Het ligt tussen weilanden die de kern vormen van een grootschalige nieuwbouwwijk waar je zodanig kunt verdwalen dat je er zelfs met hulp van de modernste TomTom geen gat meer in ziet. We staan op een schamel verlicht erf. Het dak zal ooit met riet bedekt zijn geweest, maar bestaat nu uit slijmerige donkere dakpannen. Voor de deur staat een stokoude Mehari, zo'n Frans golfplaten kreng waar jaren geleden hippies blij mee waren. Ernaast staat een blitse Italiaanse leasebak. Die past beter bij het imago van een modern beveiligingsbedrijf. We zetten onze auto's vooraan op het erf weg en stappen uit. Het is nacht, maar een merkwaardig diffuus blauw licht blijft de hemel kleuren. De omgeving ziet er uit als een *American night* in een slechte film. Ver weg blaft een hond. Beestjes ritselen in de struiken. Samantha loopt als eerste naar de boerderij. Er brandt licht binnen. Herman is waarschijnlijk thuis. 'Wacht even, Samantha.'

Ze trekt zich er weinig van aan, heerlijke eigenwijze trut dat ze is, en heupwiegt naar de voordeur.

Ik zie dat Zippi haar kont bestudeert. 'Jezus Marcel,' mompelt hij. 'Heb je dat écht uit Barcelona gehaald?'

'Origineel Spaans.' Ik prik met een vinger tussen zijn vetlagen. 'Kom op.'

We zorgen dat we achter Samantha staan als ze aan de koperen knop op de deurpost trekt. De klingelbel binnen doet zijn werk voortreffelijk. Zo goed als onmiddellijk horen we binnen een deur dichtslaan. Voetstappen verdrijven de stilte in de gang. Ineens horen we radiomuziek. Jazz. Heeft Herman smaak?

Langzaam gaat de deur open, en verdomd, daar verschijnt het gezicht van de knappe jongeman van Cecilia's foto. De deur blijft hangen op een ketting. Fel licht uit de gang valt in een baan naar buiten.

'Herman Wisselaar?' vraag ik over Samantha's schouder heen, de dikte van de deurketting taxerend.

Herman kijkt naar Samantha's fraaie verschijning. Zijn ogen lichten op. Dan pas krijg ik alle aandacht. 'Ja? En met wie heb ik het genoegen?'

Ik wurm me naast Samantha. 'Met Zorro en Garcia,' grijns ik en wijs naar Zippi achter ons. 'En dit is Samantha. We hebben enkele vragen voor je.'

Wantrouwend schuift Herman meteen de deur een paar centimeter dicht. 'Ik geloof niet dat ik behoefte aan een gesprek heb. En als jullie niet van mijn erf gaan, laat ik de hond los.'

Zippi steekt zijn hoofd tussen Samantha's en mijn schouders door. 'Zou ik niet doen. Je bent in gevaar. En het valt me tegen dat je zo weinig beveiliging hebt op je terrein.'

Samantha snuift de lucht op. *Is there a dog? I don 't smell a dog.'*

'Daar lieg je over, is het niet?' Ik meet me de houding aan van iemand die agressief abonnementen wil verkopen. 'Misschien heb je belangstelling voor ons verhaal. We zijn vrienden van Cecilia. En aangezien we denken dat jij ook een vriend van haar bent, zou het kunnen zijn dat jij ongerust over haar bent.' Hermans roestige stem kan zijn twijfels niet verbergen. 'Is er iets met haar?'

'We hopen dat jij er meer van weet.'

Met een smak valt de deur dicht. We horen de ketting van de haak gaan, en de deur zwaait open. 'Kom binnen.' Het felle licht komt van een naakte gloeilamp aan het plafond. In de entree is het kaal. 'Ik ben net hierheen verhuisd,' verontschuldigt Herman zich als hij een paar stappen terug doet om ons binnen te laten.

Brutaal stappen we de gang in. Als laatste geeft Zippi de voordeur een nijdige duw dicht. We volgen Herman naar een huiskamer vol verhuisdozen. Bij een brandende open haard heeft hij met behulp van klapstoelen een provisorische zithoek geregeld. Het haardvuur maakt het absurd warm, maar het oogt gezellig.

'Het vocht van de verbouwing moet weg.' Herman zet de radio uit, biedt ons een stoel aan, wacht tot we zitten en zakt dan zelf neer. 'Hoe zat dat nou met Cecilia?'

Ik neem Herman van top tot teen op. Hij is een jaar of dertig, glad gezicht, beetje gelikt, mager, vrijetijdskleding, ideale schoonzoon. 'Iemand heeft haar opgezocht vanavond. Iemand die iets van haar terugwilde.'

'O?' Herman maakt een verbaasd gebaar. 'Wat dan?'

'We hoopten...' Ik kauw even op mijn tong. 'We vermoeden dat jij er meer van weet.'

Hij staart naar de grond, kijkt dan Zippi en mij aan. 'Nee. Ik zou niet weten wat...'

'Of wie?' valt Zippi hem dreigend in de rede.

Herman hikt een geluidje op. 'Nee, echt niet. Ik weet niks. Willen jullie iets drinken?' Hij kijkt naar een deur waarachter de keuken verborgen lijkt te gaan.

'*Cut the crap,*' snauwt Zippi. 'We weten dat je bij Proftect werkt. En dat je Cecilia kent. En Franklin.'

'Wie?' Herman veert naar voren. 'Franklin? Nooit van gehoord.' Hij raapt een kartonnen doosje van de grond en laat het weer vallen.

'*Nice house,*' zegt Samantha in het niets.

'Kende je Franklin?' vraagt Zippi opnieuw.

'*It 's very cosy,*' merkt Samantha op. '*Very, very cosy.*'

Hermans ogen schieten heen en weer. Hij kan het allemaal niet meer volgen. 'Ik ken geen Franklin.'

'Wat heb je met Cecilia?' gooi ik op mijn beurt in de groep.

'*My uncle had a farm in Sevilla,*' meldt Samantha. '*It's very hot there in summer.*' Langzaam buigt ze voorover, en ik weet zeker dat ze Herman een inkijkje bij haar borsten gunt.

Hij slikt, slaat zijn ogen weg naar de grond. 'Jezus, ik ken Cecilia vaag. We gaan weleens uit. Verder niks.'

'Wat doe je bij Proftect?' Aan Zippi's krakende stem hoor ik dat hij zijn geduld dreigt te verliezen.

'Specialist alarm. Ik ontwerp installaties en stuur de monteurs aan.' Een vonk spat van het haardvuur en komt bij Hermans voeten terecht. Schrikachtig trekt hij een been in.

Zippi gaat staan en loopt naar hem toe. 'Luister. Het is laat, ik moet morgen vroeg op, en ik wil naar bed. Snap je?'

'Ja,' antwoordt Herman. 'Maar ik kan jullie niet helpen.'

Iedereen voelt met zijn klompen aan dat Herman liegt. Hijzelf lijkt evenmin nog in een goed gesprek te geloven. Zijn wangen kleuren alarmrood.

Plotseling grijpt Zippi Herman bij zijn shirt beet en sleurt hem van zijn stoel naar de open haard. Herman stribbelt tegen. Hij is bang, doodsbang. Zippi drukt hem ruggelings naar de open haard. De wankelende stoel klettert omver. Hermans gestylede kapsel nadert de vlammen op een gevaarlijke afstand.

'*I like real fireplaces,*' roept Samantha. '*I hate electrical ones.*'

Ik voel me ongemakkelijk. Het lijkt me niet nodig Herman zo

te intimideren. Ik kan me niet herinneren dat Zippi altijd zo heetgebakerd was. 'Zippi, laat hem los. Volgens mij wil hij best praten. Logisch dat hij ons niet zomaar vertrouwt.' Zippi gromt, schokt met zijn schouders en laat Herman onverwacht schieten. Die dreigt met zijn hoofd alsnog in het vuur terecht te komen, maar kan zich op tijd wegdraaien. Met een dreun belandt hij op zijn achterwerk voor de haard. 'Bedankt,' hijgt hij vanaf de grond en kijkt me aan.

Zelden heb ik een dankbaarder blik gezien. Ik sta op en help hem overeind komen. Zippi zoekt zijn plek weer op. Mokkend begint hij zijn rechterschouder te masseren.

Ik knik vriendelijk. '*You 're welcome*. Luister, Herman. Cecilia heeft mijn neef Pjotr erin geluisd. Die ligt nu ergens in een lijkenhuis. Haar beste vriend Franklin is ook kastje wijlen, en wijzelf zijn er maar net zonder kleerscheuren afgekomen. Je begrijpt dat wij hier niet voor de lol op bezoek komen.' Om de ernst van de zaak te benadrukken, ga ik met een plechtig gezicht weer zitten.

Herman blijft staan. Zijn armen bungelen langs zijn lijf. Zweet gutst langs zijn gezicht. 'Cecilia was inderdaad een vriendin van me. Op een bepaald moment kregen we het plan van die inbraak.'

'Inbraak?' Ik zie dat Samantha net als ik naar het puntje van haar stoel schuift. 'Vertel verder.'

'Ik had een installatie aangelegd in een woning in het villapark. Stinkrijke vent, je kent dat wel.'

'Ene Wladimir?'

'Zou best kunnen. Heb hem nooit gezien. Ik wist natuurlijk precies wat je moest doen om de elektronica te omzeilen voor een inbraak. Nou, en toen was het plan snel gemaakt.'

'Was dat de eerste keer dat je dat deed met Cecilia?'

Onzeker schuifelen Hermans voeten over de tegelvloer. 'Ik geloof dat een vriend van haar op het idee kwam.'

'Franklin?'

'Precies,' knikt Herman heftig. 'Oorspronkelijk was het zijn plan. Enfin, een paar weken terug is de kraak gezet. We zouden de buit later verdelen, en die Franklin kende wel kanalen om een en ander af te zetten.'

'Hij kende helers?'

'Ja.

Jesus! brengt Samantha uit. Zippi blijft opvallend stil.

'En toen?' vraag ik.

'Toen ging het mis. Franklin probeerde de buit te verkopen. Van Cecilia begreep ik dat Wladimir iets terugwilde. En er veel geld voor over had.'

'Het ging om een notebook in het bijzonder.'

'Cecilia zei dat het om twee schilderijen ging.' Herman verbleekt. 'We hadden al tickets gekocht voor het buitenland.'

'Dat kun je wel vergeten. En jij weet toevallig niet waar die koffer met de buit is gebleven?' Ik werp een nerveuze blik op Zippi. Hij kijkt nors. Het duurt hem weer te lang. Ik blijf vriendelijk klinken. Dat kan ik heel goed als het nodig is. 'Helemaal geen idee?'

Kinderlijk haalt Herman zijn schouders op. Hij is als de dood voor Zippi, zo nadrukkelijk buigt hij van hem weg. 'Heeft ze me nooit verteld.'

Zippi niest. 'Echt niet?'

Herman schrikt. 'Nee!'

'Dus je hebt geen idee wat Franklin allemaal tijdens zijn kraak heeft meegenomen?'

Opeens glimlacht Herman smalend naar Samantha, dan naar mij. 'Jullie hebben last van vooroordelen! Cecilia was de inbreker. Niet Franklin!'

Ik lach als een mekkerende geit. 'Hè?'

Opeens draait Herman zich om, pakt iets van de schoorsteenmantel en keert zich weer naar mij. 'Ik kan jullie verder helpen. Als jullie daar Cecilia mee kunnen redden.'

'Heel goed. Vertel eens. Was jij soms een van de twee kerels die in het park met...' Omdat Herman knikt, weet ik meteen genoeg. 'Oké, zeg ons dan waar Cecilia...'

'Goedenavond mensen,' roept iemand vanaf de kamerdeur. Alsof een olifantenhorzel in mijn kont steekt, zo snel draai ik me om. Ik heb de stem meteen herkend. 'Ray?'

Ray staat in de deuropening. Hij heeft een wapen in zijn hand. 'Vanaf hier wordt het voor mij interessant. Mag ik zo vrij zijn mee te luisteren?'

Zippi zucht en rolt met zijn ogen. We kunnen geen kant op, want Ray neemt ons zo op de korrel. Hij is dus tóch een rat. 'Wat wil je precies, Ray?' vraag ik.

'De notebook. Ik heb wat geluistervinkt, *if you don 't mind.*'

'Shit Ray. Dit had ik niet van je verwacht.'

'Kom Marcel, doe niet zo naïef, zeg. Wat...'

Plotseling hoor ik Herman op me afkomen. Ik krijg een duw, voel een por in mijn zij en zie de grond op me afzeilen. Met mijn hoofd knal ik op de tegels. Ray vloekt, Zippi vloekt nog harder, ik hoor rennende voetstappen, Samantha gilt, Ray schreeuwt iets onverstaanbaars, dan is het opeens weer rustig. Ik zie paarse dansende muggen. Er verschijnt een wit gordijn dat langzaam optrekt. Samantha helpt me overeind. Ik ben nog duizelig, de kluts kwijt. 'Wat gebeurde er?'

'Herman is ervandoor gegaan,' bromt Zippi vanaf de open haard. 'Shit!'

Ik kijk achter me. Mijn beeld is opgeklaard.

Ray staat er nog met zijn pistool. Hij klemt zijn kaken op elkaar, baalt minstens zo stevig als wij. 'Ben jij altijd zo'n ouwehoer, Marcel?'

'Ik doe mijn best,' grijns ik.

'Mag wel iets minder in de toekomst,' zegt Ray, zwaaiend met zijn pistool. 'Graag allemaal opstellen bij de open haard.'

Samantha en ik gaan braaf naast Zippi staan. De hitte van de haard brandt op onze konten. 'Het wordt warm hier, Ray.' Ik blijf hem strak aankijken.

'Omdraaien.'

Discussie heeft geen zin. We draaien ons om. 'En nu, Ray?' Ik staar in de flakkerende vlammen. Roet achter in de haard gloeit op. Het doet me aan vuurwerk denken. 'Ray?' Ik loer over mijn schouder. De kamer is leeg. 'Ray is weg.'

Tuurlijk,' sneert Zippi en draait tegelijk met mij zijn logge lijf om naar de deur. 'Iedereen is weg. Behalve wij.'

'Shit!' Alle energie vloeit ineens uit me weg. 'Morgen zoeken we verder. Ik weet zeker dat Wladimir snel contact met ons opneemt.'

Zippi spuugt op de grond. 'Morgen heb ik zaken te doen, dus je moet het even zonder me stellen.' Hij klinkt knap knorrig.

Ik wil hem niet langer claimen, hij heeft al genoeg gedaan. 'Doe je ding, Zippi. Samantha en ik redden het verder wel.'

'Goed,' zegt Zippi en loopt naar de deur. 'Ik bel je morgenavond. Als er echt iets is, moet je eerder bellen.'

Ik heb hem zelden zo sjachie gezien. Is ook aan zijn bed toe zeker. 'Buitengewoon bedankt, Zip. Ik laat nog van me horen. Goed?'

Hij knikt. Zijn buik botst tegen de deurpost als hij de kamer verlaat. 'Pas op voor Ray, jullie allebei, wil je?'

'Doen we.'

Weg is Zippi. De hitte van de haard wordt ondraaglijk. *'Let's go?'* stel ik Samantha voor.

'Back to the hotel,' zegt ze, zonder een spoor van spanning.

Ik lach en pak haar hand. Tijd voor een borrel in onze hotelkamer.

'Proost.' Samantha's perfecte tanden lijken op diamanten. Ze klokt een slokje Chablis naar binnen.

We zitten in bed met een glas in onze handen. Ik draag mijn katoenen streepjespyjama. Slaapt heerlijk, al zal ik de laatste zijn om te ontkennen dat Samantha's zijden nachtpon sexier is. 'Stom dat we Ray zomaar lieten ontkomen.'

' He had a weapon,' relativeert Samantha. *'There was nothing*

you could do.'

'You are right again, honey.' Mijn heup doet pijn. Ik zet mijn glas weg, schuif mijn pyjamabroek aan een kant naar beneden en check de schade. 'Blauwe plek.' Ik laat hem aan Samantha zien.

'How come?' Geamuseerd schudt ze haar haren. *'Poor guy.'*

'Geen idee. *It must have been Herman. He pushed me and gave me a punch. And I...'* Recht voor me hangen mijn kleren over een stoel. Herman stopte zijn hand in mijn zak toen hij me te pakken nam. *'Wait a minute.'* Ik stap uit bed, pak mijn broek van de leuning en voel in mijn zakken. In mijn rechterzak zit een papiertje dat er nooit gezeten heeft. Even denk ik dat het de verpakking van een snoepje is, totdat ik het aan een directe inspectie kan onderwerpen. Het is een stug opgevouwen papiertje, een stukje karton van een doosje zuurtjes of zoiets. Ik mik mijn broek terug over de stoel, kruip het bed weer in en vouw het kartonnetje uit in het licht van de leeslampen.

' What is it?' Samantha is razend nieuwsgierig.

'Message from Herman.' Het karton werkt een beetje tegen. Met blauwe pen heeft iemand er iets op geschreven. Twee getallen met letters die me werkelijk geen ene moer zeggen.

N 51°35.128 E004°42.363.

'Shit. What does it mean?' 'laat Samantha meteen weten, mocht ik van haar nog iets verstandigs erover verwachten. *'It looks like a code,'* fluistert ze.

'The Holland code ?' Ik lach. *'A real thriller in this little town? Don't make me laugh.'*

'Life is like a box of chocolates. You never know what you're gonna get,' citeert Samantha de hoofdfiguur uit mijn favoriete film. *'I'm beginning to like this town, you know?'*

Ik grinnik en pak mijn wijnglas weer. *'I think you are right. It is some kind of code. It sure is.'* Bijna voorzichtig leg ik het briefje op mijn dekbed en kijk er nog eens naar. *'Cheers! To this town, a thrilling city.'*

4.

Iets zegt me dat dit wel eens de laatste dag hier kan zijn. Het is nog vroeg. Ik lig al een tijdje wakker in bed en kijk naar de nog slapende Samantha. De eerste verschijnselen van levenservaring beginnen zich op een milde manier in haar gezicht te tonen. Het staat haar goed. Ik heb een opgewonden en tegelijk tevreden gevoel. Ik ben nog moe, God mag weten waarvan. Zwets niet, Marcel. Je bent gewoon mentaal wat te fijnzinnig voor al dat gangstergedoe.

Ik sluit mijn ogen. De wereld is bijna weer donker, maar niet helemaal. Kleine rode stipjes fladderen als vuurvliegjes door mijn beeld. Waar komen die vandaan? Verzinnen mijn hersenen die, of is het ruis van mijn netvlies? Ik probeer een stipje te volgen, maar onmiddellijk vlucht het weg. Weg naar het binnenste van mijn zenuwstelsel.

'Marcel. *Wake up!* Word wakker!'

Shit. Weer in slaap gevallen. Ik doe mijn ogen langzaam open, loer door mijn oogharen de kamer in. De gordijnen staan open en ik zie buiten de zon schijnen. Bij het voeteneind staat Samantha als een klein kind te springen. 'Word wakker, Marcel.' Mijn arm slaapt. Samantha heeft vandaag haar wekelijkse ik-praat-zoveel-mogelijk-Nederlandsdag. Geen benul waarom ze dat zo graag leren wil, maar ik laat haar maar en fungeer geduldig als taalcoach. Ik trek mijn slapende arm onder mijn hoofd vandaan en kom een stukje overeind. *'What's up, doc?'*

'Word wakker. Tijd voor... *breakfast.'*

'Ontbijt,' verbeter ik. 'En waarom heb je zo'n haast?'

Ze is gedoucht en aangekleed. Ik ben dwars door haar activiteiten heen geslapen. Ik houd van de strakke lage spijkerbroek en het shirt die ze draagt. Ineens is het tien uur geworden. 'Waarvoor die haast, dame?' lach ik, intussen bij mijn positieven komend. 'Ik weet wat de code betekent.' Tussen haar wijs- en middel-

vinger houdt ze het kartonnetje geklemd. 'Ik weet het!'
'Werkelijk?' Ik gooi het beddengoed van me af. 'Hoe weet je...?'
'Ik vroeg het bij de receptie. De vrouw daar weet het. Ze wandelt veel.'
Ik knik kort. Ik heb niet zoveel interesse in de hobby's van het personeel. En van wandelen houd ik helemaal niet. 'Ja?'
Samantha rolt met haar ogen en heft haar armen in de lucht.
'O nee. Jij snap... snapt het niet.'
'Heel goed gezegd, hoor,' plaag ik. 'Verklaar het mij dan maar eens, Spaanse peper.'
Ze laat zich op de rand van het bed zakken en legt het kartonnetje op het voeteneind. 'Die getallen zijn codes. Coördinaten. Zoals van een TomTom.'
'Een TomTom?'
'Die werkt er ook mee, maar dat zie je niet.'
'Dat zie ik niet?' Oké, er ontgaat me iets. 'Coördinaten. Als van een landkaart?'
'Exactly! Dan weet je waar je bent of waar je heen moet. Wandelaars gebruiken die voor... routes en zoeken naar een schat. Geocaching.'
'Geocaching?' Nooit van gehoord. Ik kijk naar het kartonnetje. Sloom als ik ben begin ik het te begrijpen. De twee getallen op het kaartje geven de unieke coördinaten van een plaats op aarde aan. 'Wat we nodig hebben is een ding om die plek te vinden.'
'Heel goed, Marcel!' roept Samantha uit. 'Heel goed. Daarom snel samen ontbijten en een coördinatenapparaat kopen. Dan kunnen we die plek vinden.'
'Prima plan.' Ik spring uit bed en drentel naar de badkamer. De pijpen van mijn pyjama slepen over de grond. Een gps-ontvanger, dat is wat Samantha bedoelt. Inderdaad werkt die zoals een TomTom, maar je kunt er rechtstreeks coördinaten invoeren. Ik kleed me op de badkamer uit, zet de douche aan en stap eronder als hij lauwwarm is. Samantha is me nagelo-

pen. Ze kijkt naar mijn billen. Ik grinnik. 'Zeg Sam, denk jij dat Herman ons wilde helpen?'

Ze knikt. *'He was afraid.* Ik denk dat hij jou vertrouwde.'

'Moeten we Zippi niet even bellen, ook al heeft hij geen tijd?'

'Nee, niet nodig,' zegt Samantha beslist. 'We kunnen het best samen.'

Iets zegt me dat ze Zippi niet mag. 'Goed.' Ik douche in een recordtempo, en terwijl Samantha doorklept over een of andere winkel in de stad droog ik me af en kleed me aan. Scheren sla ik over. Ik heb wat makkelijks aangetrokken. Samantha bekijkt me goedkeurend voor we de kamer verlaten om te gaan ontbijten. *'Nice.'*

'Thank you.' Ik knijp zacht in haar zij. Aan haar gezicht te zien weet ze dat te waarderen. Jezus, sinds Samantha en ik samen zijn, heb ik nog geen seconde naar ander vrouwenvlees verlangd.

We wandelen de gangen door, langs de receptie. Vlak voor we het restaurant in gaan, gaat mijn mobieltje. Het is een onbekend nummer. Nog voor ik aanneem, heb ik een onbehaaglijk gevoel. 'Marcel hier.'

Aan de andere kant klinkt gerinkel, alsof iemand in zijn koffie roert. 'Marcel Kwast?'

Ik sta meteen stil. 'Ja.' Het is de stem van Blondie, de slaaf van Wladimir. 'Dat ben ik.'

'Wij hebben Cecilia. En willen onderhandelen.'

Ik schraap mijn keel en kijk Samantha aan. 'Best. Maar geen flauwekul. Wat stel je voor?'

'Vanavond. Dealen voor Cecilia.'

'Voor de notebook?

'De notebook. Ik bel je nog over de plaats. En tijd.'

'Leeft Cecilia nog? Ik wil haar spreken.'

Blondie lacht. 'Je zult haar vanavond zien. Levend. Nog wel.'

'Mooi understatement, hoor.' Ik heb geen zin respect voor Blondie te tonen, het varken. 'We hebben een deal, dus?' Een stomme

deal, als je het mij vraagt, want wie zegt dat ik niets van de notebook kopieer? Zelfs als de bestanden versleuteld zijn, heb ik later nog alle tijd om uit te pluizen wat ze omvatten.
'Geen kopieën proberen te maken. De notebook is beveiligd.' Blondie is helderziend.
'Oké, maak je niet druk. Maar ik wil weten wie Wladimir is. Je denkt toch zeker niet dat...'
Ik hoor een krakend geluid. 'Hallo?' Weg verbinding.
'Wie was dat?' Samantha buigt haar hoofd naar me toe. Lekker parfum.
'Wat we al vreesden. Wladimir! Hij wil Cecilia ruilen tegen de notebook.'
'Aha.' Samantha recht haar rug. Rond haar amandelvormige ogen verschijnen kraaienpootjes. *'It sounds pretty dangerous.'*
'Zeker. En daarom ga ik toch Zippi bellen, want dit gaat ons boven de pet.' Mijn mobieltje heb ik nog vast. Ik zoek Zippi's mobiele nummer op en bel. 'Zippi, luister. Ik wil... Verdomme!' Ik krijg een voicemailtekst.
'What?' Samantha schudt haar hoofd. Haar haren vallen voor haar ogen.
'Voicemail,' antwoord ik geïrriteerd. Hoewel ik de neiging heb de verbinding af te kappen wacht ik geduldig op de piep om iets in te spreken. 'Zippi, Marcel hier. De tegenpartij wil ruilen. Vanavond. Tegen de notebook, die we niet hebben. Bel me zo spoedig mogelijk terug.'
Behoorlijk balen dat Zippi uitgerekend nu onbereikbaar is. Mijn maag knort. 'Laten we snel iets eten.' Ik neem Samantha aan haar arm mee naar het restaurant waar we wat broodjes en jus uit het buffet plukken. Bij het raam zoeken we een plek. Ondanks alles heb ik flinke trek. Samantha eet alsof ze dringend moet afvallen. 'Wat wilde je nou doen?' vraag ik, afwisselend naar haar gezicht en het over de weg rijdende verkeer kijkend.
'Buy a gps-system. And find the co-ordinates. Ik denk dat het in de buurt is.'

'Denk je werkelijk?'

Samantha plukt het kartonnetje uit haar tas en legt het midden op de tafel. Ze neemt een slok jus. Een klein vezeltje sinaasappel blijft even op haar lip hangen, tot ze het weglikt. *'I am sure.'*

'Ik geloof je.' Achter ons zit een echtpaar zachtjes ruzie te maken. De stem van de vrouw doet me denken aan mijn ex. Kippenvel trekt over mijn rug. Ik laat mijn tweede broodje liggen. 'Laten we gaan.'

Samantha stond al voortdurend in de startblokken. We halen nog enkele spullen op uit onze kamer - voornamelijk make-up voor Samantha - en maken dat we uit het hotel komen. Onze huurbak steekt behoorlijk stoffig in zijn metalen velletje. Ik waarschuw Samantha voor haar kleren, maar ze had het al gezien. Zoals ze trouwens alles ziet.

'Waar gaan we heen?' informeer ik.

'To the city. Ik heb gevraagd bij de balie waar er een zaak is voor gps.'

'Je bent goud waard, Samantha.'

'Goud waard?'

Ze begrijpt het niet, maar ik start de motor, geef haar een luchtzoen en laat het verder zo. Ze snapt wel dat het een compliment was. Samantha heeft zich door de receptioniste de weg naar de zaak laten uitleggen, en verdomd, binnen een paar minuten hebben we via de singel een brede winkelstraat bereikt waar je met de auto gewoon lekker doorheen mag raggen.

'Stop,' gilt Samantha.

Ik zet de airco zachter en rem af. Aan de rechterkant zie ik de etalage van een avonturierswinkel voor verwende mensen. 'Daar is het?'

'Yep.' Haar lippen glanzen mooier als ze glimlacht. 'Daar is het.'

Ik dump de auto op een parkeerplek op de middenberm. We stappen uit, relaxed, alsof we niets bijzonders te doen hebben. In de winkel worden we meteen opgevangen door een aardige jongeman die een nog aardiger collega erbij haalt die alles van gps weet. Omdat het ene apparaat het andere niet blijkt te zijn, koop ik simpelweg de duurste. Samantha gooit haar charmes en borsten in de strijd voor een gratis minicursus gps, en zowaar blijkt de hormoongestuurde jongeman bereid een kwartier lang de basis van het systeem aan haar uit te leggen. Ik snap er geen barst van, maar dat maakt niet uit. Ik neus wat in kledingrekken. Aan het einde van de les kijkt Samantha naar mij. 'We kunnen gaan.'

'Mooi. Geweldig.'

'Thanks,' zegt ze tegen de jongeman. Hij glundert. Samantha kijkt hem zwoel aan. Hij bloost tot in zijn nek.

Ik vind het wel genoeg geweest en trek haar naar de uitgang. *'Come on. He 's gonna think you'll have children together. And I don't want to be their stepfather,'* fluister ik om de jongen niet te beledigen.

'Zeker schat,' slijmt Samantha en loopt voor mij de zaak uit. De jongeman roept haar nog iets aardigs na, maar ik doe of ik het niet hoor. Bij de auto staat een parkeerwachter een bon te schrijven. Ik bedank de man hartelijk. Hij wordt van zijn stuk gebracht door mijn enthousiasme. We stappen lachend in en rijden weg.

'Stupid little man,' sis ik.

'He is just doing his job.'

'Hij doet gewoon zijn werk,' vertaal ik.

'Hij doet gewoon zijn werk,' herhaalt Samantha opgewekt. Ze heeft de gps-ontvanger op haar schoot liggen. Het doosje met garantiebewijs slingert ergens bij haar voeten. Terwijl ik terugrijd naar het hotel, begint ze de knoppen te manipuleren. Ze is er razend handig mee.

'Je voert de coördinaten in?'

'I do.' Ze lacht.

'Je weet al hoe dat moet?' steek ik mijn bewondering niet onder stoelen of banken.

'*I like to be a woman in charge.*'
Ik blijf op de weg letten. '*Is that so?*'
'*Turn back,*' roept ze opeens.
Ik had zoiets verwacht. Omdat er weinig verkeer achter me zit kan ik afremmen en een soepele draai op de weg maken. We rijden een stuk terug langs de singel, de winkelstraat voorbij. Samantha houdt nauwlettend de pijltjes op het gps-apparaat in de gaten dat ons naar het coördinaatpunt schijnt te willen loodsen. '*It's really like a TomTom,*' merk ik op om wat intelligents te melden te hebben.
Samantha knikt. We steken een grote kruising over en rijden niet langer langs de singel. Statige huizen links, aan de andere kant een park met een ridicule slurf van een zwembadglijbaan boven de boomkruinen. We slaan weer af, komen op een asfaltweg. Bijna word ik geflitst, net op tijd ga ik op de rem staan. Eén prent per dag is genoeg. We rijden langs een woonboulevard, tot het plotseling ingewikkelder wordt. Het gps-systeem laat wel zien in welke windrichting we moeten, maar totaal niet welke wegen we moeten nemen. Ik gok erop dat we naar een bos in de buurt moeten. Daar kun je zaken beter verstoppen dan in de stad. Ik volg de aanwijzingen op de borden. Samantha kirt opgewonden als blijkt dat we goed gaan. We rijden over een asfaltweg dwars door een natuurgebied.
'Het Liesbos,' leest Samantha zo goed en zo kwaad als dat gaat van de bewegwijzering.
'Zal wel.'
'We gaan goed! We komen dichterbij!'
'Kun je dat zien op dat ding?'
'Ja, dat kun je zien.' Haar uitspraak wordt met de dag beter. Ik leg mijn handen losjes op het stuur. We toeren al een tijdje tussen de loofbomen. Mijn humeur wordt er helaas niet beter op. We hadden een schep moeten meenemen uit de winkel. Ik word een beetje nerveus van al die bomen en de geur van humus,

maar Samantha vindt het prettig. We passeren een restaurant en laten het weer achter ons. Geen levende ziel te bekennen. We naderen een parkeerplaats, waar twee auto's staan. *Damn!* Helemaal alleen zijn we dus niet.

'We gaan goed,' zegt Samantha en wijst op haar gps-schermpje. 'Perfect.'

'Doen de batterijen het nog?' We hebben er in de winkel nieuwe in laten zetten, maar ik vertrouw dat nooit.

'Ja, ze doen het.' Ze trekt een mondhoek omhoog en kijkt met een timmermansgezicht naar de parkeerplaats. 'Zet de auto daar weg, *please*. We zijn vlakbij.'

'Oké.' Ik zoek een plek, niet te dicht bij de andere auto's, en zet de motor stil. 'Uitstappen?'

'Uitstappen.' Samantha doet haar portier open en wipt soepel de auto uit. Ik volg haar voorbeeld, wat strammer, en sluit de auto af. Samantha hangt de ontvanger aan een koord om haar nek, begint dan meteen te lopen met het apparaat recht voor haar neus. Geconcentreerd staart ze naar het schermpje. 'Het is die kant op.'

Ik moet rennen om langszij bij haar te komen. 'Die kant op? Hoe ver?'

'Vijfhonderd meter.'

'Weet je het zeker?'

'Positive.' Er steekt een zwoele wind op. Mijn voeten zijn warm. Inmiddels lopen we op een kurkdroog bospad. Het is alsof het stof moeiteloos de ruimtes tussen mijn tenen bereikt. Samantha baggert als een woestijnrat door het rulle zand, haar ogen continu gefixeerd op de gps-ontvanger. Ik snap weinig van techniek, en ik wil er ook niets van snappen. 'We gaan goed,' roept ze ter geruststelling van mij om de paar meter, steeds gevolgd door een onbegrijpelijke Spaanse volzin. Ik maak me zorgen over Cecilia. Hoewel ze ons volkomen besodemieterd heeft, blijf ik een zwak voor haar houden.

'Daar moeten we zijn!' roept Samantha en wijst naar een plek in het bos, aan de andere kant van een drooggevallen sloot. 'Daar?' Ik wijs op mijn beurt. Ik heb weinig zin om van het pad af te wijken. 'Daar ergens?'

'De pijl wijst daarheen. Daar liggen de coördinaten.' Samantha loopt naar de rand van de sloot en kijkt het bos in. We zien geen straaltje zon meer, zo dicht is het bladerdak. Ze kijkt me aan en springt een meter naar beneden in de greppel, over een colonne brandnetels heen. Aan de andere kant grijpt ze zich manmoedig aan een paar uitstekende boomtakken vast om zich langs reusachtige varenbladeren op te trekken. De gps-ontvanger slingert om haar nek. Dan draait ze zich om, veegt het stof van haar broek en wijst naar mij. 'Nu jij!'

'Nu ik?' Met mijn hoogtevrees lijkt de sloot op een ravijn. Ik sluit mijn ogen, doe een schietgebedje, en spring. Brandneteltakken schampen de knokkels van mijn rechterhand. Het doet gemeen pijn. 'Shit zeg!'

It's going well.' Samantha slaat zich op de knieën van plezier. Ik doe mijn ogen open. Midden in de greppel voel ik me als een rat in de val. Ik kan er niet om lachen. 'Geef mij een hand, wil je?'

Dat wil ze wel. Ze pakt me bij de pols en trekt me op de kant. Eenmaal weer naast haar ziet de greppel er een stuk minder dreigend uit. Jammer dat we straks weer terugmoeten. 'Waar zijn die coördinaten?'

'Nog een klein stuk.' Ze grinnikt, kijkt naar mijn stoffige broek en onderdrukt een volgende schaterbui. 'Kom mee, arme Marcel.' Ik sukkel als het domme broertje van Klein Duimpje achter haar aan. Bij een dikke boomstam stopt ze. 'Hier ergens moet het zijn.'

'Hier ergens,' hijg ik. 'Hoezo? Dat ding wijst het toch precies aan?'

'Ja, maar hij heeft ... .' Ze zoekt naar het goede woord '.. .een afwijking van een paar meter. Dus uiteindelijk moeten we zoeken in een cirkel van een tien meter.'

Ik fluit tussen mijn tanden. 'Dat kan een flinke zoektocht zijn.' Samantha's wenkbrauwen bewegen op en neer. Zij heeft er geen moeite mee. Voor haar is het gewoon een spelletje schatzoeken, zo leuk. We besluiten ieder een stukje bos voor onze rekening te nemen. In steeds grotere cirkels struinen we om de boomstam. Ik vrees dat Herman ons beetgenomen heeft. 'Volgens mij kunnen we het wel...' Voor ik mijn zin afmaak zie ik dat de grond aan de voet van een andere boom omgewoeld lijkt te zijn. 'Samantha, ik heb wat.'

Ze komt meteen. *Someone was digging here...*

'Laten we dat ook doen. Maar waarmee?' Ik kijk rond. Op de grond ligt een dikke tak met een vorkvormig uiteinde. Ik pak hem op en begin de grond los te schrapen. De aarde is niet vast, het is niet moeilijk er doorheen te komen. Als ik genoeg grond heb omgewoeld, kan ik mijn handen als schep gebruiken en het zand aan de kant mikken. Samantha hangt de ontvanger aan het koord om een tak en kijkt nieuwsgierig toe. Na een tijdje komt ze me te hulp, waarschijnlijk aangemoedigd door mijn amechtige gekreun. Binnen een paar minuten zitten we al op een decimeter, maar als er hier een koffer verstopt ligt, hebben we nog een flink stuk te gaan. Het stof stuift omhoog, mijn neus zit dicht.

Fun? Ik hark stug door zonder Samantha aan te kijken.

Sure. Ze lacht en krijgt er steeds meer plezier in. *How deep is it?*

'Weet ik niet. Herman zal zijn best wel hebben gedaan, denk je niet?'

Herman was a smart guy.

'Ja, maar niet slim genoeg. God mag weten wat er op die notebook staat.' Mijn graaftak schraapt over iets hards. Veel meer dan anderhalve decimeter hebben we nog niet gegraven. We wisselen een verraste blik uit.

The suitcase? raadt Samantha. *How convenient. How fast!*

'Dat is zeker vlug.' Ik geef haar een vluchtige zoen en graaf verder. De contouren van een kunststoffen Samsonite beginnen zich af te tekenen. De koffer blijkt schuin in de grond te zitten. Hij is minder groot dan ik in gedachten had. Meer een kleine vliegtuigkoffer. Hij is knalrood.

'My favorite colour,' zegt Samantha opgetogen.

'I know.' Geen tijd voor esthetische reflecties nu. Ik moet verder de grond in, zodat ik bij het handvat kan. Samantha's handen zijn net zo zwart als de mijne, maar we voelen ons als twee spelende kinderen op het strand. Zo nu en dan scan ik de omgeving, maar er is geen hond te zien. Het werkzweet loopt over mijn rug. Samantha oogt nog even fris als een uur terug. Mijn voeten broeien in mijn schoenen. Ik krijg spierpijn van het afwisselend gehurkt en gebukt werken. Het neemt allemaal veel tijd in beslag, veel te veel, maar eindelijk krijgen we het handvat in zicht. 'Daar is hij!' Mijn stem slaat over. Er zit een dorre brok in mijn keel.

Samantha gaat staan en doet een stap achteruit. Ik pak het handvat beet en geef een ruk. In een enorme stofwolk komt de koffer vrij uit de grond. Ik verlies mijn evenwicht, maar weet me te herstellen voor ik achterover val. Grijnzend til ik de koffer een stukje omhoog. De spullen erin stommelen naar beneden.

'The suitcase. Cute!' Samantha glimlacht.

Ik *smile* terug, een beetje verlegen, jongensachtig. Dan leg ik de niet heel zware koffer op de grond en probeer de cijfersloten. Twee klikken volgen, op slot zaten ze niet. Ik trek het deksel open. Gebogen over de koffer houden we onze adem in. Ik zucht. Van opluchting. De inhoud valt niks tegen. Een fluwelen zakje dat ongetwijfeld gevuld is met sieraden, een set dvd's, een videocamera, en een ultramoderne notebook, superdun en superlicht. De notebook is gevat in een slordig piepschuimomhulsel, om beschadiging te voorkomen. Ik til het ding een stukje op en stuit op twee olieverfschilderijtjes. Zelden heb ik grotere kitsch van een amateur gezien. Ik moet toegeven, *at first glance* lijkt het nog wat... Ze zijn gesigneerd door ene Piet Gooijen. Ik smijt ze uit de koffer en leg de notebook terug. 'Zal ik hem opstarten?'

Samantha schudt haar hoofd. 'Niet doen. Niet verstandig.' Routineus hangt ze de gps-ontvanger weer om haar nek.

Ze heeft gelijk. Als Wladimir erachter komt, heb je de poppen aan het dansen. De beveiligingssoftware signaleert waarschijnlijk dat we gekeken hebben. 'Jammer.' Ik doe de koffer dicht en pak hem op. 'Laten we teruglopen. Goed werk.' Zuchtend pak ik de koffer op. *'Compliments, Samantha!'*

'Thanks!' Samantha struint als eerste door het bos terug. Ze wacht bij de greppel om me er overheen te helpen. De koffer heb ik in mijn linkerhand vast. Hij klapt bij het lopen regelmatig venijnig tegen mijn been. Eenmaal is het zo goed raak dat ik luid wil vloeken, maar ik bijt op mijn tong. Ik moet een kerel blijven. We krijgen de parkeerplaats weer in zicht. Er zijn geen auto's bij gekomen en geen auto's verdwenen. Als we bij onze auto zijn gearriveerd, controleer ik de grond rondom. Geen verdachte nieuwe voetafdrukken in het zand. Ik doe open, zet de koffer op de achterbank, en stap tegelijk met Samantha in. De motor is nog warm en start soepel.

'Jammer dat we hier al weg moeten.' Samantha bergt de gps-ontvanger op in een dashboardkastje. *'It was cool.'*

'Yes, honey,' zeg ik stoer, en voel me een beetje Robbie Williams, een beetje macho. In een volgend leven word ik popster. Dat gaat allemaal een stuk gemakkelijker. We hobbelen de parkeerplaats af en zetten de terugreis voort over de asfaltweg. Na honderd meter zie ik in mijn spiegel een zwarte BWM uit een zijpad komen. Ik houd niet van zwarte BMW's.

Samantha merkt dat ik iets zie en kijkt over haar schouder. *'A black car.'*

'It means trouble.'

De BMW komt dichterbij en blijft op minder dan drie meter achter onze bumper hangen. Ik houd onze snelheid constant. Zijn het mensen van Wladimir? Wat kunnen we doen, behalve rustig doorrijden en ons niet laten intimideren? We maken wat bochten. De BMW blijft achter ons kleven. Opeens krijgt mijn voet de zenuwen en trapt het gas dieper in. De BMW trekt bij, toetert, het tuig wil ons inhalen. Ik ga niet aan de kant. We voelen een schok, horen het geluid van metaal op metaal. De BMW heeft onze achterbumper getoucheerd. Ik tuur in mijn spiegel. Er is niet te zien wie er in de auto zit. Weer getoeter, langer, en heftiger. Ze willen passeren om ons klem te rijden, maar ik geef ze de kans niet. Samantha grijpt zich vast aan het portier en de handgreep boven zich. Als we steeds heftiger gaan slingeren, gilt ze. *'Stop Marcel! Stop!'* De voorwielen glijden de berm in. Zand en takken stuiven omhoog. Ik laat het gas niet los. Weer deelt de BMW een *bump* aan ons uit. Samantha's hoofd schiet naar voren, haar haren dwarrelen rond haar gezicht. Ze roept weer dat ik moet stoppen, maar ik heb onze auto weer midden op de weg gekregen. Als die jongens van Wladimir ons inhalen is het einde verhaal. Ik schakel omlaag om wat meer vermogen op de wielen te krijgen. De motor giert, kraakt, en we verliezen snelheid. Ik krijg de versnelling niet in het gareel. Opeens zie ik de BMW langszij komen. Langzaam gaat het donkere zijraampje omlaag. 'Duiken. *They are going to shoot.'*

Samantha gilt nog harder dan ze al deed. De versnelling haakt opeens weer aan. Ik geef gas, maar het is te laat. Wegkomen gaat niet meer. Het zijraampje van de BMW is naar beneden gezakt. Ik zie het gezicht van een vent met een hoed op en een gestileerd snorretje. Achter het stuur zit een knaap met rood haar. De jongen met de hoed doet met zijn handen een wapen na, roept iets dat op 'pang' lijkt, en grijnst naar me. Als toetje krijg ik een sadistisch kushandje van de bestuurder. Dan geven ze gas en scheuren ons voorbij.

'Goddomme. Klootzakken!' Ik neem gas terug. Ik voel me belachelijk. Twee snotjongens hebben ons de stuipen op het lijf gejaagd.

'*I don 't believe it,*' zegt Samantha verontwaardigd.
'*Everything okay?* Blij dat je niet nog erger in paniek raakte.'
Ik leg mijn hand op Samantha's knie.
Ze haalt diep adem, heeft haar handen weer vrij om haar donkere haardos in orde te brengen. '*That 's how women are. Always cool when there is trouble.*'
Daar houd ik van, een vrouw met gevoel voor humor. 'Ik deed het bijna in mijn broek.'
'*Really?*'
Ik grijns als een nijlpaard. 'Bij wijze van spreken. Stomme jongens!' Met één hand voel ik achter mijn stoel. Op de achterbank ligt de koffer nog, met de notebook. Het leven van Cecilia hangt ervan af. Stom, dat iets lulligs zo veel waard kan zijn.

Op een van de drukke terrassen op de Grote Markt zijn we neergestreken. De koffer staat tussen ons in. Samantha vond het riskant, maar ik denk niet dat Wladimir ons hier opwacht tussen de mensenmassa. De koffer ziet er groezelig uit, evenals onze handen. Ik hoop stiekem Zippi nog ergens te zien, want hij laat niets van zich horen. Twee nieuwe pogingen om contact met hem te krijgen hebben niets opgeleverd. Waar hangt die eikel uit? De serveerster brengt na een kwartier wachten twee pilsjes. We barsten van de dorst. Ik neem een slok. Mijn mobieltje gaat over. 'Daar zul je Zippi eindelijk hebben.' Ik neem op met een simpel 'hallo.' Het blijft stil aan de andere kant. 'Hallo?' roep ik weer.
'Vanavond, elf uur, op de Ginnekenweg. Er staat daar een leeg pand, voormalige boekwinkel.'
Ik ben even uit balans. Het is Blondie. 'Waar precies?'
'Tegenover de kerk. Kan niet missen. Trek geen aandacht.'
'Shit zeg. Ik wil wel even iets van Cecilia horen.' Ik verwacht weinig van mijn verzoek, maar het valt mee. Ik hoor stoelen verschuiven, er valt een glas om, iemand zegt iets.
'Marcel?'

Goddank, het is Cecilia. 'Is alles goed met je?'

'Naar omstandigheden. Ze behandelen me goed, als je dat bedoelt.'

'Maak je geen zorgen, stomme trut. Ik zorg dat je vrij komt. Ze willen een notebook terug die jij bij je inbraak hebt meegenomen.'

'Een notebook?' Cecilia klinkt als een aap die ontdekt dat hij bananen lust. 'Dat ding is toch niet veel waard?'

'Nee, maar wel wat erop staat. We leven in het informatietijdperk, weet je nog? Maar dat doet er verder geen bal toe. Vanavond ruilen we dat ding tegen jou en...'

Cecilia vloekt. Iemand trekt haar weg. Dan praat Blondie weer. 'Genoeg. Tot vanavond.' Meteen wordt het gesprek beëindigd. Nieuwsgierig kruipt Samantha tegen me aan. *'Well?* Vertel!'

'Cecilia doet het nog, als je dat bedoelt.' Ik grijns overdreven om mezelf te beheersen. 'Vanavond willen ze ruilen. In een leeg pand aan de Ginnekenweg.'

'Jesus!' Samantha wordt bleek. 'Heb jij een wapen?'

'Nee.' Ze weet best dat ik die dingen doodeng vind. 'Zippi heeft er een.'

'Is die erbij?'

'Ik hoop het. Als hij mijn telefoontjes beantwoordt, tenminste. Hij weet niet eens dat we de notebook gevonden hebben.' Ik neem een slok en kijk naar de Grote Kerk. Zag ik daar tussen de mensen een flits van Ray? Ik voel me ineens totaal niet meer op mijn gemak. Zippi heeft ons uitdrukkelijk voor hem gewaarschuwd. Mijn hart bonkt tegen mijn ribben. Ik denk dat we beter naar het hotel kunnen gaan en daar blijven tot vanavond. *'Let 's go,'* zeg ik en sla mijn bier in een teug achterover.

In het schemerlicht slenter ik buiten voor het hotel over de parkeerplaats naar mijn auto en terug. Zippi heeft nog steeds geen teken van leven gegeven. Voor de hotelingang steekt een man in een trainingspak een sigaret op. Hij neemt een trek en blaast de rook hoog de lucht in. Wanneer ik langskom groet hij. Hij lijkt aan een praatje toe te zijn. Ik bij wijze van uitzondering ook. 'Nog warm niet?'

De man grijnst. Zijn sigaret gloeit op. Het is half elf, de zon is onder, maar afkoelen doet het nauwelijks. 'Heel warm,' grijnst hij.

'Jij logeert hier?' Soms hou ik van ongenuanceerd tutoyeren. 'Vakantie.' Hij wil nog meer kwijt. 'Ik neem altijd mijn sportspullen mee. Om wat kilometers te maken.'

'Knap,' zeg ik bewonderend en steek mijn handen in mijn zakken. 'Aspiraties voor de marathon?'

'New York. Dit jaar.' Hij is er trots op.

'Zo, dat is niet mis. En toch roken?' Ik hoop dat het niet al te provocerend klinkt.

'Helaas.' Hij lacht de lach van een veertiger in goeden doen. Ik ken die lach maar al te goed. In het licht van de lampen glimmen zijn gepolijste tanden. Net voor ik nog iets kan vragen komt Samantha naar buiten. Ze heeft een spijkerbroek aan met een spannend strak shirt. Over haar schouder draagt ze een grote boodschappentas aan het hengsel. Als een diva na de voorstelling komt ze naar me toe lopen, geeft me een zoen en groet de man met een afgemeten knikje. 'Tijd om te gaan,' zegt ze tegen me.

'Weet ik.' We lopen naar onze auto. 'Zit de notebook daarin?' Ik vind het wat frivool om dat ding in een boodschappentas op te bergen.

'Ik had niks anders. En die koffer leek me onhandig.'

'Oké. Als hij maar heel blijft.' Ik doe het ermee, ook al oogt het niet erg professioneel.

Samantha strijkt met de rug van haar hand langs mijn wang. 'Jij hebt Zippi nog bereikt?'

'Geen idee waar die eikel uithangt,' schud ik mijn hoofd. We zijn bij de auto. Ik doe open en help Samantha instappen. De boodschappentas plant ze tussen haar benen. Ik doe het portier dicht, loop om en stap in. Ik zucht diep, controleer of ik mijn gulp dicht heb, en zucht weer. Dan start ik.

Samantha fronst haar voorhoofd al sinds mijn laatste opmerking. 'Heel vreemd dat hij niet antwoordt. Geef je mobieltje eens.'

Ik doe wat ze vraagt. 'Niet opnieuw bellen, hoor!'

'Waarom niet?' Ze zoekt naar Zippi's nummer en belt. Aan haar gezicht te zien wordt ze ook op zijn voicemail getrakteerd. 'Shit.' Ze verbreekt de verbinding. *Let's move.*

Ik start de motor en rijd weg. Samantha belt ineens wéér. *Listen Zippi, where are you? It is half past ten. We found the notebook.* Om elf uur op de Ginnekenweg... *we got to trade for Cecilia. In an empty shop, an old bookshop or something.'* Met een voldaan gezicht legt ze op. *'It was his voicemail...'*

'Waarom zei je dat nou? Straks schiet hij helemaal in de stress als hij van die notebook hoort.'

'Maybe he should! He thinks we're not so important, I believe.'

Ik maak een bromgeluid. Die indruk heb ik helemaal niet. Zippi mag een *hardboiled* kletskous zijn, maar hij heeft zijn hart op de juiste plaats. Ik haal diep adem. 'Bovendien... Ik dacht dat je hem niet mocht.'

'Sure, I don't like him, honey. But I think he can protect us. Never forget to be practical, Marcel.'

Discussies met Samantha win ik zelden. Ik laat het onderwerp verder maar rusten. Omdat ik in de lobby van het hotel goed op de plattegrond heb gekeken, weet ik de weg deze keer zelf soepel te vinden. Samantha zet de radio aan. We rijden zonder iets te zeggen door de stad. De snelweg kruist onder ons door. Ik kijk even naar de achterlichten van de auto's. Dan sla ik af, en we rijden de Ginnekenweg op. Stomtoevallig zingt Robbie op de radio zijn nieuwste nummer. Ik houd van zijn stem.

De straat is smal en de verlichting laat te wensen over. Ik rijd stapvoets. 'Blondie zei dat het tegenover een kerk lag.'

'A church?' Samantha schuift de tas dichter naar zich toe. *'I don 't see a church.'*

'Ik ook niet.' We passeren een kruising, rijden verder. Links en rechts zien we wat restaurantjes, maar niets dat op een kerk lijkt. Weer een kruising. *'Goddamn!'* Ik word echt nerveus. Ik had toch iets van een wapen moeten regelen. Alsof ze mijn groeiende ongerustheid aanvoelt, legt Samantha een hand op mijn knie.

Ik knijp in mijn stuur. 'Als dit achter de rug is en ik de dood van Pjotr betaald heb gezet, gaan we naar Barcelona.'

'Great.' Samantha trekt haar arm terug. 'En ik wil graag een eigen autootje.'

'Okay. Sure.' Ik vind alles best nu. 'Wat voor een?'

Haar gezicht glimt steeds even op in het licht van de langs-glijdende lantaarnpalen. Ze kijkt me ondeugend aan. 'Een Audi TT Roadster?'

Ik lach, kort, als een mekkerende geit. 'Werkelijk? Waarom?' 'Ik houd van het... ' Ze denkt na. 'Dat ding voor de *fuel.'*

'Het benzineklepje?'

Ze knikt. *'And the car, of course.'*

'Oops.' We hobbelen over een verkeersdrempel op een krui-sing. Plotseling zien we links een kerk liggen. Ik rem af, laat mijn auto een paar meter uitrollen tot we voor een donkere etalage rechts van de straat staan. Ik zet de auto in zijn ach-teruit, glijd terug, en parkeer hem op een lege plek aan de stoep. Op mijn hoede draai ik mijn raampje open. Ik hoor muziek van een café vlakbij. Ik kijk voor Samantha langs naar rechts om de verlaten winkel te taxeren. Er hangen kranten voor de ramen. Dit moet het zijn. 'Laten we uitstappen.'

Samantha is in een oogwenk uit de auto, met de tas in haar hand. *'I really think we should have bought a gun, Marcel,'* zegt ze als ik ook uitgestapt ben en de auto afsluit.

Het is een nuchtere constatering, meer niet, maar ik voel me schuldig. *'I know,'* sis ik. *'You are so right.'*

'Look,' zegt Samantha en wijst naar een straat die ook op de kruising uitkomt.

Ik zie meteen wat ze bedoelt. Half op de stoep heeft iemand een Audi Roadster geparkeerd. Het dak zit dicht. Het nummerbord is verborgen onder een laag modder. 'Het is Zippi's auto! Hij heeft onze berichten toch gekregen.' Ik krijg vlinders in mijn buik van de opluchting, loop om mijn auto heen naar Samantha toe en wijs naar de kerk. 'Onze gebeden zijn verhoord.'

'Meatball,' zegt Samantha, maar ze is blij dat Zippi in de buurt is.

Ik kijk rond, maar zie hem nergens. Waar verstopt die flapdrol zich? Het is bijna elf uur.

'Psst, Marcel,' roept iemand. 'Psst.'

Ik herken de stem van Zippi, maar zie hem niet. 'Zippi. Waar ben je?'

'Hierheen.'

Samantha ziet hem als eerste. Hij heeft zijn dikke kop om de hoek van een huis vlakbij de boekwinkel gestoken.

'Volg me. Hier is een achterom.'

We lopen naar hem toe, maar hij is al weg, opgeslokt door de schaduw. In het donker volg ik zijn contouren. Samantha sleep ik aan haar hand achter me aan. Ze is minder zeker van zichzelf dan anders om de een of andere reden, maar ik heb geen tijd om er aandacht aan te besteden. Zippi loopt stug door. Onverwacht staan we ineens in een tuin, achter de huizen. We lopen weer een stukje achter Zippi aan. Voor ons zie ik in het flauwe licht van de sterren een glazen gevel met terrasdeuren. Het is de achterkant van de winkel. Boven de winkel lijkt een woning te zijn, maar ook daar brandt geen licht.

Zippi wacht op ons. Een meter of drie van de deuren is hij blijven staan. 'Had je niet eerder kunnen bellen?' fluistert hij.

Hoe komt hij daar nou weer bij? 'Ik bel je al de hele dag, verdomme.'

'Never mind. Hier is het.' Zippi spuugt op de grond. 'Hier moeten we naar binnen.'

'Hoe weet je dat?'

Luidruchtig haalt Zippi haalt zijn neus op. 'Heb je de notebook?' Roekeloos verheft hij zijn stem.

'Zachter praten, man! Ja. Ik denk het wel.'

'Denk het wel?' snatert Zippi onverstoorbaar verder.

'Ik heb niet gekeken wat er op staat. Dat mocht niet.' De ergernis maakt me misselijk.

'Is waar ook,' bromt Zippi en geeft me tot overmaat van ramp een peut in mijn maagstreek. 'Kop op. Laten we kijken of we erin kunnen.' Hij loopt in een nijlpaardsluipgang naar de terrasdeuren en voelt aan de klink. 'Ze zijn open.'

Samantha en ik komen in beweging. Zippi zet een van de deuren zo ver open dat hij er net met zijn buik langs kan en stapt de donkere winkel in.

'Wacht even,' roep ik, maar hij is al uit het zicht verdwenen. Geen geduld, die Zippi. Er is zwart bouwplastic voor de ramen geplakt. De kranten waren vast op. We schuifelen naar de nog openstaande deur. Op mijn hoede stap ik over de drempel, schuif een pluizig gordijn een stukje opzij voor Samantha en doe nog een pas naar binnen. Samantha heeft mijn hand losgelaten, maar ik voel dat ze achter me aan komt. 'Doe de deur dicht,' fluister ik naar haar.

Ik hoor de deur in het slot vallen. We blijven staan. Het is pikdonker om ons heen, en geen geluid te horen, behalve het ruisen van het bloed in mijn oren. Ik voel me katterig, bang, alsof iemand een zak cement op mijn kop heeft laten vallen. Waar is Zippi gebleven? Hebben ze hem te grazen genomen? Mijn hart bonkt in mijn keel. Het maakt me nog misselijker. Ik tast naar Samantha achter me.

'I'm here,' fluistert ze als ze merkt dat ik contact zoek.

'Stay cool, Sam. Stay cool.' Fijn advies, Marcel, fijn advies...

Opeens gaat aan de andere kant van de zaak een licht aan, een grote gloeilamp die los aan het plafond bungelt. We worden verblind. 'Zippi?' roep ik, in de wetenschap dat we in de *spotlights* van onze gastheren staan. Ik probeer iets te zien, maar het licht dwingt me naar beneden te kijken.

'Heb je de notebook?' blaft iemand.

Ik begin snel te wennen aan het felle licht en kijk rond. Samantha staat achter me met haar ogen te knipperen. Ze heeft de tas naast zich neergezet. De winkel is onoverzichtelijk, gevuld met lege boekenkasten en stapels kartonnen dozen. Op de grond ligt oud parket waar hier en daar splinters uit steken. In een hoek liggen stukken van een stellage. Het doet me hier opnieuw denken aan een oorlogszone. 'Wie vraagt dat?' Mijn zenuwen spelen steeds meer op. Ik voel spiertjes rond mijn mond trillen. Onze enige rugdekking is de glazen pui met gordijnen. Bar weinig assistentie om op te bogen als het erop aankomt.

'Je kent me toch?' roept de man weer.

Ik aarzel. 'Ja.' Aan de late kant hoor ik dat het Blondie is. Ik probeer tijd te winnen. 'Waar is Wladimir? Ik onderhandel alleen met hem. En waar is Cecilia?'

'Hier!' Cecilia roept vanuit een ruimte buiten mijn gezichtsveld. Mijn hart slaat een slag over. 'Cecilia, je bent in orde?'

'Ja.'

'Thank God,' fluistert Samantha achter me. *'She is alive.'*

'Waar is Wladimir?' roep ik in de richting van Cecilia's stem. Ze moet zich vlakbij Blondie bevinden.

'Marcel Kwast?'

Dit is een andere man. Het is de stem uit de schuur! Hij weet precies wie ik ben. 'Wladimir?' Hij bevindt zich op een andere plek dan Blondie.

'Dat ben ik. Heb je de notebook?'

'In ongeschonden en onbekeken staat.' Duizend invallen schieten door mijn hoofd, maar niet een is er bruikbaar. Waar hangt die verdomde Zippi toch uit? Als ik verstandig was zou ik hem nu met Samantha smeren, maar ik verrek het om zomaar op te geven. Op de een of andere manier neemt de behoefte om Wladimir dwars te zitten het van me over. Ik ga op mijn tenen staan, houd een hand boven mijn ogen om ze tegen dat ellendige licht te beschermen. Aan de andere kant van de winkel, bij de ingang aan de straat, staan grote kartonnen borden waar Wladimir zich achter verschuilt. 'Ik wil Cecilia nu zien.'

'Doe maar,' roept Wladimir tegen Blondie. 'Laat haar zien.'

Vanuit een zijgangetje in het midden van de winkel stapt Cecilia plotseling tevoorschijn. Ze ziet bleek, haar handen zijn met brede tape achter haar rug gebonden. Haar blik is naar de grond gericht, ze mag ons niet aankijken. Als een duvel rechtstreeks uit de hel duikt Blondie achter haar op. Zijn handen zijn leeg, maar ik weet zeker dat hij een wapen binnen bereik heeft.

'Wat nu?' schreeuw ik naar Blondie. Waar is Zippi verdomme? Mijn voeten branden in mijn schoenen. 'Wat wil je nu?' Blondie duwt Cecilia opzij en wijst naar ons. 'Schuif de notebook mijn kant op.'

Ik aarzel, zie dat er tussen mij en Blondie over een meter of vijf een baan over het parket schoongeveegd is. Ik gebaar dat Samantha moet doen wat Blondie wil. Ze komt naast me staan, hurkt en trekt de boodschappentas tussen ons in. Langzaam haalt ze de notebook tevoorschijn en legt hem plat voor ons op de grond. *'Now?'* vraagt ze aan Blondie, die haar onrustbarend ongeduldig aankijkt. *'You want it now, Snowwhite?'*

'Nu ja!' zegt hij beledigd.

Cecilia beeft. Ik wil haar hier zo snel mogelijk uit krijgen. Ze houdt dit niet lang meer vol. 'Doe maar,' fluister ik naar Samantha. Langs mijn nek voel ik een koude tocht strijken. Samantha duwt de notebook van zich af. Als een aal door de olie glijdt de laptop over de vloer naar Blondie, om precies voor zijn voeten te stoppen.

'Goede timing, Sam,' zeg ik.

Ze komt overeind, knipoogt naar me en tilt de tas van de vloer. Een voorgevoel zegt me dat er nog meer verrassingen in de tas zitten. De tocht in mijn nek houdt niet op, het irriteert me, het trekt door naar mijn rug, maar ik kan me niet omdraaien om er iets aan te doen. Ik moet op Blondie blijven zetten. Hij gromt, bukt, opent de notebook en drukt op een knop.

'Kijk of alles in orde is,' commandeert Wladimir achter zijn schuilwandje.

Wie is hij? Wat is hij? Het liefste zou ik zijn smoel achter het karton vandaan rukken om hem recht in de ogen te kunnen kijken. 'Wladimir?' roep ik.

Het is even stil. Hij lijkt verbaasd dat ik ongevraagd het woord tot hem richt. 'Wat wil je?'

'Wat staat er op die laptop?' Mijn stem piept een beetje, klinkt onzeker. Het maakt niet uit, want er komt geen antwoord. Ik wacht af, observeer Blondie. Zijn melkwitte gezicht reflecteert het licht van de notebook. Hij steekt zijn onderlip uit, loert geconcentreerd naar het scherm. Dan knikt hij, sluit de notebook en gaat weer rechtop staan. 'Het is in orde.' De notebook ligt nog steeds op de grond.

'Handel het af,' antwoordt Wladimir.

'Goed. Zal ik doen.' Blondie wendt zich tot Cecilia. Zijn blik voorspelt niet veel goeds.

Mijn darmen beginnen op te spelen van de spanning. 'Luister, ik wil Cecilia nu hebben. Dan kunnen we gaan.' Mijn knieën knikken. Cecilia komt hier niet levend weg. En wij ook niet. Waarom staat die rotdeur achter me open? De tocht in mijn nek gaat maar niet weg. Ik verstar.

Blondie trekt vanachter zijn rug een wapen uit zijn broekband tevoorschijn. Op de loop zit een geluiddemper. Hij grijnst naar mij. 'Niet gedacht dat jullie zo naïef zouden zijn.'

'Wij?' Ik doe zo dom mogelijk, om tijd te rekken voor Zippi, zodat hij iets kan ondernemen. Hij moet ergens in het gebouw zijn. 'Ik vertrouwde jullie. Deal is deal.'

Blondie grijnst. 'Na die twee knapen hadden jullie beter moeten weten.'

Adrenaline raast ineens door mijn lijf. Ik word woest, razend, maar moet me inhouden. 'Jij hebt Pjotr en Franklin... ?'

Blondie grijnst. Hij richt zijn wapen op Cecilia. 'Zij gaat eerst.'

'Stop!' Samantha doet een wilde greep in de boodschappentas. Voor ik het door heb staat ze met een klein pistool in haar handen. Waar heeft ze dat ding vandaan? 'Ik schiet de notebook aan flarden als je haar niet hierheen stuurt.'

Blondie aarzelt. Hij oogt minder zelfverzekerd ineens. De loop van zijn pistool zakt. 'Wladimir?'

Aan de voorkant slaat een deur dicht. Een windvlaag trekt door de zaak. Ik hoor de gordijnen achter me wapperen. Wladimir is weg. Hij heeft de kuierlatten genomen in de veronderstelling dat Blondie alles zal afhandelen. 'Wladimir?' roept Blondie opnieuw. Zijn onverzettelijkheid begint barsten te vertonen, maar hij blijft maar met dat wapen bij Cecilia staan.

Samantha houdt met een onvaste hand haar pistool op de laptop gericht. Haar wapen glimt merkwaardig, heeft een blauwe kunststofachtige zweem. Jezus, ze staat met een speelgoedpistool te wapperen! Over bluf gesproken! Ze opent haar mond. 'Laat Cecilia gaan, of de notebook gaat eraan.'

Blondie lijkt zich te herstellen van zijn kleine dip. 'Die notebook is niet van belang, dame. Het gaat om de informatie die erop staat. Die is terug.'

Ik slik een brok slijm weg. Die zet van Samantha pareerde hij handig. Dat zal anders worden bij het volgende probleem. Vanuit de coulissen achter Blondie zie ik de omvangrijke gestalte van Zippi tevoorschijn komen. Zippi heeft zijn eigen artillerie vast, inclusief demper. De loop van zijn pistool wijst naar Blondie. Ik schraap mijn keel. 'Kijk eens achter je!'

Blondie schudt zijn hoofd alsof hij me niet gelooft, grijnst onheilspellend, en kijkt dan achterom.

'Laat je wapen maar vallen, blonde sufkop,' sis ik hem toe.

Blondie heeft Zippi gezien. Hij lijkt niet te willen aanvaarden dat hij aan het kortste eind trekt, weigert zijn wapen los te laten. Zippi grijnst. Ik huiver. De koude tocht achter mijn rug wordt sterker. Ik hoor voetstappen. Iemand werkt zich de winkel in. Ik draai me half om en zie Ray plotseling naast Samantha staan. Jezus, wat doet hij hier? Ook hij is effectief gewapend. Het wordt puin nu. Zippi richt zijn wapen op Ray, Blondie neemt nog steeds Cecilia op de korrel.

'Ray, waar kom jij vandaan?' vraag ik hees.

Ray reageert niet. Hij houdt Zippi in de smiezen.

'We moeten hier als de duvel wegwezen,' fluister ik naar Samantha. 'Zippi helpt ons wel.' Zippi had gelijk over Ray, dat die niet te vertrouwen was. De notebook was het enige waar hij op uit was. 'Wat brengt jou hier, Ray?'

Deze keer geeft hij wel respons. 'Hetzelfde als jou, Marcel,' smaalt hij, Zippi geen moment uit het oog verliezend.

'Laten we als verstandige volwassenen uit elkaar gaan,' stel ik voor. 'Het heeft geen zin nog meer bloed te laten vloeien.' Ik haal diep adem. 'Ga je mee, Zippi?'

Cecilia kreunt. Het is alsof ze iets zeggen wil maar haar stem kwijt is.

'Ga je mee, Zippi?' vraag ik nog eens.

Zippi kijkt me met halfgesloten ogen aan. 'Goed, Marcel.' Hij strekt zijn arm en richt zijn pistool nog nadrukkelijker op Ray. 'Het spijt me allemaal, Marcel.'

Ik begrijp het niet, ik begrijp niets meer, rode sterretjes dansen voor mijn ogen. Het ziet ernaar uit dat Zippi op Ray gaat schieten. Plotseling klinkt er een gedempte knal. Ik besef dat Ray als eerste geschoten heeft. Zippi slaakt een kreet. Samantha en ik duiken in elkaar en nog net zie ik Cecilia hetzelfde doen. Ray duikelt over de grond terwijl Blondie door een in elkaar zakkende Zippi bij de schouders wordt gegrepen.

'Maak dat je wegkomt,' schreeuwt Ray naar me.]

Ik sleep Samantha weg achter een lage houten kast, buiten het directe bereik van Blondies wapen. Er klinkt een tweede schot, het geluid is net als in films. Ray vloekt. Ik trek mijn hoofd tussen mijn schouders. Houtsplinters vliegen me om de oren. Samantha's *made in China*-pistooltje stuitert op de grond. Ik haat *shoot outs*. 'Cecilia, waar ben je?' Omdat we achter de kast blijven zitten, kan ik niets zien van wat er zich in de winkel afspeelt. Ik kokhals. Op wat een verschrikkelijke manier ben ik erin getuind! Zippi richtte zijn wapen niet alleen op Ray, maar ook op mij. Blondie schreeuwt iets onverstaanbaars, het lijkt buitenlands. Er wordt nu over en weer geschoten. Ik kijk om de hoek van de kast en zie de notebook liggen. Net als ik mijn hoofd wil terugtrekken, wordt de notebook geraakt door een kogel. Het is alsof hij ter plekke explodeert, tientallen onderdelen schieten in het rond. Een stuk plastic knalt tegen mijn slaap en kaatst op de grond. Het is de toets met de letter x. Ik hoor voetstappen, er wordt weer geschoten, ik ruik een kruitlucht, ruiten breken, Zippi kermt en vloekt, Blondie schreeuwt weer, aan de straatkant gaat een deur open. Opeens zie ik Cecilia. Ze zit achter een boekenkast vlakbij op onze hoogte. Ze wil naar ons toe komen, maar ik gebaar dat ze moet blijven waar ze is. Ze snapt het. Ze kan niet snel bewegen met haar handen achter rug, ik moet haar gaan halen. Er valt weer een schot, glasgerinkel, het licht valt uit, en dan is het weer verstikkend donker. 'Wacht hier,' sis ik naar Samantha en kruip op de tast naar de plek waar Cecilia vermoedelijk nog zit. Ik zweet over mijn hele lijf. 'Cecilia?' Weer klinkt een gedempt schot. Ik schrik me lam, ketter voor me uit. 'Verdomme, wat een zootje hier.'

'Ik ben hier,' fluistert Cecilia.

Ik steek een hand uit en voel haar schouder. 'Draai even om,' fluister ik. Vrij gemakkelijk vind ik op de tast het begin van de tape rond haar polsen. Ik wikkel de tape zo ver af dat ze haar handen vrij heeft. 'Kom mee.' Ze begrijpt het en schuift mijn kant op. Ik laat haar voorgaan, en als twee mollen kruipen we naar Samantha toe die ik op geleide van haar parfum

in het donker moeiteloos kan vinden. 'Sam, ik heb Cecilia hier.'
'Wonderful.' Samantha is niet klein te krijgen. Ze ontfermt zich
over de bevende Cecilia. *'Is it safe to go now?'*
'Don't give a fuck,' antwoord ik. *'Let's get the hell out of here.'*
Behalve de geur van Samantha's parfum en mijn voeten hangt
er nog iets in de lucht. Zweet, de geur van vies oud zweet.
Cecilia heeft zich een tijd niet gewassen. Nog steeds is alles
om ons heen zo donker als de hel. Ik wurm me langs Samantha's
soepele lijf en kijk naar de achterzijde van de winkel. Door
een kier in de gordijnen zie ik een stuk sterrenhemel. Daar
moeten we heen. 'Volg me.' Als eerste onderneem ik op handen en voeten de tocht naar de terrasdeuren. Er plakt iets aan
mijn hand. Ik verhoog mijn tempo. In de winkel blijft het stil.
Ik hoor niets meer, behalve de gejaagde ademhaling van Samantha
en Cecilia achter me en het ruisen van hun kleren over het parket. Eindelijk, ik ben bij de deur. Ik krabbel overeind en strompel met mijn hoofd tussen mijn schouders de achtertuin in. Na
een paar meter kijk ik achter me. Samantha en Cecilia zijn ook
veilig buiten gearriveerd. Ik recht mijn rug en check of we veilig zijn. Niemand volgt ons. De maan is aan de hemel verschenen. Het zachtgele licht brengt de tuin mild tot leven. 'We hebben het gered.' Aan de muis van mijn linkerhand kleeft een
stuk kauwgom. Walgend trek ik het los en smijt het op de grond.
Ik spits mijn oren. Het is rustig. Alleen de wind ruist door de
boomtoppen. Vlakbij me kreunt er opeens iemand zacht. Ik
kijk naar links, naar rechts. Nog een keer hoor ik het gekreun,
maar dan blijft het onheilspellend stil. Naast een afvalcontai-
ner zie ik iemand liggen. Het is Zippi! Hij ligt op zijn rug met
zijn gezicht opzij. Ik aarzel, wil hem laten barsten. Stap voor
stap ga ik naar hem toe en voel in zijn hals. Geen hartslag,
nada, niets. Hij is dood, vers van de pers overleden. Zippi's
kruin rust tegen de stam van een bizar gevormde spar, een hels
monster met dikke tentakels dat op het punt staat Zippi's lijk
te verorberen. Zippi heeft zich nog vóór ons naar buiten weten

te slepen, is ineengestort, en toen was het over en uit. Een donkere bloedvlek verpest zijn shirt aan de voorkant. Zijn katoenen jasje is besmeurd met een olieachtige substantie. Hij heeft zijn ogen dicht, alsof hij een ander dat werk wilde besparen. Ik buig dieper over hem heen, voel in de zakken van zijn jasje en vind een autosleutel. 'Verdomme Zippi! Waarom nou?' Ik ben boos, voel me verraden door iemand waarvan ik jarenlang dacht dat hij mijn beste vriend was. En ik ben verdrietig omdat Zippi dood is, en nooit meer de kans krijgt me uit te leggen waarom hij deed wat hij deed.

'Marcel?'

Ik wankel achteruit, val achterover op mijn kont. Het bloed stolt in mijn aderen. Jezus! Zippi heeft zijn ogen open!

'Geintje!' Hij grijnst me triomfantelijk aan en tilt zijn hoofd een stukje op. 'Dat was een flinke klap, zeg. Ik struikelde buiten over een wortel.' Hij lacht op zijn typische Zippi-manier. 'Lullig dat je er zo achter moest komen.' Dan tikt hij met een wijsvinger op zijn borst, wat een merkwaardig droog geluid veroorzaakt. 'Kogelvrij vest. Geeft toch een *fucking* dreun als je geraakt wordt, man.'

Ik krabbel snel overeind, houd me in om hem een trap te verkopen. 'Lul! Je wilde me erin luizen!'

Hij werkt zich op tot zitstand, kamt met zijn vingers door zijn wilde haardos en haalt zijn schouders op. 'De info op de notebook is erg belangrijk. Wladimir bood aardig wat voor mijn hulp.'

'Eikel! Je zoekt het maar uit.' Ik kijk Zippi woest aan. Ik kan hem wel wurgen. 'En dat bloed op je kleren dan?'

'Van iemand anders. Ik ben alleen gewond aan mijn arm. Een spijkertje in een kast.'

'Het spijt me dat ik jullie stoor, heren,' roept iemand zonder enige waarschuwing achter me.

Ik schrik, vloek en draai me om. Opnieuw besloop Ray me. Hij staat stil voor de terrasdeuren. In een reflex kijk ik opzij, zie dat de dames al naar de uitgang van de tuin zijn gelopen, en wendt me weer tot Ray. 'Jij hebt er lol in mensen een rolberoerte te bezorgen?'

'Zie je dat ik de waarheid sprak? Ik ben te vertrouwen.' Ray zegt het zonder enig spoor van ironie. 'Het spijt me dat ik Zippi moest neerschieten.'

'Het spijt me dat het nodig was.' Ik verplaats mijn gewicht van het ene been naar het andere. 'Zippi belazerde vroeger op school al iedereen met vage handel. Ik had beter moeten weten van die opportunist.' Ik tik Zippi's enkel gemeen aan met de punt van mijn schoen. 'Hé schooier, weet jij wat er op die notebook staat?'

Zippi kreunt verontwaardigd, grijnst dan: 'Sorry, maar nee!'

Ray voelt in zijn zakken, haalt ritselend iets uit een pakje en steekt een kauwgom in zijn mond. 'We zullen het nooit weten, behalve Wladimir. Die is ontsnapt, met zijn schandknaap.' Hij kauwt uitbundig en blaast een bel.

Zijn manier om af te reageren, denk ik. 'Die blonde kerel bedoel je?' vraag ik overbodig.

De kauwgombel knapt. Ray werkt de kauwgomresten op zijn lippen met een vinger zijn mond in en knikt. 'Wat er van de notebook over is, hebben ze meegenomen, vrees ik.'

Ik zet mijn handen in mijn zij. 'Volgens mij weet jij verdomd goed wat er op die notebook stond. En waarom help jij mij?'

'Wat is hulp?' De grijns op Ray's gezicht kan zo in een tandpastacommercial. 'Wladimir staat aan de top van een fraudenetwerk. Maar hij zorgt er heel slim voor zelf buiten schot te blijven. Op de laptop staan zijn contacten, zijn deals, noem maar op.'

'Genoeg om hem te pakken?' Ik stap dichter naar Ray toe. 'Jij bent niet door Pjotr ingehuurd. Dat verhaaltje slik ik niet meer.'

'Ik zou je graag vertellen wie mijn bazen zijn, Marcel. Maar dat lijkt me niet verstandig. Hou het maar op iets wat je beter niet kunt weten. En trouwens…' Ray tilt zijn kin iets op en

luistert. In de verte horen we sirenes. 'Ik ga er eens vandoor.'
Meteen loopt hij met grote passen weg, passeert zonder nog
iets te zeggen Samantha en Cecilia, en verdwijnt de nacht in.
Als Ray overduidelijk weg is loop ik naar de twee vrouwen
toe. Nu pas zie ik dat Samantha er ondanks het tumult in geslaagd
is haar boodschappentas mee te nemen. Ze glimlacht verontschuldigend. 'Mijn make-up zat er nog in.'
Ik grom en grijns tegelijk. 'We moeten snel gaan voor de cava-
lerie komt.'
Achter mijn rug hoor ik gerommel. Zippi heeft zich weer op
zijn benen gewerkt. Hij wrijft over zijn borst en vloekt. Hij
heeft pijn. Het zal de impact van de kogel zijn. 'Weer vrienden, Marcel?' grijnst hij. Opeens probeert hij naar ons toe te
lopen, maar moet halverwege inhouden. '*Fuck*, ik dacht dat
zo'n vest álles tegenhield.'
'Loop naar de hel, Zippi.' Meer dan een laatste blik van minachting gun ik hem niet. Met zachte duwtjes werk ik de vrouwen de tuin uit. 'Tempo graag, dames. En Cecilia, weet jij toevallig wat er op die notebook in de koffer stond? Dat zou een
hele uitkomst zijn.' Intussen zorg ik dat we in beweging blijven.
Cecilia kijkt verbaasd naar me om, de bleke kleur in haar gezicht
is helemaal verdwenen. 'Het ging toch óók om die schilderijtjes?'
Ik schud mijn hoofd in ongeloof. Die snapt er helemaal geen
keutel van. 'Laat maar.' We zijn de tuin ruimschoots uit. 'Wacht.'
Voorzichtig trek ik een achtergebleven stuk tape van haar pols
af.
Ze draait zich naar me om. 'Bedankt voor je hulp. Doei!' Dan
lijkt ze nieuwe energie te vinden en gaat er als een haas vandoor. Haar snelle stappen galmen weg in de richting van de
straat.
Ik pak Samantha's hand. 'Laten wij ook maar eens opschieten.' Met een ruk sleep ik haar met me mee.

'Wacht op mij!' horen we die clown van een Zippi nog roepen vanuit de tuin. In het halfdonker struikelen we over het zijpad tot we op de straat zijn. Samantha hijgt, maar ik stop niet en trek haar de straat over, naar de kruising. *'But our car is over there,'* wijst ze verbaasd naar mijn huurbrik schuin voor de winkel.

Ik lach. 'Kom mee,' en geef weer een flinke ruk aan haar arm. 'Au,' roept ze verontwaardigd uit.

Tien meter verder staat de Audi van Zippi op ons te wachten. Ik zwaai met de sleutel in mijn hand. 'Kijk. Voor ons!'

Heerlijk om Samantha verrast te zien. *'The Roadster? How nice!'*

'Hop in.' Ik doe open en stap pas achter het stuur als Samantha veilig in de TT zit. Buiten komen de sirenes angstwekkend dichtbij. Ik start. Het dashboard licht op, de koplampen wijzen trefzeker naar de straat. Ik zoen Samantha, dan rijden we weg, door onbekende straten, tot we bij de doorgaande weg komen.

Samantha zet de cd-speler aan. De cd van Robbie zit er nog in. 'Robbie Williams!' roept ze verrast uit.

Ik lach, omdat ik haar graag gelukkig zie. 'Hoe kwam je aan dat waterpistool?'

'Gevonden. In het hotel.' Trots gooit ze haar prachtige haren naar achteren. 'Beter dan niks.'

'Zeg dat wel.' Ik volg de verkeersborden naar de snelweg richting Antwerpen. *'Let 's go to Barcelona.* Ik laat de spullen uit het hotel wel nasturen.'

'Okay. All 's well that ends well.' Ze rommelt in de boodschappentas die ze bij haar voeten heeft geïnstalleerd en haalt er haar schoudertasje uit. Ik laat haar. Een vrouw kan niet zonder haar make-up. Eenmaal op de snelweg klapt ze het spiegeltje in de zonneklep uit, doet een leeslampje aan en begint haar lippen te stiften. We rijden met een boog om de stad heen, op weg naar het zuiden. Robbie zingt, Samantha neuriet, ik

chauffeer. Ik ben relaxed. Het had allemaal veel slechter kunnen aflopen. Wladimir kan ik toch niets meer maken zonder de notebook.

'You're sorry about Zippi?' Na een laatste check is Samantha klaar met haar lippen.

Ik haal mijn schouders op. 'Zippi heeft me al eerder belazerd. Ik had beter moeten weten.'

'Okay. And Pjotr?'

'I'm really sorry about him.'

'You didn't get your revenge...'

'No. C'est la vie....'

Opnieuw zoekt ze in haar schoudertasje. Als we de grens naar België passeren legt ze opeens een langwerpig ding neer op de middenconsole.

'Wat is dat?' Ik haal mijn aandacht even van de snelweg af en kijk. 'Een usb-stick?'

'Yes.'

Ik begin een vermoeden te krijgen. 'Toch niet van...?'

'All important files from the notebook. I copied them.'

'Jezus. Maar alles was toch beveiligd?'

'No, it wasn't. Not at all,' gooit ze er vrolijk uit. *'Nothing nada.'*

Een lachsalvo rolt uit mijn keel. De tranen schieten in mijn ogen. De notebook was net zo slecht beveiligd als alle andere notebooks op de wereld. Het was pure bluf van Wladimir.

'Good job,' roep ik uit. 'Nu kunnen we te weten komen wat Wladimir verborg.' Ik geef gas tot net boven de maximumsnelheid. Nog voor we bij Antwerpen zijn, neem ik het besluit het er niet bij te laten zitten. Ik heb de mogelijkheid Wladimir alsnog te grazen te nemen. Ik heb het ineens super naar mijn zin. Wat een schitterende wagen is die TT. In de achteruitkijkspiegel zie ik de halfdonkere nacht met in de verte de speldenpunten van koplampen achter ons. We hebben Breda verlaten, en ik weet niet of ik er ooit nog wil terugkomen.

'*Andiamo á Barcelona,*' zeg ik de eerste zin Spaans van mijn leven.

Samantha glimlacht. '*I think you should better talk Dutch, honey.*'
Ze glimlacht nog breder. '*I tried to read some of these files, you know. I think they are very, very, very interesting.*'
Ik knik zwijgend, krab achter mijn oren, knik nog eens en zet Robbie harder.
When you think we 're lost we 're exploring
What you think is what you 're soon adoring

5.

Du moment dat we Parijs naderden en Samantha enthousiast raakte, had ik nattigheid moeten voelen. Maar dat deed ik niet. Het zou niet geholpen hebben ook. Ik kan Samantha niets weigeren. Ik geloof dat het al licht begon te worden toen we op de snelweg een bord passeerden met reclame van het park, en toen we bij een afsplitsing kwamen die in de richting ging, was ze helemaal niet meer te houden.

'*Come on, Marcel, let's do it*!'

Hoewel het nacht was, had ik de airco in de TT nog aanstaan. Het zweet op mijn voorhoofd was niet van de warmte. '*What do you mean*?' hield ik me van de domme.

'*Let's find a hotel in the neighbourhood and visit Mickey.*'

'*You're sure you don't wanna go to Barcelona?*'

'*Barcelona doesn't run away.*'

'*You're not to tired*?' informeerde ik huichelachtig, alsof ik niet wist dat ze een onuitputtelijke batterij had.

'*No,*' antwoordde ze gedecideerd.

Ik liet het gas los, net genoeg om de splitsing tijdig op te pakken, en gaf haar haar zin. De pretlichtjes in haar ogen kon ik zelfs in het halfdonker van de auto niet missen. Ik had ook niets te zeuren, want Zippi's TT is een *marvelous car* die niets te wensen overlaat. Mijn voet vond het pedaal, en de motor gromde tevreden. Jezus, wat een wijf, en wat een auto! Jammer dat het met Zippi zo ver moest komen.

Full speed schoten we de snelweg over, tot Samantha plotseling voor TomTom begon te spelen en me een afrit op dirigeerde die ons van de snelweg loodste. Ze kende de weg beter dan ik verwachtte. We reden een spiksplinternieuw stadje binnen waar we een hotel vonden. '*I have read about this town,*' zei ze toen we er binnenreden.

'Really?'
'There is a huge shopping mall nearby.'
Ik glimlachte. Volgens mij heeft Samantha een plattegrond met alle *malls* van heel West-Europa in haar hoofd zitten. *'It's okay. Serris is an nice town, I think.'*

'Marcel, it's your turn.'
Ik sta in de wachtrij voor de Disney-ingang half te slapen. Te weinig nachtrust gehad. Meteen nadat we vannacht incheckten hebben we de auto in de hotelgarage gedumpt en zijn naar onze kamer gegaan. Lastig dat we geen schone kleren hadden, maar volgens Samantha was dat geen punt. We douchten en zijn een paar uur gaan pitten. Vanochtend scheen de zon nog meedogenlozer dan de vorige dagen. De *mall* bleek zo'n beetje voor het hotel te liggen. We hebben mijn creditcard fors geplunderd om nieuwe kleren en ander *stuff* in te slaan. Daarna hebben we een speciale bus die bij het hotel stopte genomen om naar Eurodisney te gaan.
Het is twaalf uur. Ik bedenk dat ik het hotel in Nederland nog niet gebeld heb om te melden dat we vertrokken zijn.
'Jij bent aan de beurt,' zegt Samantha nog eens.
Ik knik een beetje nors en laat mijn kaartje door de automaat halen, zodat ik door het hekje het park in kan.
Samantha huppelt achter me aan en kust me in mijn nek. *'I love you.'*
'The man you love, is uncle Walt,' plaag ik.
'Fool!' lacht ze en duwt me de richting van Main Street op, waar ik halverwege het grote lijf van Goofy zie rondwalsen.
Samantha heeft hem ook gespot. *'I am gonna do someting special for you. I'm am gonna talk Dutch, and no English any more.'*
'Werkelijk?' hang ik de ongelovige Thomas uit. 'Kun je dat, denk je?'
'Natuurlijk kan ik dat,' antwoordt ze vol zelfvertrouwen, pakt

me bij mijn hand en neemt de leiding. Tot aan Goofy word ik meegesleurd. Een kring kinderen heeft hem ingesloten. Samantha graait in haar schoudertas en duwt me iets in de handen. 'Hier!'

Terwijl ze zich verontschuldigend een weg door de kindertjes baant, bekijk ik wat ik gekregen heb. Het is een weggooicameraatje.

Kirrend als echte vedette heeft Samantha zich naast Goofy opgesteld. Hij is reusachtig. Ze vlijt zich tegen zijn pluche aan en knipoogt. 'Schieten maar, Marcel!'

Ik negeer de boze blikken van enkele ouders langs de kant, haal mijn schouders op en maak een foto. Een plasticachtige klik bewijst dat er iets is vastgelegd.

Zielsgelukkig komt Samantha naar me toe. 'Had je er geen twee moeten maken?'

'Deze foto is vast prachtig,' weerleg ik haar bedenkingen.

'Vertrouwen win je, vrouwen verzin je.'

'Niet zo veel machismo, Marcel!'

Ik zou me bijna schamen. Ik sla een arm rond haar middel en laat mijn hand snel over haar billen dwalen. Relaxed kuieren we verder. Ik voel me jong, bekijk mezelf in de spiegeling van een ruit. Polo, lekkere broek, *sporty* schoenen. 'Machismo? Gaan we moeilijke woorden gebruiken?'

Samantha, wat jaartjes jonger dan ik, ziet er helemaal geweldig uit in haar zomerse outfit. Haar nieuwe laaguitgesneden broek tangoot rond haar heupen. '*Tell me, Marcel...*' Ze bloost.

'Wat gaan we doen met die informatie op de usb-stick?'

Ik lach als een verkouden zeehond. 'Wladimir een hak zetten. En kijken of we er rijker van worden.'

'Jammer dat je nog niet gezien hebt wat erop staat.'

'We kopen morgen een nieuwe notebook. ' Ik ontwijk een langs mijn hoofd scherende ballon die het luchtruim kiest. Beneden me staat een ventje te huilen. 'Was dat jouw ballon?'

Tranen stromen over de wangen van het joch. Zijn vader staart een paar meter verder radeloos de in het blauw verdwijnende ballon na.

'Koop een nieuwe!' roep ik en wend me weer tot Samantha.

'Gaan we morgen meteen naar Barcelona? Daar plannen we wat we verder gaan doen?' stel ik voor, maar aan Samantha's reactie te zien heeft ze haar reserves.

'Ik wil hier nog wel even blijven,' pruilt ze.

'Best,' onderdruk ik een zucht. Naarmate we langer bij elkaar zijn, begint ze wel steeds eisender te worden. Niet iets waar ik bij vrouwen erg op gesteld ben. We zijn op een plein aangekomen. 'Waar wil je heen?'

Samantha wijst naar een hoek van het park. 'Naar de toekomst. Naar de sterren of daar voorbij.' Weer trekt ze me mee.

'*Sure,*'grijns ik. 'Daar staat mijn hoofd naar.' Goddank is het niet topdruk in het park. Ik voel me altijd wat ongemakkelijk in mensenmassa's.

'Waar is die stick eigenlijk gebleven?' vraagt Samantha.

'In mijn broekzak. Veilig en wel.'

Ze kijkt zuinig. 'Als je hem maar niet verliest.'

'Hij zit in het vakje met de rits. Daar kan niets uit.' Uitbundig wijs ik naar mijn nieuwe outdoorbroek.

'Mooi.' Als een kind zo blij wijst ze dan naar één van de grote attracties die we naderen. 'Daar wil ik in.'

'Star Wars?'

'Die ja. Lijkt me leuk!'

Hoewel ik geen held in die dingen ben, durf ik niet te weigeren. De rij voor de ingang valt mee, en we lopen naar binnen waar we in een nagebouwde assemblagehal van robots komen. Daar moeten we opnieuw aansluiten bij een rij. Ik moet toegeven, het is allemaal knap gemaakt. We stromen met de meute mee een loopplank op.

Samantha pakt mijn zweterige hand vast. 'Gaat het?'

Ik schud van nee. Het gaat voor geen meter, maar me terugworstelen langs de mensenrij achter ons lijkt me ook niet aangenaam. 'Ik had niet gedacht dat het hoog zou zijn.' Ik werp een angstige blik naar beneden. Objectief gezien valt het wel mee. Ik moet me vermannen. Ik lijk wel een zeiktekkel. Voorzichtig wurm ik mijn hand uit de hare. 'Het gaat best.'

'Denk je dat Wladimir ons met rust laat?' vraagt ze.

'Denk ik wel. Hij wil waarschijnlijk geen slapende honden wakker maken. Hij denkt gewoon dat we de kuierlatten nemen en nooit meer van ons laten horen.'

'Zo naïef zal hij toch niet zijn?'

Geamuseerd kijk ik naar een robot die een soortgenoot in elkaar zet. Schuin boven me zie ik R2D2 uit Star Wars staan. 'Denk ik wel. Bovendien weet hij niet dat wij zijn bestanden op een stick hebben.'

Samantha gniffelt. 'Het was een goed idee van me, *I must say.*'

Zachtjes neurie ik een song van Robbie Williams terwijl we naar de ingang van de attractie geleid worden. Plotseling moeten we ons in rijen voor smalle ingangen opstellen. Ik heb werkelijk het gevoel dat ik op een interplanetaire luchthaven sta. De deuren gaan open en we worden verzocht in een ruimteschip plaats te nemen. We zijn met zo'n honderd man. Iemand van het personeel legt uit dat we onze gordels goed moeten vastmaken, waarna het feest kan gaan beginnen. Voor me zit een juffrouw alleen, wat opvalt in een gezelschap dat door relatie- en familiebanden gedomineerd wordt. Ze heeft kastanjebruin haar, een goed figuur – heb ik snel gezien voor ze ging zitten – en ruikt naar iets bloemigs. Als ze even achter zich kijkt, zie ik hoe jong haar gezicht is. Eind twintig, niet veel meer. Dan kijkt ze weer voor zich. De lichten gaan uit. We blijken in een simulator te zitten met uitzicht op een vlucht door de ruimte. Bij iedere beweging schokt mijn lijf. We belanden in een ruimtegevecht waarbij we duikvluchten maken. Samantha gilt van plezier. *Big fun.* Het meisje voor ons vindt het ook leuk, denk ik. Ik zie alleen haar rug. Samanta raakt me even aan, dan is ze weer voor zichzelf. We scheuren en schokken nog een tijd door. Het valt niet mee, maar tot mijn eigen verbazing word ik niet misselijk. Mooi meegenomen. Toch ben ik blij als de mannen van Darth Vader verslagen zijn en de deuren aan de andere kant opengaan. Via een lange gang kunnen we eruit, terug naar de buitenlucht. Mijn oksels plakken. Voor de uitgang stoot ik hard tegen iemands arm. Samantha heeft het niet eens in de gaten. Ik kijk opzij. Daar loopt die fraaie brunette weer. 'Sorry,' mompel ik. Verdomd, ik geloof dat ik bloos. Samantha is al naar buiten gesneld. Ze heeft haar zinnen alweer op het volgende gezet en is me compleet vergeten. Mijn mobieltje gaat over. Ik kijk weer naar de brunette.

Ze glimlacht. 'Vakantie?' Prachtige tanden, mooie lippen. Eigenlijk alles in perfecte proporties.

'Min of meer,' antwoord ik, recht mijn rug en trek mijn buik in. 'Jij ook?'

'Werk.' Ze knikt vaag en veegt haar haren naar achteren.

We staan weer buiten in de warme zon. Samantha is in geen velden of wegen te bekennen. 'Uit Nederland?' informeer ik, pak mijn mobieltje en snoer hem een tikkeltje demonstratief de mond.

'Ons hoofdkantoor staat in Breda.'

'Werkelijk?' grijns ik, mijn verbazing verbergend.

'Ken je die buurt...?' Ze aarzelt, weet niet hoe ze me moet aanspreken. Nee, ze is beslist niet ouder dan dertig.

'Ik heet Marcel,' breek ik het ijs definitief.

'Bonnie,' lacht ze en schudt me de hand. 'Je vriendin is verdwenen?'

'Gék van Disney,' haal ik mijn schouders in een dwaze verontschuldiging op.

'Ik ook.' Ze schudt haar haren naar achteren. We staan nog stil bij de uitgang.

'Je bent alleen?'

Bonnie knikt. 'Ik ben hier eigenlijk voor een meeting in Parijs.

Even tussendoor naar Eurodisney. Voor de ontspanning.' Ze kijkt op haar horloge. Sportieve kleren, draagt ze. 'Ik ga weer eens verder. *See you.*' Ze lacht nog een keer en gaat ervandoor. Ik krijg een beuk in mijn rug, draai me om en zie een Neanderthaler van een bouwvakker achter me staan. 'Sorry,' gromt hij, maar veel lijkt hem niet te interesseren. Ik wrijf over mijn schouder en draai me weer om. Bonnie is pleite. Doelloos loop ik een stukje op. Het wordt drukker in het park. Samantha laat me mooi zitten. Een vage irritatie borrelt in me op. Ik had hier niet naartoe moeten gaan.

'Marcel?' Het is Samantha. Ze staat op de hoek bij een andere vreselijke attractie en roept: 'Ik ga hier in. Ga je mee?'

'Hoeft niet,' grijns ik en zwaai dat ze mag gaan. Ze steekt een duim op. Mijn mobieltje zoemt weer. Verdamme. Ik wilde dat ik in de Audi aan het rondtoeren was. Het nummer van de beller is afgeschermd. Ik neem op. 'Marcelo Kwast.'

'Marcel?'

Een moment hoop ik me te vergissen. Het is mijn ex. 'Klara! Dat is een tijd geleden.' Waarom belt die me in godsnaam? Volgens mij heeft die het veel te druk met het cosmetisch vrijmaken van ongewenste kreukelzones. Haar laatste facelift kostte me een vermogen. 'Wat brengt jou op de lijn?'

'Ik moet je spreken,' zegt ze dwingend.

'Rustig alsjeblieft. Jij wilde van mij af, weet je nog?' Mijn avontuurtjes die de aanleiding waren laat ik maar even buiten beschouwing.

'Luister.' Ze hijgt. 'Ik moet je dringend spreken. Waar zit je?'

'In Parijs,' antwoord ik treiterig. 'Dat is ver weg.'

'Kun je hierheen komen?'

'Nu?' hik ik. 'Je wilt dat ik nu kom?' Waar ziet ze me voor aan?

'Ik moet je spreken. Er zijn problemen.'

Iets in haar stem maakt me ongeruster dan ik zou willen. 'Problemen?'

'Ik ben bang.'

'Bang?' echo ik weinig empatisch. 'Hoezo, bang?'

'Marcel, ze zoeken je. Vanochtend was er visite.'

'Bij jou? Eindelijk een nieuwe vlam?'

Ze wordt boos. 'Geen sarcasme, Marcel. Ik bel je niet voor niks. Die man wil je spreken. Over iets dat je van hem gejat zou hebben.'

Mijn belangstelling is gewekt. 'Iets?'

'Informatie. Hij wil met je praten. En anders…'

'Wat anders?'

'Anders ga ik eraan.'

Mijn adem stokt in mijn strot. 'Is het niet gewoon een geintje?'

'Marcel,' zegt ze met trillende stem. 'Het is géén geintje.'

'Sorry dat ik zo plat deed.' Ik baal dat ik me schuldig voel. Zoveel heb ik niet meer met Klara. Maar ze is geen aanstelster, weet ik. Haar simpelweg laten barsten is mijn stijl niet.

'Kun je me iets meer vertellen? Hoe zag die kerel eruit die jou bezocht?'

Een moment is het stil, ik verbeeld me het tikken van een klok te horen. 'Kan ik niet zeggen.'

'Je hebt hem toch gezien, neem ik aan? Dan kun je toch een beschrijving geven, zou ik denken, en als ik dan…' Marcel, dumbo! Denk na! Ze praat met een geknepen stem en dat is vast niet voor niets. 'Klara?'

'Ja, ik weet het niet meer. Het spijt me want…'

'Even goed luisteren,' onderbreek ik haar. 'Is er daar iemand bij je? Je bent niet alleen, is het niet? Snuif even door je neus als het zo is.'

Stilte. Dan snuift ze.

'Je word bedreigd, *rigth on this moment*?'

'Ja.'

'Wie staat er bij je? *What the hell*…'

Plotseling knettert er een nasaal lachje uit mijn mobieltje. Mijn benen worden week. De gedachte dat het allemaal simpel zou lopen, was ongelooflijk naïef van me. Logisch dat hij zich niet zomaar liet inpakken. Ik had hem daar bij die boekhandel een kogel door zijn kop moeten jagen. Als ik dat gedurfd had...

'Marcel jongen, kwastje, hoe gaat het met je?'

Ik schep een teug lucht. 'Zippi! *Long time no see*.' Om precies te zijn, een halve dag. Zou hij iets weten van de usb-stick? Nee, kan niet. 'Je bent bij Klara op bezoek?'

'Ja,' knort hij tevreden. 'Ik dacht, het kan geen kwaad om een blijk van belangstelling te geven voor de ex van mijn vriend.'

'Ex-vriend,' verbeter ik bits. Mijn voeten broeien onaangenaam in mijn schoenen. Pathologische zweetvoeten zijn geen sinecure. 'Wat moet je, Zippi?'

Hij doet geen moeite een oprisping te onderdrukken. 'Ik wil mijn auto terug.'

'Dat valt me rauw op mijn dak, Zippi. Ik dacht dat ik die wel even kon lenen na jouw weinig vriendschappelijke verraad.'

Het feit dat hij zich zo simpel liet omkopen, bezorgt me nog steeds rillingen. De oplichter dat hij is.

'*No shame, no fame*, Marcel. Ik wil de TT morgen terug, is dat duidelijk? Anders vrees ik dat Klara hier zich niet fijn gaat voelen.'

'Proleet,' scheld ik ombekommerd. 'Je kunt die Audi best missen.'

'Het gaat om het principe. Als ze in onze branche horen dat ik mijn auto onder mijn kont laat wegstelen, is dat geen goede promotie. Snap je?'

Ik snap het. Zippi is bang voor gezichtsverlies. 'Oké, ik kom terug. Met de TT.'

'Geweldig,' reageert Zippi kinderlijk blij. 'Ik moet er niet aan denken dat Klara iets overkwam.'

In gedachten zie ik hem staan gniffelen, zijn buik meedeinend op de golven van ingehouden leedvermaak. En ik dacht dat hij mijn vriend was...

'Marcel, overkomst dringend gewenst, zou ik zo denken.'

Smoezen, schoot me maar een goede smoes te binnen. Of kon ik mijn kop maar gewoon in het Disneyzand steken en doen of dit een kwade droom was. 'Geef me Klara nog even.'

'Best,'grinnikt Zippi.

Meteen krijg ik haar aan de lijn. Ze hijgt alsof ze een kilometer gezwommen heeft. Nog voor ze iets kan zeggen begin ik: 'Klara, ik kom zo snel mogelijk terug. Uiterlijk vanavond. Zeg maar tegen Zippi dat ik er uiterlijk vanavond ben.'

'Goed, Marcel, ik geef het door.'

Ik probeer te taxeren hoe erg het met haar is. 'Hij heeft je toch niet aangeraakt?'

'Nee, niet overdrijven, hoor. Zo eng doet hij ook weer niet.'

Dat klinkt onverwacht nuchter. Zippi probeert me gewoonweg op te naaien, daar is hij het type wel voor. Opeens wordt de verbinding verbroken. Ik berg mijn mobieltje op. Mijn gevoel van victorie heeft niet lang geduurd. Toch probeer ik de zonzijde te zien. Als ik Wladimir met de info van de usb-stick te grazen wil nemen, kan ik beter daar in de stad rondlopen dan in Barcelona. Alleen moet ik dan heel goed op mijn gezondheid letten. Zodra Wladimir me in de *picture* heeft, zal hij mijn hoofd op het hakblok willen leggen.

Ik zoek een schaduwplek achter een attractie en wacht, starend naar de langslummelende parkbezoekers.

'Is er iets?'

Samantha staat ineens voor mijn neus. Ik lach zuur. '*Trouble in paradise*. We moeten terug.'

'Niet naar Barcelona?' pruilt ze.

'Ik vrees van niet. Zippi wil zijn auto terug.'

'*Shit happens*,' relativeert Samantha meteen. Achter haar rug zie ik Bonnie langsschuiven. Ze heeft me niet gezien. Mooi figuurtje heeft ze.

'Wanneer moeten we terug?' trekt Samantha mijn aandacht er weer bij.

'Zo snel mogelijk.' Met een kittig gebaar knik ik naar de plaats waar ergens de uitgang moet zijn. 'Als de wiedeweerga.' Het klinkt niet stoer. Robbie zou zoiets niet zeggen. Maar ja, die heeft meer succes bij de vrouwen dan ik.

'Best.' Samantha straalt. Als het maar spannend is, dan vindt ze alles prachtig. 'We nemen toch wel de TT naar *Pays-Bas*, hè?'

'Tuurlijk.' Ik zuig op een holle kies, prik haar spelend in haar buik en lach. 'Laten we eerst de bus naar het hotel terug pakken.'

'*Fine.*' Ze bloost. 'Goed, bedoel ik.'

'En nou geen Engels meer, dame,' tik ik haar zacht tegen haar billen.

'Nee meneer,' kirt ze en loopt met me op, haar heup wiegend tegen de mijne. Het is nog een stuk te gaan naar de uitgang van het park. Ik hoop dat we onderweg Goofy niet meer tegenkomen.

Als we de bus uit stappen, kwebbelt Samantha net zo uitgelaten als ik van haar gewend ben. Ze is het type mens dat zich snel verzoent met haar lot en er onmiddellijk de voordelen van bedenkt. 'Als we dan weer in ons oude hotel zijn, wil ik beslist weer eens in dat overdekte winkelcentrum kijken. Hoe heet het ook weer?'

'De Barones?' waag ik een gok.

'*Exactly.*' We lopen naar het hotel. 'Marcel, denk je dat rood of blauw me beter staat?'

'In het algemeen?' zeg ik knorrig terwijl ik een deur voor haar openhoud. Mijn hoofd staat niet zo naar kledingadviezen. Ik vind in mijn achterzak mijn sleutelkaart van de kamer. Inpakken en wegwezen, is het devies nu, gezien Klara's situatie.

Eenmaal binnen heeft Samantha een andere gedachte. Ze wil bij de receptie informeren naar de openingstijden van het nabije *outlet centre*, alsof we daar tijd voor hebben. Ik begin te protesteren.

'Kom op. Voor de volgende keer, Marcel,' slijmt ze en loodst me naar de receptiedesk. De juffrouw daar spreekt Engels. Samantha krijgt vriendelijk een foldertje uitgereikt.

'*We have to leave now, right at this moment. Family problems,*' voeg ik de juffrouw toe, en leg mijn creditcard op de desk. '*You may charge us for two days, of course.*'

'*I'm sorry to hear there are family problems,*' reageert ze discreet en begint te rekening op te maken. '*Did you meet the gentleman?*'

Samantha bestudeert de folder. Ik kijk de juffrouw strak aan. '*Gentleman?*'

Ze knikt. '*He was asking for you. A very big man.*'

'*How did he look like?*'

'*Big. Blond. He was very nice. He said he was your cousin.*'

'Neef?' Samantha kijkt op. Ze heeft in de gaten dat er iets niet in de haak is.

Ik vloek. 'Zou het Blondie zijn?'

'*Must be,*' antwoordt Samantha. Haar ravenzwarte haren vallen verward rond haar gezicht. 'Hoe weet hij dat we hier zitten?'

Het zweet breekt me uit. Onder mijn oksels ontstaan in *no time* vieze donkere plekken. Ik weet zeker dat ik stink. Kramp in mijn endeldarm. Hinderlijk uit mijn evenwicht gebracht gebaar ik dat Samantha haar vragen even voor zich moet houden en accordeer de afrekening die inmiddels voor ons ligt met een pincode. Blijft handig, zo'n creditcard. Diep ademhalen, Marcel!

'*Where did the gentleman go to? We didn't meet him, you see,*' zeg ik stuntelig tegen de juffrouw.

Haar lipgloss bekrachtigt haar glimlach. '*He rented a room.*'

Ik verslik me bijna in mijn speeksel. '*Here?*'

'*Not far from yours.*'

Het is alsof een gemene dwerg een priem in mijn buik steekt. '*Thanks.*' Ik draai me om en stoot Samantha aan. 'Hij zit boven. We moeten onze spullen halen en wegwezen.' Zover als ik

Blondie ken, is het een *triggerhappy* crimineel zonder enige scrupules. We besluiten de lift te negeren en nemen via een zij-ingang de trappen naar de tweede verdieping. Langzaam open ik de deur boven en steek mijn hoofd om de hoek. Niemand te zien. Het ruikt naar boenwas en spiritus. We sluipen onze hotelgang in. De lampen verspreiden een naargeestig kunstlicht. De spirituslucht wordt opeens sterker. Misschien is het de geur van wodka. Ik word duizelig, ik hyperventileer.

Samantha loopt achter me aan naar onze kamer. Ik heb de sleutelkaart in mijn hand. 'Is dit niet gevaarlijk?' fluistert ze. 'Zouden we niet beter…'

'Stil,'sis ik. 'Blondie ligt hier ergens vast op zijn kamer te niksen. Ons enige voordeel is dat hij ons nog niet verwacht.' We zijn nog maar een paar meter van onze kamer. Verdomme, de deur staat op een kier. Ik wijs naar de deur. Samantha ziet het ook. Het is veel te riskant om door te gaan. Ik denk na, probeer me te concentreren. Wat zijn de opties…? We hebben de belangrijkste spullen in de tas van Samantha zitten. 'We gaan terug. Zachtjes doen,' fluister ik nauwelijks hoorbaar.

'Mijn nieuwe parfum…' pruttelt Samantha.

'Ik koop nieuwe voor je. Terug nu naar de auto. Beter levend zónder parfum dan als een geurend lijk de kist in, schat.' Dat had ik minder sarcastisch kunnen brengen, maar Samantha begrijpt het in ieder geval. 'Blondie is in onze kamer?'

Ik knik en duw haar terug, naar de lift. Zweetdruppels rollen over mijn rug. We nemen de lift naar de kelder. Het stinkt er ook naar spiritus. Mijn maag protesteert als de lift beneden stopt. We stappen een kale gang in die naar de parkeergarage voert. Koud tl-licht blaast in onze nek. Een volgende deur, en we zijn in de parkeergarage, onder het hotel. Het is er schemerdonker, van links komt daglicht van de uitgang. De TT staat een meter of tien bij ons vandaan, de kap gesloten, dat leek me veiliger.

'Kijk daar.' Samantha heeft aan de andere kant nog een TT

ontdekt, een zilveren, niet blauw, zoals de onze. 'Dat is toevallig. Hij komt ook uit Nederland.'

Je kunt maar ergens op letten in dit soort omstandigheden. '*Nice, Sam,*' zeg ik en kijk op mijn horloge. Rond zes uur moeten we weer in Nederland kunnen zijn, als het verkeer niet tegenzit. Ik open de TT met de afstandbediening. Alles lijkt veilig, er zit niemand in, zo te zien. Ik gebaar dat Samantha moet wachten en sluip naar de auto. Inderdaad, leeg, en *safe*. Geen sporen van braak. 'Kom maar,' roep ik naar Samantha. Waarom heb ik het gevoel dat iemand ons *sneaky* bekijkt of afluistert. Ik screen het lage garagedak boven ons. Er lopen vuistdikke kabels langs, in de hoeken hangen rioolbuizen. Niets te zien wat op spionage wijst, maar een microfoontje is makkelijk te verbergen. Overdrijf niet, Marcel! Je bent James Bond niet! Ik word paranoïde...

'Wat is er?' vraagt Samantha als ze bij me is.

'Ik voel me niet op mijn gemak. Stap maar gauw in.' Ik wacht tot Samantha om de TT heen is gelopen en is ingestapt, stap daarna zelf haastig in. Tegelijk sluiten we de deuren. 'Blij dat we weggaan,' zeg ik.

'Ik ook. Moeten we echt terug?'

'Je vond het toch een leuke stad?'

'*Yep*!' grijnst ze en doet haar gordel om. 'Dat wel.'

Ik aarzel, schraap mijn keel en start de motor. De Roadster bromt tevreden. 'Even was ik bang voor een autobom,' zeg ik half serieus.

'*Silly boy.*' Samantha legt haar hand op mijn knie. Ik rijd achteruit, en dan meteen weer vooruit, naar de uitgang en het aanlokkelijke daglicht. Ik wil weg van deze plek waar ik geen kant op kan. Ik laat intussen de kap automatisch zakken, en als we de stijle oprit naar de buitenparkeerplaats opzoeven lach ik om mijn eigen mallotigheid. Misschien was het gewoon een misverstand, van die man in het hotel.

Opeens raast er een storm door de garage. Het is een explosie, mijn oren doen vreselijk pijn. Samantha drukt haar handen tegen haar oren. Ze vloekt in het Spaans. Ik kijk opzij, kan nog net de parkeerplaats beneden zien. Aan het einde is de andere TT in een helse vuurzee veranderd. Stukken brandend metaal hebben zich over de garage verspreid. Als er iemand had in gezeten, had die het *never* nooit niet overleefd. Alles in me trilt. Mijn handen plakken aan het stuur. Ik spuug buiten de auto op de grond om mezelf uit mijn verlamming te wekken en geef gas. We scheuren door naar boven, het daglicht in, en maken een scherpe bocht naar het toegangshek waarachter de straat ligt. '*Damn*, dat was voor ons bedoeld.'

'Voor ons?' Samantha haalt haar handen van haar oren weg. 'Voor ons?'

In de garage gaat het alarm af. 'Tuurlijk. Blondie heeft niet goed uit zijn doppen gekeken. Een stupide fout. Ik snap niet hoe...' Het begint me opeens te dagen. Toen we vannacht aankwamen was een schoonmaker in de garage bezig. Hij parkeerde zijn elektrische werkkarretje precies achter de zilveren TT. Toen ik vanochtend een paar zakdoekjes uit onze TT pakte, stond het karretje er nog, zonder schoonmaker. Slordige moordpoging... Blondie had hem een beter signalement van onze TT en ons moeten geven.

Ik rem en steek de parkeerkaart in een sleuf. Langzaam schuift het hek open. Ik kijk in mijn spiegel. Indrukwekkende rookwolken kolken uit de garage. Ergens in het hotel gaat een tweede alarm af. We scheuren de straat op. Ik ben boos. Ik ben ziedend. Ook op mezelf. Ik had allang moeten kijken wat er op die usb-stick stond. Maar nu moeten we eerst terug, voor Zippi Klara de oren van haar hoofd trekt.

6.

Zodra het topje van de Grote Kerk in zicht komt begint Samantha te zingen. Ik zit zelf nog bij te komen van onze wonderbaarlijke ontsnapping aan de aanslag. 'Waarom zo blij?'
Ze laat de wind met haar haren spelen. 'Ik heb zo dadelijk mijn lievelingskleren weer terug. Die lagen nog in ons oude hotel.'
'Ik snap het,' reageer ik empathisch, maar inwendig vervloek ik de combinatie van vrouwen en kleren. Waar ik me langzaam ook steeds meer zorgen over ga maken, is hoe de toestand hier in de stad is. Hoewel niets ons in verband met de schietpartij in de oude boekwinkel brengt, geeft het me een ongemakkelijk gevoel. En daarnaast vraag ik me af wat de volgende stap van Wladimir is. Het is duidelijk dat hij ons naar een hoger plan wil helpen. 'Sam? Wat stel je voor? Hoe zetten we Wladimir klem?'
'Eerst de informatie op de stick bekijken,' zegt Samantha. 'Dan weten we meer.'
Ze heeft weer eens gelijk. Ik druk het gas spontaan dieper in en laat de motor zijn werk doen. We suizen in *no time* de stad in en nemen de oude autoweg door de stad. Samantha kijkt rond en zit op haar stoel te spinnen als een kat die na een reis rond de wereld zijn huis weer vindt. 'Geniet je?' vraag ik.
'Leuk hier.'
Het is maar wat je leuk vindt. Ik had nu liever in de schaduw van de *Sagrada Familia* gestaan, of een ander kindje van papa Gaudi. We passeren een drukke kruising met veel te veel irritante verkeerslichten. Bijna meteen daarna zie ik de afslag die we moeten hebben. Hoewel de TT een navigator heeft, rijd ik bij voorkeur zonder. Dat is rustiger. We koersen op een fitnessclub aan. Met een mengeling van afschuw en verbazing kijk ik naar de mensen in minuscule badpakjes die op het zwem-

badbalkon staan. Normaal gesproken word je daar aan de openbare weg voor opgepakt. Maar er staan een paar lekkere meiden tussen, dus zie ik het door de vingers.

Tegenover de hockeyclub vinden we ons hotel weer. Ik rijd de parkeerplaats op.

'Ik heb vroeger ook gehockeyd in Spanje. Wist je dat?' merkt Sam op zangerige toon op.

'Mijn vader vond zulke sporten niks. Mensen van het foute soort, zei hij altijd.'

'Welnee, dat is een…' Ze denkt een moment na. 'Een vooroordeel.'

'Misschien,' schamper ik, me verbazend over de ongelooflijke vooruitgang die Samantha de afgelopen weken met haar Nederlands heeft geboekt. Wat ik niet moet vergeten is dat ze in Spanje al veel Nederlands heeft gesproken met haar vorige vriend. Ik zet de TT vlakbij de hotelingang stil. Samantha springt uit de auto zonder de deur open te doen. Ik laat de kap open staan en verlaat mijn bestuurdersplaats op een normale wijze. We zijn voorlopig veilig, aangezien Blondie denkt dat we in de explosie onze laatste loodjes hebben gelegd. Samantha heupwiegt fanatiek het hotel in. Ik ren om haar in te halen. De receptioniste bij de balie knikt ons gedag. Ze herkent ons nog. Zou niemand gemerkt hebben dat we een nachtje afwezig waren? *So what*? Zolang we maar betalen. Gearmd lopen we naar onze kamer. Ergens in mijn portemonnee in Samantha's tas moet mijn sleutelkaart nog zitten. 'Mag ik mijn portemonnee?' Ze opent haar tas en reikt hem zwierig aan. Ik vind de sleutelkaart achter een giropasje en doe de deur open. De kamer is koel. De gordijnen staan dicht en de bedden zijn keurig opgedekt. We gaan naar binnen.

'Eindelijk thuis. Eerst die verdomde stick bekijken.' Meteen duik ik de kledingkast in. Mijn eigen notebook staat nog braaf op de plank. Ik zet hem op tafel en start hem. Daarna kan de usb-stick erin. Samantha is al op de badkamer aan het douchen.

Ze zingt *I'm singing in the rain*. Venijnig tokkel ik op de toetsen om te kijken wat er op de stick staat. Het zijn zo'n dertig bestanden met onbegrijpelijke namen. De meeste zijn spreadsheets. Op goed geluk open ik er een. Cijfers, getallen. Boven de kolommen staan codes met data. Zegt me *nada* niets en ik heb er geen moer aan. Zeker niet om Klara te helpen.

'Al iets van Klara gehoord?' roept Samantha. Ik hoor de douche spetteren.

'Ik ga haar bellen. De info op de stick valt zwaar tegen.'

'*Dommage*.'

'Geen Frans, alsjeblieft. Daar komen we net vandaan.' Ik bekijk het enige tekstbestand dat er op de stick staat. Ha. Dat ziet er een stuk interessanter uit. Postcodes, huisnummers, en rekeningnummers. 'Ik heb wat!' schreeuw ik, tegelijk beseffend dat ik niet zo moet gillen. Het is op de gang te horen.

'*Great*,' roept Samantha. 'Ik wist dat er iets nuttigs op moest staan.'

Ik knik en geef mezelf een schouderklopje. Verschillende postcodes liggen binnen de regio. Dit moet een zakelijk netwerk van Wladimir zijn. Maar met wie en van wat? Ik pak mijn mobieltje en toets het nummer van Klara in.

Meteen neemt ze op. 'Marcel?'

'Luister, ik ben weer terug. Ik kom naar je toe. Waar woon je tegenwoordig?'

'Marcel, je moet uitkijken. Je...'

'Niet zeiken nu. Ik ben een grote jongen. Waar woon je tegenwoordig?'

'Nieuwe wijk.' Ze noemt een straat en huisnummer die me niks zeggen. 'Het is niet moeilijk te vinden.'

'Ben je alleen?'

'Denk het wel. Zippi is weg. Heb jij zijn auto? Zijn WW of hoe het ook heet?'

Klara klinkt pissig, niet bang. Door dit soort gebeurtenissen voelt ze zich vooral gekrenkt. 'TT,' zeg ik op fluwelen toon.

'En ik kom nu naar je toe. Zippi is vast niet ver uit de buurt.'
'Alleen? Kom je alleen?'
'Wat dacht je dan?'
'Heb je geen vriendin bij je?'
Ik lach als een krokodil met een wespennest in zijn bek. 'Doet er niet toe. Ik ben er zo.' Ik zet de notebook terug in de kast, laat Samantha weten dat ik weg ben, wissel snel een paar verse sokken en verdwijn de kamer uit. Bij de receptie staat een toeristisch busgezelschap de boel op te houden. Ik wurm me tussen twee keuvelende dames door. Buiten staat de TT naar me te lonken. Ik stap in en start de motor. Een paar tellen houd ik mijn adem in. Alles oké. Ik geef het navigatiesysteem het adres van Klara op en rijd weg. Klara's huis is maar een paar kilometer van me verwijderd, zie ik. Het navigatiegeluid staat uitgeschakeld waardoor ik goed op de aanwijzingen van het *display* moet letten, maar ik kom er wel uit. Daar heb je de hockeyclub weer, dan naar links. En natuurlijk niet te veel gas geven, want we zitten nog in de stad. Blauwe mannetjes kunnen we niet gebruiken nu. Drie minuten later koers ik langs een rotonde, sla af en scheur tussen twee woontorens door. De ruime wijk waar ik me bevind is splinternieuw. Ik rijd stapvoets over de weg. Die hopeloze verkeersdrempels overal. Dan naar links, Klara's straat in. Ze woont in een huis met een oprit. Ik ben er. Ik parkeer de auto aan de kant en stap uit. Klara heeft een aardig huis gekocht, geschakeld twee onder een kap, dat midden in de straat ligt. Terwijl ik het pad door de voortuin oploop, gaat de voordeur al open. Ik verwacht Klara's gezicht te zien, maar er verschijnt niemand. Een knoop in mijn maag laat wel van zich merken. 'Klara?' stamel ik. Mijn schoenzolen piepen over de gladde stoeptegels. Ik kijk naar de garagedeur naast de ingang. Die staat aan de grond op een kier. 'Klara?' Waarom reageert ze niet? Ik ben ongewapend, heb niet eens een keukenmesje. Met olifantenpassen nader ik de voordeur. Hij staat zo ver mogelijk open. Voor de drempel houd

ik halt. De gang is netjes, met een kapstok, een paraplubak en een repro van Picasso aan de muur. Keurig doorsnee. De witte tegels op de grond blinken me lusteloos tegemoet. 'Klara?' fluister ik. Ik stap over de drempel en sluit de deur. Het ruikt naar houtsnippers, van dat spul dat ze voor konijnenhokken gebruiken. Bij de wc neemt de stank van wc-reiniger even de overhand.

'Marcel?'

Ik sta stil. Mijn hart bonkt. Het geluid komt van boven. Zonder antwoord te geven ga ik de trap op. De houten treden kraken niet. Het is een mooie trap. Idioot om dat nu te bedenken, maar het is niet anders. Ik hoor iemand hijgen. Als ik op de overloop ben, kan ik een stuk van de slaapkamer zien. De deur staat open. Ik zie nog niemand, maar ga op het geluid af en loop naar binnen. Op een tweepersoonbed ligt Klara op haar buik, haar hoofd rustend op haar handen. Ik kan haar gezicht niet zien, verdimme. De luxaflex staat half dicht. Jezus, wat is hier gebeurd? Is ze gewond? 'Klara?' Mijn bezorgdheid slaat weer op mijn darmen.

Ze draait zich om, en beetje bij beetje krijg ik haar gezicht te zien. Haar ogen zijn betraand en ze heeft een blauwe plek op haar wang. Mijn benen zijn van rubber, mijn knieën knikken. De schade valt mee, zo te zien. Klara lijkt op Liza Minella, zelfs haar oogopslag doet vermoeden dat haar moeder met een Italiaan is vreemdgegaan. Ze is best aantrekkelijk, voor haar leeftijd.

'Wat heb jij?' breng ik er stamelend uit.

Ze tuit haar lippen, en grimast. Achter me trekt de tocht met een ordinaire klap de deur dicht. Ik doe nog een flinke stap vooruit tot vlakbij het voeteneind. Mijn schoenen plakken aan de vloer. Ik kijk naar beneden. Ik sta in een plasje bloed.

'Marcel?' Haar ogen schieten heen en weer, dan fixeert ze op een punt achter me.

Ik krijg een trap tegen mijn kont en schiet vooruit het bed op.

Net naast Klara kom ik terecht. Mijn hoofd stoot tegen de achterwand. Rode vlekjes dansen voor mijn ogen. Ik slik, schud met mijn hoofd en haal diep adem. De vlekjes trekken weg. 'Klara, wat was dat?' Vloekend draai ik me op mijn rug en hijs me op mijn ellebogen.

'Ha die Marcel.' Bij het voeteneinde staat Zippi. '*Nasty* zaakje waar we in verwikkeld zijn, niet?'

Ik zie dat het witte overhemd dat zijn varkensbuik omklemt op navelhoogte doordrenkt is met bloed. Hij draagt een open leren jasje. 'Eikel, wat moet je hier?' Ik ben in de val gelopen. Traag wrijf ik over de pijnlijke plek op mijn kruin. Er zit een bult.

Zippi richt een pistool op me. 'Heb je mijn auto bij je?'

Ik knik, kort. 'Staat voor de deur.' Ik strek mijn hand en wijs schuchter naar zijn buik. 'Ziet er niet best uit.'

Zippi heeft een handdoek in zijn vrije hand die hij nu tegen zijn buik drukt. 'Valt mee. Het bloeden is al gestopt.' De bleke huid van zijn gezicht schijnt door zijn stoppelige kin. Heeft Klara geprobeerd hem tegen te houden? Ik snap het niet, maar als ik naar Klara kijk zie ik in haar ogen minstens zoveel vraagtekens als er waarschijnlijk in de mijne staan. 'Alles goed?' informeer ik obligaat. Omdat ze knikt, laat ik haar even voor wat het is.

Zippi wordt ongeduldig. Zijn wapen zwaait dwingend naar de deuropening. 'Jij eerst.'

'Geen paniek,' verberg ik mijn angst met een grijns. Mijn darmen spelen stug op. Hoe red ik me hier nou weer uit? Ik krabbel via de zijkant van het bed af, loop naar de deur, ontwijk Zippi's blik en ga de overloop op. 'De TT staat voor.'

'Niet lullen. Naar beneden.'

Ik ga de trap af, harder stampend dan nodig is. Zippi volgt me op de voet. Ik hoor hem hijgen. Hij stinkt naar zweet. Eenmaal bij de voordeur aarzel ik, maar onmiddellijk drukt hij de punt van zijn wapen in mijn rug. Ik doe de deur open en kijk over mijn schouder.

Zippi grist wat reclamedrukwerk van een tafeltje uit de hoek en gooit een krantje over zijn wapen om het aan het zicht te onttrekken. 'Kijk voor je.'

Braaf kijk ik voor me, vloek binnensmonds. Geen idee wat hij van plan is. 'Heeft Klara die wond geproduceerd?' In stilte hoop ik vooral dat Klara de politie straks niet belt, want dan ben ik er zelf ook gloeiend bij. Waarschijnlijk voelt ze aan dat het verstandig is dat na te laten. Tenslotte kan ze mijn toelages in de toekomst dan op haar buik schrijven. Jezus, wat verlang ik verlang naar een *piña colada* aan de Copa Cabana. Het zakelijk milieu in Zuid-Amerika biedt meer mogelijkheden dan het Hollandse. Je moet wel op je tellen passen. Maar dat kan ik heel goed, als het nodig is.

'Loop eens door,' zeikt Zippi. Hij is verre van fit, zo te horen. Ik loop naar de TT. Zippi waggelt achter me aan. Ik heb een tyrannosaurus in mijn nek, met een wapen. Slim geregeld, Marcel!

'Moet ik rijden?'

'Jij ja.' Zippi is kort van stof voor zijn doen.

'Niets te vertellen, Garcia?'

'Klets niet.'

Ik stap in en start de TT. Jammer dat Zippi hem terug wil. Ik kijk naar Zippi. Hij staat achter de auto. Wit schuim kleeft in zijn mondhoeken. Onder zijn krantje blijft zijn pistool naar me wijzen. De buurt waar Klara woont is typisch Hollandse nieuwbouw. Kubushuizen zonder puntdaken en met dakterrassen. Iedereen zit op zijn werk of de sportclub. Holland op zijn best.

Zuchtend loopt Zippi naar de zijkant van de TT en stapt in. 'Rijden maar.'

Het maakt me nerveus dat hij dat wapen niet laat zakken. Ik geef gas, we rijden achteruit een inrit op, dan weer vooruit de straat op, naar de hoofdstraat. 'Heb je Wladimir nog gesproken?'

'Nee. Na die ongelukkige knalpartij in de winkel is hij vast *not*

amused.' Zippi kucht, het is meer een dorre rochel. 'Hij is zeer waarschijnlijk bang dat je toch informatie van die laptop hebt.'
'Heb ik ook. Op een usb-stick. In een kluis van het hotel.' Even voel ik met twee handen aan mijn broekzakken naar de stick, pak het stuur meteen weer vast omdat er een drempel nadert. Om de bodem van ons TT'tje te sparen rijden we op een nonnentempo. Pas bij een rotonde aan het einde van de wijk zijn we van de drempels verlost. 'Waar wil je heen?'
'Rechtsaf.' Het zweet rolt van Zippi's voorhoofd.
Hij wil richting Bavel en Ulvenhout. En richting bos. Daar ben ik niet blij mee. 'Zippi? Gaan we naar het bos?'
'Zou kunnen.'
'Hoe wist je waar ik was?'
'Wist ik niet. Klara was de snelste manier om je te bereiken. Een lulsmoesje was zo verzonnen om bij haar binnen te komen. Ik heb haar duidelijk gemaakt dat ze contact met je moest zoeken. En dat ze de politie er buiten moet laten.'
Een tijd volg ik de aanwijzingen van Zippi naar een dorp. Weer buiten de bebouwing scheren we over een viaduct, komen na een paar honderd meter bij een rotonde waar Zippi me weer verder dirigeert. 'Heel fideel van je om de politie er buiten te laten,' spot ik. 'Wat gaan we doen?'
'We zoeken straks een gezellig plekje om te parkeren. Dan bel ik Wladimir en kan hij je komen halen. En strijk ik een premie op.'
'Het is niet alleen het geld, he?' Zippi heeft genoeg *cash flow.* Er moet meer achter zitten. Andere belangen. Hij zit gevangen in het web van Wladimir. 'Wat voor zaken doet Wladimir eigenlijk?'
'Van alles. Grote projecten.'
'Grote projecten,' papegaai ik. 'Waar veel geld in om gaat?'
'Wladimir is een eerlijke zakenman,' merkt Zippi na een lange pauze op. Intussen zijn we in het volgende gehucht aangekomen.

'*Sure*. En jouw pistooltje is van suikergoed,' hinnik ik. 'Je denkt toch niet dat ik gek ben.' We rijden door een lange dorpsstraat met smalle huizen en winkels aan beide kanten. Zippi tikt me aan en duidt dat ik weer moet afslaan. Ik doe wat hij vraagt, omdat ik weinig keus heb. Dat snertpistool onder dat krantje blijft op me gericht. 'Het gaat niet alleen om belangen, maar ook om namen, niet? Contacten. Mensen die bang zijn hun gezicht te verliezen, hun macht, hun goede naam. Luister Zippi. Er stonden bankrekeningen en postcodes op de notebook. Als mij iets overkomt, brengt Samantha ze in de openbaarheid.'

Ik moet voorkomen dat Zippi Wladimir belt. Die denkt nog dat we dood zijn, en die voorsprong wil ik niet kwijtraken. We rijden de bebouwde kom van Ulvenhout uit, en bevinden ons tussen de weilanden. Hier en daar staat een woonhuis of boerderij. Ik rijd niet te hard om tijd te winnen. Zippi dirigeert me over de landwegen, dan weer links, dan weer rechts, kilometers lang, tot we op een parkeerplaats bij een klein bos komen. Ik moet daar gaan stoppen, gebaart Zippi. Veel energie om iets te zeggen heeft hij niet meer. Zijn gezicht is nog bleker dan het al was. Ik houd mijn blik maar op de weg gericht, het stuur strak in twee handen. Als mijn hersens konden knarsen zou ik er zelf doof van worden, maar wat ik ook peins en pieker, ik zie geen mogelijkheid te ontsnappen. Zippi's wijsvinger is altijd sneller dan ik, en de gedachte een brok metaal in mijn toeter te krijgen, maakt me niet vrolijk. Ik rem langzaam af. We staan stil in de schaduw van de bomen. Het is warm, bloedwarm. Ik laat de motor lopen en kijk weer naar Zippi. De handdoek is op de grond gevallen. De vlek op zijn shirt is groter geworden. 'Moet jij niet naar een dokter?'

'Kijk jij maar voor je,' bitst Zippi weer.

Demonstratief draai ik mijn hoofd terug. 'Ooit waren we vrienden, Zippi.' Het klinkt als een verwijt, en dat is het ook. Hij heeft me dubbel en dwars verraden. 'Als je Wladimir nu belt, is het afgelopen met me. Is dat wat je op je geweten wilt hebben? Is het dat je waard? Denk je nooit terug aan de jongensstreken die we samen hebben uitgehaald? Hier staan we nu, ergens bij een Brabants dorp in *the middle of nowhere,* moet het hier en nu zo eindigen? Ik zei nog tegen Samantha dat je het vast niet zo bedoeld had, maar ik vrees dat ik dat moet terugnemen.' Ik klets uit mijn nek, in de hoop ergens een gevoelige snaar in het vette lijf van Zippi te raken. 'Zippi, wat vind je ervan?' Voor de auto hipt een mus langs. Het beestje pikt naar een onbestemd takje. Naast me blijft het intussen stil. 'Zippi?' Ik loer uit mijn oogbroeken naar Zippi. 'Zippi?'

Verdomme, hij is in elkaar gezakt. Zijn arm met het pistool ligt als een lamme slang op zijn schoot, het krantje is tussen zijn benen gegleden. Ik draai naar hem toe. Zijn hoofd hangt naar rechts. Een mistige glans bedekt zijn halfgeopende ogen. Zippi is de pijp uit. Een korte inspectie bij zijn halsslagader – waar loopt dat ding precies? - bevestigt mijn diagnose. De wond in zijn buik moet hem fataal zijn geworden. Ik ruk een knoopje los bij zijn spekbuik. Precies bij zijn navel zit een keurig rond gat. Als een detective van CSI bestudeer ik de wond.

'Inslagwond, 22 mm, blijven hangen tussen lever en darmen.' Ik lach hardop. Ik ken me niet voorstellen dat Klara geschoten heeft. Ik stap uit, loop om en doe Zippi's portier open. Als een zandzak valt zijn bovenlijf naar buiten. Ik geef een ruk aan zijn schouder, pak zijn arm vast en trek hem de auto uit. Jezus, een olifant verslepen is minder werk. Goed dat we op een verlaten landweg staan. Tussen de bomen loopt een sloot met een dunne laag water. Ik pak Zippi's beide armen en trek uit alle macht. Het lukt me hem ruggelings vanaf het asfalt de berm in te slepen. Zijn pistool blijft in de auto achter. Eenmaal in het zanderige gras trek ik een breed spoor, als een wals door een korenveld. Het zweet staat in mijn nek. Daar is de sloot. Ik sleur Zippi's lijf tot parallel aan de sloot. Helmgras kietelt in zijn dode oren. Ik stap terug over zijn buik, draai me om en duw hem met een voet de sloot in. Zelfs dat valt niet mee. Met twee omwentelingen duikelt hij in het water. Zijn bijna witte gezicht verdwijnt er net niet onder. Hoewel ik hem niets schuldig ben, voel ik me verdrietig. Nog steeds kan ik mezelf gelukkig prijzen dat ik nooit iemand heb gedood. Ik kán het ook niet.

Mijn armen en schouders doen pijn. Ik loop terug naar de auto, pak het pistool met de krant op en gooi het in de sloot. Mijn vingerafdrukken zullen ze nergens vinden. In de verte hoor ik een auto naderen. Wegwezen nu. Ik mik Zippi's deur dicht, stap snel in en scheur weg. Net op tijd voor een achteropkomende auto me kan zien. Ik pak mijn mobieltje en bel met een hand naar Klara. De wind blaast door mijn haren, koelt mijn verhitte hoofd. Ze neemt op. 'Marcel hier, schat. Alles goed?'

'Ja. Wat ging dat nou allemaal om?' snerpt ze zakelijk. Zo ken ik haar weer. 'Heb je zijn vriendinnetje afgepikt?'

'Welnee. Ik weet het fijne er ook niet van. Je bent gekalmeerd intussen?'

'Van jou kan ik alles verwachten,' gnuift ze. 'Hij valt me toch niet meer lastig? Daar zit ik echt niet op te wachten.'

'Honderd procent zeker dat je geen last meer van hem hebt.' Ik maak met twee handen een bocht en houd het mobieltje weer aan mijn oor. 'Luister, heb jij op Zippi geschoten? Wat is er precies gebeurd?'

Klara zucht nadrukkelijk, alsof ze het verhaal al tien keer verteld heeft. 'Vanochtend stond hij op de stoep en bedreigde me. Ik moest jou bellen. Dat weet je. Hij is daarna in huis gebleven, ik kwam niet van hem af, wat ik ook beloofde. Ik had natuurlijk geen zin me met jouw zaken te bemoeien. Vlak voor jij kwam ging hij even naar buiten, gewoon om poolshoogte te nemen, en toen hij terugkwam had hij die wond.'

Ik bekijk de stoel van Zippi. Gelukkig is er geen bloed op de bekleding of andere onderdelen van de Audi gekomen. 'Zomaar?'

'Zomaar,' zeg ze resoluut. 'Meteen daarna kwam jij. Eerst verloor hij flink bloed, maar dat hield eigenlijk vrij snel op.'

'Zippi liet niet weten waar hij voor kwam?'

'Nee, en verder hoop ik er nooit meer iets van te horen. Denk je aan mijn toelage deze maand?' Zonder op een reactie te wachten legt ze op.

Ik ben ineens bij het eerste dorp aangekomen. Ik besluit dwars door het centrum te rijden. Ik moet snel terug naar Samantha. Het lijkt me verstandig op korte termijn een andere overnachtingsplek te zoeken. Een oude vraag nestelt zich weer in mijn weke hersendelen: waarom is de moord op neef Pjotr niet openbaar gemaakt? Iets of iemand moest er beschermd worden, iemand die wat in de pap te brokkelen heeft.

Ik passeer een molen, hoop dat ik goed ga, zie verderop wegwijsborden naar de stad. Hopelijk wordt Zippi's lichaam niet snel ontdekt. Al met al een geluk: ik kan nog even lekker in de TT rondtoeren.

Nog wat *shaky* rijd ik de stad weer in. De weg naar het hotel kan ik blindelings vinden vanaf deze plek. Probleempje wordt wel dat we niet veel bagage in de TT krijgen. En mogelijk wordt hij gezocht. Als ik slim ben – en dat ben ik – huur ik een andere auto. Ik zal Samantha de keus laten. Die heeft zo haar voorkeuren. En smaak heeft ze ook wel. Als het maar niet zo'n grote bak is. Belangrijker is dat ik zelf ga bepalen wat mijn volgende stap wordt. Misschien moet ik er eerst achter komen wie Zippi heeft vermoord? En was het om mij te beschermen? Of juist om mij te intimideren?

'Chic,' lacht Samantha als ze haar koffer op bed legt. 'Maar wel een beetje saai hier.'

Ik sta nog in de deuropening met mijn eigen koffer in mijn hand. 'Niet klagen. Het is wel rustig bij het bos.' Met mijn voet klap ik de deur dicht en zet de koffer naast het tweepersoonsbed. Ik ben nog wat van slag door Zippi's dood. Hoewel ik hem naar de hel verwenste, is het moeilijk te accepteren dat hij voor eens en altijd verdwenen is. Samantha gaat naar de badkamer om haar make-up bij te werken. Ik loop naar het raam en schuif het gordijn zo ver mogelijk open. De kamer kijkt uit op het bos. Het naastgelegen restaurant van het hotel ken ik. Op het terras heb ik nog een ontmoeting gehad met de nepvriendin van neef Pjotr die de benen nam. Ik kan ineens niet op haar naam komen. 'Samantha, hoe heette…? Laat ook maar.' Voor het hotel langs de straat staat onze nieuwe auto. Keuze van Samantha. Ik voel me ongemakkelijk in zo'n ding en vind dat hij te veel opvalt. De TT hebben we op een parkeerplaats gestald, nadat ik zorgvuldig alle vingerafdrukken van zowel in- als exterieur heb verwijderd. Samantha vond het volslagen overdreven en belachelijk, maar was niet te beroerd de portieren voor haar rekening te nemen. Daarna hebben we de TT in gedachten een knuffel gegeven en zijn we naar een autoverhuurbedrijf gelopen. Dat was nog een aardige tippel. Een Volvo XC90 moest het worden.

Op het moment dat de douche begint te stromen draai ik me om, leg mijn koffer op bed naast die van Samantha en haal er mijn notebook uit. De usb-stick ligt tussen twee overhemden. Ik start de boel op en bekijk het adres- en rekeningnummerbestand op de stick nog eens. Samantha zingt onder de douche, *Feel* van Robbie Williams, om mij een plezier te doen. Mijn kont zakt weg in het matras. Met gemengde gevoelens staar ik naar de notebook die ik bij het hoofdkussen heb gezet. *Names and numbers…* Mijn maag doet pijn. Er wordt op de deur geklopt. Zacht, drie keer. Iemand van het hotel? Ik check het raam. Aangezien we op de derde verdieping zitten, is door het raam vluchten geen optie. Weer wordt er geklopt. Samantha hoort niks. Die doucht nog. 'Moment,' zeg ik, net hard genoeg om het op de gang te kunnen horen. Ik sta op, loop aarzelend naar de deur. 'Wie is daar?' Griezelfilms zijn mijn hobby nooit geweest, en de holle afwezigheid van een reactie bezorgt me geen fijne gevoelens. Ik doe de deur op een kier open en kijk de gang in.

Nobody there. Iemand probeert me uit de tent mijn lokken. Zit de geest van Zippi achter me aan? In mijn buik zoemt een nerveuze hommel rond. Ik probeer de gedachte te verdringen dat Wladimir door heeft dat we weer springlevend *back in town* zijn. Blondie heeft nog kilo's appels met me te schillen. 'Ik ben even weg,' roep ik naar Samantha en stap zonder te checken of ze me verstaan heeft de gang op. Met een klik valt de deur achter me in het slot. Het is stil op de gang. Verderop zoemt iets, de airco of zo. Het is benauwd. Ik verlang naar een glas whisky met ijs. Véél ijs. Plotseling hoor ik om de hoek de lift opengaan. Ik haast me ernaartoe en zie de deuren net sluiten. Hoewel er geen enkele aanwijzing voor is, weet ik zeker dat degene die aanklopte in de lift zit. Mijn bijnieren spuiten als een gek adrenaline in mijn systeem. Wie de klojo ook mag zijn, ik moet hem inhalen. Hijgend kijk ik rond, zie de ingang van de trappenhal, spurt ernaartoe en duw de deur open. De trappenhal is slecht verlicht. Ik struikel zo snel als ik kan de trappen af, me goed vasthoudend aan de leuning. Wat een knuddeconditie heb ik. Bij de derde trap knallen mijn longen uit elkaar en verschijnen er vlekken voor mijn ogen. Ik trek de deur open en kom uit op de parterre, niet ver van de receptie. De lift is vlakbij. De deuren gaan alweer dicht. Ik ben te laat. De man die me zocht is *pleitos*. Met reuzenstappen haast ik me langs de receptie naar buiten, waar het terras vol met dagjesmensen zit. De zonnestralen steken in mijn netvlies. Ik mis een zonnebril. Met een hand boven mijn ogen loop ik het terras over naar de doorgaande weg waar aan de overzijde het bos begint. Tot mijn verrassing zie ik aan de andere kant op de parkeerplaats in het bos een donkere schaduw achter een boom wegspringen. Mijn handen trillen als ik ze door mijn verwarde haren haal. Ik moet me een kerel tonen, niet inhouden nu. Ik steek de weg over, ren over een kurkdroog zandpad tussen de bomen door naar de parkeerplaats. Ik hoor voetstappen van iemand die wegholt, zie achter de geparkeerde

auto's een man in een trainingspak met een capuchon weg-
vluchten naar een dichter bebost deel. 'Wacht!' roep ik, alsof
dat iets zou uithalen. De man is snel. Met een panterachtige
sprong verdwijnt hij tussen de struiken. Ik begin nog harder
te lopen, wring me tussen een aantal auto's door, kruis een
breder zandpad en kies het pad waarin de man verdween. Dan
hoor ik de stappen weer in de verte. Halverwege het pad zie
ik de man ineens een afslag nemen. Ik twijfel wat te doen en
houd in. Waarom trekt hij eerst aandacht in het hotel, om vervolgens te vluchten? Ik snap het niet. Mijn oksels zijn klets-
nat. Ik ruik mijn eigen stinkzweet. Mijn hart bonkt als een stoom-
machine. Toch begin ik weer te rennen. Ik kan de man onmogelijk inhalen, maar ik kan hem wel opjagen. Takken striemen
langs mijn gezicht. Bij de kruising waar hij verdween sla ik
af, een griezelig smal bospad in. Ik zie hem niet meer, maar
blijf doorlopen, rennen, terwijl er pijn in mijn zij komt opzetten. Na vijftig meter kan ik niet meer. Ik moet écht minder
gaan zuipen. Ik stop, het enige wat ik nog hoor is mijn kramp-
achtige ademhaling. Ik zet mijn handen op mijn knieën en rust
voorovergebogen uit. Slijm hecht zich aan mijn tong. Ik spuug
een vlok taai speeksel weg. Dat lucht op. Waar ben ik eigenlijk? Naast het pad rust de stam van een enorme boom. Een
dode eik, geveld door de storm. De wortels van zijn gigantische voet vormen een reuzenkrans boven het zand. Langzaam
komt mijn lijf tot rust. Als de tentakels van een inktvis neemt
een sluipende angst me in zijn greep. Naïef heb ik me in de
val laten lokken. Degene die aanklopte heeft me precies waar
hij me hebben wil. Ik voel in mijn broekzak. De stick ligt nog
op de hotelkamer. Een kort geluid komt uit het bos. Ik ken het.
Het is een geluid dat moord en doodslag aankondigt. Het door-
laden van een wapen. Ik kan nauwelijks nog ademen, de spie-
ren in mijn borst verkrampen. Ik moet maken dat ik wegkom.
Mijn blik vertunnelt, ik zie alleen nog wat recht voor me is.
De rest is zwart. Langzaam verzet ik een been. Ik hoor voet-

stappen achter de dode boom. Ineens neemt mijn overlevings-instinct de overhand. Ik duik weg achter de boomstronk tus-sen de uitstaande wortels. Zachtjes schuifel ik verder naar de zijkant van de boom. Mijn keel is droog, slikken lukt niet meer. De voetstappen komen dichterbij. Het moet de man in het trai-ningspak zijn. Takken breken onder zijn gewicht. Hij is vlak-bij nu. Ik kan hem horen ademen. Ik maak me zo klein moge-lijk. Misschien ziet hij me niet en vervolgt hij zijn weg door het bos. Hij loopt precies aan de andere kant van de stam. Opeens is het stil. Ik krimp. Dan hoor ik geritsel. Vanachter de wor-tels verschijnt een been met een sportschoen. Het is de man in het trainingspak. Ik kies voor de aanval. Als een katapult veer ik op en grijp het been met twee handen beet. Ik hoor een kreet en kijk naar mijn aanvaller. Zijn kap hangt over zijn hoofd. Hij vloekt, maar ik ben al in het nadeel voor ik aan een voor-deel kan denken. Door mijn stumperige duik verlies ik acuut mijn evenwicht en salto als een dronken dolfijn tegen de vlak-te. Ik voel een trap tegen mijn heup, het doet pijn. Iemand kermt. Ik ben het zelf. 'Verdomme,' roep ik uit en rol door naar mijn rug. De volgende klap die ik krijg zal een fatale zijn. Ik schiet half overeind en bescherm mijn hoofd door mijn han-den er als een parapluutje boven te houden. Er gebeurt niets. Ik wacht af. Er gebeurt nog steeds niets. Dan kijk ik op. 'Jezus, ben jij het!'

Grijnzend staat een kale man met een erudiet brilletje voor mijn neus. Hij heeft zijn capuchon afgeschoven. 'Marcel, fijn dat je tijd voor me had.'

Ik voel me volslagen belachelijk. '*What the hell*, Ray, heeft dit te betekenen? En hoe wist je dat ik hier zat?' Hijgend krab-bel ik overeind en veeg verongelijkt vloekend het stof van mijn broek.

Intussen zegt Ray niks en doet niks, behalve zijn armen over elkaar slaan en me met leedvermaak observeren. Zijn schedel glimt, hoewel we ons in de schaduw bevinden. Het is niet van

het zweet. Ray heb ik nog nooit zien zweten. Als mijn broek schoon genoeg naar mijn zin is, bijt ik hem toe: 'Ik vroeg je wat!'
'Klaar met poetsen?' vraagt hij geïnteresseerd. De glazen van zijn hypermoderne bril zijn bijna onzichtbaar. 'Je zou eens wat aan vechtsport moeten doen.'
'Nee dank je. Als kind moest ik van mijn vader naar judo. Ik geloof niet dat er één houdgreep is die ik niet ondergaan heb.'
'Jammer,' haalt Ray zijn schouders op. 'Maar om op je vraag terug te komen: ik wist niet dat je weg was, eerlijk gezegd. Ik wilde je vandaag in je vorige hotel opzoeken en zag je weg-stuiven met je geliefde in een Volvo. Ik dacht dat je de TT van Zippi geleend had?'
'Het leek me veiliger een keer te verkassen. Wladimir mag ons niet vinden.' In enkele korte lijnen zet ik uiteen wat ons in Frankrijk overkomen is en wat de reden is dat we terug-kwamen. 'Zippi dreigde Klara met een wapen. Ik moest een ritje met hem gaan maken. Onderweg is hij door een interne bloeding overleden. Iemand had hem voor de deur te pakken genomen.' Ik pauzeer om diep adem te halen. Ik lijk wel een vrouw, zo ratel ik maar door. 'Even was ik ongerust dat jij Blondie zou zijn,' grijns ik.
'Dus Zippi is dood?' negeert Ray mijn laatste opmerking. 'Dat is handig.'
'Handig?' Een moment voel ik de behoefte Zippi te verdedi-gen. 'Je hebt gelijk. Het is handig.'
'Hoe denk je Wladimir een loer te draaien?' Ray grimast alsof zijn mondhoeken aan gymnastiek toe zijn. 'Jij hebt iets van die gestolen notebook gehaald, is het niet?'
Ik glimlach en zwijg wijselijk over de stick. 'Als dat zo was, zou jij het als eerste weten.'
'Ik zal het er verder niet over hebben, maar het lijkt me sterk dat jullie niet op dat ding gekeken hebben.'
Liever snijd ik een ander onderwerp aan. 'Geen grijs pak van-daag?'

'Een mens moet aan zijn conditie denken.' Hij wijst naar het pad. 'Ik loop met je terug tot aan de rand van het bos.'

'Waarom zo voorzichtig?' Vanaf de eerste keer dat we elkaar ontmoetten, had Ray er moeite mee samen met mij gezien te worden. Of misschien heeft hij er überhaupt een hekel aan om gezien te worden. Ik weet nog steeds niets van zijn beweegredenen.

Gebroederlijk kuieren we over het pad dat we gekomen zijn. 'Heb jij enig vermoeden wie Zippi kan hebben omgebracht?' vraagt Ray.

Vlak voor onze voeten steekt een eekhoorn over. De zomerhitte wordt getemperd door het bladerdak. Ray lijkt nog steeds geen hinder van zijn warme trainingspak te ondervinden.

'Ik zou het niet weten. Misschien was het toeval. Zippi had vast vijanden te over. De handel waar hij in zat, brengt nu eenmaal risico's met zich mee.'

'Zippi zat toch in de laboratoriumbranche?' gnuift Ray.

'Dat weet je best.' Ik kijk naar mijn schoenen. Het leer is bedekt met een laagje stof. 'Daar is hij groot mee geworden.'

'Juist.' Ray schraapt zijn keel. Het is alsof hij nu pas gaat zeggen wat hij al die tijd zeggen wil. 'Het was verstandiger geweest als jullie in het buitenland gebleven waren. Ik ben wat verder in de zaak gaan graven. Wladimir heeft veel connecties met veel belangrijke mensen. Hoewel hij in de stad een anoniem leven leidt, trekt hij achter de schermen aan belangrijke touwtjes. Touwtjes die altijd prijs opleveren.'

'Connecties?' De postcodes en bankrekeningnummers van de stick dansen voor mijn ogen. Zou ik Ray er toch van vertellen? 'Weet jij wie?'

Resoluut schudt Ray zijn hoofd. 'Geen idee. Nog niet.'

'Voor wie werk jij eigenlijk, Ray?' probeer ik op argeloze toon, in de hoop dat hij niet op zijn hoede is.

'Ik sta aan de goede kant. Meer hoef je niet te weten,' antwoordt Ray en kijkt op zijn horloge. We naderen de bosrand weer. 'Ik jog zo dadelijk de andere kant op. Doe alsof je alleen weg bent geweest. En denk eraan: blijf uitkijken.'

Door de struiken gloort de voorgevel van het hotel en het restaurant. Onze Volvo staat links van het terras op de stoep. 'Luister, ik moet toegeven dat...' Als ik opzij kijk, is Ray weg. Ik houd mijn pas in om te luisteren. Vogels, een blaffende hond, een kinderstem, maar geen voetstappen van de zich verwijderende Ray. Ik ril. Die kerel lijkt wel een fantoom. Soms bekruipt me het gevoel dat iedere volgende stap die ik zet door Ray voorzien is, alsof ik ongewild een rol speel in het scenario dat hij bedacht heeft. Maar als dat zo was, zou hij ongetwijfeld weten hoe het web van Wladimir eruit zag. Ik móet erachter komen van wie de adressen en bankrekeningnummers zijn. Al weet ik er vast maar één te vinden.

Ik heb dorst. Ik steek de weg over naar het hotel. Bij het passeren aai ik de Volvo over zijn glimmende motorkap. Zo onaardig is die auto ook weer niet. En je zit er lekker hoog en veilig in. Misschien heeft Samantha niet zo'n slechte keus gemaakt. Op het terras laat het gebruinde publiek zich van grote glazen drank voorzien. Ik vind dat ik een whisky zo dadelijk op onze kamer wel verdiend heb. Mijmerend loop ik het hotel in. Bij de receptie staat een mevrouw met een koffertje. Ze komt me vaag bekend voor. Ik vergis me zelden met gezichten. Ze is knap, een typetje dat mijn aandacht verdient. Met een schuin oog bestudeer ik haar als ik naar de lift loop. Ze zegt iets tegen de receptioniste. Haar stem... Zelfs die ken ik ergens van. Ik druk op de knop voor de lift. Samantha is intussen ongetwijfeld klaar met haar douche. Ik laat de dame voor wat ze is en staar naar de liftknop. De deuren gaan open. Ik stap in en draai me om. De deuren blijven lang open, alsof ze ook last van de hitte hebben. Net als ik op een knop wil meppen om ze dicht te krijgen, glipt de vrouw de lift in. De ruimte is meteen gevuld met haar overdadige parfum. Ze zet haar koffer weg en lacht naar me. De deuren sluiten. Ze staat dicht bij me, te dicht. Het zou niet moeten, maar het windt me op. We gaan naar boven. Ze blijkt ook naar de derde verdieping te moeten. Brutaal blijft ze me aankijken. Ik voel dat ik bloos. Haar koffertje staat tussen haar benen. Ze gaat nog dichter bij me staan. 'Hoe is het met je?'

Haar vraag overbluft me een moment. Maar opeens weet ik waar ik haar van ken. 'Jij ook hier?' Het is de vrouw uit Eurodisney. Haar naam! Wat was haar naam ik weer? 'Hoe kom jij hier terecht?'

'Trein en taxi. Trouwens, jij bent hier toch ook?' merkt ze scherpzinnig op. Haar glimlach maakt grappige fijne rimpeltjes rond haar mondhoeken. Ze is opgemaakt, niet te veel, maar haar rode lippenstift is erg uitgesproken. Uitgesproken sensueel. 'Wat een ongelooflijk toeval, niet?'

'Dat is het zeker.'

Ze gaat nog dichterbij staan. 'Misschien is het... het lot. Misschien moeten we elkaar beter leren kennen.'

Ze flirt met me. En dan druk ik me heel subtiel uit. Het is meer een aanbod om... Ik schrik doordat de deuren openschuiven. Ze doet een stapje terug, pakt haar koffer en gaat de lift uit. Ik strek mijn nek en volg haar de gang op. Zonder me nog een blik te gunnen loopt ze naar haar kamer. Het is drie deuren verder dan de onze. Ik blijf voor onze kamerdeur staan en kijk hoe ze in haar kamer verdwijnt, nog steeds zonder me enige aandacht te geven, alsof ze niets tegen me gezegd heeft. Mijn hart gaat tekeer. Ik heb geen sleutelkaart bij me, bedenk ik. Hopelijk is Samantha nog binnen. Ik klop op de deur. 'Ik ben het. Marcel.'

Met een brede lach zwaait Samantha de deur open. 'Ik miste je al, Marcel. *Where were you?*'

Ze doet of ze echt ongerust was, maar ik geloof het niet. Zo snel is ze niet van de leg. 'Een eindje wandelen. Ik kwam een oude bekende tegen.'

'Wie?'

Ik ga de kamer in en doe de deur dicht. Samantha zakt op het bed neer. Haar bruine ogen staren me vol verwachting aan. *'Well?'*

Ik pauzeer, voer de spanning even op. 'Ray. Niemand minder dan Ray.'

Haar ogen vernauwen zich tot katachtige proporties. 'Ray?' Ze is geen fan van hem. 'Hoe wist hij dat we hier zaten?'

'Hij is ons gevolgd vanuit het andere hotel. Hij wist niet eens dat we uit Nederland weg waren.'

'Klinkt logisch, zijn verklaring,' knikt Samantha. 'Maar ik vertrouw hem toch niet. Wie weet heeft hij banden met Wladimir uit het villapark.'

'Weet je? Ik vertrouw Ray wél. Maar ik denk dat we sowieso niet moeten afwachten. Het is een kwestie van hoogstens een dag voor Wladimir doorkrijgt dat we nog in leven zijn, en nog een dag voor hij weet waar we uithangen. We moeten zien hem voor te blijven.'

'Hoe wil je dat doen?'

Ik wijs naar de notebook die nog op het bed staat, achter Samantha. 'Door uit te zoeken van wie de postcodes en bankrekeningen zijn.'

'Strak plan,' zegt Samantha. Haar ogen lichten op. 'Gaan we vanavond ergens eten?'

'Lijkt me te *risky*,' moet ik haar teleurstellen. 'De kans dat we gezien worden is te groot.'

'Je zei net dat dat er niet veel toe deed.'

'Ik zei dat we weinig tijd hadden. Niet dat we het Wladimir makkelijker moeten maken dan nodig is. En restaurants zijn niet druk genoeg om in de massa te verdwijnen. Je wordt daar gemakkelijk gespot.'

'Een rosé hier in de bar dan?' Haar wimpers knipperen.

Ik grijns. 'Moet kunnen. In een donker hoekje.' Ik laat het idee van de whisky maar schieten ten behoeve van de liefde.

'Romantisch,' zegt ze gevleid en gooit haar haren naar achteren.

'Bonnie,' hoor ik mezelf fluisteren. Ik bijt op mijn wang, maar het is te laat. De naam floepte eruit.

'Wat zei je?' Samantha plukt een pluisje van het bed en laat het naar de grond zweven.

'Bonje. Dit geeft vast bonje.'

'Bonje?'

'Gedoe. Trammelant. Herrie.'

Samantha snapt het. '*Trouble*.' Ze knikt en trekt een bezorgd gezicht. 'Misschien moeten we teruggaan naar huis, of naar Barcelona, en de boel laten schieten.'

'De gedachte is aantrekkelijk, maar ik vrees dat we er tot onze nek in zitten. Iets zegt me dat deze kwestie ons blijft achtervolgen als we er niet efficiënt mee dealen.'

De redelijkheid van dat argument lijkt Samantha meteen in te zien. Ze staat op. 'Dan moet je er maar góed mee dealen ook,' zegt ze grimmig. Dan fleurt ze op. 'Als we daarna maar naar Barcelona gaan.'

'Top,' beloof ik en kus haar vol op de mond. Haar lippen zijn zacht. Ik denk nog even aan Bonnie. Aardige dame…

Omdat Samantha bleef zeuren over het feit dat ze 'er even uit' wilde, heb ik onze tractor op een parkeerplein weggezet waar ik ook ooit met Zippi ben geweest, niet ver van een skatebaantje voor overactieve jongeren. Samantha had een tip van iemand gekregen in het hotel dat er in het theater een blits café zat. Gegeven het feit dat dat theater me aan de binnenkant wel aanspreekt – met niet te vergeten de ingang naar het casino ! – heb ik toegegeven. Het is bovendien mijn stiel niet me door een of andere criminele hotemetoot in de hoek te laten drukken. We steken het zebrapad over naar het theater. Samantha draagt een fraai zwart jurkje en hoge hakken. Een stel voor het stoplicht wachtende werkmannen hangt kwijlend tegen het voorraam van hun bestelbus. Samantha ziet het maar laat niks merken. Ik ook niet. Op ons gemak lopen we naar het theater.

Op het theaterplein staat een autobus te dampen. Er waaiert een stoet opgewonden pubers uit. Het is een uur of negen, en nog steeds warm. Mijn voeten voelen fris, voor zo lang het duurt. De vorige keer is het café me niet opgevallen. Het ligt in de etalage van de schouwburg, langs de straat, en inderdaad ziet het er blits uit.

'Het heet *Front*,' wijst Samantha. 'Lekkere hapjes, is me verteld.'

Ik vraag me af met wie Samantha niet allemaal kletst als ik er niet ben. Ze knoopt gemakkelijk contacten aan. Het beeld van het moment dat ik haar voor het eerst in een bar in Barcelona ontmoette dringt zich op. Ik werd overrompeld door haar verschijning. En nog steeds is ze mooi, al begint de tijd zijn sporen op haar na te laten. Ik geloof dat ik oud met haar zou kunnen worden. We lopen de schouwburg in en moeten een omweg maken om in *Front* uit te komen. Muziek komt ons tegemoet. Geen Robbie, maar toch aardig. Ik ken de song. *Car Phone* van Roger McQuinn. Met de hoofdpersoon loopt het niet goed af. Hij wordt opgeblazen in zijn auto. Ik droom soms dat mij dat overkomt. We zoeken een plek bij een lage vierkante tafel die eigenlijk meer een soort poef is, net als de zitplaatsen waar we op neerzakken. Alles is wit wat hier de klok slaat, veel leer en glas. De glazen wand van de bar is opgepimpt met honderden led-lampjes. *Nice place to be*. Het is er lekker druk. Verderop achter de bar kokkerelt een gozer in een trendy koksoutfit. Zijn gebaren verraden dat hij er lol in heeft. Samantha staat op om bij de bar twee whisky's te halen. Alsof ze het hier aanvoelen, begint Robbie te zingen. Speciaal voor mij, grinnik ik in mezelf. Daar is Samantha alweer. '*A penny for your thoughts, honey?*' vraagt ze met een quasi Texaans accent.

'Is dat alles wat je er voor over hebt, Sam?' geef ik plagend antwoord.

'Een euro dan?' Aan haar schouder bungelt haar tasje. 'Je weet dat ik de usb-stick daar in heb zitten?'

'*Sure.*' Ik had hem bijna op de kamer laten liggen nadat ik ermee bezig was geweest.

Samantha zet het drinken neer en komt naast me zitten. Haar parfum ruikt lekker. 'Zeg eens, ben je nog wat wijzer geworden?'

'Van die info op de stick? Het is maar hoe je het bekijkt. Ik ben op de postcodes aan het zoeken geweest. Een aantal bevindt zich in de regio, maar in combinatie met de letters en huisnummers bestaan ze niet. Het lijkt wel of ze met opzet zo gemaakt zijn. Om te voorkomen dat ze al te gemakkelijk te traceren zijn.'

'Jammer.' Samantha nipt aan haar whisky en zet haar tasje tussen ons in. 'En de rekeningnummers?'

'Kan ik weinig over zeggen. Hoe zou ik ze moeten terugvinden? Ik heb er lukraak een paar *gegoogled*, maar dat leverde niks op.'

'Jammer dat we niemand bij de bank kennen.'

Ik knik en neem een ferme slok. De whisky verdooft mijn tong. 'Wacht eens... Ik heb mogelijk nog een contact hier. Iemand van vroeger. Hij is gaan werken bij een bank. Waarschijnlijk de meest criminele bankbediende van heel Nederland. Niet dat hij blij zal zijn mij te zien...'

'Waarom niet? Vertel!' dringt Samantha aan.

'Ik heb ooit zijn auto enkele deuken bezorgd.'

'Enkele deuken?' schampert Samantha.

Ik voel dat ik bloos. 'Nou ja... *Total loss.* Beetje te enthousiast door de bocht. Maar dat is al verdomd lang geleden. En het was ook niet hier, trouwens.'

'Leuk contact,' concludeert Samantha. 'Misschien moet je hem eens bellen. Weet je waar hij woont?'

'Geen idee.' Ik kijk naar buiten. Twee gasten met smokings en vlinderdasjes lopen voorbij. Ze gaan de schouwburg in.

'Ik moet even...' zegt Samantha. Ik knik zonder haar aan te kijken, raak haar hand kort aan voor ze opstaat en uit de bar verdwijnt. Ze neemt haar tasje mee. Haar geur kolkt om me heen door de luchtverplaatsing. De autobus vertrekt, leeg. Ik word oud. Niet dat in de veertig oud is, maar jong ook niet meer. Samantha is een stuk frisser. Bonnie is nóg jonger. Een wonder dat die belangstelling voor me heeft, maar laten we wel wezen, jongemannenkarakters hebben weinig reliëf voor een vrouw. Dat is een troost.

Ik moet om mezelf lachen. Ik denk zelfs als een oude vent. Ik kan beter nog eens van mijn whisky proeven, het vocht langs mijn tandvlees laten sijpelen, en dan slikken.

'Marcel Kwast?' zegt een hese mannenstem terwijl ik op mijn schouder word getikt. Mijn nek kraakt als ik opzij kijk. De onaangename gedachte dat ik blijkbaar verre van anoniem in een openbare ruimte zit, doet me even verstijven. Ik adem diep in om te ontspannen. Op Samantha's plaats is een mannetje van een jaar of veertig gaan zitten in een wit T-shirt en leren broek. Hij is broodmager en heeft kort donker gelhaar, waar hij op een wonderlijke manier een zonnebril in geklemd heeft. Zijn ogen liggen verscholen in hun kassen, maar zijn door hun opvallende lichtblauwe kleur toch goed te zien. De man grijnst. Zijn tanden zijn wit, gepolijst wit, iets te veel van het goede.

'Marcel Kwast?' vraagt hij weer.

Ik draai mijn bovenlijf zijn kant op en knik, eigenlijk nog steeds niet wetend of ik de vraag moet beantwoorden. 'Ben ik,' zeg ik aarzelend.

Hij steekt een hand uit.

Ik beantwoord de groet. Zijn hand is zacht en tegelijk sterk. Het zou de hand van een pianist kunnen zijn.

'Ik hoopte al dat je nog in de stad zou zijn.'

'Nog?' frons ik.

Hij schudt zijn hoofd. 'Doet er niet toe. Waar het om gaat is dat ik je tref. We hebben een gezamenlijke kennis.'

'Een gezamenlijke kennis?' Hij wekt mijn interesse met zijn raadseltjes. 'Wie dan?'

'Franklin.'

'Franklin uit de bar van het theater?'

'Wie anders,' antwoordt de man. Zijn handen bewegen bij ieder woord dat hij zegt. 'Ik was een vriend van hem.'

De explosie van Franklins ontploffende auto doet weer pijn aan mijn oren. 'Een gewone vriend?' informeer ik nadrukkelijk, Franklins geaardheid erbij halend.

De man grijnst. 'Een gewone vriend, ja. Ik behoor namelijk tot de abnormale 90 % van de bevolking.'

'Hetero dus,' lach ik boertig. 'Hoe…?'

Een kort gebaar van zijn handen onderbreekt me. 'Franklin was bang dat hem iets zou overkomen. Hij voelde dat hij een stomme zet had gedaan door het gestolen spul te koop aan te bieden. Op de avond dat hij de schilderijen aan jullie verkocht stond ik op de uitkijk. Lang voordat jullie er waren. Jullie waren net zo geschokt als ik?'

'Over de aanslag op Franklin?' Ik probeer me te herinneren waar de man gestaan kan hebben, maar het was donker en warm, en ik was niet op een maatje van Franklin bedacht. De transactie vond plaats zo ongeveer op de plek waar ik de Volvo nu geparkeerd heb.

'Ik herkende je van die avond. Franklin noemde je naam.' Een onbeholpen glimlachje speelt om de man zijn lippen.

'Waarom ben je niet naar de politie gegaan?' is het eerste wat in me opkomt.

'Omdat wat Franklin deed niet deugde natuurlijk. Anders was hij niet gestorven. Daders werden er niet gevonden. Franklin had geen familie, dus vanuit die hoek was er evenmin pressie om de zaak verder uit te zoeken. Laten we wel wezen: niet iedereen wordt in zijn auto opgeblazen. Dit ging verder dan een paar schilderijtjes. Ik wilde het laten rusten, tot ik jou hier zag binnenstappen.'

Ik adem in en blaas met bolle wangen de lucht weer uit. '*Quite a story.*'

Hij deinst even terug. 'Je vraagt je misschien af waarom ik je opzoek.' Preuts trekt hij zijn shirt verder over zijn broekband en buigt weer naar me toe.

'Ik neem aan dat je wilt weten wat er met Franklin gebeurd is. En of ik er direct iets mee te maken heb?' Ik neem een pittige slok whiskey om mezelf enige bedenktijd te geven. 'Komt het geen moment in je op dat het een risico kan zijn om mij te benaderen? Stel dat ik Franklin om zeep heb geholpen, wat let mij om jou erbij te nemen?'

De man schudt langzaam zijn hoofd, als een hoedenplankhondje. 'Jullie doken als bange ratten weg. Jullie wisten nergens van.'

'Wist jij waar hij de spullen vandaan had?' Ik moet testen wat hij precies weet.

'Van een kennis die bij een rijke pief had ingebroken.'

Dat lucht op. De man kent het naadje van de kous niet. 'Wat wil je?' vraag ik, deze keer met een ondertoon van ongeduld.

'Ik heb informatie voor je. Is je dat iets waard?'

Daar komt de aap uit de mouw. Gaat het niet altijd om geld? 'Wat voor info?'

'Ik weet waar de kraak werd gezet.'

'Dat weet ik allemaal al.' Niks nieuws onder de zon. Ik vraag me vooral af hoeveel hij wil. Voorlopig ben ik niet onder de indruk.

'Maar ik weet ook bij wie er is ingebroken,' spreekt hij het ieder woord met nadruk uit, terwijl er speekseldruppeltjes door de lucht zeilen.

Ik deins even terug. Een spatje belandt op mijn neus. Een snelle beweging met de rug van mijn hand is genoeg om het te verwijderen. 'Weet ik ook al.'

'Luister. Ik weet dingen van Franklins connecties.'

'Dat zou iets waard kunnen zijn. Hoe heet je?' knor ik.

'Noem me maar Marius. Dat weet je genoeg.' Hij tilt zijn kin uitdagend op. 'En? Wat denk je van mijn voorstel? Hoeveel is het je waard?'

'Ik wil eerst weten waar we precies over praten.' Hoewel zijn gedrag walging bij me oproept, vind ik hem ook zielig vanwege de manier waarop hij over de rug van zijn dode vriend geld probeert te verdienen.' Ik fixeer mijn blik op zijn neusbrug om indruk te maken. 'Duidelijk?'

Zich afzettend op de poef staat hij langzaam op. 'Weet je wat? Neem maar contact met me op als je weet wat het je waard is. Dat lijkt me beter.'

Onverschillig haal ik mijn schouders op. 'Best. En waar kan ik je bereiken?' Achter zijn rug zie ik Samantha terugkomen. Ze worstelt met haar schoudertasje dat van haar arm glijdt. 'Marius?' vraag ik.

Hij reageert sloom, alsof iets hem afleidt. 'Hier.' Hij haalt uit zijn broekzak een kartonnetje, gooit het naar me toe en verdwijnt naar de uitgang. Zijn leren broek trekt iets te strak rond zijn kont.

'Wie was dat?' vraagt Samantha als ze bij me aankomt.

Zuinig tuit ik mijn lippen. 'Iemand die zei informatie te hebben over Wladimir.'

Samantha pakt haar whiskyglas en gaat zitten. 'Nuttige info?'

'Geen idee. Hij wil eerst weten hoeveel hij ervoor krijgt.' Ik buk om het kartonnetje van de grond te rapen. Er staat een mobiel nummer op.

'Hoeveel wilde hij?'

'Hij laat het initiatief aan mij in plaats van een openingsbod te doen. Dat duidt op onervarenheid.'

'Zo had ik het nog niet bekeken,' glimlacht Samantha met haar hoofd schuin. 'Hij leek me juist wel slim.'

'Niet echt dus,' antwoord ik laatdunkend en kijk naar buiten, waar Marius op een fiets stapt en wegpendelt. 'Ik vertrouw hem maar niet, denk ik.'

7.

Als ik de volgende ochtend wakker word, besef ik dat er de hele nacht iets in mijn onderbewustzijn heeft zitten rommelen. Samantha naast me ligt nog te slapen. Grappig dat slapende vrouwen weer op het meisje lijken dat ze ooit waren. Zodra ze hun ogen open doen, is het bij toverslag verdwenen. Ze ademt zacht uit door haar neus. Ze ligt op haar zij en heeft een hand als een kussentje onder haar wang gevlijd. Langzaam kom ik overeind. Het kost me even moeite me te oriënteren. We zitten in het hotel bij het bos. Gisteren hebben we nog wat gegeten en doorgeborreld in het theater, en Samantha was door de whisky en rosé in een wilde bui toen we naar bed gingen. Op mijn blote buik, vlak boven mijn de rand van mijn boxershort, zit een rode plek als souvenir. Ik sleep mijn benen over de bedrand. Mijn tong ligt als een leren zeem in mijn mond. Het is negen uur.

Ik moet er geen gras over laten groeien. Ik moet zo *pronto* mogelijk met Marius praten. Op een merkwaardige manier mis ik de steun van Zippi. Toen ik in de stad arriveerde, heeft zijn hulp me overeind gehouden. Ik strompel naar de badkamer, zet de douche aan en neurie een lied van René Froger. Zingt die jongen nog? Het lijkt of ik al jaren in Zuid-Amerika woon. Het water is weldadig. Toch houd ik het kort, droog me af en kleed me aan. Polo, vrijetijdsbroek, schone sokken niet te vergeten, en moderne bootschoenen. Mijn sokken van gisteren liggen nog op de badkamer uit te dampen. Ik mik ze in de prullenbak. Geen eer aan te behalen. Dan ga ik de kamer uit. Ik neem de lift naar beneden, groet de juf aan de receptie en loop naar buiten. Op het terras zit nog niemand. In de bomen aan de overkant fluit een vogel. Het ruikt lekker hier. Naar vers hout en gras. Ik pak mijn mobieltje waar ik het nummer van Marius in heb gezet. Terwijl ik naar de Volvo op de stoep loop, bel ik hem. De Volvo is storend vies. Dunne straaltjes dauwwater hebben zich een weg gekronkeld door het stof op de lak. Ik begin toch een beetje gehecht te raken aan het imago van de auto, al blijft het natuurlijk een voetgangersveger. Marius maakt intussen geen haast met opnemen. Wie zegt dat hij de waarheid sprak? Een leugen is zo bedacht. In mijn vak is per definitie iedereen onbetrouwbaar. Met mijn vrije hand zoek ik de autosleutel in mijn zak. Het lijkt meer op een hypermoderne afstandbediening van een tv. Stoer gadget om argeloos ergens op tafel te leggen. Ik ontgrendel de deuren. Marius neemt ineens op. Hij noemt alleen zijn voornaam.

'Marius?' Ik wacht met het opentrekken van het bestuurdersportier. 'Marcel hier. Ik wil je spreken. Zo snel mogelijk.'

Op de achtergrond hoor ik stemmen gonzen. Hij lijkt zich op zijn werk te bevinden. Meisjes giechelen, ik hoor zware voorwerpen op de grond vallen. Marius kucht nerveus. 'Het komt nu niet zo goed uit. Beter later.'

'Hoeveel wil je eigenlijk?'

Hij hoest opnieuw. 'Doe maar iets. Het gaat gewoon naar een goed doel, man. Verder niks. Kom maar om vijf uur.'

'Zes uur schikt me beter.' Aan de andere kant hoor ik deuren dichtslaan. Jonge mensen lachen. 'Waar?'

'Pik me maar op van mijn werk. Ik moet nog het een en ander voorbereiden.'

'Waar?' *By Jove* ! Je kunt nog beter een dronken ijsbeer naar zijn adres vragen. 'Ik moet toch weten waar je dan bent, man!' Hij lijkt te schrikken van mijn stemverheffing. 'Bij de school aan het park.' Zonder enige inleiding begint hij tegen iemand anders te praten: 'Die alliteratie is anders dan…' Opeens wordt de verbinding verbroken.

Meende Marius dat nou van dat goede doel? Wat was trouwens die herrie op de achtergrond? Een klas of aula? Zou hij werken in een school? Ik moet lachen bij de gedachte. Daar zullen de collega's onder de indruk zijn van zijn leren outfit.

Achter mijn rug hoor ik al een tijdje het gebrom van een automotor. Ik had er alerter op moeten zijn. Ik kijk over mijn schouder en zie een grijze Toyota staan. Het bestuurdersportier gaat open en de kale schedel van Ray verschijnt. Hij lacht. 'Ik bied je een lift aan, makker.'

Hij blijft me maar lastigvallen. Tegelijk besef ik dat het de enige persoon is die me zou kunnen helpen in deze zaak. 'Volg je me?' vraag ik argwanend.

'Alleen voorzover noodzakelijk.' Hij lacht nog steeds. 'Om te weten waar je uithangt, bijvoorbeeld.'

Oké, daar kan ik de humor wel van inzien. Welgemeend grijns ik hem toe. 'Wat wil je?'

'Ik moet je wat laten zien. En we moeten eens bijpraten.'

Ik sluit mijn auto af en draai me om. Ray heeft het portier aan mijn kant op een kier gezet. Ik trek het snel open en stap in. Voor ik mijn gordel om heb rijdt Ray met een schok weg. Ik stoot mijn hoofd bijna tegen het dak. Ik ken Ray's rijstijl. Het is niet de eerste keer dat ik naast hem zit. 'Wat gaan we doen?' Ik kijk naar Ray die zijn grijze kostuum weer aan heeft.

'Eerst koffiedrinken. Dan laat ik je wat zien.'

'Spannend.' We rijden terug naar de stad. Ray zegt verder niets. Hij kauwt op een kauwgom die naar spearmint ruikt. Ik begin straten te herkennen. Vlak voor de *shoot out* in die oude boekhandel hebben Samantha en ik hier ook door deze buurt gereden. En eerder ben ik er ook met Zippi geweest. 'We zijn weer in de buurt van onze confrontatie met Wladimir.'

'Precies.' Ray wijst naar een gloednieuwe boekhandel met boven de deur de naam *Van Kemenade & Hollaers.* 'Mooie winkel! Bij de schietpartij in hun oude zaak was het even *Van Kemenade & Holleeder,*' grinnikt hij, zwaaiend naar de goedmoedig ogende eigenaar die net naar buiten kijkt.

'Blij dat ik nog leef,' antwoord ik minder geamuseerd. Doordat Ray de auto onverwacht aan de kant wegzet, ram ik met mijn elleboog tegen het portier. Ik mompel binnensmonds een trendy scheldwoord.

Ray hoort het. 'Geen lichaamsdelen ijdel gebruiken, Marcel.' Tegelijk stappen we uit. De straat is smal. Zwijgend lopen we een stukje.

'Hier is het,' wijst Ray naar een café dat *Oncle Jean* heet. We gaan naar binnen, lopen door een lange gang en een zaal en komen uit in een grote tuin met tafels. Bomen en struiken zorgen voor schaduw in de inmiddels alweer behoorlijk warme zon. De tuin is groot. Water in een kunstmatig beekje klatert naar een lager deel waar een speeltuin is aangelegd. We kiezen een plek op het boventerras aan de rand van de tuin. Ray gaat als eerste zitten. Ik aarzel waar ik neer zal zakken. Schuin tegenover hem lijkt me een prima plaats. Ik schuif mijn stoel strak aan tafel. Ray oogt ontspannen. De harde kantjes van de wereld maken geen indruk op hem. Zelf merk ik dat het verblijf in Nederland me alleen maar onzekerder maakt. We bestellen cappuccino bij een boomlange ober die het midden tussen een komiek en een begrafenisondernemer houdt. Ray zoekt in zijn zakken en vindt een klein sigarendoosje. Hij steekt een sigaartje op, houdt zijn blik op me gevestigd. Ik speel de rol van het blijmoedige jochie dat afwacht wat zijn oom nu weer voor hem in petto heeft.

'Je voelde je zwaar besodemieterd door Zippi, is het niet?' Ik leun achterover. 'Wat heet. Maar hij doet er nu niet meer toe. Al moet ik toegeven dat hij de laatste was waarvan ik dacht hij zich voor het karretje van Wladimir zou laten spannen.'

De cappuccino wordt gebracht. Ray knikt vriendelijk naar de ober, neemt een hapje melkschuim voor hij antwoord geeft. 'Er zijn meer mensen die zich voor zijn karretje hebben laten spannen. Voor minder geld dan Zippi. Wist je dat het zakelijk niet zo goed ging met Zippi?'

Ik veer rechtop. 'Dat heeft hij nooit laten blijken. Mooie kleren, dure auto…' Hoe goed kende ik Zippi eigenlijk?

'Allemaal façade. Hij had schuldeisers die jij zelfs op klaardichte dag niet in een drukke winkelstraat durft te passeren. Zippi had ieder euro nodig die hij kon opstrijken, want dat patsersgedrag leerde hij niet af.'

Ik voel dat ik rood word, zo stom voel ik me. 'Vanaf het begin dat we elkaar ontmoetten, was hij dus op geld uit? Hij hoopte dat ik hem uit de schulden kon helpen?'

'Ik ben bang van wel,' kijkt Ray me ernstig aan. 'Zippi was niet de vriend die jij dacht dat hij was. Nooit geweest, wellicht…'

Ik slik een brok in mijn keel weg. Ik moet niet te week worden. Dat is niet goed in de business. 'Even nog iets over Wladimir… Wie of wat is hij?' Terwijl Ray nadenkt over zijn antwoord, drink ik van mijn koffie. Het schuim prikt op mijn bovenlip.

'Als je in het zaken snel rijk wilt worden, moet je gaan in wapens, sex, drugs, of de bouw.'

Het lijkt of Ray er plezier in heeft me raadsels voor te leggen.

'En in welke zit Wladimir?'

'Geen idee. Echt niet,' reageert Ray als hij mijn ongelovige blik vangt. 'Misschien wel alle vier. En heb jij eenmaal contact met Wladimir, dan kom je er nooit meer vanaf. Stel dat jij problemen zou krijgen, dan zou justitie zeker bij jou uitkomen, maar niets zou erop wijzen dat Wladimir erbij betrokken was. Snap je?'

'Niemand ként Wladimir?'

'Officieel niet. Wladimir heeft contacten. En die contacten, die zijn heilig.' Ray grijnst geheimzinnig. 'Waarom zeg je nou niet wat je op de notebook hebt gevonden, en waar die info is?'

Ik verslik me in mijn koffie. Langs onze tafel hollen een paar kinderen die net met hun moeder zijn gearriveerd. Mijn middenrif doet pijn van het hoesten. Ik sla mezelf met mijn vuist op mijn borst, en langzaam neemt het geproest af.

'Je schrok?' Met kleine hapjes verorbert Ray het koekje dat hij tijdens mijn hoestbui uit het cellofaan heeft geknutseld.

'Toeval,' hijg ik na. 'Luister, die notebook is vernietigd en was zo beveiligd dat er geen zinnige info vanaf te halen was. Neem dat nou maar van me aan. Maar hoe weet jij dat allemaal plotseling van Wladimir?'

'Niet zo plotseling. We hadden…' Ray slikt zijn woorden in,

slaat zijn ogen naar de grond, kijkt me dan met een onaange-
dane kop aan.

'Wij?' vraag ik. 'Wij?' Voor het eerst heeft Ray zich versproken. Ook hij kan dus steken laten vallen. Triomfantelijk kijk
ik hem aan. Niet te veel van het goede, want ik kan zijn inbreng
niet missen.

Ray doet of hij me niet hoort en begint te praten op de toon
van een weerman. '*Anyhow,* Wladimir verschanst zich. Hij ver-
toont zich nooit in het openbaar. Als hij buiten komt is het in
een gepantserde limo met lijfwachten.'

'Zoals Blondie.'

'En die is niet zo fijnzinnig. Geloof me, op het moment dat
Blondie van je af wil, ben je er geweest.'

Dat bericht moet ik even op me in laten werken. 'Het enige
wat mij scheidt van een behuizing met zes plankjes is het feit
dat Wladimir vermoedt dat ik vitale informatie over zijn connecties heb?'

'Correct.'

De wereld begint er heel anders uit te zien. Ik moet iets zien
te bedenken voor ik Blondie weer achter me aan krijg. Misschien
kan ik toch beter gewoon naar Zuid-Amerika retour. Maar wie
zegt me dat Wladimir me daar niet vindt?

'Je vraagt je af waar je aan begonnen bent?' leest Ray mijn
gedachten. 'Niet zo somber. Wladimirs invloed gaat niet de
wereld over.'

'Goddank,' blaat ik opgelucht. Ray moet me wel een dodo vinden, zo naïef kan ik soms reageren. 'Wat wilde je me nou laten
zien? Daar had je het toch over?'

In een teug drinkt Ray de rest van zijn cappuccino op en dept
zijn mond aan zijn vingertoppen. 'Als jij je spul ook opdrinkt,
kunnen we gaan.'

'Waarheen?'

'Naar de woning van Zippi. Ik wilde je simpelweg voorbereiden.' Ray gooit vijf euro op tafel en staat op.

'Op zijn slechte staat van dienst?'

'Op de merkwaardige staat van zijn woning.'

'Meen je dat?' Mijn mond hangt een beetje open. Ik sta ook op en laat de helft van mijn koffie staan. Ray beent weg. Ik stop mijn koekje snel in mijn zak en loop hem achterna. De ober kijkt me aan of ik een onderdeel van zijn droogkomische act ben en zegt gedag. Ik groet terug. Ray loopt voor me uit door de zaal naar de gang. Pas vlak voor de entree aan de straat kom ik bij hem. 'Hoe weet je dat ik nog nooit bij Zippi ben geweest?'

'Een verantwoorde gok. Zippi was vast een gesloten manne-tje. Denk je trouwens dat hij je ex werkelijk vermoord zou hebben?'

Een gewetensvraag. 'Ik weet het niet. En ik wil het niet weten ook,' lieg ik vol overtuiging. Ergens moet Zippi me gehaat hebben omdat ik het succes vierde dat hem ontbrak. Op de stoep ga ik naast Ray lopen. Zijn pas is iets langer dan de mijne, waardoor onze hakken een jazzy ritme maken dat weerkaatst tegen de gevels.

Bij de auto stoot Ray me onverwacht amicaal aan. 'Die Samantha van jou... waar heb je dat moordwijf gevonden. Spaans bloed, toch?'

Ik knik en probeer niet te trots te kijken. 'Barcelona. Dat is een heel verhaal, lang geleden. Ik was daar met een vriend voor een congres.'

'Zo?' lacht Ray, opent zijn Toyota met de afstandbediening en loopt naar zijn portier.In een vloeiende beweging doet hij die open en stapt in.

Onhandig werk ik me via de andere kant naast hem en trek mijn portier knalhard dicht.

Ray lacht nog steeds. 'Ze is toch stukken jonger dan jij? Was je vriend niet jaloers?'

Weer vervloek ik mezelf. 'Met die vriend is het niet goed afge-lopen.'

'Is dat een patroon in je leven?' vraagt Ray en start de motor. 'Vrienden verliezen?' We rijden weg. 'Als ik een psychiater nodig heb, bel ik wel.'

'Voor opwekkende pillen kun je in je eigen business terecht, toch?' Ray's uitdrukking is *tongue in cheek*, hij bedoelt het niet sarcastisch.

'Geen antidepressiva,' gnuif ik en trek mijn gordel strakker aan.

Ray legt weer aardig de zweep over zijn Japanner. We scheuren door een hoofdstraat. Precies voor een flitskast remt Ray abrupt, en geeft weer gas.

'Waar woonde Zippi?' vraag ik.

'Zul je zo wel zien,' zegt Ray. Hij kent de weg en ik leg me er bij neer dat ik niet anders dan een simpele passagier ben.

'Je brengt me straks wel terug?'

'Yep.'

Ik heb meer vragen, maar mijn mobieltje gaat weer over. Het is Klara. Ik ben verbaasd dat ze me belt. Sinds onze scheiding heeft ze tot aan het telefoontje in Disney niet één keer contact gezocht. Wat moet ze nu weer? 'Klara,' roep ik opgewekt uit. Dat kan ik heel goed als het nodig is. 'Hoe staat het, meid? Weer een beetje bijgekomen van de schrik?'

'Kan ik je spreken?' vraagt ze zakelijk.

'Alweer? Er is toch niet opnieuw iemand bij je?' Ik ben in een melige stemming.

'Hou op met die flauwekul!'

Ray grijnst en schudt zijn hoofd. Hij heeft een neus voor andermans ellende.

Ik krab onder mijn oksel. 'Je wilt me spreken? Ik heb voorlopig geen tijd, vrees ik. Te druk met andere dingen.'

'Met die Samantha, zeker. Hoe lang heb je eigenlijk al iets met haar?'

Dit verbaast me hogelijk. Klara stelde dit soort vragen nooit toen we getrouwd waren, ondanks mijn uitstapjes. 'Het belangrijkste is te weten dat het pas na onze scheiding iets geworden is tussen haar en mij. Heb je nog meer?'

'Ik moet je spreken,' zegt ze weer. 'Zo snel mogelijk.' Dan verbreekt ze de verbinding.

'Wie was dat?' Ray trekt zijn wenkbrauwen op.

'Klara.' Nors kijk ik naar de snelheidsmeter. 'Mijn ex.'

'Weet ik toch?' zegt Ray zangerig en duwt zijn bril stevig op zijn neus.

Nu pas valt me op hoe kunstig het minimale montuur gemaakt is, waardoor de glazen boven zijn neus lijken te zweven. 'Heeft zeker een lieve duit gekost, die bril.'

'Design mag wat kosten,' zegt Ray zonder een spier te vertrekken. 'Jij viel toch ook op die Audi?'

'Nou,' zeg ik zuinig. 'Die Volvo is ook heel aardig.'

'En héél degelijk,' drijft Ray de spot met me. 'En veilig. Ik méén het,' doet hij water bij de wijn. Hij speelt met me.

We naderen een stadspark niet ver van het centrum met nagelnieuwe flats en huizen. 'Woonde Franklin daar niet ook ergens?' Ik herinner me dat ik er met Zippi voor zijn huisdeur heb gestaan.

'Klopt. En Zippi woonde in een van die torens.' Ray wijst naar enkele hoge zwarte woontorens aan de rand van het park. De architect heeft er veel glas en zwarte tegels in gestopt en was, aan de grote ruitvormige vlekken op de gevels te zien, boterhammen met chocoladevlokken aan het eten tijdens het ontwerp. 'Dat is toch hartstikke duur!'

'Dat bedoel ik. Zippi leefde boven zijn stand.'

'Ik begrijp iets niet,'stotter ik. 'Zippi en ik zijn hier vlakbij geweest. Waarom zei hij niet dat hij hier woonde?'

'Als je zo binnen bent, snap je daar alles van,' antwoordt Ray. Verder moet ik niets vragen, maakt Ray nonverbaal duidelijk. Doelgericht stuurt hij zijn auto een halfopen parkeergarage in onder de gebouwen. Ik verbaas me er maar niet over dat hij de nodige sleutels heeft om zijn auto er weg te zetten. We stoppen en stappen uit. We zitten deels onder het straatniveau, maar niet zo diep dat we niet naar buiten kunnen kijken. Ik voel me gespannen, als een slachtkip gevangen in de ren. Ray mankeert niets. Katachtig springt hij uit de auto en gebaart dat ik moet opschieten. Ik probeer het handig aan te pakken, maar stoot mijn hoofd hard bij het uitstappen. Nooit nadoen wat je niet kunt imiteren, en nooit imiteren wat je niet kunt nadoen, zei mijn vader altijd. Ik gooi het portier dicht en voel aan mijn voorhoofd. 'Verdomme!'

Ray heeft het gelukkig niet gezien. 'Kom mee!' zegt hij op excursietoon en loodst me naar de ingang van de lift.

'Waar woonde Zippi?'

'Topverdieping. Hij had het hoog in zijn bol.'

'Erg gevat, ja,' chagrijn ik.

Ray taxeert me. 'Het steekt je nog steeds als ze met hem spotten, niet?'

Ik knik en wrijf stiekem over de bult die zich aan het ontwikkelen is. 'Ik snap het zelf ook niet.'

'Volgens Freud is het verliezen van iemand die je vertrouwt een narcistische krenking. Je verliest een deel van jezelf. Je durven binden is tevens durven onthechten. Accepteren is de enige remedie.'

De liftdeur gaat open. We stappen in. Ray drukt met zijn duim op een knop.

'*Thanks doc*!' doe ik leuk terug. 'Fijn te weten wat er met mij aan de hand is. Maar kunnen we gewoon even in het hier en nu blijven?'

'Mij best,' zegt Ray, terwijl de deur dichtgaat. Alsof hij haast heeft, zo rap brengt de lift ons naar boven. Mijn grote teen doet pijn. Wat me daaraan het meest ergert, is dat ik me niet kan herinneren hem gestoten te hebben.

'Gulp,' grinnikt Ray opeens.

Verdomme, is het weer zo laat. 'Sorry.' Met een snelle haal trek ik mijn halfopen gulp dicht. 'Maar ik heb een schone onderbroek aan.'

'Voor als je in het ziekenhuis mocht belanden.' Ray fronst zijn wenkbrauwen. 'Zei je moeder altijd?'

'Het zou haar een rotzorg zijn,' antwoord ik. We zijn boven. De deuren gaan open. Ray stapt de lift uit. Als een kind hobbel ik achter hem aan. Hij beweegt zich trefzeker, hij is hier meer geweest. De lift zoeft achter mijn rug dicht. Ik zit gevangen in dit gebouw. We staan in een vestibule. Ray wijst naar een deur, loopt erheen en steekt een sleutel in het slot. 'Hier woonde je vriend.'

Een vreemd gevoel overvalt me. Waarom is Ray niet bang dat het hier ritselt van de politie? Hij moet erop vertrouwen dat ik Zippi vakkundig heb verstopt. En toch blijft me iets dwarszitten. Iets wat hij op een zeker moment over Zippi zei… Een eindje voor mijn snufferd staat de deur intussen uitnodigend open. Ray is al naar binnen gewandeld. Ik loop naar de ingang en stap de drempel over. 'Jezus, wat een luxe tent hier!' De gang heeft een marmeren vloer en zelfs de muren zijn afgewerkt met superdeluxe materialen. Een kapstok is er echter niet. In feite is er helemaal niks in de entree. Ray is er evenmin te zien. 'Ray?' Aarzelend loop ik naar de eerste binnendeur. Met mijn schoenpunt duw ik die open. Hier is de living. Voor de panoramische ramen met werkelijk schitterend uitzicht over de stad staat Ray. Hij spreidt zijn armen als een heiland uit over de stad, zucht en draait zich om. Ik voel dat ik bloos. Hij was zich gewoon aan het uitrekken.

'En Marcel, wat denk je ervan?'

Ik drentel tot in het midden van de living en krijg zicht op de keuken met kookeiland. Het is hier werkelijk *huge*. Een rilling loopt over mijn rug. Er ligt glimmendzwart graniet op de vloer, overal waar je kijkt. Forse abstracte schilderijen in felle kleuren sieren de wanden. En dan is er die allesoverheersende *view* naar buiten. Voor de rest is er helemaal *niente* niks. De ruimte is leeg. Zelfs geen klapstoeltjes.

'Ongezellige boel, niet? Zippi's centen waren op,' doceert Ray. 'Alleen in de slaapkamer ligt een matras, en op de badkamer een stapel handdoeken met een flacon doucheschuim. En nog een koffer met kleren naast het matras. Laat ik die niet overslaan.'

'Dat meen je niet,' verzucht ik en loop ook naar het raam om naar buiten te kijken. 'Je weet zeker dat Zippi hier woonde?' 'Absoluut. Ik heb het nagevraagd. Dit adres staat op zijn naam.' 'Zippi had meer geheimen dan ik vermoedde.' Over de singel vaart een motorbootje met toeristen. 'Misschien word ik te oud voor dit vak.'

Ray haalt zijn neus zacht op. Of lacht hij me stiekem uit? Ik fluister: 'Zippi zat behoorlijk in de knel.'

'Hij maakte zichzelf chantabel,' verbetert Ray me. 'Dat soort mannetjes slaagt er altijd in de problemen te vinden. En anders vinden de problemen hen wel.'

Het bootje slingert over het water, alsof de man aan de stuurknuppel zijn kunsten wil vertonen. Een vrouw tilt haar armen op. Ze roept iets naar de lucht, maar het is alsof ze tegen mij spreekt. Mijn energie is weg. Ik moet mezelf oppeppen. 'Wat stel je voor?' Verwachtingsvol kijk ik Ray aan.

'Ik?' geeft Ray terug. 'Ik stel niks voor.'

'Je wilt het verder alleen doen?'

Ray begraaft zijn handen in zijn broekzakken. 'Luister goed, Marcel. Als ik je niet wilde helpen, stond ik hier niet. Je moet Wladimir benaderen en minstens doen alsof je informatie hebt. Je moet hem uit zijn tent lokken. Hem dwingen fouten te maken. Begrijp je?' Terwijl Ray spreekt, gaat hij een stukje naar achteren staan. Om te voorkomen dat mijn nek stijf word draai ik me om. Mijn schaduw valt in de kamer schuin naast die van Ray. Het loodzware graniet doet me denken aan een grafkelder. 'Ik moet hem bellen? Een deal met hem sluiten?' Ik zeg het tegen Ray alsof het een niet meer dan logische uitkomst van ons gesprek is, maar in mijn hart twijfel ik. Persoonlijk zou ik voor de onverwachte aanval kiezen. 'Dan weet Wladimir dat ik nog leef.'

Ray draait zich om naar de deur. 'Laten we gaan. En maak je

geen illusies. Als hij dat nog niet weet, weet hij het zeker voor deze dag om is. Hij heeft overal oren en ogen.'

'O?' Ray is al in de gang verdwenen. Ik kijk om naar de singel. Het bootje heeft aangelegd zonder dat iemand van het gezelschap is uitgestapt.

Mijn mobieltje gaat over. Ik neem op.

Het is Samantha. '*Hi Honey*! Waar blijf je?'

'Ik moest even weg. Een zakenafspraak. Sorry. Ik ben voorlopig niet terug, vrees ik.'

'*No problem*. Ik heb je creditcard in mijn tas zitten.'

'Veel plezier,' zeg ik, produceer een luchtzoen in de microfoon en verbreek de verbinding. Ik geloof dat Samantha op het laatste moment nog iets zei, maar belangrijk zal dat niet zijn. Die vermaakt zich wel in de stad, of waar ze ook naartoe mag gaan.

'Waar blijf je nou?' roept Ray vanuit de entree. Met een robotachtige schok zet ik me in beweging en haast me naar hem toe. Hij staat al buiten het appartement, houdt de deur met een gestrekte arm voor me open. 'Geloof me, er is hier verder helemaal niks te vinden. Ik heb alles grondig *geprocessed*.'

Het klinkt professioneel, zoals Ray dat zegt. Je zou hem zo in een Amerikaanse tv-serie kunnen plaatsen. *Crime scene investigation*. Ray overstijgt ons kikkerlandje. Ik neem de deur van hem over en loop met hem terug naar de lift. 'Ik moet Wladimir dus zand in de ogen strooien?'

'Je wilt toch achter zijn identiteit komen? Weten wat hij uitspookt? Als je niks onderneemt, blijft hij gewoonweg doen wat hij altijd gedaan heeft. En niemand zal hem erop aanspreken.'

'*Makes sense*,' geef ik toe. 'Maar ik heb wel wat meer dan een beetje hulp nodig als het te heet onder mijn voeten wordt. Anders solliciteer ik helemaal naar een afscheid met koffie en cake.'

'Bij een crematie wordt het pas écht heet onder je voeten. Maar zo ver is het nog niet.'

We stappen de lift weer in. Het ruikt er naar parfum. We zwijgen tot we beneden zijn. Eenmaal in de garage zie ik de oorzaak van de bloemengeur. Een juffrouw tikt op hoge hakken naar haar auto, een cabrio van Japanse herkomst. Ieder zijn meug. En zij mag er zijn, trouwens.

'*Nice ass*,' jureert Ray.

'Niet gedacht dat jij naar dat soort dingen keek.'

'Alleen professioneel,' grijnst Ray.

De cabrio start en de juffrouw rijdt weg. Wij zijn ook weer bij onze auto.

'Ik breng je terug,' mompelt Ray, balancerend op een been om straatstof van een van zijn leren schoenen te vegen.

'Hoeft niet. Zet me maar in de stad af. Ik moet nog wat doen.'

Ray aarzelt een moment, zet zijn beide voeten weer stevig neer, beweegt zijn lippen zonder iets te zeggen en trekt zijn portier langzaam open. Hij grijnst in het niets en gaat achter het stuur zitten. Ik doe mijn portier open en neem naast hem plaats. De grijns is weg. Het was een spottende grijns die ik niet kon thuisbrengen.

Wat heb ik in hemelsnaam tegen bankgebouwen? Ik heb me door Ray af laten zetten op een pleintje met een rotonde. Onderweg heb ik enkele zakelijke telefoontjes gepleegd en een keer naar Klara gebeld om hier in de buurt met haar af te spreken vanmiddag. Maar eerst heb ik nog wat anders te doen. Ik zie de kont van Ray's auto in de verte de hoek omdraaien. Zijn achterlichten zijn een tikkeltje te rood. Het maakt de auto een beetje hoerig. Ik loop in de richting die Ray me gewezen heeft. Hoewel ik niet in het minst verwachtte mijn oude vriendje nog bij de bank aan te treffen, kon ik hem gisteravond met twee telefoontjes opsporen. Rond één uur vanmiddag hebben we afgesproken. Orlando heet hij. Een ongebruikelijke naam, maar hij heeft me ooit verteld dat zijn ouders hem in de gelijknamige stad in de VS verwekt hebben. Geluk dat hij niet in

Tjietjerksteradeel bij elkaar gehijgd is. Ik passeer een restaurant, steek over en sla op goed geluk een straat in. Meteen zie ik de uithangborden van de bank. Het is weer bloedheet geworden en ik probeer zoveel mogelijk schaduw van de huizen mee te pikken. Het gesprek met Ray vanochtend heeft een spoor van onzekerheid bij me achtergelaten. Hij zei iets dat mij alarmeerde, alleen weet ik niet wat. Ik trap tegen een keitje. Het spat weg tegen het portier van een auto. Ik vloek. Zonde van de lak. Mijn ogen toeknijpend tegen het felle zonlicht loop ik langs de bankgevel tot aan de ingang. Glazen deuren. Banken hebben altijd glazen deuren. Ik ga naar binnen en laat de koelte over me heen komen. Het is aangenaam hier. Hier is *plenty* geld voor een luxe airco. Voor mijn neus zie ik een receptie met juf, links en rechts zijn spreekkamers voor klanten.

De juf kijkt me vragend aan. Ze draagt een voor deze entourage verrassend laag uitgesneden shirtje. 'Kan ik u helpen?' Vrolijk vlaggen haar wimpers onder haar azuurblauwe oogschaduw.

Ik glimlach ingehouden. 'Een afspraak heb ik. Met Orlando...' Hemel, ik ben zijn achternaam kwijt.

Het juffertje lacht. Ik ruik een doordringend parfum. 'Meneer Smits?' vraagt ze.

'Orlando Smits,' herhaal ik dankbaar. 'Ik ben Marcel Kwast. Maar geen rare.'

Flauwe grap. Gelukkig kan ze erom lachen. Haar lange nagels tikken op de knoppen van een telefoon. 'Ik zal hem op...'

Iemand deelt een enorme dreun op mijn schouder uit. 'Alle bankbiljetten! Ben jij het echt, kerel?'

Ik verbijt de pijn en draai me half om. Achter me staat een welvarend blozend mannetje met een bourgondische buik. Hij draagt een blauw pak met een gele stropdas en een hagelwit overhemd. 'Orlando!' roep ik uit om de toonzetting van ouwe jongens krentenbrood in stand te houden. 'Jij bent niks ouder geworden.'

Hij klopt met een hand op zijn buik. Zijn jasje hangt open.

'Laten we een stukje wandelen. Ik heb toch pauze.'

Eigenlijk zat ik eerder aan een glas whiskey in een bar te denken. 'Hartstikke goed idee. Ik volg je.'

Orlando doet de klap op mijn schouder nog eens mild over, knipoogt naar de baliejuf en wandelt voor me uit naar buiten. Op de stoep wacht hij even, loopt drie passen, en houdt dan in tot ik naast hem kom lopen.

'Niet gedacht dat jij hier nog zou werken,' open ik het gesprek. Orlando trekt zijn stropdas losser. 'Ik heb geen grote ambities. Hypotheken adviseren, dat soort dingen, ik vind het prima. Natuurlijk kun je hogerop.'

'Ik had toch intussen een flitsender bank van je verwacht,' provoceer ik met een knipoog.

'Vlieg op. Uiteindelijk zijn ze allemaal hetzelfde.' Hij knipoogt weer. Even twijfel ik of het een tic is. 'Straks ga ik gewoon weer naar mijn vrouw en kindjes, trek een pilsje uit de koelkast en ga wat leuks doen. Dan maar wat minder centen.'

Orlando was vroeger heel gedreven, maar ook dat schijnt te verdampen. 'Ik wilde je eigenlijk om een gunst vragen.'

Heel kort zie ik hem zijn voorhoofd rimpelen. 'Je wilt toch geen lening, hé?'

Ik schiet in de lach. '*Mind you*. Ik heb alleen wat info van je nodig. Geld heb ik zelf genoeg.'

'O?' reageert hij verrast en kijkt me aan. Bij een voetgangersoversteekplaats blijven we wachten voor rood, maar zo goed als meteen springt het licht op groen. Overdreven haastig steken we over. 'Wat doe je tegenwoordig?'

'In zaken. Handel. Tussen Europa en Zuid-Amerika.'

'Zo. Niet mis.' Orlando laat een bewonderend sisgeluid horen. 'In de drugs zeker?'

'Tuurlijk,' zeg ik lachend. 'Ik sluis meer bolletjes over de grens dat jij suikerklontjes gebruikt.'

Hij lacht, het is meer hinniken. 'Oké. Maar waar kan ik je mee helpen?'

Verkeer raast lang ons heen. Mijn antwoord wordt een paar seconden gesmoord in een wolk van uitlaatgassen. 'Ik wilde zeggen', herhaal ik geërgerd, 'dat het fijn is dat je me te woord wilt staan.'

'Ik zou niet weten waarom niet.' Orlando werpt een blik naar een oud kazernecomplex aan de overkant van de straat. 'Ben jij in dienst geweest?'

'Niet echt,' zeg ik. 'Hoezo?'

'Ik ben er weggepest. Kon me niet handhaven tussen al die knapen. Heb zelfs overwogen er een eind aan te maken.'

Op goed geluk brom ik iets onverstaanbaars terug. Dit was niet de bedoeling, om een therapeutische sessie over me heen te krijgen.

Orlando lijkt zichzelf tot de orde te roepen. 'Om het verhaal kort te maken: het is allemaal nog goed met me gekomen. Als ik beloof te helpen, dan doe ik het ook.'

'Tof. Heel tof van je,' juich ik hem nog net niet toe. 'De kwestie is deze. Ik heb een lijst met banknummers, maar geen idee waar ze thuishoren. Ik dacht, misschien kun jij eens kijken waar ze vandaan komen. Je zou me er geweldig mee helpen.'

'Banknummers?' herhaalt Orlando. Zijn enthousiasme lijkt ineens weggesmolten. 'Je vraagt me het bankgeheim te schenden?'

'Nee,' tuit ik zuinig mijn lippen. 'Nou ja, misschien. Je vertelt het toch alleen aan mij.'

Orlando staart naar de grond. 'Dat maakt natuurlijk niet uit. Het vormt voor mij een risico. En als ik weet waar die nummers hun *domicile* hebben, is het nog niet zeker dat ik de eigenaars kan vinden.'

'Je vergeet toch niet dat ik je een keer aardig uit de shit heb gered?' Mijn stem stijgt in hoogte en ik geef Orlando een por. Hij is ooit eens bijna in elkaar getrimd door de vriend van een meisje waar hij het mee aanlegde, en dankzij mijn subtiele interventie heb ik hem het vege lijf kunnen redden.

Orlando grinnikt verlegen. Zijn blik is weer op mij gevestigd.

'Die gozer had een gebroken neus, toch?'

'Pure mazzel. Ik ben een vechter van niks.'

'Oké,' zucht Orlando. 'Ik zal kijken wat ik kan doen. Heb je die lijst bij je?'

'Verdomme, vergeten, helaas. Ik zal zorgen dat je hem per mail krijgt. Wat is je adres?'

Orlando dreunt zijn e-mail adres op. 'Kun je dat onthouden?'

'Zal best lukken. Of weet je wat? Ik heb de lijst op een geheugenstick staan. Die heb ik bij me. Als we teruggaan, kan ik hem voor je downloaden.'

'Zou kunnen,' antwoordt Orlando. 'Maar die bankrekeningnummers... Wat moet je daarmee?'

'Dat kun je beter niet weten.'

'Het is toch niet riskant? Straks sta ik op straat.' Hij kijkt op zijn horloge en gebaart dat we moeten teruggaan. 'Mijn pauze is niet lang.'

We draaien om. Mijn maag knort. '*No problem*. Waarom zou het riskant zijn? Het is gewoon informatie. Meer niet.'

'Zo simpel ligt het niet.' Orlando haalt een vinger langs zijn neus. 'Vandaag de dag is informatie belangrijker dan wat dan ook. Informatie is macht.'

Omdat ik niet zo'n zin in cultuurbeschouwingen heb, knik ik en zuig lucht langs mijn tanden tegen mijn gehemelte. Ik kijk om me heen. Auto's, fietsers, mensen in het algemeen. Wat doe ik in godsnaam hier? We steken de kruising weer over. Orlando wijdt uit over de voor- en nadelen van het informatietijdperk en ik doe of ik geïnteresseerd ben. Pas voor de bank rond hij zijn betoog af. 'Je komt nog even mee naar binnen? Doe wel of je een klant bent,' fluistert hij.

'Ben ik toch?' grijns ik en volg Orlando het gebouw in. De juffrouw achter de balie is vervangen door een ouder exemplaar dat een stuk minder smakelijk oogt. Hij gaat me voor naar een kantoortje, sluit de deur alsof het een kluisdeur is en wijst naar een stoel aan een kantoortafel. Ik ga zitten. Hij loopt naar een pc op tafel en laat het scherm met een druk op de knop oplichten. 'Heb je de stick?'

'Natuurlijk,' zeg ik, haal de stick uit mijn zak en schuif hem over tafel naar Orlando toe. 'De informatie is alleen voor jouw ogen bestemd.'

'Discretie is mijn tweede naam,' glimlacht Orlando, pakt de stick op en plugt hem in de pc. Enthousiast rost hij op het toetsenbord. 'Hoe heet het?'

Ik buig me voorover naar het scherm en wijs het bestand aan. 'Mooi,' zegt Orlando.

Ik laat me terugvallen in mijn stoel.

'Hier,' schuift Orlando bijna meteen de stick weer terug. 'Gedownload! Ik zal ernaar kijken.' Zijn bewegingen worden aarzelend, schuchter. 'Je moest nu maar eens gaan.'

Ik sta op. Orlando heeft spijt dat hij op mijn verzoek is ingegaan. Maar adel verplicht. Op een kladblokje van de bank schrijf ik mijn mobiele nummer. 'Bel me zodra je iets weer. Het is echt belangrijk.'

Hij knikt en kijkt langs me heen naar de deur. Ik draai me om en ga zonder nog iets te zeggen de kamer uit. Misschien had het Orlando destijds goed gedaan als hij eens flink was afgerost. Hij is een beetje een watje. Ik loop langs de receptie, mompel gedag naar de balie en verlaat de bank. Buiten heb ik een hekel aan mezelf dat ik zo onaardig over Orlando dacht. Hij doet gewoon zijn plicht. Met een flink tempo loop ik terug naar de plek waar Ray me heeft afgezet. Via de rotonde bereik ik een voetgangersgebied met enkele terrasjes. Op eentje hangt een trosje toeristen met fototoestellen om hun nek. Ze spreken Pools, geloof ik.

Verderop bij een terrasje staat Klara te zwaaien. Haar rode lipstick knalt er weer uit. Ze lacht, dus de urgentie van haar telefoontje zal wel meevallen. 'Marcel!'

Ik krimp en doe of ze het niet tegen mij heeft. Een stel bierdrinkende mannen ginnegappen met elkaar. 'Overkomst dringend gewenst,' roept er een en heft zijn pilsje.

'Proost,' roep ik grijnzend terug en haast me naar Klara, voor ze nog meer over straat gaat mekkeren.

Ze is neergezakt op het terrasje van een *bagelshop*. 'Blij dat je er bent.' Op tafel prijkt een enorme cappuccino. 'Heb je honger?'

Alsof mijn maag dat gehoord heeft, produceert hij een rommelgeluid. Precies tegenover Klara ga ik zitten. 'Als een paard. Hebben ze wat te eten hier?'

Klara schuift de menukaart mijn kant op. 'Ik heb al gekozen. Nu jij nog.'

De kaart aannemend screen ik haar snel. Klara is bruin. Kort jasje, snelle broek, laag T-shirt dat de rimpels in haar hals toont. Eigenlijk best aantrekkelijk. 'Doe maar hetzelfde als jij,' zeg ik gemakshalve.

'Prima,' zegt ze en wenkt de serveerster die net haar hoofd buiten steekt. 'Nog iets drinken?'

'Whiskey.' Ik heb het verdiend. 'Hoe ben jij hier gekomen?'

'Taxi,' zegt ze en bestelt staccato bij de serveerster. Whiskey hebben ze niet, dus maak ik er een cola light van.

'Ik dacht dat er iets ernstig aan de hand was,' leun ik achterover.

'Ik voel me gewoon niet veilig. En je hebt me nog steeds niet verteld wat Zippi kwam doen.'

'Ik wou dat ik het wist. Hij wilde geld van me hebben. Het schijnt dat het hem niet best ging financieel.'

'O?' Haar ogen trekken zich verbaasd samen. 'Zou ik niet verwachten.'

'Zippi liet het breder hangen dan hij het had.'

'En daar heb jij geen last van?' merkt ze vinnig op zonder de glimlach op haar gezicht te laten verdwijnen.

'Kan ik niet zeggen,' reageer ik ad rem. 'Geld speelt geen rol.'

Ik adem diep in. De serveerster zet de cola langzaam voor mijn neus, alsof ze aanvoelt dat ik een korte pauze nodig heb. Bestek in opgerolde servetjes komt meteen mee. Ik wacht tot ze weg is. 'Ik ben niet altijd even netjes geweest tijdens ons huwelijk.

Dat bedoel je toch?'

Klara's lippen trillen een moment, dan lijkt ze zichzelf weer in de plooi te krijgen. 'Marcel, ik heb het je nooit gezegd, maar mijn moeder waarschuwde me al dat je geen vent voor een huwelijk was.'

Ik grijns. 'Monogamie is niet voor mij weggelegd.'

'En die Spaanse blijf je wel trouw?'

Ik aarzel. Het gesprek is niet vervelend, al zou een buiten-staander dat denken. Ik aarzel omdat ik het antwoord op die vraag niet weet. 'Samantha is een prachtige vrouw…'

'Maar daar kwam ik niet voor,' geeft Klara het gesprek een wending. 'Wat was er nu precies met Zippi aan de hand? Jij weet meer dan je zegt, Marcel.' Plotseling dempt ze haar stem. 'Ik voel me echt niet veilig meer, Marcel.'

'Maak je niet druk. Zippi is een opschepper. Ik heb alles met hem geregeld.'

'Oké,' zegt Klara kort. 'Oké. Dan zal ik me zelf niets meer in mijn hoofd halen. Op jouw verantwoordelijkheid, Marcel. En…'

Ik ga rechtop zitten. 'Kijk, daar zul je onze bagels hebben.'

Aan de geur ruik ik meteen dat ze geitenkaas met honing als beleg hebben. Een favoriete combinatie van ons, vroeger. Klara lijkt te stralen als we beginnen te eten. Het heeft de schijn dat ze blij is hier met mij te zitten. Ik zou bijna weer verliefd op haar worden. Een schrijnend schuldgevoel kruipt van mijn tenen omhoog, over mijn zwetende voeten naar mijn kruis. Klara begint te vertellen over films die ze gezien heeft, over een vakan-tie in Indonesië, en over haar nieuwe sport, golf, die ze ont-dekt heeft. Ze vertelt interessanter en levendiger dan ze ooit tijdens ons huwelijk gedaan heeft. Als onze *bagels* op zijn, bestellen we nog een cappuccino tot besluit. De tijd vliegt om. Klara dept haar lippen met haar servet. Rode vlekken van haar lippenstift blijven achter op het papier. 'Wanneer ga je weer terug naar Brazilië?'

Ik roer in mijn cappuccino, waardoor de koffie zich in spiralen met het witte schuim mengt. 'Samantha wil eerst nog langs Barcelona. Daarna gaan we terug. Ik moet nog wat kleine zaken regelen.'

Klara stoot me onder tafel met haar voet aan. 'Die ontploffing laatst op de parkeerplaats in de stad... Had jij daar iets mee te maken?'

Ik bloos. Klara is scherp. Ze kent me natuurlijk van haver tot gort en weet dat ik de neiging heb gedoe om me heen te verzamelen. 'Zou zomaar kunnen.'

'En ik dacht dat dit zo'n aardige stad was.'

'De criminelen zijn er een stuk vriendelijker dan in de rest van Nederland,' lach ik. 'Ze blazen je pijnloos op.' Ik leg mijn handen op tafel. 'Heel sympathiek.'

Opeens, nog voor ik kan terugtrekken, pakt ze mijn hand. 'Je bent wel voorzichtig, Marcel?'

'Ja, ik kijk heus wel uit,' stamel ik. Verdomme, ze brengt me van mijn stuk. Daar zit ik niet op te wachten. 'Zullen we gaan? Als we samen een taxi nemen...'

Eindelijk laat ze mijn hand los. 'Goed. Als jij afrekent, regel ik een taxi.'

Ik knik, schuif mijn stoel langzaam terug en sta op. Klara's hand was warm en bezweet. Ze is zenuwachtig, laat het achterste van haar tong niet zien. Zou Zippi haar met meer zaken hebben bedreigd? Ik loop de *bagelshop* in naar de counter. Het ruikt er naar appeltaart. De zaak zit vol, maar bij de kassa weet een serveerster tijd voor me te maken om de rekening te regelen. Ik geef een flinke tip waar het meisje verbaasd naar kijkt. Pas als ik nadrukkelijk knik, snapt ze dat het geen vergissing is. Ik groet en ga naar terug naar buiten. Klara is opgestaan en staat me niet ver van het terras op te wachten. De lucht zindert. Ik heb een naar voorgevoel. Op de een of andere manier gaat dit niet goed aflopen. Drie doden tot nu toe: neefje Pjotr, zijn vriend Franklin en Zippi... *Who's next?*

'De taxi komt naar de straat daar,' wijst Klara naar de kleine rotonde. Het asfalt glittert. 'Lopen we daar vast heen?'

'Best.' Als ik bij haar ben geef ik haar spontaan een arm. De tijden veranderen. Ik heb geen grote hekel meer aan haar. Ze is haar alimentatie dubbel en dwars waard. Dat kan niet iedere kerel van zijn ex zeggen. Misschien zou het nog wat tussen ons worden als ik Samantha niet had.

Nog voor we bij de rotonde zijn stopt onze taxi er al. 'Dat heb je snel geregeld,' merk ik op.

'Ik ken de stad,' zegt ze. 'En ik heb mijn contacten.'

Ik weet niet of ze dat echt meent of een grapje maakt. We stappen in op de achterbank en besluiten dat ik haar eerst naar huis breng. Dan rijden we weg. De taxichauffeur observeert ons in de spiegel als we onderweg zijn. Hij kan onze verhouding niet thuisbrengen, durf ik te wedden. Niet raar, want dat kan ik zelf niet eens. Klara wijst me *highlights* van de stad aan als we terugrijden, voornamelijk winkels. Sommige straten herken ik, andere niet. De chauffeur heeft er lol in zoveel mogelijk smalle straten te doorkruisen ten behoeve van de kortste route. Voor ik het weet stuiteren we over de drempels van de Klara's wijk en stoppen we voor haar huis. Ik trek een flap uit mijn portemonnee voor de chauffeur. Klara is verbaasd. 'Ik drink nog even iets bij je,' leg ik haastig uit. Ze protesteert niet. 'Kom me over een uur maar halen,' voeg ik de chauffeur toe. '*Keep the change.*'

Hij grijnst, neemt het geld aan. Ik doe mijn portier open. De taxi staat half op de stoep.

Klara deponeert een zoen op mijn wang. 'Aardig van je, Marcel.'

'Als altijd,' zeg ik en stap uit. Met een zachte klap gooi ik het portier dicht en wil omlopen om Klara uit de taxi te helpen. Tot mijn verrassing is ze aan de andere kant al uitgestapt. Ze sluit haar portier en laat de taxi wegrijden. We staan allebei stil. De lucht tussen ons in voelt als een pakket dons. Dan haalt ze haar schouders op. 'Nog meer raadsels?'

Ik zweet over mijn hele lijf. Ik heb een stomme fout gemaakt, had er met de taxi vandoor moeten gaan. 'Wat bedoel je?' vraag ik. Een zweetdruppel zeilt van mijn neus en spet op de grond uiteen. Heb ik iets over het hoofd gezien?

'Ik wilde je nog iets vragen,' zegt Klara en loopt naar me toe. Plotseling stopt ze en blijft op een meter staan. 'Heb je ooit van me gehouden? Echt van me gehouden, bedoel ik?'

Jezus, echt een vraag voor een vrouw. Waarom kwam ze daar niet eerder mee? De zon brandt op mijn hoofd. 'Ja, natuurlijk.' Ik hoef er niet om te liegen. Niet heel erg, tenminste. Ik schraap met mijn schoenpunt over de straatstenen. 'Het is beter als ik ga, denk ik. Ik wil geen valse verwachtingen bij je wekken.'

'Doe je ook niet. Als vrienden gaan we beter met elkaar om, vind ik.'

Ik voel me smelten. Maar tegelijk besef ik dat eeuwige trouw nooit voor mij is weggelegd. Ik grijns verlegen. 'Het is echt beter dat ik ga.' Ik draai me om en begin naar het einde van de straat te wandelen. 'Ik bel je nog een keer voor ik vertrek.' Ze ziet mijn gezicht niet, maar toch forceer ik een grijns. Er lopen rillingen over mijn rug. Zou degene die Zippi hier op de korrel heeft genomen ook klaarstaan voor mij? 'Het is beter als je naar binnen gaat,' roep ik over mijn schouder kijkend. Klara staat nog steeds op dezelfde plek. Tot mijn opluchting lacht ze. 'We spreken elkaar nog. Wees voorzichtig!'

'Doe ik.' Doordat ik achterom blijf kijken, maken mijn benen een rare ganzenpas. Achterin de straat, niet ver van de geluidswal, staat een zwarte Mercedes met donkere ramen. In mijn onderbewuste moet ik hem al eerder hebben opgepikt, maar nu doet de wagen alle interne alarmbellen rinkelen. `Ga naar binnen, Klara!' roep ik.

Klara knikt en zwaait, maar verzet geen stap. De Mercedes trekt plotseling op en rijdt onze kant op. Het geluid van de dieselmotor weerkaatst tegen de huizen. Klara ziet de auto niet komen, ze heeft slechts aandacht voor mij. 'Pas op!' schreeuw ik en draai me om. De Mercedes heeft Klara bijna bereikt. Een achterportier zwaait open. Een man in een zwart pak en met blond haar pakt haar grof bij haar middel beet. Voor ze weet wat haar overkomt wordt ze in de Mercedes getrokken. 'Marcel!' gilt ze nog, dan klapt het portier dicht. De auto heeft bij de operatie nauwelijks vaart geminderd en komt recht op me af. Ik sta aan de grond genageld, kan alleen maar staren naar de zilveren ster op de motorkap die als het vizier van een geweer op me afkomt. De claxon gaat over, twee, drie keer. Dan stuift de Mercedes vlak langs me heen weg. Geschokt kijk ik over mijn schouder. De auto scheurt de bocht om en verdwijnt. Het motorgeluid sterft weg. Jezus, wat heeft dat te betekenen? Mijn slapen bonzen en suizen, het is het enige waar ik naar kan luisteren. In de verte blaft een hond. Ik hoor ineens een kinderstem. Ik kom eindelijk weer in beweging, draai me om en kijk naar de huizen links en rechts. Niemand thuis. En als er iemand thuis was, had niemand iets gezien. Midden op de dag is Klara ontvoerd door een man die ik ken als Blondie. Verbeten spuug ik op straat. Wladimir weet dat ik nog *alive and kicking* ben. Ik begin sneller te lopen en probeer na te denken. Wladimir is weer aan zet. Ik voel me een hulpeloze vlieg in een web, wachtend op de spin die mij komt oppeuzelen. In een tegenoverliggende straat fietst een moeder met een klein kind achterop. Ze hebben niet door wat er gaande is, wanen zich veilig. Grimmig trap ik tegen een keitje. Voor deze stad en dat kind daar is het beter als Wladimir verdwijnt. Definitief.

'Wat!' schreeuwt Samantha nog net niet als ik haar vertel wat er gebeurd is. 'Klara ontvoerd?'
'Vreselijk niet?' We zijn op onze hotelkamer. Op bed liggen tassen met kleding die Samantha heeft gekocht in de binnenstad.
'Ben je wel helemaal bij je hoofd?' Samantha staat voor het raam. Haar bruine ogen staan wijd open en haar wimpers trillen.

'Nee, het is wérkelijk waar!' Ik ijsbeer door de kamer.

Samanta vloekt in het Spaans. Iets met *caramba*, en vriendelijk klinkt het niet. 'Dat bedoel ik niet. Hoe kun je zo dom zijn om weer met haar aan te pappen. Ze heeft je uitgekleed tot op je naakte huid, Marcel!'

Verlegen wapper ik met mijn handen door de lucht. 'Bedoelde je dat?' Ik snuif door mijn neus. 'Het is zo dat we ontdekt hebben dat we vrienden kunnen zijn.'

'*Sure*! Met de toelage die zij krijgt is dat niet zo moeilijk.'

'Niet hatelijk worden nu. Je hoeft niet jaloers te zijn.'

'Sorry. *You are right.* Misschien ben ik wel jaloers.' Ze zucht en gaat op de rand van het bed zitten. 'Je zult wel geschrokken zijn.'

Ik stop met door de kamer sjouwen en leun met mijn rug tegen de deurpost van de badkamer. Ik ruik mijn voeten en verlang naar een douche. 'Luister. Klara interesseert me niet echt veel, maar ik kan haar moeilijk laten stikken. Als ik niets doe, zal Wladimir haar een kopje kleiner maken.'

'Net zoals hij met dat vriendinnetje van Pjotr probeerde?'

'Precies. En deze keer weet hij me in het hart te treffen. Hij weet dat ik Klara niet zal laten kreperen.'

Samantha kijkt naar me op. Haar haar glijdt in kleine zwarte sliertjes van haar voorhoofd naar haar nek. 'Hier heb je hulp bij nodig, Marcel. Je weet dat ik Ray een *nitwit* vind, maar misschien is het niet onverstandig hem te bellen.'

'Ik heb nog een andere optie,' geef ik me niet zomaar gewonnen. In de handel waar ik zit ben ik wel wat gewend. 'Ik ben informatie aan het inwinnen. Ik moet straks weg naar een afspraak met Marius, een vriendje van Franklin. Hopelijk kan die meer vertellen over Wladimir. En dan heb ik nog een bankcontact aangesproken. Als we te weten komen wie er achter die bankrekeningen zitten…'

'Laten we er het beste van hopen,' onderbreekt Samantha me. Ze richt haar blik naar het raam. 'Ik wil nog even op het terras van de zon genieten. Maar ik zeg je eerlijk: ik zal blij zijn als we in Barcelona zijn. '

'Weet ik, weet ik,' brom ik vergoelijkend. 'Nog een paar dagen en alles is rond.' *Fingers crossed*! 'Zolang ik Wladimir een stap voor blijf, houd ik de boel onder controle.'

Zich afzettend op het bed staat Samantha op. Ze glimlacht. 'Het leven is nooit saai bij jou, moet ik zeggen, Marcel.'

'Dat bedoel ik maar,' grijns ik voldaan en begin mijn veters los te knopen. Tijd voor een douche. Hinkelend trek ik mijn schoenen uit.

'Jezus Marcel, gooi die sokken meteen in de prullenbak.' Walgend knijpt Samantha haar neus dicht. 'En schone aantrekken.'

Ik knik. Ik ben zo aan mijn kwaal gewend, dat ik de schaamte voorbij ben. Na de gymlessen op school had ik de kleedkamer altijd voor me alleen. Lekker rustig. 'Wacht. Ik lust eerst nog een whiskey.' Balancerend wurm ik mijn voeten weer in mijn schoenen en loop met losse veters naar de deur. 'Ik ben even naar de bar. Jij ook iets?'

'Doe maar een rosé.' Ze rekt zich uit en gaapt. 'Even chillen.'

'Juist,' knipoog ik en ga de kamer uit. Nog net voor de deur dicht valt hoor ik Samantha de tv aanzetten. Iemand zegt iets in het Engels over krokodillen, dan is het geluid weg. Mijn veters tikken tegen mijn schoenen. De lift komt juist naar boven als ik arriveer. Ik krijg een onderbuikgevoel dat ik tijden niet meer gehad heb. De deur gaat open en Bonnie staat voor mijn neus. Ze prutst aan haar kapsel, tot ze mij ziet.

Ik doe een stap terug. 'Jij hier?' Dat is bepaald niet de goede zin om een geanimeerd gesprek te openen.

Ze trekt haar wenkbrauwen op en stapt uit de lift. Ze draagt een kort jasje met een laag shirtje dat weinig te raden over laat. Ik voel me net een puber, zo bonkt mijn hart in mijn keel. 'Leuk je weer te zien, Marcel. Jammer dat je zo vaak weg bent.'

'Zo vaak weg?'

'Ik zocht je vandaag. Je vriendin was de hort op. Winkelen zeker. Met jouw creditcard? Werkt ze wel eens?' Haar ogen twinkelen, maar het is niet in te schatten of het kwaadaardig of goedlachs is.

'We blijven elkaar tegenkomen, niet?' zet ik een pokerface op. Die laat me nooit in de steek, weet ik van mezelf.

Bonnie heeft een zelfbewuste uitstraling. Ze is een vrouw van deze tijd. 'Wat mij betreft mag dat wel intensiever.'

Opnieuw flirt deze representante van girlpower met me. Mijn hormonen maken overuren. Jezus, wat een brok. En ze biedt zich zo'n beetje op een presenteerblaadje aan. 'Misschien als de gelegenheid zich voordoet?' suggereer ik.

Een mondhoek gaat bij haar omhoog. 'En wanneer mag dat dan wel zijn?'

'Als de gelegenheid zich voordoet,' herhaal ik met een gezicht alsof ik het over ommetje heb. 'Kwestie van opletten. En contact opnemen.'

Ze komt weer in beweging. 'Ik zal dat ter harte nemen. Heb ik je mobiele nummer?'

'Hoe zou dat moeten?' Ik haal diep adem. Dan noem ik mijn nummer. 'Moet ik het opschrijven?'

'Mijn geheugen is uitstekend,' zegt ze, draait zich om en loopt heupwiegend – net niet te veel – door naar haar kamer. Weg is ze.

De liftdeur gaat dicht, ik ben te laat om hem open te houden. Vergeefs druk ik op de knop. Mijn duim is nat van het zweet. Die vrouw doet iets met me. Iets waar ik nauwelijks weerstand aan kan bieden. Nauwelijks. Ik haal mijn neus voorzichtig op en ruik haar parfum. *Chivency*, als ik me niet vergis.

8.

Ik stap uit mijn aan de stoep geparkeerde auto. Na het borrelen en opfrissen ben ik meteen in de Volvo gestapt. Deze keer leek het me veiliger om alleen te rijden en Samantha thuis te laten. Er was op de kaart welgeteld maar een park te vinden met een school in de buurt, dus hier moet het zijn. Het is een park met een vijver. Aan de overkant ligt een school die iets met de Heilige Maria heeft. Zo'n soort lyceum waar ik zelf altijd graag naartoe wilde, maar van mijn ouders nooit mocht. Ik steek de weg over en loop het schoolplein op. Lege fietsenrekken demonstreren dat het geen schooltijd meer is. Een morsige conciërge is het plein aan het vegen. Zijn gezicht leeft op als hij me ziet. 'Zoekt u iets?'
De dienstbare toon geeft me een goed humeur. 'Iemand die hier werkt. Ene Marius.' Ik kijk op mijn horloge. 'Rond deze tijd had ik met hem afgesproken.'
De man knikt. 'Kom maar mee. Hij is nog binnen. De enige zo'n beetje.' Hij wenkt dat ik hem moet volgen en sjouwt een trapje naar een deur op. 'Kom!' zegt hij met aandrang.
Ik volg hem onmiddellijk. Hij houdt de deur voor me open. We komen in een grote hal, maar tijd om me te oriënteren heb ik niet, want met een onverwachte geestdrift begint hij me door de gang te loodsen, ondertussen onverstaanbaar mompelend. Dan gaan we trappen op. Het gebouw heeft iets van een labyrint, een alledaagse versie van de school van Harry Potter. Als de trappen zo dadelijk gaan bewegen ben ik de laatste die zich verbaast. Een paar verdiepingen en talloze bochten later stopt de conciërge bij een klaslokaal. De deur staat op een kier.
'Hier is het,' bromt hij en wijst naar de deur. 'Succes ermee.' Dan loopt hij weg.
Besluiteloos blijf ik staan. Het is schemerig in de gang. In de klas is het stil. Zonder geluid te maken begeef ik me naar de deur en trek hem open. Achter zijn bureau zit Marius, gebo-

gen over een stapel schriften. Er liggen enkele boeken met een felrode kaft aan de zijkant van het bureaublad. Marius lijkt me niet op te merken. Ik klop op de deur en wacht op de drempel. Nóg heeft hij geen aandacht voor mijn aanwezigheid. 'Marius?' zeg ik tenslotte maar.

'Kom verder,' antwoordt hij zonder op te kijken. 'We hadden afgesproken, toch?'

Ik voel dat hij hier in zijn domein is. Het onzekere van onze eerste ontmoeting is verdwenen. Ik loop de klas in en blijf halverwege het bord staan. 'Marius?'

Eindelijk maakt hij oogcontact. Ik begon me opgelaten te voelen. Zijn hippe outfit van ons eerste contact is veranderd in een keurig pak met wit overhemd. Zonder stropdas, dat wel.

'Daar ben je dan.' Hij wijst naar een tafeltje met stoeltje voor hem. 'Ga zitten.'

'Terug in de schoolbanken,' spot ik en kies een plek naast het voorgestelde stoeltje, zodat ik schuin tegenover hem kom te zitten. Hij staat op, transporteert een aktetas van de grond naar zijn tafel en begint schriften in te laden.

'Je bent nog laat aan het werk.'

'Docentschap heeft zijn voordelen en zijn nadelen.' Het slot van zijn aktetas klikt dicht. 'Zonder Cruijff te willen citeren, overigens. Zelden zoveel gebrek aan taalgevoel gehoord.'

Ik lach opzettelijk hard. 'Dat zullen voetballiefhebbers je niet in dank afnemen. Wat wilde je me nu…?'

'Wacht,' legt hij een vinger op zijn lippen. 'Ik stel voor dat we eerst naar buiten gaan.'

'Wie moet er hier nou meeluisteren?'

Als een gewichtheffer, met een ingehouden kreun, tilt hij zijn tas op en grijnst. 'Niemand. Het is meer voor mijn eigen gemoedsrust.' Hij grijnst nog harder. 'Mooi woord, eigenlijk, gemoedsrust.'

Ik vraag me af waarom ik moest gaan zitten. 'Docent Nederlands zeker?'

Hij antwoordt niet, maar een korte beweging van zijn kin verraadt mijn gelijk. Ik sta op en maak een breed gebaar met mijn arm. 'Zullen we dan maar?'

Hij knikt, heel duidelijk deze keer, en loopt naar de deur die hij keurig openhoudt tot ik op de gang sta. Samen lopen we via de gangen en trappen terug naar de uitgang. Ik zou de weg niet alleen terug hebben kunnen vinden. 'Kende je Franklin goed?' vraag ik halverwege een van de trappen.

'Wat is goed? Ik dacht hem goed te kennen. Maar geen idee dat hij zich met diefstal bezig hield. Met dat meisje, waarvan ik de naam kwijt ben.'

'Cecilia. Het zogenaamde vriendinnetje van mijn neef.' We zijn tot mijn opluchting inmiddels bijna beneden aangeland. Ik word duizelig op trappen. Mijn handen jeuken van het vastklampen aan de leuningen. 'Ze luisde mijn neef erin.'

'Hoe dan ook,' pakt Marius het stokje weer over. 'Achteraf waren er genoeg signalen. Maar buiten praten we verder.'

Omdat ik maar al te graag de frisse lucht weer in wil, houd ik mijn mond. Het zweet staat op mijn bovenlip. Bij de uitgang groet de conciërge. Dan staat we ineens weer op het plein met de lege fietsenrekken. Ik onderwerp het plein aan een nauwkeuriger inspectie. In het midden heeft iemand bedacht een standbeeld weg te zetten. 'Mooi,' wijs ik zonder het te menen. Marius trekt me aan mijn mouw, ten teken dat we verder gaan. We steken de weg over en lopen het park met de vijver in. Ik zie nog een glimp van mijn Volvo. 'Nu kunnen we praten?' vraag ik tussen het groen.

'Nu kunnen we praten,' antwoordt Marius.

Hier buiten mis ik de nostalgische sfeer van school. Ik brom iets vaags over de eenden die we horen. Het stinkt naar uitlaatgassen, maar naarmate we verder het park in lopen krijgt de geur van pasgemaaid gras de overhand. 'Ik ben bereid te betalen voor je informatie.'

'Daar gaat het me niet om. Beloof maar dat je wat overmaakt naar een goed doel. Doe maar de NOVIB.'

Auto's verderop toeteren. Het is spitsuur. Een politieauto met sirene scheurt voorbij.

'Beloofd.' Niet ver van de vijver vinden we een houten bankje. Zonder iets te zeggen gaan we er zitten, ieder op een hoek. Marius zet zijn tas tussen zijn benen. Een eend waggelt voorbij. Hij lijkt ons uit te lachen. 'Je had informatie over Wladimir?' vraag ik.

Veelbetekenend wippen Marius' wenkbrauwen op. Hij moet eerst een inleidend verhaal kwijt. 'Ik wist dus dat Franklin in de knoei zat en begon erover aan zijn kop te zeuren. Toen besloot ik mee te doen. We zouden de poet delen. Ik wilde de opbrengst gebruiken voor later, om eerder te kunnen stoppen met werken. Franklin zou alles regelen, als ik maar zou ophouden met mijn gezeik.'

'Ja? En toen?' vraag ik. Met opzet kijk ik een beetje verveeld. 'Wat gebeurde er toen?'

Marius buigt voorover en haalt een plastic map uit zijn aktetas. 'Hier.' Zonder enige aankondiging duwt hij de map in mijn handen. 'Kijk zelf maar.'

'Ik hoop niet dat er een bombrief in zit.' Het valt mee. Er staat reclame van een fotozaak op. Ik vouw een flap aan de bovenkant terug, en zie een deel van een stapeltje foto's. 'Mag ik?'

'Anders geef ik ze niet.' Marius stem trilt.

'Best.' Ik pak de foto's discreet beet en trek ze uit de envelop. Als mijn tanden los zaten, zouden ze er uitvallen. Op de eerste foto staan Zippi en ik in een huurauto. De foto is donker en licht bewogen, alsof hij in de avond genomen is. Iemand heeft de foto schuin van achter ons genomen. 'Hoe kan dat!' roep ik uit en bekijk de volgende foto. Zelfde plek en situatie. Op de achtergrond zie ik een kleine metalen *halfpipe* waar twee jongens met skateboards trainen. De volgende foto laat de vertrekkende jongens zien. Het portier van Zippi staat op een kier. Een foto verder zijn ze weg. Ik adem diep in. 'Is dat van de avond dat…?' Ik bekijk nog wat foto's, tot opeens Franklin verschijnt. Zippi staat aan de ene kant van de auto, ik aan de andere. Grotendeels in beeld, schuin achter Zippi, staat Franklin. Bij zijn voeten staat een tas. 'Dit was op de parkeerplaats! Franklin kreeg geld van ons voor de gestolen schilderijen. Daarna vertrok hij met ons geld en ontplofte zijn auto.'

Marius kucht en wringt zijn handen. 'Sorry. Soms wordt het me even te machtig.'

'Wat deed je daar?'

'Op de uitkijk, zoals ik je al vertelde. Ik zat in een auto achter jullie. Ik wilde geen enkel risico nemen.'

Ik knik. Dat Zippi vooral nepgeld in de tas had gepropt, kan ik beter voor mezelf houden. 'Waarom ben je niet naar de politie gegaan?'

Marius grimast. 'Sorry, maar het lijkt me niet handig om te zeggen dat ik bij een helingzaak betrokken ben. Ik heb ook een gezin, weet je…'

'Tuurlijk. Moet je aan denken,' zeg ik sarcastisch. 'Heb je foto's van de ontploffing?'

Franklin schudt zijn hoofd als een oude wijze walrus. 'Maar wel andere. Kijk maar eens naar de laatste foto.'

Doordat ik de voorgaande foto's onder op de stapel gestoken heb, zit de foto die hij bedoelt nu ergens in het midden. Een voor een laat ik de foto's door mijn vingers gaan. Er verschijnen kiekjes van een schoolfeest. 'Horen die er ook bij?'

'Sorry,' stamelt Franklin. 'Vergeten eruit te halen.'

Ik zie meisjes van dertien die hun best doen er als rasechte vampjes uit te zien. Dan verschijnt er weer een foto van de parkeerplaats. De auto van Zippi en mij is weg, de plaats is leeg.

Franklin hikt: 'Die foto is het!'

'Wat? Wil je me laten zien dat het romantisch toegaat langs de singel?' Ik moet mijn mond eens leren houden. Omdat Marius mij een pissige blik toewerpt bekijk ik de foto ernstig. Over de schemerige weg langs de parkeerplaats, parallel aan de sin-

gel, lopen twee mannen. De achterste lijkt zijn pas in te houden, zijn lichaam steekt een stukje achter de andere man vandaan. De man voorop heeft blond haar en is boomlang. 'Blondie!'
'Wie?'
'De lijfwacht van Wladimir, de man waar Franklin de inbraak heeft geregeld.'
'Zal best,' zegt Marius. 'Maar daar ging het mij niet om.'
'Die andere man? Wie is dat? Weet jij dat?'
'Die andere man is vast de baas van die blonde vent. Hij liep daar al twee keer langs, ruim voor jullie verschenen.'
Ik knipper met mijn ogen en bekijk de foto's nog eens. Ik ken dat gezicht ergens van. Misschien is het inbeelding. Wladimir is van gemiddelde lengte. Hij draagt een net pak met stropdas. Zijn gladde kaken zou je wilskrachtig kunnen noemen. Het uiterlijk van iemand met geld en macht. Het zijn vooral de ogen die bijblijven. Koud als een pak ijs uit een supermarktvriezer. 'Weet je het zeker?'
'Nee.' Marius pruilt een beetje. 'Maar je zegt toch zelf dat die blonde god zijn lijfwacht is.'
'En daar moet ik voor betalen?' steiger ik. 'Ik ben nauwelijks een stap verder gekomen. Mag ik de foto houden?'
'Best. Het origineel staat op mijn pc.'
Ik steek de foto in mijn achterzak. Over de straat achter de bomen scheuren irritante brommers. Vanaf de vijver komen voetstappen op ons af. Ik kijk. Een jogger met grijs haar holt langs onze bank. Voor ik het in de gaten heb, strekt hij een arm naar de stapel foto's uit en probeert die uit mijn handen te grissen. In een reflex trek ik de foto's terug en geef een vuistslag tegen de pols van de man. 'Opzouten!'
'*Damn*,' schreeuwt de man en laat de foto's schieten. Zoveel weerstand had hij niet verwacht. Ik zet me schrap voor een volgende aanval, maar de man zet het op een lopen. Ik ben zo pissig dat ik als een herboren atleet uit de startblokken schiet, de foto's in Marius' schoot mik en de jogger achterna ren. De

man is niet bepaald jong, dus zelfs ik, met mijn beroerde conditie, moet hem kunnen inhalen. Hij heeft een voorsprong van twintig meter.

'Wacht eens even, opa,' roep ik zo ontmoedigend mogelijk. 'Dit is niet goed voor je hart.'

Mijn eigen hart gaat na vijftig meter al tekeer als stoomhamer. Waarschijnlijk doet opa het op de tien kilometer heel wat beter dan ik. Tot mijn verbazing blijf ik bij. Opa verdwijnt rond een bocht. Ik hoor zijn hakken over de straatstenen tikken. Hij is het park uit. Ik blijf rennen, mijn adem stokt in mijn keel. Ik krijg kramp in mijn kuiten, maar ik loop door. Ergens achter de struiken slaat een portier dicht en rijdt een auto met piepende banden weg. Ik slip de hoek om en sta ineens op de stoep. Opa is in een klaarstaande donkerblauwe Mercedes gestapt en rijd voor mijn neus weg. Ik houd in. Snot loopt uit mijn neus. Domme! Ontglipt die eikel me nog. Ik scan de omgeving. Nauwelijks vijf keer spugen bij me vandaan staat mijn Volvo. Op slag krijg ik nieuwe energie. Ik sprint naar de Volvo, doe open, spring achter het stuur en start de motor. Opa is langs het park weggereden. Ik zie de auto al niet meer. Plotseling gaat naast me het portier open.

'Shit! Wie denkt je dat...?' Ik kijk wie er binnenkomt. Meteen houd ik me in.

Op de passagierstoel zit Ray. Triomfantelijk kijkt hij me aan. 'Waar wacht je op? Rijden, Marcel! Rijden!'

Iemand heeft als bij toverslag touwtjes aan mijn hoofd en armen bevestigd. Ik ben een marionet geworden. 'Wacht eens eventjes. Je denkt toch niet dat ik me zomaar laat commanderen door...', pruttel ik tegen.

'Nog even, en we halen ze niet meer in, Marcel,' dringt Ray aan. Zijn wijsvinger priemt naar de straat voor ons.

'Goed. Ik...' In mijn spiegel zie ik een achterportier opengaan. Als een betonblok vliegt er een aktetas op de achterbank, waarna Marius in de auto springt en zijn deur met een onmogelijke klap dichttrekt. '*Great*, iedereen is er,' zeg ik zonder naar Marius om te kijken, en geef een enorme dot gas. Ik krijg een klap in mijn nek van de acceleratie, maar we rijden tenminste.

'Rechtdoor,' dirigeert Ray, maar dat was ik al van plan. 'Die kant zijn ze opgegaan.' Op zijn gezicht verschijnt zijn typische grijns. Hij draait zich om en steekt een hand naar de op de achterbank uithijgende Marius uit. 'Welkom. Ik ben Ray. Kennis van Marcel en Franklin.'

Marius beantwoordt het gebaar. 'Dank je. Ik ben Marius. Vriend van Franklin. Gewoon een vriend.'

De weg maakt een bocht. Ray speelt voor TomTom terwijl ik het gas zo min mogelijk loslaat.

Hij veegt over zijn glimmende schedel. Zweten doet hij nog steeds niet, in tegenstelling tot mij. 'Ik heb je nooit eerder gezien,' merkt Ray droog tegen Marius op.

'Zou dat dan moeten?' Marius kijkt via de achteruitkijkspiegel mij even aan. 'Ik geloof niet dat we elkaar eerder ontmoet hebben.'

Ray gaat rechtop in zijn stoel zitten. 'Gassen! In de verte gaan ze.'

Ik tuur door de stoffige voorruit. Ray heeft het goed gezien. Het stadsverkeer is razenddruk, dus moet ik me inhouden met het gaspedaal. In mijn spiegel zie ik terloops een flitskast ons toch op de kiek zetten. We komen niet dichterbij, maar raken evenmin achterop. Het heeft er de schijn van dat de Mercedes dat stad uitrijdt. De borden wijzen in de richting van een buitendorp. Aan de rand van de stad krijgt de Mercedes vliegende haast.

'Nu bijblijven, maar niet te dicht naderen,' instrueert Ray.

'Kende jij die oude vent?' vraagt Marius aan mij.

'Nee.' Ik knijp in het stuur. De motor brult als ik het gaspedaal indruk. Haast zonder in te houden razen we over een rotonde. De wielen aan mijn kant schieten moeiteloos over de rand

van het stenen middenheuveltje. Ray mompelt goedkeurend.
'Nee, ik kende hem niet,' zeg ik opnieuw. De Mercedes rijdt
de bebouwde kom van Ulvenhout binnen. Ik neem gas terug
en zorg dat we op honderd meter afstand blijven. 'Die ouwe
was ongetwijfeld een hulpje van Wladimir,' zeg ik weer eens
wat tegen Marius.
'Moet je Ray de foto niet eens laten zien?' vraagt Marius.
Van binnen ketter ik. Had Marius daar zijn kop niet over kun-
nen houden?
'Wat voor foto?' vraagt Ray gespeeld argeloos.
Ik wurm mezelf in een kramp en haal de foto uit mijn achter-
zak. 'Hier,' grijp ik het stuur snel weer met twee handen beet.
De Mercedes is afgeslagen. Ik moet opletten ze niet kwijt te
raken.
Ray fluit tussen zijn tanden. 'Waar heb je die foto van?'
'Na de aanslag op Franklin liepen ze langs de parkeerplaats.
Marius stond op de uitkijk voor Franklin. De man naast Blondie
is waarschijnlijk Wladimir. Herken je hem?'
'Misschien,' zegt Ray.
'Misschien?' vraag ik, zeker wetend dat Ray liegt.
Hij legt de foto op het dashboard. 'Weet jij toevallig in welke
kringen Zippi zich zoal bewoog?'
Eerst een flinke bocht maken voor ik iets terugzeg. De Mercedes
is nog in beeld, maar kruipt langzaam weg. Ik laat de motor
weer knorren. We komen in een landelijk gebied. Mocht iemand
daar nog aan twijfelen, begint het meteen naar stront te ruiken. 'Moet ik dat weten dan? Volgens mij handelde Zippi vooral in partygerichte stimulantia.'
'Heet dat zo?' meesmuilt Ray. 'Aardige jongens zijn jullie.
Onthoud, als Zippi niet was neergeschoten zou hij Klara of
jou zonder problemen om zeep hebben geholpen.'
'Denk je?' laat ik mijn scepsis doorschemeren. Zippi was géén
moordenaar. De Mercedes mindert opeens vaart tot een bejaar-
dentempo. Ze hebben niet in de gaten dat ze gevolgd worden.

De witte streep van een straaljager doorklieft de staalblauwe lucht voor ons. Ray staart in gedachten verzonken voor zich uit. Vanuit mijn ooghoeken loer ik naar hem. Weet hij soms waar we heen gaan? Volgens mij heb ik Zippi hier ergens in de buurt gedumpt. 'Verdomme!' mompel ik tegen mezelf. Ray hoort het gelukkig niet. Eindelijk, eindelijk weet ik wat me dwarszat uit een eerdere ontmoeting met Ray. De oplaaiende woede brandt in mijn maag. Ray speelt een sluw spel! Oké, ik zal het meespelen. Uit pure ballorigheid duw ik het gaspedaal in en ruk op naar de Mercedes. Ik begin de Volvo steeds leuker te vinden. Intussen rijden we een bosachtig gebied binnen. De Mercedes glijdt nog in een zondagstempo over de weg. Zonder me om te gevolgen te bekommeren, verklein ik de afstand. 'Wat doe je nou?' vraagt Ray. 'We moeten volgen, Marcel! Niet bij ze binnenrijden!'

'Hou je kop Ray. Ik dacht dat ik je vertrouwen kon.'

'Waar hèb je het over?' vraagt Ray verontwaardigd.

'Dat zou je moeten kunnen bedenken, Ray.' De automotor maakt een opgewonden geluid. Ik ben op jacht, op jacht naar bloed.

'Kan het niet wat rustiger?' vraagt Marius ongerust vanaf de achterbank.

'Niet zeiken, Marius. Je bent zelf ingestapt, weet je nog?' De wielen slippen door de berm, maar daar trekt zo'n 4wd zich weinig van aan. Verbeten knabbel ik een tijdje op mijn tong, maar zet dan de babbelkraan open. 'Eigenlijk zou ik nu allerlei diepzinnige gedachten moeten hebben. Een tijd terug las ik een thriller over een door depressies geteisterde politierechercheur in Scandinavië. Ik weet nog dat ik jaloers was over diens emotionele diepgang. Dat zit er bij mij niet in. Ik ben een simpele Hollandse *businessman*.'

'Let op,' gilt Marius.

We scheren langs een boomstam. Ik trek de auto recht. Koeien flitsen voorbij.

Ray kijkt me aan. 'Ik hoop dat je weet wat je doet.'

Ik grijns. 'Ik hoop dat jij weet wat ik doe.' De Mercedes is ingelopen. Ik rem en blijf een meter achter de bumper kleven. Dan gebruik ik de claxon. *Nice sound* ! Een lichte slingerbeweging verraadt dat ze ons eindelijk in de gaten hebben. 'Bingo!' roep ik uit.

Een rookwolk ontsnapt uit de uitlaat voor ons. Ze gaan toeren maken.

'Ze stellen ons bezoek niet op prijs,' grijnst Ray.

'Wees je wel voorzichtig?' roept Marius. 'Ik wil niet in stukken belanden.'

'Kleine demonstratie van Zweedse *power*, vriend.' Ik trek op, haal de Mercedes met speels gemak halverwege in en laat mijn voorbumper zacht zoenen met de Mercedesflank. Een metalig geluid zingt door de wagen. 'Sorry, Volvo,' zeg ik. 'Het moest even voor het goede doel.' De Mercedes wijkt uit naar de rechts.

'Heb jij een wapen bij je?' vraagt Ray opeens.

Ik tik de Mercedes nog eens aan. We rijden dik over honderd nu. Stof kolkt langs de wielen terwijl we over een smalle landweg meanderen. Grote loofbomen in de berm schieten langs de ramen. Erachter verschuilt zich weidegras. Ik schud mijn hoofd. 'Nee. Ik heb er een hekel aan.'

'Dacht ik al,' mompelt Ray en grijpt naar een plek onder zijn jasje waar hij ongetwijfeld zijn artillerie in een holster verborgen heeft. Woest geef ik weer gas, kom langszij en deel een forse tik aan de Mercedes uit. Om ongelukken te voorkomen rem ik en duik weer achter de Mercedes, die wild over de weg slingert. Ik wijk uit naar links, dan weer naar rechts, maar de weg is te smal om te opnieuw passeren. Ik deel een ram uit aan de achterbumper. Door de donkere achterruit zie ik beweging. De snelheid van de Mercedes valt een moment weg. Nog net kan ik bijremmen. Dan acceleren ze weer.

'Ze wisselen van plaats,' constateert Ray.

'Wladimir is directeur van het Russische staatscircus geweest.'

Via de spiegel lach ik naar Marius. Hij ziet bleek om zijn neus. 'Maak je geen zorgen. Ik heb meer met dit bijltje gehakt.' Marius knikt, maar ik moet weer op de weg letten. Bij de Mercedes heeft iemand het passagiersraam opengedraaid. Een arm met een zwarte mouw buigt naar buiten. Dan verschijnt een kruin met blond haar. 'Blondie. Onze mooie jongen!' lach ik. Ray laat meteen zijn raampje zakken. De wind jakkert de auto in. 'Opletten nu, Marcel!'

'Hoezo?' lach ik. 'Wat kan er nu feitelijk gebeuren? Ik...' De echo van een knal suist langs onze auto. 'Shit!' Voor ons hangt het bovenlijf van Blondie half uit het raam. In zijn hand prijkt een pistool waarmee hij op mijn voorruit richt. 'Uitkijken, hij gaat weer schieten,' roept Ray. 'Remmen, nu!' Omdat ik weinig behoefte aan een stuk lood tussen mijn kiezen heb, trap ik op de rem. De wielen trekken strepen over het asfalt. Ik hoor een fluitend geluid. 'Mis!'

'Dat is maar goed ook,' roept Ray. De Mercedes neemt meteen een voorsprong. 'Snelheid maken, niet inhouden, maar volgen op afstand.' Als een cowboy pakt hij vanonder zijn jasje zijn revolver en steekt zijn wapen uit het raam.

'Is dat geen heel zwaar geschut?' vraag ik.

'Stil even!' roept Ray, terwijl hij met zijn vrije hand zijn bril op zijn neus duwt. Hij laat zijn arm op de raamstijl rusten en richt op de Mercedes voor ons, waar Blondie zich intussen weer heeft laten terugzakken.

'Pas je op! Straks gaan we dood,' schreeuwt Marius in paniek.

'Niks gewend jij,' roep ik. 'Jullie leraren zouden eens meer van de echte wereld moeten zien, boekenwurm.' Flauw om hem te pesten, maar ik kan het niet laten. 'Met een leren broek maak je het leven niet spannend.'

Opeens horen we een daverende knal. Niet meer dan een tel denk ik dat er een remleiding geklapt is, totdat ik doorkrijg dat Ray geschoten heeft. De rechterachterband van de Mercedes ontploft. Stukken rubber fladderen over de weg ter-

wijl de Mercedes in de greep van een oncorrigeerbare slingerbeweging komt. 'We hebben de klootzakken,' schreeuwt Ray,
trekt zijn arm weer naar binnen en lacht.

Ik heb niet al teveel aandacht voor zijn pret. De capriolen van
de Mercedes bevorderen de verkeersveiligheid niet. Ik bid dat
we geen tegenliggers krijgen. Plotseling zakt de wagen door
de tweede achterband. We ruiken de geur van verschroeid rubber. Nog steeds rijden we ruim boven de toegestane snelheid.
Als in slowmotion raken de zijwielen van de Mercedes ver-
strikt in de zachte berm. De auto maakt een merkwaardige halve
draai. Zonder dat iemand er iets aan kan doen, koerst hij op
een vette eik aan de andere kant aan. Ik hoor Marius gillen als
een wijf terwijl de Mercedes tegen de stam te pletter slaat. Ik
rem als een gek. De dreun van de botsing galmt in onze oren.
Stukken metaal en glasscherven vliegen door de lucht en belanden op onze voorruit. Op twintig meter van de ongevalsplek
zijn we tot stilstand gekomen. Ik heb zo hard geremd dat de
motor is afgeslagen. 'Jezus!' Mijn maag protesteert. Zure stuk-
jes borrelen op in mijn keel.

Ray gooit meteen zijn portier open. 'Blijven zitten jullie!'

'Schiet toch op. Zo'n klap overleeft niemand.' Er kringelt rook
uit de Mercedes. Ik zet mijn eigen portier op een kier.

'Zitten blijven!' roept Ray weer. 'Je weet het nooit.'

'Vlieg toch op. Ik wil zelf...' Mijn protest wordt onderbro-
ken door de gebeurtenissen voor me. Langzaam zwaait het rech-
terportier van de Mercedes open. Eerst komt er been naar buiten, dan een arm, en dan de rest van het enorme lijf van Blondie.
Zonder ook maar enigszins te wankelen gaat hij naast de Mercedes
staan en draait zijn gezicht onze kant op. Langs zijn slaap loopt
een straaltje bloed. Hij glimlacht en zijn lippen plooien zich
tot iets wat op een zoen voor ons lijkt. Dan, met een onverwachte souplesse, tilt hij een arm op en richt zijn wapen op
ons. Ik duik weg. Marius ook. Ik zie nog net dat Ray zijn revolver grijpt en zich uit de auto laat vallen. Ik hoor een schot van

Blondie. Dan weer van Ray. Als de Volvo maar intact blijft. Zonde als hij helemaal de vernieling in gaat. Ray schiet weer. Nog eens. De knallen zijn oorverdovend. Ik ril. Zweet druipt van mijn hoofd op de grond. Dan is het stil. Er zijn in totaal zo'n vijf schoten gevallen. Ik haal diep adem. Ik wou dat ik een whiskey had. Het blijft stil, lang genoeg voor mij om weer overeind te durven komen. Ik kijk naar rechts door de openstaande deur. Ray staat naast de auto. Laconiek blaast hij over zijn loop. 'Waar is Blondie?' vraag ik timide.

'Weg.' Ray wijst naar een klein bos verderop. 'Hij kan goed sprinten voor zo'n reus.'

Aarzelend kom ik ook de auto uit.

Op de achterbank duwt Marius zich als een duveltje rechtop. 'Zo, dat was niet mis! We lijken de drie musketiers wel.'

'Hoor hem, spuit elf,' grinnik ik. 'Altijd goed voor het literaire element in bange dagen. Vallen de bommen op je kop, beginnen ze over Goethe.'

'Je moet wát,' lacht Ray en wenkt dat ik moet meekomen.

Ik ben nog steeds pissig op hem. 'Jij bent me een verklaring schuldig, makker.'

'Ik!' wijst hij naar zichzelf. 'Hoezo?'

Tegelijk blijven we vijf meter voor de Volvo op de weg staan. Er komt nog steeds rook uit de verkreukelde Mercedes.

Ik hap naar adem. 'Ray, je hebt je op klassieke wijze versproken. Je zei dat Zippi was neergeschoten. Ik heb je dat nooit verteld. En in de media heeft er niets over gestaan.'

'Je hebt de scherpte van Sherlock Holmes,' trekt Ray zijn wenkbrauwen op. Het irriteert me dat hij geamuseerd is. 'Ik kon niet anders, Marcel. Ik volg Zippi al sinds de schietpartij in de boekhandel. Hij was bezig met iets. Hij was niet op die Audi uit, en niet op je geld. Ik denk dat Wladimir een deal met hem had. Jouw leven voor het wegwassen van zijn schulden. Zippi zou eerst Klara, en dan jou hebben omgebracht.'

Verzint Ray dit nu, of kletst hij uit zijn nek? Ik voel me verward. 'Moet ik je op je woord geloven?'

'Niets moet, maar ik zweer je dat het de waarheid is.' Achter zijn brillenglazen glanzen zijn spottende ogen. 'Laten we bij de Mercedes een kijkje nemen. Misschien heeft opa wat hulp nodig.'

'Wat is je belang om mij te helpen?' Omdat Ray begint te lopen, kom ik ook in beweging. Ray is me zoals altijd een stap voor. Met een paar onhandige kangoeroepassen ben ik naast hem. 'Ik hoop dat er geen hele onappetijtelijke dingen in de auto zijn.'

'Fobisch voor bloed?'

'Nee, alleen voor hoogtes.' Ik werp een korte een blik over mijn schouder, lang genoeg om te zien dat Marius zich uit de Volvo heeft gewaagd. Als een pias staat hij voor het geopende achterportier. 'Rare vogel, die Marius,' zeg ik tegen Ray, die met een klein schoudergebaar reageert. Zwijgend komen we bij de Mercedes aan. De wagen zit aan de voorkant volledig in de kreukels. Ray loopt naar het passagiersportier. Ik blijf bij de achterbumper staan, maar als Ray de auto in buigt kan ik mijn nieuwsgierigheid niet bedwingen. 'Leeft hij nog?' vraag ik terwijl ik naar Ray sluip. Ray's bovenlijf is in de auto verdwenen. 'Die grijze vent is toch achter het stuur gaan zitten?' Plotseling komt Ray weer tevoorschijn. Ik sta vlak achter hem. Hij doet een pas opzij en kijkt bedenkelijk. 'Neem zelf maar poolshoogte.'

Ik aarzel. 'Ik?'

Ray veegt stof van zijn jasje.

'Ik moet zelf poolshoogte nemen?'

'Lijkt me beter,' zegt Ray achteloos. Met twee vingers verwijdert hij een laatste vuiltje van zijn jaspand.

Ik onderdruk een paniekerig gevoel. Eigenlijk had ik liever dat Ray gewoon verslag deed van wat hij zag. Ik word weer misselijk, maar probeer aan iets leuks te denken. Het strand bij mijn huis in Brazilië. Om steun te vinden pak ik de bovenrand van het portier met een hand beet en buk. Het is een *warzone* in de auto. Alles wat los kan, ligt los. Airbags liggen als slappe appelbeignets door het interieur. In de voorruit zit een web van barsten. De grijze man hangt voorover, zijn hoofd rustend op het stuur, het gezicht de andere kant op. Vanaf zijn slaap stroomt een riviertje bloed naar beneden. 'Hoe is het met u?' vraag ik. Voorzichtig tik ik op zijn schouder. 'Kan ik iemand bellen?'

'Marcel?' vraagt Ray.

Ik schuif terug naar buiten en kom overeind.

Ray kijkt me aan. 'Marcel!'

'Wat?'

'Je hoeft niemand te bellen.'

'Nee?

'Nee.'

'Hoezo. Misschien…'

'Hij is dood.' Ray trekt zijn gezicht in een gepaste plooi.

'O?' antwoord ik beteuterd. 'In de zin van…'

'Morsdood, naar de eeuwige jachtvelden, het tijdelijke voor het eeuwige verwisseld.' Ray aait zichzelf over zijn kale hoofd. 'Exit, begrijp je?'

Ik slik, en slik nog eens, mijn misselijkheid zakt gelukkig. 'Dan kunnen we voor opa weinig meer doen.' In de verte nadert een auto. De koplampen pulseren achter de boomstammen langs. 'We moeten hier snel wegwezen.'

Ray is het eindelijk roerend met me eens. In draf gaan we terug naar de auto, waar Marius ons verwachtingsvol aankijkt. 'Hoe was het daar?'

'Die oude man kon ons niet wijzer maken,' wissel ik een samenzwerende blik met Ray.

'O,' zegt Marius teleurgesteld. `Goed dat hij in zo'n dure auto reed. Anders had hij het niet overleefd.' Hij trilt over zijn hele lijf.

'Geschrokken?'

'Nogal,' grimast Marius.

'Van kogels moet je altijd schrikken,' wijsneust Ray. 'Een zo'n ding in je kanus en... *just say goodbye.*'

Ik haal mijn neus luidruchtig op en loop naar mijn portier. 'Zullen we eens teruggaan? Er komt een auto aan.' Ik kruip achter het stuur.

Verschrikt kijkt Marius om. In gedachten ziet hij zijn arbeidscontract aan de wilgen hangen. Weg vette baan en goed pensioen. Haastig stapt hij in. Ray overziet nog eenmaal het slagveld voor hij naast mij positie kiest en het portier met twee vingers dichttrekt. 'Die Blondie krijg ik nog wel een keer.'

'Anders heb ik nog wel het een en ander met hem te vereffenen.' Hoewel ik niets met erewraak heb, zal er geen beter moment zijn dan het tijdstip dat ik Blondie de dood van Pjotr betaald zet. Ik start en we rijden weg. Als we de Mercedes passeren zie ik dat er jonge eikeltjes op het dak liggen. De klap heeft ze voortijdig van hun moedertak gescheiden. Op ons dooie akkertje toeren we met een boog naar het Ulvenhout terug, waar we op een doorgaande weg met winkels en woonhuizen belanden. Dat was niet de bedoeling, maar ik gebruik de tijd om de zaken op een rij te zetten. 'Weet je wat me al vanaf het begin bezighoudt, Ray?' Zonder op een reactie te wachten vervolg ik: 'Midden in de stad wordt een onbekende knaap vermoord in de toiletten van V&D. Blondie is de dader. De eerste die het ontdekt, ben jij, doordat je Pjotr volgde. Je vindt hem nog vóór mij op het toilet en sluit de deur met een schroevendraaier. De volgende die hem vindt, ben ik, omdat ik me afvraag waar hij uithangt. Om ellende te voorkomen sluit ik de deur ook en maak dat ik wegkom. Maar vroeg of laat moet de pleejuf die deur hebben opengemaakt. Ze vond toen een dode jongeman die met een scherp voorwerp in zijn nek was gestoken.'

Ray leunt relaxed opzij tegen het portier en pulkt met een nagel iets tussen zijn voortanden uit. 'Oké. Welk punt wil je nou maken?'

Ik houd me in. Ray's houding maakt me soms razend. Ik schraap mijn keel om tijd te winnen, en mezelf te kalmeren. Rustig koers ik verder door de winkelstraat. Ray wacht geduldig en zet de radio aan. Robbie Williams met *Mr. Bojangles*. Precies wat ik nodig had. Ik neurie mee. Pas bij een rotonde aan het einde van de straat pik ik de draad van het gesprek weer op.
'Wat ik dus zeggen wilde: is het niet volslagen idioot dat er helemaal niets van het bericht in de krant verschijnt en alles in de doofpot lijkt te verdwijnen?'
Ray gaat rechtop zitten. De vraag maakt hem alert. 'In de doofpot?'
'Die niet zo dom, Ray. Natuurlijk is het wereldnieuws in deze stad als er zoiets gebeurt. En als daar helemaal niets van bekend wordt, is dat zo verdacht als een schone luier bij een pasgevoede zuigeling.'
'Ja ja, ik snap wel wat je wilt zeggen,' sust Ray, mijn onderhuidse irritatie aanvoelend. 'Je vermoedt een soort complot?'
'Daar lijkt het sterk op. Dat ben je toch met me eens? Als je het mij vraagt zijn er hier hoge bomen bij betrokken, die liever geen wind vangen.'
'Zo, wat uit jij je vandaag bloemrijk,' grijnst Ray. 'Marcel, heb je je wel eens afgevraagd óf het lichaam van Pjotr überhaupt door iemand ontdekt is?'
We crossen via de rotonde het dorp uit en naderen de stad. Het bloed ruist in mijn oren. 'Geen lijk ontdekt? Ik kan het even niet volgen. Waarom zouden ze…' Mijn voeten dampen als een warme mesthoop. Waar doelt Ray op? 'Wil je soms zeggen dat het lijk van Pjotr er op een gegeven moment niet meer was?'
Ray bromt instemmend. Hij wil me op een spoor zetten.
'Impliceert het dat iemand het lijk op klaarlichte dag heeft weggehaald voor de pleejuf het kon vinden?'
Weer volgt gehum van Ray.
'Maar wie zou dat dan gedaan moeten hebben. Wladimir wilde

Pjotr alleen een lesje leren. En...' Mijn stem is hees. 'Wil je soms zeggen dat jij erachter zit? En hoe dan?'

Ray slaat met een vlakke hand op het dashboard. 'Je snapt het, Marcel ! Je hebt geen idee hoe makkelijk het is om werkelijk alles normaal te laten lijken. Mijn mensen...'

'Mijn mensen?' onderbreek ik Ray hyperend.

Hij negeert mijn vraag en vervolgt: 'Mijn mensen zijn met een grote kist gewoon naar binnen gelopen, blauwe pakken aan met logo's van een reinigingsfirma. Zo'n toiletjuffrouw gelooft alles wat je dan zegt. We hebben Pjotr weggehaald, de ergste boel opgeruimd en zijn weggegaan. Alles getimed tot op de seconde, zonder pottenkijkers. Behalve de juffrouw heeft niemand ons gesproken of ons gezien. Klanten niet, het personeel niet. Als je gewoon doet, ben je onzichtbaar.' Hij wijst naar buiten. 'Linksaf bij de volgende rotonde.'

Marius heeft op de achterbank mee zitten luisteren. 'Dus in feite hebben jūllie de zaak in de doofpot laten verdwijnen?'

'Zo kun je er ook tegenaan kijken,' geeft Ray toe. 'Maar neem van me aan dat het beter is zo.'

Ik passeer de zoveelste rotonde en rijd naar het bos, waar ons hotel is. Ray en Marius moeten maar zien dat ze thuiskomen. Ik ben moe. Doodmoe. Robbie is uitgezongen. Het is genoeg geweest voor vandaag. 'Ik zal maar niet opnieuw vragen voor wie je werkt, Ray. Dat wordt eentonig.

'Nee,' zegt Ray en laat zijn breedste grijns zien. 'Doe maar niet.' Meteen zet hij de radio zo hard dat praten niet meer mogelijk is. We rijden naar mijn hotel waar ik op de stoep nog een plek voor de Volvo vind. We stappen uit. Ray wijst naar een parkeerplaatst aan de overkant, waar ik zijn auto zie staan.

'Hoe komt jouw auto daar?' vraag ik.

'Kwestie van een smsje naar mijn mensen.' Ray gooit zijn portier met een harde klap dicht. 'Ik breng Marius wel naar huis. Ga jij maar naar je vriendin. Die zal zich wel afvragen waar je blijft.'

'Ik ben bang dat die het bereik van mijn creditcard weer uit-
voerig aan het testen is. Maar *never mind*. Ik ben weer thuis.'
Voor ik mijn portier dichtmik en afsluit haal ik nog de foto
van het dashboard. De punt is tussen raam en dashboard blijven steken. Het gezicht van Wladimir zegt me nog steeds niks.
In ons hotel zijn we niet veel meer dan een steenworp van zijn
residentie in het villapark verwijderd. Hoe ironisch.
'Ik zie je nog wel,' groet Ray, knikt naar Marius en steekt samen
met hem de weg over naar de parkeerplaats in het bos.
'Houdoe,' groet ik terug, maar of ze het nog horen, is de vraag.
Marius houdt zijn handen ineengeslagen op zijn rug. Ze trillen nog. Abrupt draai ik me om en loop langs het terras naar
de hotelingang. De foto berg ik weer op in mijn achterzak. Er
zijn kreukels in gekomen. Ik wandel naar binnen, knik vriendelijk naar de receptioniste en wacht voor de lift. Die is er in
no time, gelukkig. Mijn voeten voelen schraal aan in mijn door-
weekte sokken. Ik stap de lege lift in. Als de deuren dicht zijn
laat ik mijn gedachten over de dag gaan. Van Klara heb ik niets
meer vernomen. Wladimir bewaart haar als wisselgeld. Zijn
prioriteit is om te weten te komen welke informatie ik heb
over hem. Hij wacht af tot ik mijn volgende *move* maak. Slim.
Heel slim.
De deuren gaan open. Ik bloos. Bonnie staat op de gang te
wachten. Ze ziet er werkelijk weer *gorgeous* uit. Ik stap uit de
lift en glimlach. 'Je wilt naar beneden?' Achter mijn rug zoeft
de deur dicht.
Ze maakt haar ogen smal en lacht terug. De blik van een dame
die weet wat er te koop is op de wereld. 'In feite was ik net
naar mijn kamer onderweg. Ik heb de trap genomen. Goed voor
mijn bilspieren.'
'Je komt net van beneden? Ik ook.' Ik probeer me een voorstelling van haar bilspieren te maken. Volgens mij valt daar
weinig aan te verbeteren. 'Prettige dag gehad?'
Ze draagt een sportieve broek, zomerschoentjes met hakjes en

een niet te preuts T-shirtje. Eigenlijk niks bijzonders, maar daardoor precies goed. 'Een zakelijke lunch, en wat telefoontjes. En jij?'

'Hetzelfde ongeveer,' zeg ik. Samen lopen we de gang in.

'Ik zag je vriendin vandaag,' zegt Bonnie. 'Die mooie zwarte dame toch?'

'Hoe weet je dat we niet getrouwd zijn?'

'Mannen als jij trouwen niet. Te veel testosteron.'

'Die uitleg scheelt me weer jaren op de relaxstoel van een psychotherapeut.'

'Graag gedaan.' Ze lacht.

We lopen langs onze kamer. Een meter voorbij onze deur stop ik. 'Bijna mijn kamer gemist.'

'*See you*,' zegt ze zonder in te houden en loopt verder. Ik doe mijn deur open en kijk de kamer in. Het bed is opgemaakt, het raam staat op een kier. Er is niemand. 'Samantha?' Geen antwoord. Ook niet vanuit de badkamer. Ze is nog op pad in de stad. Ik trek mijn hoofd terug en sluit de deur. Het was op de kamer warmer dan op de gang.

Bonnie staat voor haar deur en zoekt in haar tas naar haar sleutel. Langzaam maakt ze haar deur open en kijkt mijn kant op. 'Je vriendin is er niet?'

'Wat ik al dacht,' lach ik jongensachtig. 'Nog aan het shoppen.'

'Misschien wil je wat drinken?'

Ik doe alsof ik aarzel en loop naar Bonnies kamer. Ze is al binnen. Haar deur staat op een kier. Ik duw er met mijn voet tegen. De deur kreunt open. Ik grijns naar Bonnie die vooraan in de kamer staat. 'Heb je champagne koud staan? Of heb je wat anders?'

Bonnie's lippen glanzen. Haar onberispelijk witte tanden lachen naar me bij ieder woord. 'Ik kan je alles geven wat je hebben wilt, Marcel,' fluistert ze.

Is dit het soort uitnodiging waar ik op hoopte?

Bonnie heupwiegt verder de kamer in. Ze legt haar schoudertas op haar bed en kijkt me aan. Ik sta nog op de drempel, leunend tegen de deurpost.

'Zou je niet verder komen? En doe de deur achter je dicht.' Haar shirtje is opgekropen. Ik zie een navel met piercing. Zoiets had ik niet verwacht van haar. De warmte in de kamer slaat op mijn gezicht. Ik zet een voet over de drempel. 'Mooie suite heb je.' Een stemmetje in mijn hoofd zegt dat ik moet omkeren. Ik brom dat het stemmetje moet opdonderen. Plotseling hoor ik in de verte op de gang de lift aankomen. De deuren suizen open en ik hoor het gedempte tikken van bekende hakjes. 'Ik zie je later nog een keer,' zeg ik tegen Bonnie, stap terug en trek de deur onmiddellijk achter me dicht, haar de tijd niet gevend nog iets te zeggen. Haastig loop ik terug naar onze kamer. Bij mijn kamerdeur houd ik halt en wis het zweet van mijn voorhoofd. Samantha loopt me vanaf de lift tegemoet. Ze draagt een stuk of vijf overvolle plastic tassen. Voorop zie ik een tasje van een duur Italiaans merk. 'Hoi Sam ! Ik ben er ook net. In gedachten onze deur voorbij gelopen.'

'Ze zeiden bij de receptie al dat je er was,' lacht Samantha. Gelukkig heeft ze niets door. Ik maak de deur voor haar open en laat haar met haar winkelvoorraad naar binnen gaan. Ze dropt alles op bed. Dat schijnt een gewoonte van vrouwen te zijn. 'Je wilt dat allemaal meenemen naar Barcelona?' vraag ik terwijl ik de deur sluit.

'Is het wat veel?' pruilt ze en gooit haar glanzendzwarte haren naar achteren. Haar bruine schouders komen vrij. 'Anders sturen we het gewoon op naar Brazilië. Dat kan toch ook?'

'Lijkt me een beter plan,' zeg ik opgelucht.

Ze kijkt me aan. 'Voel je je wel goed?'

Ik plant mijn benen stevig op de grond. Wankel ik? Nee. Ik zweet alleen buitensporig. 'Ik voel me prima. Hoezo?'

Ze grinnikt. 'Je ziet er ineens zo jong uit.'

'Is dat een compliment?' Ik krab op mijn hoofd. Mijn huid prikt onder mijn haren.

'Ja,' zegt ze. 'En nog wat. Ik bedacht vandaag dat het verstandig is een back-up van de stick te maken.'

'Ik houd hem de hele tijd bij me hoor.'

'*So what*? Je kunt de problemen beter voor zijn.'

'Best. Maar er zijn al uitdraaien van. Een ligt er in mijn koffer. Een kopie van de bestanden is bij iemand anders.'

'Iemand anders?' Ze gaat op de bedrand zitten en wipt haar schoenen uit. 'Interessant.'

Mijn mobieltje gaat over. Ik kijk op het schermpje. Een afgeschermd nummer. 'Marcel hier.'

'Orlando.' Als je het over de duvel hebt. Ik trek een gezicht naar Samantha om aan te geven dat dit de man is waarover ik sprak. Orlando is stil. Op de achtergrond hoor ik het geruis van verkeer.

'Orlando, blij je te horen,' zeg ik om hem op zijn gemak te stellen.

'Marcel. Ik wil je graag spreken. Vanavond lukt niet meer. Morgen wel. Ik stuur je nog een sms'je waar ik je zal ontmoeten.' Hij klinkt wat down.

'Heb je bijzonder nieuws?'

'Ik heb wat dingen uitgezocht, ja. Maar het lijkt me beter dat niet over de telefoon te bespreken.'

'Oké. Ik wacht je berichtje af.'

Meteen wordt de verbinding verbroken. Ik ben al die tijd blijven staan, maar plof nu vermoeid naast Samantha neer.

'Heette die man Orlando?' vraagt Samantha.

'Hij werkt bij een bank. Ik heb hem gevraagd wat van die rekeningnummers uit te zoeken. Hij wil me kennelijk niet meer op de bank ontmoeten. Morgen wil hij een meeting. Hij sms't nog.'

Samantha laat haar vingers een wandelingetje over mijn buik en borst maken. 'Ik wil met je mee.'

'Nou, ik weet niet of dat…'

'Niet protesteren,' legt ze een vinger op mijn lippen. 'Ik heb meer dan genoeg van de gewinkel. Ik begin me een dom blondje te voelen.'

Ik lach. 'Eigenlijk begon ik dat ook te vinden.'

'*Jesus. You jerk*!' grinnikt ze, pakt een kussen en mept ermee op mijn hoofd. De plastic tasjes op het bed ritselen tevreden onder de deining van het matras. Ik kietel Samantha als tegenactie in haar zij. Goddank dat ze op tijd terugkwam voor ik een misstap beging.

9.

Het is half tien in de ochtend, en eindelijk is het een keer een druilerige dag. Ik voel me katterig omdat ik gisteren te veel whiskey op heb, en omdat Samantha vannacht weer als een beest tekeer ging. Door een sms'je van Orlando werden we om zes uur gewekt, en dat is meteen de reden dat Samantha en ik onder een paraplu staan te wachten bij een merkwaardig gebouw dat nog het meest lijkt op een koperkleurige naaktslak. Samantha vond het een 'gaaf' gebouw. Ik weet niet hoe ze aan dat woord komt, en evenmin weet ik of ik het gebouw gaaf vind, maar het is in ieder geval opvallend. Orlando kan ieder ogenblik verschijnen, als hij zich aan de afspraak houdt. Samantha schijnt het allemaal niet erg te vinden. Ze lijkt zich te laven aan alles wat ze ziet, alsof ze nog geen honderd uur in de stad heeft doorgebracht. Ik ben allang blij dat ze mijn bankrekening even met rust laat. Vanuit een smalle straat komt een fietser onze kant op. Het is een man in een donkerblauw kostuum. Zijn gezicht gaat verscholen achter een blauwe paraplu met het logo van een bank. 'Je kunt wel merken dat Orlando discretie vereist vindt,' spot ik.

'*Sure.*' Samantha hangt de grote tas die aan haar schouder bungelt heeft recht. 'Is dat Orlando?'

'Kan niet missen, met zo'n sponsorplu.'

Inderdaad komt de fietser onze kant op. Vlakbij remt hij af en haalt de plu voor zijn gezicht weg. 'Marcel!' roept Orlando verheugd. Hij zet zijn benen als een landingsgestel op de grond en stopt. In een reflex scannen zijn ogen Samantha, die er natuurlijk weer heel appetijtelijk uitziet. 'Wie is dat?'

'Samantha. Mijn vriendin en toeverlaat. Ze woont met me in Zuid-Amerika.'

'O,' zegt Orlando, zijn teleurstelling matig verbergend. 'Ik dacht dat ze misschien je nichtje was of zo.'

'Niet dus.' Ik wil op een belangrijker onderwerp overstappen. 'Je hebt nieuws?'

Hij boetseert zijn gezicht in een vrolijke stand, maar in zijn voorhoofd blijven zorgelijke rimpels staan. 'Ik heb een en ander uitgezocht. Maar het is beter als we niet samen hier gezien worden.'

'Nou breekt mijn klomp. Wil je sowieso wel ergens met ons gezien worden?'

Weg is Orlando's glimlach. 'Luister, het is allemaal precair. Voor je het weet word ik ontslagen. Het risico ligt bij mij, snap je?'

Hij heeft natuurlijk gelijk. Ik heb makkelijk praten. 'Oké. Zeg maar wat we doen.'

'Ja, verzin eens iets leuks,' voegt Samantha eraan toe. 'Heeft de stad nog verrassingen?'

Orlando stapt af en zet zijn fiets met een ketting vast aan een lantaarnpaal. Het gaat allemaal erg onhandig omdat hij zich voorgenomen heeft niet onder de bescherming van zijn paraplu uit te komen.

Samantha bestudeert haar nagels.

'Klaar?' vraag ik na een minuut.

Meteen trakteert Orlando me op een beledigde blik. 'Ik ben dit jaar al twee fietsen kwijtgeraakt.'

'Ach, wat een pech.' Ik leg een hand op mijn rug en houd onze paraplu recht boven ons hoofd. 'Waarheen? Zeg het maar !'

Orlando lacht onzeker. 'Daarheen. Loop maar mee.' Hij leidt ons in de richting van een museum. Ik heb niks met kunst. Jammer dat we de koperen slak uit het oog verliezen. Orlando loopt meters voor ons uit. Hij wil duidelijk niet bij ons horen. Samantha gniffelt. 'Werkt hij bij een bank?'

'Ja. Een héle grote bank.'

'Volgens mij ben je je weer aardig in de nesten aan het werken, Marcel…'

Ik staar gelaten naar Orlando's rug. Hij kan ons niet horen als we niet te hard praten. 'Ik geef het niet graag toe, maar… je slaat de spijker op zijn kop.'

'*What do you mean*?'

Die uitdrukking is een stap te veel voor een Spaanse die het Nederlands verder wonderlijk snel beheerst. '*You are utterly, utterly, uttterly right,*' sis ik.

'Ik denk dat je beter moet focussen, Marcel. Wat wil je nou eigenlijk? Wraak? Geld? Wil je van Wladimirs dreiging af?'

'Alledrie,' antwoord ik. Door mijn toon lijkt het of iedere twijfel ontbreekt. Ik voel in mijn achterzak naar de usb-stick. 'Het gaat niet langer om de informatie van de laptop, Sam. Het gaat om de namen van de personen die beschadigd kunnen worden. Als Wladimir valt, neemt hij een hoop rotzakken met zich mee.'

Samantha lacht ingehouden. 'Kom zeg, Marcel. Alsof jij zo'n lekkere jongen bent.'

'Misschien niet,' steek ik een belerende vinger op. 'Maar ik houd niet van corruptie.'

'Juist ja,' steekt Samantha de draak met me. 'Brave jongen! Als je niet zo'n bangerik was, zou je minstens zo crimineel zijn als alle anderen.'

Ik knik. Pijnlijk punt dat Samantha aanroert. Ik trek mijn gulp goed dicht. We lopen langs een postkantoor, nog steeds achter Orlando aan. Hij zet er stevig de pas in.

'Waar gaan we in godsnaam naartoe?' fluister ik. 'Orlando heeft een toeristische route uitgezet.' We lopen langs winkelstraten. In de verte zie ik bouwputten. Dan slaan we af, een smalle straat in. Ik geloof dat we ergens achter het overdekte winkelcentrum verzeild zijn geraakt. Plotseling stopt Orlando voor een huis. We stoppen ook, nog steeds keurig op afstand. Orlando maakt een voordeur open. Eindelijk gunt hij ons weer een blik. Hij gebaart dat we mogen binnenkomen, klapt zijn paraplu dicht en verdwijnt meteen het huis in.

Samantha kijkt me aan. 'Hij woont daar?'

'Weet ik veel. Lijkt me wel een mooie locatie voor een bank-yup.' Ik ben benieuwd wat Orlando van plan is. Hij acteert alsof de duivel hem bedreigt. Dat voorspelt niet veel goeds, als hij de zaak zo serieus neemt. We lopen verder langs goed in de verf staande oude huizen. Hoewel we vlakbij de binnenstad zijn, ontwikkelt Samantha nog geen winkelkoorts. Eenmaal bij Orlando's huis merken we tot onze verrassing dat de deur dicht is. Ik klop boterzacht aan, waarna de deur op een kier opengaat.

'Kom verder,' horen we Orlando zeggen. Ik klap mijn paraplu in, duw de deur open en laat Samantha voorgaan. We stappen een gang in met dambordbetegeling op de vloer. Aan het hoge plafond hangt een reusachtige brandende kroonluchter. Hij spreidt zijn kristallen lichtjes als een deken over de vloer uit.

Achterin bij een gesloten deur staat Orlando. 'Doe de deur maar dicht,' resoneert zijn stem.

Haastig zet ik de paraplu tegen een tafeltje weg en geef gehoor aan zijn verzoek.

Samantha's haar ziet er in het kunstlicht nog zwarter uit dan het al is. 'Hier zijn we dan,' zegt ze, alsof zij de afspraak gemaakt heeft.

'Ik heb de lijst bekeken,' leidt Orlando zijn mededelingen in. Het is duidelijk dat hij ons niet op de koffie heeft uitgenodigd. We blijven in de gang staan. Hij lepelt met zijn tongpunt over zijn onderlip. 'Het viel niet mee de nummers te achterhalen.'

'Ja? En?' tover ik een bemoedigende glimlach tevoorschijn. 'Heb je iets gevonden?'

'Ja, dat zeker,' zegt Orlando en leunt met zijn rug tegen de deur achter hem. 'Een paar nummers heb ik kunnen opsporen. Die komen allemaal van fiscale pretparadijzen waaronder de Kaaimaneilanden. En een paar horen er bij een Zwitserse bank thuis.'

'Oké. Oké...' Ik kauw een tijdje op mijn woorden. 'Dus dat

wil zeggen dat het niet om zuivere koffie gaat?'

'Nee,' schudt Orlando zijn hoofd. Ieder gebaar van hem is nerveus. 'Dat zal wel niet.'

'Heb je er ook namen bij gevonden?'

'Niet werkelijk,' antwoordt Orlando niet zo overtuigend.

'Je wilt er niets over kwijt?' informeer ik luchtig. Niet boos worden nu.

'Nee. Ik weet het echt niet.' Orlando slaat zijn armen over elkaar.

'Verder dan dit kan ik niet gaan.' Zijn gezichtsuitdrukking wordt harder. 'Ik ben al buiten mijn boekje gegaan.'

'Dus je kunt geen namen noemen?'

'Nee. Overmacht,'

'Jammer,' zucht Samantha. Pruilend verleidelijk kijkt ze Orlando aan. 'Zo schieten we niet veel op. Gaat het om zwart geld? Crimineel geld? Belastingontduiking?' Ze zet haar handen in haar zij. 'Of wat anders?'

Orlando rolt met zijn ogen. 'Lieve hemel. Snap dat dan! Ik heb wat transacties kunnen *tracken*. Enkele komen van ónze bank af!'

'Oeps.' Ik kijk naar Orlando. Hij ziet er ongelukkig uit. 'Dus daarmee komt jouw positie dubbelfris op de tocht te staan.' In een opwelling haal ik de foto van Marius uit mijn achterzak, doe een stap naar Orlando toe en houd de foto onder zijn neus. 'Ken jij een van deze twee mensen?'

Orlando's blik glijdt over de foto. Zijn toch al vale gezicht wordt lijkbleek. Hij slaat zijn ogen neer. Niet geschikt voor blufpoker, die jongen. 'Nee, zegt me helemaal niets.'

'Je kent ze ergens van? Geef het maar toe!'

'Misschien is hij bang, Marcel,' zegt Samantha achter mijn rug.

'Misschien, ja.' Ik duw de foto tegen Orlando's buik.

Een schokje gaat door zijn lijf. Dan wendt hij zijn blik naar mij. 'Dat was het laatste wat ik zeg, Marcel. Het laatste!'

'Hoezo? Ga je dood dan?'

'Je weet best wat ik bedoel,' reageert Orlando gebeten. 'Meer wil ik niet over die rekeningen kwijt.' Hij slikt hoorbaar. 'De blonde man, die ken ik. Hij is een klant van de bank.'

'Een klant?'

'Een goede klant.'

'Een heel goede klant?'

'Ja.'

'Hoe heet hij en waar vinden we hem?'

Orlando loert naar ons of we hem van zijn laatste euro willen beroven. 'Walters.' Een diepe zucht ontsnapt uit zijn binnenste. Hij voelt zich in de val zitten. 'Hij woont in Bavel.' Hij slikt en brabbelt een adres.

Samantha lijkt het te verstaan, want ze knikt. 'Ik onthoud het.'

'Wat ben jij ineens vrijgevig met je informatie,' zeg ik met onverholen scepsis. Plotseling heeft Blondie een identiteit gekregen.

'Anders ging je het me toch vragen. Ik bespaar mezelf er ellende mee,' mokt Orlando.

'Wat voor zaken doet Walters?' Ik ga met mijn schouder tegen de muur hangen.

Samantha mompelt iets in het Spaans. 'Leuk huis is dit,' zegt ze dan.

'Zeker,' grijns ik en richt me weer op Orlando. 'Laten we hopen dat Wladimir niet te weten komt dat Orlando uit de school klapt.'

Orlando trekt krijtwit weg. 'Wie is dat? Jullie gaan toch niet naar Walters?'

'*Just kidding*,' stel ik hem haastig gerust. 'Ik waardeer dat je ons helpt. Werkelijk. Als ik eens iets voor je kan doen...'

Opeens gaat Orlando rechtop staan, alsof hij zijn trots terugvindt. 'Dat doe je door de zaak verder met rust te laten.'

'Heb je dan werkelijk geen idee waar die contacten over gaan?'

'Zodra ik iets weet, bel ik.'

De manier waarop Orlando me aankijkt, boezemt me redelijk

vertrouwen in. Hopelijk naait hij me geen oor aan. Cool steek ik een duim op. 'Ik reken erop. Dan gaan we maar eens.' Ik draai me om. Bijna meteen doet Samantha de deur open. 'Leuk huis, Orlando. Misschien komen we nog eens op bezoek.'
'Moet je doen,' zegt Orlando, en hij lijkt het nog te menen ook.
Samantha stapt naar buiten. 'Hoe lopen we terug?'
'Op onze benen,' zeg ik flauw als ik ook op straat stap. Rekening houdend met Orlando's tere zenuwen trek ik de deur zachtjes achter me dicht. Buiten is het droog. De atmosfeer is dampig. Samantha rilt. 'Het wordt weer warm. Het lijkt Spanje wel. Alleen wat klammer en benauwder.'
'Alles in Nederland begint me te benauwen.' We lopen in de richting van de binnenstad. Via een poort in de straat komen we bij een trap die we opgaan. Ik krijg het warm en hijg enigszins als we boven zijn. Samantha heeft nergens last van. We persen ons langs klapdeuren een overdekt winkelcentrum binnen en arriveren op een winkelgalerij. Samantha wil langs de winkels slenteren. Ik zou liever naar onze auto gaan, maar besluit haar haar zin te geven. `Ik dacht dat je uitgeshopt was.'
'Maar deze winkels heb ik gemist,' glimlacht ze ontwapenend. Ik glimlach terug alsof ik haar begrijp. 'Doe waar je zin in hebt.'
'Doe ik ook.' Ze heupwiegt naar een kledingwinkel. Ik zorg dat ik in haar buurt blijf, dat is gezelliger. In de winkel graast ze langs de kledingrekken, haalt er af en toe een hangertje met een stuk textiel uit, om het na een korte keuring weer terug te hangen. 'Dat nepvriendinnetje van Pjotr... Waar is dat eigenlijk gebleven? Je weet wel. Dat meisje dat naast hem woonde.'
'Cecilia? Die is gevlucht. Nooit meer iets van gehoord of gezien.'
Fijn dat Samantha me daar aan herinnert, want zomaar ineens ben ik er niet zeker van of ze ver uit de buurt is. 'Hoezo?'
'Stel dat zij zich er nog mee gaat bemoeien. Dan kan dat nog behoorlijk problemen geven.'

'Die bemoeit zich er niet mee,' zeg ik moedig.

'Goed.' Parmantig trekt Samantha haar kin de lucht in. '*I was only asking.*'

In gedachten slenter ik achter Samantha aan. Wat zou Cecilia hier in hemelsnaam te zoeken hebben? Het maakt me zenuwachtig als te veel vrouwen zich in mijn zaakjes mengen. Oké, wat staat me op korte termijn te doen? Ik wil meer te weten komen van Wladimir voor ik in de aanval ga. Ik moet een zwakke plek vinden. En ik moet aan iets van een pistool zien te komen. Als er maar een brok metaal met grote snelheid uit te krijgen is.

'Je hebt nog steeds geen wapen,' mijmert Samantha hardop. Griezelig hoe ze mijn gedachten soms leest.

'Zorg ik nog wel voor,' opper ik. We staan in een delicatessenwinkel en Samantha goochelt met potjes pesto. 'Dat komt wel goed.'

'Ziet er lekker uit,' krijgt er een Samantha's goedkeuring, waarna ze naar de kassa loopt. Ik kijk wat rond in de winkel. Het ruikt hier lekker, naar de keuken van een vriendje waar ik als schoolkind speelde. Een heimweegevoel komt opzetten. Wat doe ik in godsnaam met mijn leven? Waar dient het voor? Ik voel met mijn tong aan de buitenkant van mijn glad gepolijste tanden. Uit gewoonte bestudeer ik het langskomende winkelpubliek op de galerij. Ze lijken me een stuk zorgelozer dan ik. Bij een designwinkel staat een man met een typische leren jas. Houdt hij me in de gaten? Hij draait zich om en loopt weg. Niks aan de hand. Ik moet deze kwestie snel afhandelen voor ik gek word. Een weekje of wat relaxen in Barcelona en terug naar Brazilie. In de naastgelegen boekwinkel zie ik de man in het leer weer gaan. 'Jezus!' Ik schrik me rot.

Samantha heeft me op de schouder getikt. 'Sta je te dromen van nog meer geld?'

'Haha,' doe ik sarcastisch. 'Leuk hoor. Ik keek naar die vent daar in de winkel.'

Met gefronst voorhoofd speurt Samantha de wondere boeken-wereld aan de overkant af. 'Die man met die leren jas? Die loopt al de hele tijd achter ons aan.'

'Waarom zei je dat niet?' sis ik.

'Ik wou je niet bang maken.'

'Jij wou mij niet bang maken?' Ik verslik me en hoest in mijn hand. 'Verdomme, ik ben geen klein kind.' Ik bal een vuist en steek mijn nagels in mijn handpalm. De pijn werkt kalmerend. 'Zoiets moet je natuurlijk wel zeggen.'

'Eigenlijk wilde ik je humeur niet bederven.' Ze knabbelt aan mijn oor. 'Wat doet het er ook allemaal toe, toch?'

Ik wou dat ik Samantha's *joie de vivre* had. 'Oké. Wie zou die man gestuurd hebben?'

'Wladimir? Ray?'

Ik brom als een honingbij in een bloemperk. 'Zou kunnen. Een van die twee.'

'We lopen door, en kijken wat hij doet.'

'Goed idee, Sam. Zorg dat je billen in beeld blijven. Dan volgt hij vanzelf.'

'*Pig!*' lacht Samantha. De zachte kraaienpootjes rond haar ogen lachen mee. Ze heeft me nog nooit verteld hoe oud ze precies is. We lopen naar de roltrap en laten ons naar beneden bren-gen, waar een weeë broodgeur ons verwelkomt. Daarna gaan we naar de dichtstbijzijnde uitgang en komen weer in een open winkelstraat.

Samantha pakt een spiegeltje en doet of ze haar make-up bij-werkt. 'Hij houdt inderdaad van mijn billen.'

'Of de mijne,' smaal ik. Hoewel de leren jas indruk maakt, lijkt de man mij eerder het type *loser*. We wandelen door de winkelstraten en dankzij Samantha's oriëntatievermogen komen we aan bij de grote parkeerplaats waar we onze Volvo hebben achtergelaten, ergens in het midden. Hij is niet moei-lijk te traceren.

'Heb je gemerkt dat het droog is sinds we weer buiten zijn?'

vraagt Samantha als we bijna bij de auto zijn.

Ik kijk naar de opentrekkende lucht. 'Nu je het zegt!' Ik schraap mijn keel. 'En heb jij gemerkt dat we geen paraplu meer bij ons hebben sinds we bij Orlando zijn geweest?'

Verbaasd voelt Samantha aan de riem van haar schoudertas, alsof hij daar aan zou kunnen hangen. 'Kut! Vergeten!'

'Fijn dat je onze taal in al zijn facetten leert.' Ik moet om haar lachen. 'We kopen wel een nieuwe als het nodig is.' We zijn bijna de auto. Ik screen de omgeving. Er is niemand in onze directe nabijheid. In een hokje, tientallen meters van ons verwijderd, zit een parkeerwacht achter zijn krant te pitten. Die denkt aan alles behalve mannen in leren jassen. 'Hij is weg,' zeg ik met enige opluchting. Ik haal de autosleutel uit mijn zak en maak met de afstandbediening de Volvo open. Hij wordt ingesloten door een stel tweederangs gezinsblikken. Ik aarzel een moment voor ik instap. Nog steeds heb ik spijt dat ik de TT Roadster hebben moeten dumpen. Samantha wandelt naast me naar de achterwaarts ingeparkeerde auto. Een ogenlik blijven we voor de motorkap staan, zoenen, en lopen ieder naar onze eigen kant. 'Ik denk dat de zon weer gaat schijnen,' roep ik naar Samantha, die haar deur al open heeft.

'Dat denk ik ook,' snerpt een onaangename mannenstem vlakbij.

Haastig draai ik me om. 'Krijg nou wat!'

Voor me staat de man met de leren jas. Onder dekking van een van zijn jaspanden heeft hij een pistool op me gericht. 'Als het moet, met jouw vriendin, graag!' grijnst hij. Zijn tanden zijn verkleurd en zijn gele vingertoppen verraden een fanatieke rookgewoonte.

Mijn hart gaat tekeer. Gebiologeerd staar ik naar het grove gezicht voor me. De gelooide huid is ongezond rood. De ogen verschuilen zich in diepe oogkassen. De blik is sinister en tegelijk wanhopig. 'Instappen,' commandeert de man. Zijn grijns verdwijnt op slag. 'Je vriendin ook.'

Met een schuine blik kijk ik Samantha aan. 'Doe wat hij zegt.'
Samantha stapt in. Ik kijk weer naar de man. 'Van wie kom
je?'
'Niet van belang.'
Een onaangename mensgeur dringt mijn neus binnen. Hij heeft
een vreemde pukkel op zijn wang. Mijn zintuigen staan op
scherp. De man heeft een ingestudeerde pokerface. Het is niet
te taxeren wat hij van ons wil, maar ik heb er geen vrolijk
gevoel bij. 'Instappen in de Volvo?' probeer ik tijd te rekken.
'Tuurlijk,' zegt hij. Het klinkt bijna goedmoedig. Zijn wapen
blijft gericht op mijn buik. 'We gaan een stukje rijden.'
Samantha's deur klapt dicht. Ik hap naar lucht en probeer mijn
ademhaling onder controle te krijgen. Een moment aarzel ik.
Niemand kan ons zien, zo tussen de auto's. Waarschijnlijk durft
de man zijn wapen niet te gebruiken, maar ik kan het risico
niet nemen. Ik kijk over zijn schouder naar de parkeerplaats
achter hem. Geen hond in de buurt die hulp kan bieden. 'Wat
ben je van plan?'
'Instappen,' sist de man. Zijn dunne lippen bewegen als strak-
gespannen elastiekjes. 'Nu, verdomme!'
Ik schud langzaam mijn hoofd, pak de portierklink beet en doe
de deur een stukje open. Treuzelend wring ik me langs het portier zonder hem uit het oog te verliezen. Het is een gek. Een
gek die voor geld alles doet. 'Ik ga nu instappen, hoor,' zeg ik
stompzinnig. Ik moet in contact met hem blijven. Hij antwoordt
niet, gebaart met de loop van zijn pistool dat ik moet opschieten. Ik draai me half om en hijs een been de auto in. Samantha
staart me vanaf haar stoel bezorgd aan. 'Rustig blijven,' fluister ik, mijn blik een moment van de man weghalend. Met twee
handen houd ik me aan de bovenkant van het stuur vast, ga
zitten en trek mijn andere been naar binnen. De stank van de
man waait mijn kant op. Plotseling hoor ik iemand aankomen.
Een doffe klap klinkt, een kreet. Ik kijk over mijn schouder.
Naast de auto klettert een pistool op de grond.

'Ik kan jullie ook nooit alleen laten,' gromt een meer dan bekende stem.

'Ray!' zeg ik. 'Je komt als geroepen.' Mijn onderkaak trilt als ik praat. Snel draai ik me om in mijn stoel.

Ray heeft het hoofd van de man in een houdgreep vast en trekt het achterportier open. 'Je dacht toch niet dat we jullie aan jullie lot overlieten?'

Weer dat merkwaardige gebruik van het woord *we*. 'Ik wist niet dat we zo interessant waren.'

'Zijn jullie niet,' grijnst Ray en duwt onze aanvaller met zijn hoofd de auto in. Net als ik denk dat Ray hem een plaats aan wil bieden, trekt Ray de deur dicht. Het hoofd van onze achtervolger zit akelig klem tussen het portier en de deurstijl. Door merg en been gaat zijn hondengejank.

Ray duwt zijn knie tegen het portier. 'Wie is je opdrachtgever?'

Het portierslot drukt tegen het oor van de man.

'Niet kijken, Samantha,' roep ik en stap de auto uit. Nog steeds zijn er geen ongewenste getuigen op de parkeerplaats.

'*I won't look, Marcel,*' antwoordt Samantha.

'Rustig aan, een beetje subtieler kan wel,' wend ik me tot Ray, die daar niet op reageert.

De man kreunt, maar weigert iets te zeggen. Met een verbeten blik duwt Ray feller tegen het portier. Het lichaam van de man spartelt buiten de auto als een vis aan de haak. 'Voor wie werk je?' zaagt Ray door.

'*Nasty,*' vertaalt Samantha gedachten. 'Een oom van mij in Sevilla heeft ooit zijn hand tussen de autodeur gekregen.'

'Vertel!' bijt Ray intussen de man geroutineerd toe.

'Ik weet het niet,' klinkt het gesmoord uit de auto. 'Ik werk anoniem.'

'Wat moest je doen?' vraagt Ray.

'Hen naar een plek brengen.'

'Waarom?'

'Weet ik niet.'

'Heb je de man gezien die je inhuurde?'

'Héél naar was dat,' breekt Samantha in. 'Mijn oom moest acuut naar het ziekenhuis.'

Met zijn vuist geeft Ray een klap tegen het portier. De man kermt. Een druppel bloed loopt vanaf zijn oor langs zijn kaak naar beneden.

'Hij moest een vinger missen. Die was niet meer te redden,' vertelt Samantha haar verhaal af. Ik heb er even niet zo'n aandacht voor. 'Sam, andere keer het spannende vervolg graag.'

'Oké,' grinnikte ze, draait zich om en klapt de make-up spiegel uit.

'Een man met blond haar betaalde me goed,' begint onze amateurspion ineens te kakelen op Ray's zachte aandrang. 'Hij betaalde heel goed. Ik moest ze brengen naar een plek in het bos. Daar zou ik te horen krijgen hoe verder. Ik weet niets. Werkelijk niet.'

'Moest dat nou zo moeilijk?' zegt Ray en raapt het pistool op zonder het portier los te laten. Een snelle check is genoeg voor hem. 'Lullig dingetje.' Ineens laat hij het portier schieten.

De man in leer glijdt uit de auto naar de grond, blijft op zijn knieën zitten en grijpt naar zijn hoofd. 'Ik probeer alleen mijn brood te verdienen.'

'Tip van mij,' grinnikt Ray. 'Ga wat anders doen. Je hebt onvoldoende talent.' Hij steekt het wapen in de zak van zijn jasje. 'En een betere kledingkeus kan geen kwaad. Welke mafketel loopt er nou met dit weer in een lange leren jas?' Hij reikt de man een hand en helpt hem op te staan. 'Maak dat je wegkomt, sukkel!'

De man bedekt zijn oor met een hand. Het bloed loopt er onderuit. 'Sorry voor de overlast.' Hij knikt nerveus, grijnst, en rent dan als de bliksem tussen de auto's weg.

'Zou hij ons kwaad hebben gedaan?' vraag ik.

Laatdunkend schudt Ray zijn hoofd. 'Denk ik niet.' Het pistool laat hij in een portiervak glijden.

Samantha kruipt half over de bestuurdersstoel heen. 'Geweldig Ray. Dank je!'

'Bedank je oom in Sevilla maar.' Ray wijst naar de bekleding van de achterbank. 'Geen bloedvlekken gelukkig.'

'Nee,' mekker ik opgelucht. 'Alles mooi schoon gebleven.'

'Ik heb toestemming om jullie persoonlijk verder te helpen,' zegt Ray. 'Ik rijd met jullie mee.'

Ik weet niet of ik daar blij mee moet zijn. 'Toestemming van wie?'

'Mijn baas. Meer zeg ik niet. Hoe minder je weet, hoe beter het is.' Ray stapt in op de achterbank en trekt het portier dicht. 'Geloof me!'

'Zal best.' Zoals Ray daar zit oogt hij onschuldig, maar sinds ik weet dat hij Zippi heeft neergeschoten ben ik ervan overtuigd dat hij een killersinstinct heeft. Ik start de auto en rijd weg. We laveren tussen de autorijen door naar de uitgang en verlaten de parkeerplaats. Ik neem me voor open kaart met Ray te spelen. 'Orlando, een vriendje van me bij de bank, herkende Blondie op een foto van Marius. Walters heet hij. Hij is klant bij de bank en woont in Bavel, een dorp vlakbij.'

'Mooi. Laten we daar eens heenrijden,' zegt Ray.

Ik wissel een vluchtige blik met Samantha. Ze haalt haar schouders op en knikt. 'Lijkt me geen slecht plan, Marcel.'

'Dat moesten we dan maar eens doen.' Ik begin de weg zo'n beetje te kennen. 'Orlando heeft ons het adres gegeven.'

'Hoe weet je dat hij te vertrouwen is?'

'Ik ken hem van vroeger. En waarom zou hij me anders op het spoor van Walters zetten?'

'Vertrouw alleen jezelf,' roept Ray terwijl ik me concentreer op de aanwijsborden langs de weg. We verlaten de bebouwde kom en vliegen via een brug over snelweg. Verderop zie ik de spits van de dorpskerk al. Samantha bekwaamt zich intussen in de boordnavigator, zodat we eenmaal in het dorp niet een kaart langs de weg hoeven te consulteren. Net als we de eerste huizen passeren, laat een vriendelijke dame van het navigatiesysteem haar stem horen.

'Het huisnummer kent de computer niet, maar de straat wel,' zegt Samantha en laat zich in haar stoel terugzakken.

Ray heeft zin in een babbel en steekt intussen een verhaal af over het wetenschappelijke gehalte van de leugendetector.

'Ray, volgens mij moet je iemand gewoon diep in de ogen krijgen,' rond ik zijn betoog vrijpostig af. 'En nu even opletten, want we naderen de straat van Walters.' Ik kijk Ray aan via de achteruitkijkspiegel.

Het gebeurt niet vaak dat hij verlegen glimlacht. 'Sorry, ik liet me meeslepen.'

'*No problem*. Hoe komt het dat je er zoveel van weet?'

'Hobby.'

'*My ass*, je hobby! Voor wat voor organisatie werk jij, Ray?'

Natuurlijk kan ik het niet laten verder te vissen.

'Ik zei al dat je dat beter niet kon weten en…'

'Doe niet zo flauw, Ray,' mengt Samantha zich in het gesprek. Ze pauzeert even tot we een drempel bij een rotonde hebben genomen. 'We zijn geen kleine kinderen meer.'

Ray voelt met zijn vingers aan de kraag van zijn overhemd. 'Er bestaan in Nederland organisaties waar bijna niemand van weet.'

'En wat doen die dan?'

'Kwaad met kwaad bestrijden. En als jij de illusie hebt dat dat alleen met wettige middelen kan, moet ik je teleurstellen. Meer zeg ik er niet over, want je begrijpt dat het in politieke kringen een gevoelig onderwerp is.'

'Dus jij maakt deel uit van een organisatie die het daglicht niet kan verdragen?'

'Ik zeg niets meer.'

'En mag ik veronderstellen dat zelfs de hoogste politici daar weinig of niets van weten?'

'Voor je kijken, anders maak je ongelukken,' ontwijkt Ray de vraag.

'Ik denk dat ik genoeg weet,' peins ik hardop. Volgens het navigatiesysteem zijn we aangekomen in de straat van Walters. We zijn in de dorpskern. Stapvoets rijd ik verder langs een kerkje. Op een naastgelegen parkeerpleintje zet ik de auto stil. Samantha stapt uit, dan ik, Ray als laatste. De zon is doorgebroken. Samantha loopt het parkeerpleintje af en bekijkt de huisnummers aan de straat. Terwijl Ray en ik wachten, verdwijnt ze uit beeld, en komt weer terug naar ons. 'De straat bestaat, maar het huisnummer niet.' Geërgerd loop ik ook naar de straat en kijk rond. Aan de overkant zie ik een slager, een bakker en een modewinkel. Ik krijg een por in mijn zij. Samantha heeft zich bij me gevoegd. 'Zal ik eens bij die winkels gaan vragen? Misschien weten zij iets.'

'Proberen kan geen kwaad, maar ik vrees dat Orlando me iets op de mouw heeft gespeld. Maar dat hij Blondie kent, dat loog hij niet.'

'Wel een leuk pleintje,' kirt Samantha en steekt de straat over. Kittig loopt ze naar de modezaak en verdwijnt er naar binnen. Het had me verbaasd als ze de slagerij had uitgekozen. Alleen ben ik bang dat we haar voorlopig niet terugzien. Gelukkig zit mijn creditcard in mijn zak.

Ray komt naast me staan en steekt een doosje pepermuntjes onder mijn neus. 'Jij een?'

'Graag,' zeg ik en laat er een in mijn hand schudden. Het snoepje is scherp en brandt op mijn tong. 'Orlando heeft ons mooi te pakken.'

'Hij is bang dat iemand er achter komt dat hij informatie lekte.' Ray klakt met zijn tong. 'Blijft Samantha lang weg?'

'Heb je haast?'

'Nee, ik wil alleen snel verder,' drijft Ray de spot met mij, of misschien wel met zichzelf. 'Het lijkt me opportuun om Orlando zo snel mogelijk weer te spreken.'

Per ongeluk slik ik mijn pepermuntje door. Tegenstribbelend zakt het door mijn slokdarm. 'Waarom?'

Ray schuift zijn brilletje stevig op zijn neus en veegt een langs-vliegend insect met een doeltreffende haal uit de lucht. 'Orlando is gezien.'

'Gezien?' Bloedige visioenen met Orlando in de hoofdrol stapelen zich op in mijn hoofd. 'Dénk je dat of weet je dat?'

'Ik weet het met tachtig procent zekerheid. De bank laat het personeel monitoren.'

'Zit Wladimir daar achter?'

'Weet ik niet.' Ray pakt een tweede pepermuntje. Boven onze hoofden begint de kerkklok te beieren, als een signaal van hogere sferen. 'Persoonlijk heb ik nog nooit de naam Walters gehoord.'

'Blondie lijkt een belangrijke schakel voor Wladimir. Het moet om heel veel geld gaan.'

Ray maakt een halve slag naar me toe. Zijn ogen twinkelen. 'Miljarden, Marcel, miljarden.'

'Jezus!' lispel ik. 'Drugs?'

'Dat is veel te onveilig. Witwassen, onroerend goed, wegsluizen van crimineel geld. Dat soort dingen is veel interessanter.'

'En dat loopt allemaal via die Kaaimaneilanden?'

'Onder meer.'

Aan de overkant van de straat horen we hakken tikken. Samantha komt alweer terug. Ze zwaait en lacht uiterst verleidelijk naar Ray. Een moment voel ik jaloezie in me opkomen. Onzin! Samantha is nu eenmaal een vrouw die alle mannen wil behagen. Ze is een Spaanse, tenslotte. Met haar handen op haar rug steekt ze de straat over. Ze speelt de rol van klein meisje. 'Zo signores? Vermaken jullie je een beetje?' lacht ze als ze voor ons staat.

'Ray wil weg,' glimlach ik. 'Terug naar Orlando.'

'Naar de Verenigde Staten?' lacht ze.

Ray tikt met zijn hak op straat. 'Laten we het maar in de buurt houden, dame. Wisten ze iets in de winkel?'

'Nada. Het huisnummer bestaat niet en ze hebben nog nooit van de familie Walters gehoord.'

Verbaast ons niks,' gromt Ray en knikt naar onze auto. 'Laten we als de sodemieter naar Orlando gaan. Hij heeft geen idee wat hij zich op de hals heeft gehaald.'

'Waarschijnlijk heeft Wladimir hem in de gaten,' relativeer ik. 'Dat bedoel ik niet,' verbijt Ray zijn irritatie. 'Hij heeft mij pissig gemaakt. Dat had hij beter niet kunnen doen.' Met grote passen loopt hij naar de Volvo terug. 'Maak eens open.'

Samantha stoot me aan. 'Is er iets gebeurd in de tussentijd?'

'Ik weet van niks,' haal ik mijn schouders op. We lopen ook naar de auto. Ray staat daar met zijn mobieltje te bellen. Het is in een vreemde taal en ik heb geen idee waar het over gaat. Lang duurt het niet. Ik maak de auto open terwijl Ray zijn mobieltje opbergt. 'We moeten opschieten,' zegt hij ernstig. 'Orlando is in beeld. Iemand heeft jullie gevolgd in de stad laatst.'

'Dat is *fucking* balen,' roep ik uit en deel een trap uit tegen de voorband.

'Let op je woorden,' maant Ray.

'Hoezo?' zeg ik, verbaasd over Ray's overgevoeligheid.

'Nodeloos trendy taalgebruik,' grijnst Ray, stapt achter in en knalt zijn portier dicht.

'*Never trust a crocodile, even when he is asleep*,' fluistert Samantha over het dak heen en glijdt dan op haar eigen stoel. Ik laat haar woorden een paar seconden bezinken, trek mijn portier met een ruk open en ga achter het stuur zitten. Ray beuzelt tegen Samantha over een of andere jasknoop die hij kwijt is. Ik start, knal achteruit de weg op en begin terug te rijden. Door mijn maag en darmen *shuffelt* de hele dag al een wee gevoel. Als ik erop focus, weet ik wat het is. Ik mis Zippi, zijn dikke buik, zijn hoge irritante lachje. En wat me vooral een wee gevoel geeft is het gegeven dat hij voor altijd verdwenen is. 'Ik dacht niet dat jij het type was dat zich zorgen over een knoop maakt,' onderbreek ik het onderonsje van mijn medepassagiers.' Ik kijk vluchtig naar een paar huppelende meisjes in een speeltuin. Hun paardenstaarten wapperen als slordige kwasten door de lucht.

'*You are so right*,' antwoordt Ray. 'We hebben belangrijker dingen aan ons hoofd.'

'Niet liegen: hoe weet je dat Orlando in gevaar is?'

'Mijn mensen spotten hem sinds kort.'

'En waarom zijn jullie sinds kort in hem geïnteresseerd?' Ik maak een korzelig gebaar boven het stuur. 'Laat maar. Ik kan het zelf wel raden. Jullie zijn in hem geïnteresseerd omdat ik contact met hem zocht.'

'Heel goed geraden, Marcel.'

'Wat een grappige huizen hier,' frustreert Samantha het gesprek, terwijl ze naar de bebouwing langs de straat wijst.

'Stil nou!' sis ik kort en richt me weer tot Ray. In de spiegel zie ik dat er een puistje op zijn kale schedel aan het groeien is. Een vorm van imperfectie die niet bij hem past. 'Heeft dat te maken met het feit dat Zippi me terug wilde lokken?'

'Heeft er alles mee te maken,' antwoordt Ray. Zijn stem klikt hees, alsof hij verkouden wordt. 'De rest wil je niet weten.'

'Wie zegt nou dat ik niets wil weten? Flikker toch op, man!'

'Als de tijd daar is,' vadert Ray en tikt Samantha op de schouder. 'Redt je vent zich wel in Zuid-Amerika?'

'Niets te klagen,' zegt Samantha zuur. Alleen ik zie dat er een zucht volgt.

Ray peutert zelfgenoegzaam wat rotzooi uit zijn oor. Hij ziet ons als instrumenten, als middelen om zijn doel te bereiken, wat dat doel ook mag zijn. De auto slingert omdat ik niet goed op de weg let.

'Kijk uit, Marcel,' zegt Samantha. 'Voor je het weet, liggen we in de goot.' Ze haalt haar schouders op. 'Ik word misselijk. Kunnen we even stoppen?'

Nog nooit heb ik haar misselijk gezien, maar voor alles moet een eerste keer zijn. 'Best.' We bevinden ons midden in het stadsverkeer, maar ik vind een plekje aan de kant om onze tractor stil te zetten. Onmiddellijk doet Samantha haar portier open en stapt uit. Langs de auto op de stoep blijft ze staan, haar handen op haar knieën, als een uitgetelde marathonloper. Ray ziet het geïnteresseerd aan en schuift zijn raam open. 'Gaat het?'

'Ray, kun je even uitstappen en iets voor me doen? Ik voel me echt niet lekker.'

Ik moet me zorgen gaan maken over Samantha. Is het niet over haar misselijkheid, dan zeker over het feit dat ze Ray om hulp vraagt.

'Ik kom,' grinnikt Ray. Hij knipoogt naar me en stapt uit.

'Mijn schouders, Ray. Kun je die even masseren?' vraagt Samantha. Als een wulps konijn huppelt Ray naar Samantha en begint haar schouders te masseren. Hij lijkt er goed in te zijn, want Samantha kreunt vergenoegd. 'Ik moet wat pijnstillers hebben,' zegt ze na een tijdje.

Ray stopt zijn massage en trekt zijn wenkbrauwen op. 'Voel je je zo beroerd?'

'Ik heb iets verkeerds gegeten denk ik,' kreunt Samantha.

Ray werpt een machteloze blik naar mij in de auto.

'Daar is een drogist geloof ik,' wijst Samantha trillerig naar de overkant.

'Wacht maar,' reageert Ray galant en steekt de straat over, het verkeer simpel met een arm tegenhoudend.

'Zeker verkeersagent geweest vroeger,' sneer ik vanachter het stuur en volg Ray tot hij de winkel in verdwijnt.

Samantha zit ineens naast me.

'Wat doe je nou?'

Haar portier klapt dicht. '*Let's get the hell out of here. This guy means trouble.*'

'Maar... wat moeten we zonder hem en...'

'Niet zeuren, Marcel. Doe wat ik zeg, *please*,' vraagt Samantha met gebalde vuisten. 'Anders geen seks vandaag.'

'Dat laatste argument doet het wel,' grijns ik en trek op zodra ik een gaatje in de verkeersstroom zie. Ray is nog steeds binnen bij de drogist.

Samantha tikt lachend op mijn knie. 'Goed gedaan. Vanaf nu moeten we Ray ver bij ons uit de buurt houden.'

'Waarom? Ik snap wel dat hij niet helemaal koosjer is, maar een andere manier om...'

'Niet zo naïef, Marcel! Ray laat niet voor tien procent los wat hij weet.'

'Kan ik weinig tegenin brengen, maar...'

'En hij heeft Zippi vermoord,' voert Samantha als een volleerd advocate nog aan. 'Om redenen die nog steeds bewezen moeten worden. Wie zegt dat Zippi je werkelijk koud wilde maken?'

'Nou, Ray zegt dat en...' Ik klap mijn mond dicht. 'Je hebt gelijk. Ray is voortdurend bezig Zippi als een onbetrouwbare hond af te schilderen.'

'En daar heeft hij vast zijn redenen voor,' heft Samantha een bezwerend vingertje. Haar gezicht doet weer duizend emoties in een seconde.

Ik bewonder Samantha's Catalaanse temperament. 'Wat doen we nu?'

'Naar Orlando.'

'Naar de bank dus?'

'Nee, natuurlijk niet. Naar zijn huis. Als hij ergens is, is hij thuis. Ik denk niet dat hij op de bank nog welkom is.'

'Zou je wel eens gelijk in kunnen hebben.'

We verkeren weer in het gebied rond het centrum. Ik sla af en rijd over de rondweg langs de singel. Neuriënd – *Let me entertain you* van Robbie -   laat ik het stuur losjes door mijn handen gaan.

'Marcel?'

'Ja?' De ondertoon in Samantha's stem zint me niet. Op slag is dat weeë gevoel er weer.

'Ik mag toch hopen dat je niets van plan was met die bruine *bitch* in het hotel?'

Kleine zwarte torretjes vol schuldgevoel bijten overal in mijn huid. 'Dat mens doet me echt helemaal niks. Hoe kom je erbij?' Losjes haalt ze haar schouders op. '*Just a hunch*. Ik kan dat soort nymfomane vrouwen op een kilometer ruiken. De geiligheid loopt ervanaf als boter langs de wand van een hete braadpan, Marcel.'

'Mooie beeldspraak, Sam, maar maak je niet druk. Ik val niet op dat soort types.' Ik zou het bijna zelf geloven. We slaan opnieuw af, en voor ik het spoor helemaal bijster raak geeft Samantha me instructies. In de buurt van Orlando's huis vinden we een parkeerplaatsje, en hoewel het een stukje lopen is, kan wat lichaamsbeweging geen kwaad. De buitenlucht en de zon doen me goed. Bij Orlando's huis rijdt net een auto weg, de straat leeg achterlatend. Samantha's hakjes echoën langs de gevels. 'Naargeestig hier.'

'Het is nog vroeg.' Samantha loopt iets voor me uit. Voor de deur van Orlando houden we halt. Hij staat op een kier, wat me niet erg geruststelt. 'Is hij thuis?'

'Misschien, maar in alle gevallen is het vreemd', redeneert Samantha hardop, 'een open deur bij iemand die niemand vertrouwt.'

Met de punt van mijn wijsvinger duw ik de deur open. De gang ziet er piekfijn uit, de dambordvloer glimt ons tegemoet. Aan de kapstok hangt een zwart trainingsjack met een witte rits. Samantha wipt over de drempel naar binnen. Ik keek liever de kat uit de boom, maar nu kan ik niet anders doen dan achter haar aan gaan. Ze is al bij de deur achterin de gang. De kroonluchter aan het plafond brandt.

'Fout sfeertje hier,' fluister ik.

'Fout meneertje, fout sfeertje,' rijmt Samantha. 'Zal ik de deur opendoen zodat we verder gaan, meneer Kwast?'

'Cool,' zeg ik en klap de voordeur dicht. 'Dat lijkt me beter.'

Samantha knikt, rammelt aan de klink van de binnendeur en doet open. Ik loop naar haar toe en kijk tegelijk met haar de keuken in, die opnieuw een toonbeeld van vlijtig huishouden is. Op een granieten aanrecht staat een eenzame pan. Boven het fornuis hangen slagersmessen en opscheplepels. Er heerst rust in de keuken, slechts verstoord door het zoemen van de koelkast die achter een van de lakrode keukendeurtjes schuilgaat. Samantha drentelt de keuken in. 'Mooi. Heel mooi.' Met twee vingers tilt ze het deksel een paar centimeter van de pan. Kritisch gluurt ze erin. 'Soep! Tomatensoep.' Damp kringelt langs het deksel naar boven. 'Die is niet lang geleden verwarmd.'

'Strakke conclusie,' grijns ik en loop de keuken in. Aan de wand staat een kleine beukenhouten eettafel met twee chromen stoeltjes. De achterdeur geeft uitkijk op een kleine stadstuin waar het zonlicht niet kan komen. 'Maar wel vreemd.' Ik trek aan wat de klep van de vaatwasser lijkt te zijn. Opnieuw geeft de keuken dampen vrij. 'Dat ding heeft net gedraaid.'

Samantha laat de deksel op de pan vallen. 'Zou hij gewoon thuis zijn?'

'We kijken in de huiskamer?' Onmiddellijk loop ik weer de gang in en pak de andere deur die naar de huiskamer voert. De living is groot, en modern. Planken vloerdelen strekken zich in de lengte en vormen een verbinding tussen zit- en eethoek. Kasten staan er nauwelijks, behalve een oude grenen servieskast. Onder op de salontafel liggen tijdschriften en kranten uitgestald. 'Het is alsof hij ieder moment kan binnenlopen,' roep ik naar de keuken waar Samantha nog luidruchtig lades aan het opentrekken is. 'Moet je kijken!'

Samantha komt er al aan. Eenmaal in de huiskamer knort ze teleurgesteld. 'Alles zo perfect... Te perfect. Orlando is vast een dwangneuroot.'

'Hoe weet jij dat nou?'

'Iedere perfectionist is een neuroot, Marcel. Al zal een *scrumpy* type als jij dat niet snappen.'

Ik schuifel verlegen met mijn voeten over de planken. 'Ik improviseer graag. Dat is wat anders.' Tijd voor een ander onderwerp. 'Zullen we eens boven kijken? Ray zit intussen ook vast niet stil.' Mijn mobiel gaat over. 'Als je het over de duvel hebt.' Ik neem op met een veel te vrolijk: 'Ha die Ray.'

'Verdomme Marcel, wat zijn dat voor streken?'

Naar Samantha gebaar ik met een wapperende hand dat Ray *not amused* is. 'Sorry Ray. Ik waardeer je hulp, maar we denken dat we het voor nu even zelf moeten opknappen.' Dat is netjes geformuleerd, wat ik heel goed kan als het nodig is. Samantha knipoogt als compliment.

'Shit Marcel. Wat is er in je *fucking mind* gevaren? Het zal je *chick* wel zijn, niet?'

'Sorry Ray, maar Samantha, die overigens niets met pluimvee van doen heeft, is niet de enige die beslissingen in mijn leven neemt. En als je het niet erg vindt, ga ik nu hangen.'

'Marcel, wees verstandig! Je hebt geen idee waar…'

Ik verbreek de verbinding. '… waar je mee te maken hebt,' maak ik de zin af.

Samantha wil iets zeggen, maar boven ons hoofd horen we een doffe bons. Een moment bevriezen we. 'Naar boven,' zeg ik dan. 'Ik heb zo'n vermoeden.'

Voor Samantha kan antwoorden ben ik de kamer uit, de gang in, en race de trap met drie treden tegelijk op. 'Orlando? Waar hang je uit?'

Op de overloop is alles stil. Alle deuren, vijf stuks, zijn gesloten. Waar kan die mislukte bankloper uithangen? 'Orrie, waar ben je?'

Achter een van de deuren ritselt iets. Ik storm naar de deur, pak de klink beet en val bijna de kamer in. Het is een slaapkamer. De gordijnen staan half dicht. Op het bed ligt een geopende koffer. Orlando staat voor een plafondhoge klerenkast. Beteuterd staart hij me aan, maar misschien is het vooral angst die ik in zijn ogen zie. 'Marcel, wat een verrassing!'

Het is overduidelijk dat hij een uitstapje gaat maken, als ik overzie wat er al in zijn koffer ligt. 'Wat is er gebeurd?'

Orlando lacht nerveus. De spiertjes onder zijn ogen trillen. 'Ik ben geschorst op de bank. Iemand ontdekte dat ik achter die rekeningen aanzat. Het spijt me.'

'En wat nu?'

'Daarstraks kwamen er mannen langs. Ze maakten de voordeur open. Ik heb me achter de schotten op de bergzolder verstopt.'

'Ze kwamen voor jou?'

Orlando onderdrukt een oprisping en grijpt naar zijn buik. 'Mijn maagzweer speelt op.' Hij haalt diep adem. 'Ja, ze kwamen voor mij.' Met ongekende haast begint hij kledingstukken uit de kast in zijn koffer te gooien. 'Ik moet maken dat ik wegkom. Jouw neef Pjotr is niet de eerste waar het slecht mee afliep, weet je. Wladimir heeft macht.'

'Waar ga je naartoe, Orlando?' Samantha loopt intussen ook de trap op, hoor ik achter mijn rug.

'Niet heel ver weg. Meer hoef je niet te weten. Ik heb aardig wat geld op een geheime rekening staan.'

'In Zwitserland?' informeert Samantha vanaf de overloop. Vlak achter me blijft ze staan. Ze ruikt lekker. Cacharel. 'Mooie bergen hebben ze daar.'

'Ik haat bergen,' antwoordt Orlando, mikt een laatste bundel kleren in de koffer en sluit de klep. 'Je hoeft je over mij geen zorgen te maken.' Hij trekt de koffer aan het handvat van het bed en zet hem op de grond. 'Willen jullie mij excuseren?'

'Tuurlijk.' Onhandig maken Samantha en ik de weg vrij. Ik stoot mijn scheenbeen tegen een stoel. Orlando pakt zijn koffer op. Een tikkeltje theatraal, zijn blik afwendend, passeert hij ons. Op de overloop haalt hij zijn schouders op, laat een merkwaardige snik ontsnappen en stommelt de trap af. Vanuit de kamer kijken we hem na.

Als we zijn hoofd nog net kunnen zien, kijkt hij ons nog eenmaal aan. 'Marcel?'

'Vertel het eens,' zeg ik als een geduldige vader die zijn puber-kind de ruimte wil geven.

'Nog één ding. Ik ken Wladimir behoorlijk goed. Hij stond op de foto naast die blonde vent.'

'O?' Komt hij op de valreep met een konijn uit de hoge hoed aanzetten? 'Hoezo dan? Was dat blondje dan geen klant?'

'Je snapt het niet,' verzucht Orlando. 'De ándere man heet Walters! Hij is de *big boss*. Van de bank. '

'Je baas?' giert Samantha's stem de hoogte in.

'Hij laat zijn neus zelden in het openbaar zien. Begrijp je wat ik bedoel? Hij verdeelt en heerst, Marcel. Pas goed op jezelf.' Zonder nog iets te zeggen struikelt hij de resterende treden af of de satan hem op de hielen zit. Snelle stappen in de gang, en de voordeur slaat dicht.

Tegelijk haasten Samantha en ik ons naar het raam en schui-ven de gordijnen opzij. Op straat staat een taxi klaar. Orlando kijkt een moment naar boven, knikt, mikt zijn koffer op de achterbank en stapt in naast de chauffeur. Meteen stuift de taxi de straat uit.

'Heeft hij zijn huis aan ons nagelaten?' verdrijft Samantha de ernstige stilte.

'Horen we wel van zijn notaris. Ik moet nog even bijkomen van wat hij zei.'

'Walters en Wladimir zijn een en dezelfde!'

'Geen wonder dat Orlando's speurwerk niet onopgemerkt bleef.' Ik begeef me naar de overloop. Samantha loopt achter me aan.

'Ik weet zeker dat Orlando nog iets zeggen wilde.'

'Zegt je intuïtie dat?'

'Noem het wat je wilt. Maar nu we hier toch zijn, kunnen we spijkers met koppen slaan.'

'Wat is dat?'

'De zaken niet uitstellen. We gaan een bezoekje afleggen in de buurt.'

'Bij wie?'

'Dat zie je wel. Maar ik had het veel eerder moeten doen.'

Bovenaan de trap duizelt het me. Het laatste beeld van Zippi *flasht* langs mijn ogen. Dan ga ik de trap af, me stevig vasthoudend aan de leuning.

'Ben jij wel eens in Zwitserland geweest?'informeert Samantha terwijl ze achter mij aan komt.

'Alleen in Zürich, waar de banken zitten,' mompel ik. Mijn hoofd staat niet erg naar Zwitserland. Mijn hoofd zit bij de V&D…

Bewonderend staart Samantha al enige tijd naar de koepelvormige glazen overkapping van het winkelcentrum, waarbij ik haar behoed voor botsingen met voorbijgangers, maar voor de ingang van de V&D ben ik het zat. Ik geef een beschaafde ruk aan haar pols om haar bij de les te brengen. 'Sam, tijd om hier naar binnen te gaan.'

'Oké,' lacht ze al haar prachtige tanden naar de buitenlucht. 'Het dak doet me denken aan Sevilla.'

'Ik dacht dat jij uit Barcelona kwam.'

'Tuurlijk, maar zoals je weet heb ik familie in Sevilla.'

'Dat is waar ook. *Encantado*, familie van Samantha.'

'Heel goed, Marcel. Zo moeilijk is Spaans niet, zie je wel.'

'Weet ik,' tuit ik mijn lippen met een onschuldige blik. Mijn voornemen om nooit van mijn leven Spaans te leren heb ik laten varen de laatste dagen. Dat heeft te maken met het feit dat ik meer en meer verknocht raak aan Samantha. Met dank aan Bonnie. Ik neem Samantha op sleeptouw mee het warenhuis in, negeer bij de foodafdeling haar geklaag over honger en stoom door naar de roltrap. We gaan naar de bovenste verdieping, waar ik haar pols pas loslaat. 'Nu ben je vrij,'grinnik ik op de afdeling beddengoed.

'Gaan we hier iets kopen?'

'Je bent toch niet blond?' roep ik uit terwijl een veel te dellerige blondine ons net passeert. De dame keert haar gezicht beledigd af. 'Sam, ik moet een *pipi*,' zeg ik met een kinderstemmetje.

'Nu?'

'Héél nodig. Kom mee.' Als ik naar de toiletten loop, komt ze achter me aan, een Spaanse litanie uitsprekend waarin volgens mij enkele gepeperde woorden voorkomen.

'Mijn maag rammelt, Marcel.' Ze kijkt achterom. 'Terwijl daar nota bene het restaurant is.'

Inderdaad hangen de etensgeuren van het warenhuisrestaurant over de hele verdieping. 'Niet zeuren. Het is zo dadelijk voedertijd.'

We volgen de borden naar het toilet. Ik hoop dat ik geluk heb. Door een smalle gang moeten we, dan slaan we een scherpe hoek om en krijg ik zicht op de toiletjuffrouw. Eureka! Het is dezelfde als op de dag dat Pjotr vermoord werd. Ze is van middelbare leeftijd en draagt een smetteloze witte jas. Naast haar staat op een tafeltje het schoteltje waarin ze het geld voor het toiletgebruik ontvangt. Er is weinig bezoek, alleen bij de dames hoor ik stemmen. Ik loop naar de juffrouw. Samantha maakt van de nood een deugd door naar de dames te verdwijnen. 'Ben zo terug,' zucht ze.

De juffrouw kijkt me vriendelijk aan. Ze heeft een *De Da Vincicode* in haar handen. 'U hoeft na gebruik pas te betalen, hoor.'

'Ik hoef niet, maar ik wil u graag iets vragen. Ik…' Even pauzeer ik tot een uitgeplaste dame het geld neerlegt en de gang uit verdwijnt. Enige discretie is van belang bij mijn interview. 'Is er u kort geleden iets merkwaardigs opgevallen tijdens een van uw diensten in de ochtend?'

'Meneer, ik zit hier zo goed als altijd. En de laatste weken helemaal. Als er hier een kerel een druppel over de rand morst, weet ik dat. U heeft toch geen rare neigingen?' Haar scherpe stem tuimelt van hoog naar laag.

'Nee, ik heb geen vreemde neigingen. En mijn vrouw ook niet,' knik ik vaag richting damesafdeling waar Samantha is. 'Het is meer…' Ik vind in een achterzak een briefje van twintig euro en leg het langzaam op het schoteltje. 'Laten we zeggen dat ik een heel opgeluchte klant ben en dat dit dus voor u is.'

Als een blad aan een boom draait haar stemming om. 'Laten we dat eens zeggen,' gaat ze verzitten, legt het boek open op tafel, pakt het briefje met duim en wijsvinger van het schoteltje en moffelt het in een schortzak weg. 'Wat wilde u ook weer weten?'

'Is u hier recent iets merkwaardigs voorgevallen?'

Haar voorhoofd blijkt nog meer rimpels te kunnen bevatten dan er al zitten. 'Afgezien van twee vrijende stellen bij de dames – maar dat komt regelmatig voor – en wat kotsende studenten is me weinig opgevallen. En een tijdje terug een opengebroken toiletdeur. Maar ja, dat…'

'Vertelt u daar eens meer over,' onderbreek ik haar voor ik verdere onzinnige details te horen krijg.

Nurks gaat ze verzitten, kijkt me een seconde strak aan en laat haar blik wegdwalen naar het schoteltje. 'De achterste deur bij de heren was beschadigd, met een grote schroevendraaier opengebroken. Dat is me nog nooit overkomen. Je kunt de deur toch gewoon opendoen?'

'Waren er vlak daarvoor mensen langsgeweest voor onderhoud?'

Verbaasd trekt ze haar wenkbrauwen op. Weer die overmaat aan rimpels in haar voorhoofd. 'Nu je het zegt… Mannen van de riolering of zoiets. Mannen in nette blauwe overalls. Ze kwamen een verstopping bij de herentoiletten regelen. Ze hadden een grote kist bij zich. De deur moest dicht in verband met gasgevaar. Binnen een minuut waren ze weer weg.' Haar gezicht klaart op. 'En inderdaad, daarna was dat van die deur. Alsof ze die met haast hadden opengebroken. Met gewoon een schroevendraaier kan dat toch…'

'En het toilet zelf. Was daar iets te zien?'

'Nee, behalve…'

'Ja, wat?'

'Een paar voegen waren rood. Terwijl verder alles poepieschoon was. Bij wijze van spreken dan.'

Ik ga rechtop staan en kijk de damesafdeling in.

Samantha komt er net aan. Ze lacht. 'Was het een goed gesprek?'
'Ja, dat was het.' Ik knik naar de juffrouw en leg vijf euro neer.
'Vergeet ons gesprek maar, wil je. Het heeft niet veel om het lijf.'
'Mij best,' fleemt ze. Als een volleerd goochelaar tovert ze het briefje weer haar zak in.
Samantha en ik draaien ons tegelijk om en lopen terug naar de warenhuisafdeling.
'Ray heeft niet gelogen over wat ze met het lijk van Pjotr hebben gedaan. Het is bliksemsnel verwijderd. Ze namen zelfs niet de tijd de deur fatsoenlijk open te maken.'
'Het is toch wat,' spot Samantha. 'Dat maakt de rol van Ray alleen maar dubieuzer.'
'Hoezo?'
'Welke organisatie zou Ray vertegenwoordigen om interesse in een machtig man als Wladimir te hebben? Een soort CIA?'
'Helemaal waar, Sam!'
'Oké... En wat wil je nu doen?'
'Bij voorkeur naar huis. Maar er is iemand die we niet in de steek mogen laten.'
'Klara?'
'Ze is mijn ex. Maar toch...'
'Geeft niks, Marcel. Dat siert je. Wat stel je voor?'
'Ruilen, natuurlijk. Tegen iets.'
'Tegen wat dan?'
Zwijgend stap ik de roltrap op. Ik wil weer naar de begane grond. Op roltrappen verlies ik mijn contact met de aarde. Ik bijt op mijn lip. 'Feitelijk is er maar een ding dat ik Wladimir te bieden heb. Mijn leven...'
'Ik zou wat anders verzinnen,' oppert Samantha. 'Bedenk wat Wladimir graag zou hebben. Iets... of iemand.'
'*Thanks, Sam*!' Er gaat me een licht op. Ik pak mijn mobieltje en bel de bank. Natuurlijk krijg ik eerst een ontvangjufje aan de lijn die vraagt wat ze voor mij kan doen.

'Heel veel, juffrouw. Kunt u me doorverbinden met de direc-
teur, de heer Walters? Het is dringend.'
Samantha pakt mijn arm vast en vlijt zich tegen me aan. Als
ze een kat was, zou ze spinnen. Het streelt mijn ego. Een man-
nenhand is gauw gevuld.
'Hoe is uw naam?'
'Zegt u maar Jansen. Ik weet zeker dat hij me wil spreken.'
Ik hoor het getik van een toetsenbord. 'Hij is helaas in verga-
dering nu.'
'Dan haalt u hem daar maar uit. Misschien verdient het aan-
beveling hem nadrukkelijk de groeten te doen van de heer
Wladimir.'
Elektronisch muziek zeurt over de lijn. Blijkbaar is juf Nuf
plotseling beter haar best aan het doen. 'Het duurt even,' fluis-
ter ik naar Samantha.
'Dat is een goed teken,' oordeelt ze. 'Dat betekent dat er over-
legd wordt.'
'Volgens mijn verwachting is mijn argumentatie overtuigend
genoeg om hem aan de lijn te krijgen.' Wat een spraakwater
krijg ik van de spanning. Ergens rond mijn navel begint een
spier onwillekeurig te bewegen.
'Walters hier. Met wie spreek ik?' kraakt er aan de andere kant.
Ik herken de dwingende stem van eerdere anonieme contac-
ten.
'Marcel Kwast hier. Ik wil een deal.'
'Ik ken u niet.'
'Je kent me wél. Laten we er geen doekjes om winden.'
Het is even stil aan de overkant. 'Wat wil je? Klara? Alleen
als we ervan op aan kunnen dat je geen informatie over mij
hebt verspreid. Tot die tijd houden we haar vast.'
Het wordt tijd dat ik mijn plan in stelling breng. Ik schuif Samantha
voorzichtig van me af om me beter te kunnen concentreren.
'Ik kan je Orlando leveren. Die wil je toch?'
Weer een doodse stilte. Dan: 'Ik stel voor dat we dit snel afhan-

delen. Vanavond om 23.00 uur. Langs het fietspad naar de Beemden staat een schuilhut om vogels te bekijken bij een waterreservoir. Zorg dat je daar bent. Ongewapend. Met Orlando.'

'Deal.' Als Klara veilig terug is zal ik er persoonlijk voor zorgen dat Wladimir zijn vet krijgt.

'Eerst Orlando, dan zien we verder,' antwoordt Wladimir droog.

'Zorg dat je er bent.'

'Zorg vooral dat jij er bent,' overtroef ik hem.

'Besef je wie je tegenover je hebt?' dreigt Wladimir.

Ik begin immuun te worden voor dat soort uitspraken. 'Is het nou Walters of Wladimir?'

'Denk eraan.'

'Waaraan?'

'Als je Orlando niet meeneemt, gaat je ex weer mee terug. En ik betwijfel of ze dan zo netjes behandeld wordt als tot nu het geval is.'

'Jij vuile hufter. Jij moet je gemak houden!'

'Je weet waar je aan toe bent,' kaatst Wladimir met hoorbaar plezier terug. 'Tot vanavond. 23.00 uur.'

En weg is de verbinding. Ik slik een paar keer om de moed erin te houden. In mijn hoofd gonst de stem van Zippi. Een stem uit de hel. Hoe red ik me hieruit? Hoe, in hemelsnaam?

'Zei hij nog iets bijzonders?'

Ik schrik op. 'Nee. Niets bijzonders.' Voor mijn ogen hangt het visioen van een beschadigde Klara. Het alternatief is evenmin aanlokkelijk. Want als ik mét Orlando verschijn, worden we allemaal haaienvoer. Voorgesneden in brokjes.

10.

In mijn linkeroor is een fluitende oorworm gekropen die een gat in mijn trommelvlies boort. Ik gil, dan merk ik dat er geen geluid uit mijn keel komt.

'*Marcel, you have a phonecall*,' roept Samantha in mijn oor. Ik grijp naar de oorworm en doe mijn ogen open. Het beeld is vaag, het lamplicht schijnt hatelijk in mijn ogen.

'*You have a phonecall, honey*,' herhaalt Samantha, wijzend op het mobieltje op mijn nachtkastje. Ik schud mijn hoofd en kijk op mijn horloge, me intussen half oprichtend. Het is tien uur in de avond, en pakweg een half uur terug ben ik als een blok in slaap gevallen. Sinds het bezoek aan Orlando hebben we de tijd gespannen lummelend doorgebracht, geluncht met een broodje van de bakker, en gegeten bij een Italiaans familierestaurant waar we toevallig langsreden. De naam verwees volgens Samantha naar een zonnebloem. Hoe dan ook, daarna zijn we naar ons hotel gereden waar ik nog een aantal zakelijke telefoontjes met Zuid-Amerika had weg te spitten. Orlando was de hele dag niet te bereiken, ondanks het herhaaldelijk inspreken van zijn voicemail.

'Zou je niet opnemen?' vraagt Samantha aan mijn verdwaasde hoofd.

'Strak plan.' Ik sleep mijn benen over de bedrand, ga zitten en pak mijn mobieltje. 'Marcel hier.'

'Marcel? Wat ben je van plan?' Het is Ray.

'Kom óp, Ray... Ik ben blij met je hulp tot zo ver, maar het lijkt me verstandig dat onze wegen zich hier scheiden.' Ik leg een vinger op mijn lippen naar Samantha, sta op en sluip naar het raam. Met mijn elleboog maak ik een kier in de gesloten gordijnen en gluur naar buiten. 'Wat wil je dat ik doe? Morgen zijn we hier weg. Samantha wil naar Spanje zo langzamerhand.'

'Luister. Als je een deal maakt met Wladimir, zorg dat je niet alleen gaat. Het is veel te riskant. En als het kan moet je Orlando meenemen.'

Ik screen de straat. De auto van Ray staat tot mijn opluchting niet voor het hotel. 'Orlando?' Ik draai me om en houd me vast aan het gordijn. De rail kraakt aan het plafond. 'Waarvoor in godsnaam?'

'Hij kent Wladimir beter dan wie ook. In je eentje red je het niet.' Even valt het geluid weg. '…dus verwacht ik dat Wladimir je gebeld heeft om een wissel met Klara te maken. Is het niet?'

Ik aarzel. Ray gokt goed. 'Ja. Maar dat is juist het probleem. Wladimir wil dat ik Orlando opoffer.'

'Nou en? Waar heb je afgesproken?'

'Bij een soort vogelobservatorium. Bij een reservoir, waar…'

'Ken ik,' bitst Ray. 'Hoe laat?'

Samantha is bij me komen staan en port met haar elleboog in mijn zij. 'Geen deals met Ray,' sist ze.

Ik kijk haar hulpeloos aan, haal mijn mobieltje van mijn oor weg en fluister: 'We hebben geen keus.'

'Marcel?' roept Ray uit de luidspreker.

'Ik hoor je,' druk ik het flinterdunne mobieltje weer aan mijn oor. De slaap trekt langzaam uit mijn lijf weg. Mijn nek is alleen nog wat stijfjes. Samantha ziet het, loopt achter mij langs en masseert mijn schouders. 'Orlando is gekke Henkie niet. Die komt echt niet argeloos met mij mee, en ik vind het niet ethisch.'

'Jij en ethiek?' deelt Ray een sneer uit. Opeens zucht hij. 'Ik beloof dat je Orlando niks overkomt. Ik zal daar persoonlijk op toezien. Maar als je Klara heelhuids vrij wilt krijgen, zul je hem erbij moeten halen. Verdomme, Marcel! Je bent niet met kleine jongens aan het spelen! Besef je dat wel?'

Mijn knieën knikken, alsof ze Ray daarmee antwoord geven. 'Ik heb wel erger meegemaakt,' werp ik tegen, niet ver bezijden de waarheid trouwens. Alleen waren er toen andere mensen die de kastanjes voor me uit het vuur haalden. 'Ik zorg dat

Orlando er vanavond is. Waar spreken we af?`

Zet je auto langs de weg bij het fietspad dat naar het vogelhuis voert. Veel volk zal er niet zijn tegen die tijd. De meeste mensen vinden het geen prettige route. Ik zie je daar. Het laatste stuk ernaartoe lopen we. En in dit geval zou ik niet veel eerder komen. Wladimir houdt de omgeving ongetwijfeld in de gaten.'

'Ontvangen en begrepen,' antwoord ik volgzaam en beëindig de verbinding. Langzaam draai ik me om.

Samantha laat haar handen van me af glijden en doet een stap terug. 'Zou je dat wel doen, met Ray erbij?'

'Ik heb toch geen keus? In mijn eentje?'

'Ik ga mee.'

'Ben je gek geworden? Veel te gevaarlijk.'

'*We are going all the road together, mister*,' grinnikt Samantha vastbesloten.

Ik schuif de gordijnen verder open. De zomerschemering zet alles in een donkerrood, onschuldig licht. Staand voor het raam toets ik het nummer van Orlando in. Zijn mobieltje gaat over, twee, drie, vier, vijf keer. 'Hij neemt niet op.'

'Die zit vet ondergedoken,' zegt Samantha.

'Modern taalgebruik?' veroorloof ik me een grapje.

'*Humour is my medicine,*' persifleert Samantha een Amerikaans stand-up comedian.

'Orlando hier,' roept een onzekere stem plots uit mijn mobiel. Ik schrik ervan. Zweet gutst in mijn oksels. 'Marcel hier. Ik speel open kaart met je. Walters heeft mijn ex ontvoerd. Hij wil haar vanavond ruilen tegen jou. Ik smeek je om hulp.'

Het is stil. Ik voel mijn hart tegen mijn middenrif kloppen.

'En anders?' vraagt Orlando dan.

'Geef ik geen cent voor het leven van Klara.'

Orlando vloekt. 'Wladimir zet me voor het blok.'

'Kan zijn,' haal ik mijn schouders onzichtbaar voor Orlando op. 'Ik weet dat je me niets schuldig bent.'

'Daar vergis je je in. Ik ben je wel degelijk wat schuldig.'
'Hoezo?'
'Ik ben verwekt in een Amerikaanse krokodillenstaat, dus moet ik mijn tanden maar eens laten zien,' bromt Orlando. 'Hoe laat vertrek je?'
'Hè?' zeg ik. Zoveel toeschietelijkheid had ik niet verwacht.
'Weet ik veel. Kwart voor elf.'
'Je gaat alleen?'
'Met Samantha.' Zodra ik de naam van Ray noem, neem ik het risico dat Orlando alsnog afhaakt.
'Ik sta half elf bij jullie auto voor het hotel. Dan gaan we.'
'Waar zit je nu? Ik wil je best ophalen.'
'*Forget it*!' snauwt Orlando en legt op.
'Hij komt mee?' vraagt Samantha ongeduldig.
'Half elf staat hij bij onze auto. Weet jij waar we moeten zijn?'
Samantha loopt naar haar nachtkastje en haalt een plattegrond van de stad uit een laatje.
'Ik dacht dat je met de bijbel kwam.' Ik krijg kippenvel van mijn natte oksels.
'Mocht je willen.' Ze vouwt de kaart uit op bed. 'Hier moeten we ongeveer zijn,' wijst ze naar een plek op de kaart die mij niets zegt.
'Geen bebouwing in de buurt. Alleen wat industrie,' analyseer ik de locatie.
'Precies wat Wladimir graag wil.'
'Ik pieker me suf hoe we Orlando en Klara allebei zonder kleerscheuren kunnen houden.'
'Geloof jij dat Wladimir woord houdt?'
'Wat voor zin heeft het ons te elimineren? Te veel troep leidt tot een klopjacht van de politie. En dat kan zelfs voor Wladimir lastig worden.'
Op haar manier, als een raspaard dat zijn manen terugwerpt, gooit Samantha haar haren naar achteren. 'Wladimir staat boven de wet.'

Somber werp ik een blik naar de weg langs het hotel. Het begint donker te worden, en tegen de tijd dat het elf uur is, is de zon totaal verdwenen. 'Zullen we de tv even aanzetten?'

'Best.' Samantha pakt de afstandbediening en gaat op een stoel zitten tegenover de tv. Het scherm floept aan. Het is een programma dat me normaal niet interesseert. Politieagenten van een speciaal lab onderzoek lichamen van slachtoffers of het speeltuintjes zijn. Samantha lijkt er afleiding in te vinden. Ik zak neer op het bed en probeer me tevergeefs ook in de tv te verdiepen. Wladimir zou ik een mooie dood toewensen. Verder eigenlijk niemand, behalve dan wat lastige concurrenten in Zuid-Amerika. Ik denk dat ik daar nog maximaal twee jaar buiten schot kan blijven. Misschien kunnen we een paar mooie huizen aan de Spaanse kust aanschaffen. Klinkt niet gek. Helemaal niet gek. Dat had mijn vader nooit durven dromen, dat zijn lullige zoontje het zo ver zou schoppen.

De tv gaat uit. 'Het is tijd, Marcel,' zegt Samantha en mikt de afstandbediening naast me op bed.

Verdomd, ineens is het bijna half elf. 'We moeten gaan.' Ik gaap, rek me uit, sta op en werp een blik uit het raam. Buiten is het nagenoeg donker. De straatlantaarns zijn aan. Ik zie onze Volvo, maar Orlando staat er niet bij. 'Straks komt hij gewoon niet, de sukkel.'

'Wacht nou maar af,' sust Samantha en duwt me naar de kamerdeur. 'Loop nou maar. Dan zien we vanzelf wel.'

Ik doe de deur open, stap de gang op, en kijk waar Samantha blijft. Ze graait iets onder het matras uit en stopt het in een leren handtasje dat ze recent aan haar verzameling heeft toegevoegd. Meteen kijk ik de gang op en doe alsof ik het niet gezien heb. 'Kom je?'

'Ik kom,' zegt ze en acteert dat ze een vuiltje uit haar oog verwijdert. Stiekem ben ik blij dat we tenminste met iets kunnen terugblaffen. Samantha trekt de deur dicht. Haar tasje bungelt aan een smal bandje rond haar schouder. 'We gaan er voor, Marcel.'

Ik hou van dat mens! Samen gaan we naar beneden, waar de avondportier achter de receptie zit. In een van de zalen op de parterre is een feest aan de gang. De muziek dreunt door de vloer. We groeten en wandelen de warme buitenlucht in, over het terras in de richting van onze auto. Bij de auto constateren we dat er van Orlando geen spoor te ontdekken is.

'Hij werd bang, wed ik.'

'Misschien.' Samantha kijkt naar het donkere bos aan de overkant van de straat. 'Misschien is hij gewoon voorzichtig.'

'Mogelijk,' zeg ik sceptisch.

Samantha is slim. Vanuit het bos komt een gezette man in donkere kleren de straat overgestoken. Het is Orlando. Hij draagt sneakers, een zwarte trainingsbroek en een zwart shirt. 'Hier ben ik,' zegt hij simpel als hij bij ons aankomt. 'Gaan we?'

'Oké.' Ik doe de auto open en we stappen in, Orlando in zijn eentje op de achterbank. Hij beweegt zich gespannen.

Zonder omhalen rijd ik weg. 'Waarom bleef je niet thuis?'

'Ik?' reageert Orlando sloom. 'Ik heb geen thuis meer. Denk je dat ik de rest van mijn leven wil onderduiken?'

'Zal Wladimir zoveel moeite doen je te vinden, denk je?' bedenkt Samantha.

'*No doubt about it*,' reageert Orlando gebeten. 'Het is iets persoonlijks. Als je Walters vertrouwen eenmaal hebt beschaamd, wacht er maar één oplossing.'

Ik volg de weg op Samantha's aanwijzingen. 'Ben jij de enige die van de kwestie weet, Orrie?'

'Van die grijze operaties? Ja, ik ben de enige. En als ik niet voor jou was gaan graven in die bankaccounts, had ik een stuk rustiger geslapen.'

'Sorry voor de overlast,' zeg ik sarcastisch. 'Maar waarom nu ineens dat onbaatzuchtige gedrag?'

'Ik heb de maatschappij wat goed te maken. En jou ook.' Orlando klinkt of hij in snikken gaat uitbarsten.

'Je weet dat ik niet wil dat je gevaar loopt?'

'Nee, maar aardig dat je dat zegt.' Hij leunt voorover, zijn onderarmen steunend op de rugleuning van Samantha en mij. Zijn adem ruikt naar cervelaat, een scherpe geur die me aan de muffe kantine van mijn oude middelbare school doet denken. 'Walters *a.k.a.* Wladimir is de spin in het web, maar hij weet het goed te camoufleren. Voor de buitenwereld is hij een keurig bankmannetje.'

'Maar waarom verstopt hij zich in een provinciestad?'

'Tut tut, we hebben het wel over mijn woonplaats, hoor,' dwingt Orlando zichzelf een grapje af.

'Vanwege de centrale ligging?'

'Eerder omdat hij zich hier veiliger waant.'

'Klinkt logisch,' geef ik toe. We rijden over de rondweg, waar op dit tijdstip nauwelijks verkeer is.

'Het is gelukkig vakantietijd,' zegt Orlando. 'Weinig drukte in de avond.'

'Daar zijn we blij mee.' Samantha zakt onderuit. 'Hebben we een plan voor zo dadelijk?'

'Plan?' lach ik ongemakkelijk. 'Gewoon. Klara meenemen en wegwezen.'

'Vooral dat laatste heb ik hoog in mijn vaandel staan,' voegt Orlando eraan toe.

Ik kijk wat rond. Links zie ik de gebouwen van het plaatselijke nieuwsblad. Op een grote kruising moeten we volslagen nodeloos voor rood licht wachten. Orlando laat zich terugvallen in zijn stoel. Samantha speelt verveeld met een lok haar. De spanning is om te snijden. Ik ben bang dat Orlando straks de benen zal nemen, en durf niet te veel te zeggen. Ben al blij dat hij meegaat.

'Daar van de weg af, rechts over het gras,' zegt Samantha op het moment dat het licht op groen springt. 'Zo hoeven we niet om te rijden.'

Ze zal wel weten wat ze doet. 'Geen probleem voor deze *supercar*.' Ik gooi het stuur om, rijd een stuk tegen de rijrichting in en scheur over een grasstrook naar een parallelweg. We maken opnieuw een bocht en belanden op een industrieterrein. Ik rijd stapvoets. Het is hier naargeestig en donker. 'En nu?'

'Wacht even,' zegt Samantha. 'Rustig verder rijden.'

'Marcel?' komt Orlando weer op de proppen.

'Ja?' Ik zie verderop het fietspad waar we op Ray zouden wachten. Er staan lantaarnpalen die buiten werking zijn. 'Wat is er?' Een breed wegwerkbord schermt het pad af voor doorgaand verkeer.

'Je weet zeker dat Ray niet komt?'

Ik zet de auto langs de kant stil, laat de motor stationair draaien. 'Zou je daar moeite mee hebben dan?'

'Daar zou ik absoluut moeite mee hebben, lul,' haalt Orlando uit.

'Ik wist niet dat je boos werd.'

'Ik doe altijd zo.'

Ik hoor het aan Orlando's stem. Hij probeert zijn paniek te verbergen en overschreeuwt zichzelf. 'Het is nu tien voor elf,' zeg ik om het vacuüm dat dreigt te ontstaan te vullen.

'Het is beter als je geen contact met hem zoekt,' begint Orlando weer over Ray te zaniken.

'Wat moet je toch met hem? We zouden zijn hulp anders goed kunnen gebruiken.'

'Denk ik niet.'

Iets in Orlando's toon doet al mijn alarmbellen rinkelen. Ray kan ieder ogenblik op de proppen komen. 'Wat bedoel je nou, verdomme!'

'Een van de bankrekeningen op de lijst is van Ray.'

'Shit,' roept Samantha uit en mept tegen het dashboard. 'Ik wist het!'

Ik slik een stekelvarken uit mijn strot weg. 'Je bedoelt dat hij onderdeel van Wladimirs netwerk is?'

'Weet ik niet. Maar hij heeft er in ieder geval belang bij.'

'*He 's a gambler*,' mokt Samantha. 'En dat betekent dat wij met open ogen…'

Op dat moment gaat de achterdeur open. Orlando slaakt een kreet van schrik.

'Schuif eens door,' commandeert Ray en stapt naast Orlando achterin. 'Alles klaar?' Grimmig trekt hij de deur dicht.

'Ja.' In mijn hoofd woedt een storm, maar ik moet mijn verstand erbij houden. Als de eerste de beste amateur heb ik Orlando op een presenteerblaadje aan Ray uitgeleverd.

'Dan kunnen we gaan. We lopen het fietspad op, Marcel voorop, dan Samantha en deze meneer. Ik sluit de rij. Denk eraan: koppen dicht.'

Voor ik het weet haalt Ray zijn geschut tevoorschijn, het soort revolver waar Clint Eastwood patent op heeft. De loop houdt hij vaag op Orlando gericht, alsof het een onopzettelijk bijverschijnsel van het wapen is. Achteruit verlaat hij de Volvo, gevolgd door Orlando. Ik schakel de motor uit en verlaat tegelijk met Samantha de auto. We sluiten onze deuren zo zacht mogelijk en beginnen te lopen. Nu de koplampbundels verdwenen zijn, is de omgeving dubbel zo donker. Mijn ogen wennen er geleidelijk aan. Opeens zie ik links het begin van het fietspad weer. Zoals afgesproken lopen we er in een rij naartoe, passeren het wegwerkbord en wandelen het pad op. Ray haalt met zijn vrije hand een zaklantaarntje tevoorschijn om ons bij te schijnen. Mijn onderlip trilt. Onder deze omstandigheden is Orlando ten dode opgeschreven. En wij ook. Dat wordt een saamhorige sterfbijeenkomst. Was Zippi er nog maar. Hij zou ons niet laten afslachten.

Het asfalt van het fietspad is roze. In het midden loopt een witte stippellijn. Ray doet zijn zaklantaarn weer uit. Hij heeft het gebruikt om onze komst bij Wladimir aan te kondigen. Ik probeer iets slims te bedenken, maar mijn hersenen functioneren niet. Als ik mijn neus zou snuiten, kwam er zaagsel uit. Samantha achter me begint zacht te neuriën. Niet helemaal gepast op dit moment, maar het houdt me alert. Het is een song van Robbie. Het schiet me niet te binnen welke.

Als robots stappen we voort over het pad. Het is een redelijk heldere nacht. Alles om ons heen is ontdaan van kleur. De hemel is bezaaid met sterren. 'Romantisch,' sis ik naar Samantha, maar krijg geen duidelijke reactie. Ze stopt nog steeds niet met haar geneurie. Ik zou eerder zweren dat het luider werd.

'Kan het even stil zijn?' bromt Ray achteraan. 'We hoeven onze komst niet hemelsbreed aan te kondigen.'

Meteen houdt Samantha op, maar ik hoor haar gnuiven. Lol, sarcasme, minachting? Langs het pad staan bomen en struiken tussen lelijk gras en onkruid. `Waar komen we in hemelsnaam uit?' mompel ik.

'Weet niet,' fluistert Samantha, die me gehoord heeft.

Rechts van ons verschijnt een brede grasstrook met dunne begroeiing. Plotseling, een meter of twintig bij ons vandaan, zie ik de eerste contouren van een grote plas waarvan ik de overkant niet eens kan zien. Het verrast me, zo midden in de stad. Aan de oever staat een spookachtig roestig bouwsel met de hoogte van een flinke boom. We lopen nog een stukje over het fietspad tot we ter hoogte van het vogelobservatorium zijn gekomen. Ik stop als eerste. Samantha gaat dicht naast me staan, Ray en Orlando houden op enige afstand van ons halt. Ray heeft zijn revolver nog steeds paraat. De vogelhut, een hok van van twee bij twee meter, zweeft op lange metalen poten drie meter boven de grond. Het ziet er niet heel stabiel uit. Vanaf de grond leidt een stalen trap tot aan de ingang. Bij de trap staat een bord met uitleg over de fauna voor toeristen. Een strook dorre wei scheidt ons van de hut.

Ik knijp mijn ogen samen. 'Ik zie niks daar,' fluister ik naar Ray die zijn kanon nog steeds in de aanslag heeft.

'Het is bijna elf uur. Wladimir moet hier zijn. Misschien boven?' Met zijn vrije hand zet Ray zijn brilletje strak op zijn neus.

In mijn ooghoeken zie ik beweging bij een struik. Ik trek mijn hoofd tussen mijn schouders. Luid geritsel ontsnapt aan de takken. Dan komt er een man in lompen tevoorschijn, een tas van Albert Heijn in zijn hand. Zodra hij ons ziet begint hij onsamenhangend te stamelen en graait een halfflege fles uit de tas.

'Een dronken zwerver,' zucht Orlando opgelucht.

'Evident,' antwoord ik. Mijn benen voelen sponzig aan. Ik ben weer misselijk. Ik hoop niet dat we die trap op moeten.

'Als Wladimir niet komt opdagen, wat doen we dan?' gooit Samantha pragmatisch in ons midden.

De zwerver strompelt weg in de richting van onze auto. 'Hij komt,' zegt Ray met een zekerheid die mijn idee bevestigt dat hij alles heeft opgezet.

'Marcel Kwast?' klinkt er een stem van boven.

Mijn mond is droog. Ik kijk naar de vogelhut in de lucht. Ze zitten daar binnen. Ik herken de stem van Blondie. 'Ja?'

'Is Orlando erbij? We willen hem wat vragen stellen.'

Ze denken zeker dat ik gestoord ben. Ik maak oogcontact met Orlando. Ook hij heeft inmiddels in de gaten dat Ray zijn wapen exclusief op hem gericht houdt. 'Hij is hier. Is mijn ex bij jullie?' Stilte volgt. 'Is mijn ex bij jullie?' Vlakbij hoor ik verkeersgeluiden. We zijn niet heel ver van de bewoonde wereld. Achteromkijkend zie de contouren van een graafmachine. Een enorme molshoop schermt ons af van de langslopende verkeersweg.

'Kom met Orlando de trap op,' roept Blondie.

Is hij alleen of niet? 'Goed.' Ik maak een draai naar Orlando. Hij maakt een vluchtbeweging, maar stopt onmiddellijk zodra Ray met zijn revolver schudt.

'*Move on, Orlando*,' gromt Ray. 'We kunnen Klara niet laten creperen.'

Orlando kijkt me aan. Ik knipoog vaderlijk, sukkel dat ik ben. Ik heb zijn doodvonnis getekend. Ik weet het, hij weet het. 'Ik wil eerst Klara horen,' roep ik naar Blondie. `Anders komen we niet.' Zweet druipt in mijn ogen. Het is benauwd. Krekels tsjirpen om ons heen.

'Marcel? Ben jij dat?'

Het is Klara! Het komt uit de vogelhut. 'Klara? Ben je in orde?'

'Ja, helemaal oké,' klinkt het opgelucht.

'Ik kom je halen.' Grijnzend wend ik me tot Orlando. 'Jij eerst. Dan ik. Samantha, blijf voorlopig maar hier op het fietspad.' Ray zwijgt. Orlando komt in beweging. Met trage hoge stappen loopt hij over het gras naar de trap toe. Vanuit de hut komt geen geluid meer. Ik volg Orlando op korte afstand. Mijn vingers tintelen. Disteltjes ritselen langs mijn schoenen. Ik kijk schuin over mijn schouder. Samantha staat nog waar ze stond. Ze heeft een hand in haar tasje gestoken. Ray is over het gras met een omtrekkende beweging naar de trap bezig, waarbij hij Orlando voortdurend onder schot houdt. Hij heeft een goede deal gemaakt, wed ik. De trap nadert ons sneller dan me lief is. Hij is gegalvaniseerd en niet zo roestig als de rest van de constructie.

Onderaan de trap blijft Orlando staan. 'Wat nu?'

'Wacht maar even,' ga ik bij Orlando staan.

'Naar boven,' dringt Ray aan en voegt zich bij ons. 'Jij eerst, Orlando.'

'Wacht even,' zeg ik. 'Ik ga eerst, Ray. Je weet niet wat ze met hem doen. Misschien willen ze helemaal geen ruil.'

Ray verstart een moment. Zijn brillenglazen weerspiegelen de sterrenlucht en maken zijn ogen onzichtbaar. 'Goed. Dan ga jij eerst de trap op.'

Hij onderdrukt zijn woede. Zolang hij niet zeker van zijn zaak is, zal hij zijn verradersmasker niet afdoen. Ik knik naar Orlando, duw hem opzij en pak de trapleuning vast. Hij is glad en koud. Mijn voet treuzelt zich de eerste tree op. Boven me is de ingang van de schuilhut, een onheilspellend zwart gat. Ergens op de waterplas krijsen meeuwen. Ik ga de trap op, mijn tenen jeuken in mijn schoenen. Beneden me hoor ik Orlando ademen als een locomotief. Hij zit er doorheen van de stress. Ik ben bijna bovenaan de trap. Nog één tree. Ik aarzel. Dan doe ik de laatste stap. Ik stop op een klein plateautje voor de ingang. Opeens gaat er binnen een zaklantaarn aan. De felle lichtbundel schijnt recht in mijn ogen. 'Doe dat ding weg, godverdomme!' Verbazend genoeg werkt mijn poging tot intimidatie. De bundel zwaait naar de bodem. Voor me, midden in de hut, staat Blondie. Hij houdt Klara als een menselijk schild voor zich. Het tocht. In de wanden van de hut bevinden zich openingen om naar de vogels te kunnen kijken. Blondie grijnst. Hij moet door zijn knieën zakken om zijn hoofd niet tegen het dak te stoten.

Ik knik naar Klara. Haar ogen staan wijd open. 'Gaat het?' Ze knikt terug. 'Het gaat.'

Behalve Blondie is er niemand uit het Wladimirkamp. Hij heeft een pistool in zijn rechterhand vast. 'Waar is Orlando?' vraagt hij geïrriteerd.

'Beneden aan de trap.'

'Haal hem hierheen.'

Arrogant steek ik een hand in mijn broekzak. Buiten snateren een paar eenden met slaapproblemen. 'Kom jij maar met Klara naar beneden.'

Nog voor Blondie iets kan doen of zeggen draai ik me om en begin te trap af te dalen. Ik houd me stevig aan de leuning vast. Dankzij de nacht heb ik weinig last van de diepte.

'Jezus Christus!' barst Blondie in een scheldpartij uit.

'Ik zie je beneden,' sar ik en haal diep adem. Ik moet mijn hand niet overspelen.

Ray staat onder aan de trap bij Orlando te wachten. 'Moest je Orlando niet boven brengen?' Hij had het zich, net als Blondie, anders voorgesteld.

'Dat was geen vet plan, Ray.'

'Het is toch beter om dat te doen…' sputtert Ray tegen. Mijn zelfvertrouwen brengt hem uit balans. Zou hij aanvoelen dat ik hem doorheb?

'We wachten op Blondie,' zeg ik resoluut. 'Niet anders.' Ik ben beneden, goddank. In de hut tiert Blondie door, tot we zijn voetstappen horen. Waar is Samantha? Ik kijk rond. Oké, ze staat nog keurig op het fietspad. Ik kan haar gezicht niet zien, maar haar houding maakt duidelijk dat ze het er niet bij laat zitten. Ze goochelt een voorwerp uit haar handtasje. Drie keer raden wat dat is…

'Kijk,' sist Orlando. Ik draai me om en kijk naar boven. Tegen het licht van de nog in de hut liggende zaklantaarn verschijnt Blondie, met Klara nog steeds voor zich, in de deuropening. Hij duwt haar, ten teken dat ze de trap af moet gaan. Liza Minelli in de handen van de Maffia. 'Rustig maar,' zegt ze nukkig en gaat de trap af, langzaam, alsof ze bij iedere tree moet nadenken of ze de volgende zal nemen. Blondie houdt haar onder schot. Ray, Orlando en ik nemen afstand van de trap. Als ze halverwege is komt Blondie in beweging. Zijn blonde haren krijgen een halo in het zaklantaarnlicht. Met zijn grote lijf lijkt hij Klara te willen verpulveren. 'Doorlopen tot onderaan de trap. Dan stoppen,' blaft hij tegen haar.

Klara schokschoudert, loopt de laatste treden af en stapt op de grond. Wij doen nóg een paar passen terug, alsof ze een lepra-patiënt is. Even kan ik haar in de ogen kijken. Ze heeft vertrouwen in een goede afloop, haar ogen staan helder en glanzen. Bijna onmerkbaar knipoogt ze. Als Blondie achter haar gaat staan slaat ze haar ogen naar de grond.

'Wat nu?' vraag ik.

Blondie heeft zijn pistool losjes vast. 'Ik zie dat Orlando erbij is. Mooi. Dan kan hij bij mij komen staan.'

'Niet doen,' schreeuwt Samantha opeens vanaf het fietspad. 'Niet doen, Orlando. Maak dat je wegkomt.'

'Houd je bek, bitch,' valt Ray, die zich tot dan toe muisstil hield, uit zijn rol. Hij staat schuin achter me. Ik kijk om. Hij pakt me bij mijn arm. 'Ga naast Klara staan, en Orlando ook. En koppen dicht.'

Vanaf het fietspad zwelt het gebrom van een automotor aan. Twee gele lichtbundels doorklieven de dampige lucht. Samantha springt net op tijd naar achteren, voor ze gegrepen wordt door de neus van een indrukwekkende Landrover. De wagen ploegt zich onverbiddelijk door het gras naar ons toe, maar stopt halverwege abrupt. Confuus staar ik naar de koplampen die uitgaan zodra Ray een teken geeft. De motor loopt nog stationair. Het nabeeld van de koplampen danst op mijn netvlies. Over onze hoofden scheert een brutale vleermuis. Ik kuch nerveus. De bestuurder stapt uit. Het is een grote man met zwart krulhaar die ik niet eerder gezien heb. Qua postuur zou hij de tweelingbroer van Blondie kunnen zijn. 'We kunnen! Alles is klaar.'

Ray grinnikt, Blondie grijnst.

'Wat is er klaar?' vraag ik. 'De zaak ligt simpel: Klara en ik gaan terug naar huis. Jullie hebben alleen Orlando nodig voor informatie. Vraag wat je wilt vragen, en hij gaat ook.' Ik zou mezelf bijna geloven.

'De beste informatie is geen informatie, beste Marcel.' Ray prikt met de loop van zijn kanon in mijn zij. 'Het spijt me, maar ik help Blondie een handje vandaag.'

'Dacht je dat we intussen niet wisten aan wiens kant je stond?' probeer ik slim te lijken. 'Je hebt een deal met Wladimir gesloten.'

'*So what*? Alleen moeten we een paar lastige muggen wegwerken.' Een seconde kijkt Ray Blondie verliefd aan, dan ben ik weer in beeld.

Ik heb me als een *rookie* gedragen. Ray heeft al die tijd alleen contact met me gezocht om zich ervan te vergewissen dat de info van de laptop niet verspreid was. Ik draai mijn gezicht met een ruk naar het fietspad. De motor van de Landrover is afgeslagen. Is Samantha daar nog ergens? 'Wegwezen, Sam!' gil ik met overslaande stem.

Plotseling klinkt er een schot. De donkere krullenkop bij de Landrover schreeuwt en grijpt naar zijn rug. Nog dezelfde seconde zakt hij naar de grond. Samantha moet op hem geschoten hebben. Ray duikt weg achter de trap en lost een schot dat fluitend langs de auto naar het fietspad scheert.

'Pas op, ze schieten terug, Sam!'
Weer komt er een knal van het fietspad. Samantha laat zich zomaar niet onderschoffelen. Ik buk en gebaar dat Orlando dat ook moet doen. Blondie haalt uit naar zijn kaak, maar mist hem op een haar. Ik trap naar Blondies knie, hoor een krakend geluid als beloning voor mijn moeite. Dan val ik samen met Orlando opzij in het gras. De hel breekt los. Schoten van Ray en Blondie, die als gekken tekeergaan, wisselen zich af met die van Samantha.

'Marcel, probeer naar mij toe te komen,' gilt ze. Mijn darmen spelen op. Ik tijger tussen de distels door naar de Landrover, terwijl de schoten mijn trommelvliezen teisteren. Orlando kruipt achter me aan. 'Blijf laag,' adviseer ik hem.

'Wat denk jij dan? Dat ik kogels met mijn tanden ga vangen?'

'We moeten proberen in de auto te komen en de motor te starten.' Ik ben bij het openstaande bestuurdersportier aangekomen, werk me op mijn hurken en schuifel langs het portier. Aan de andere kant ligt krullenbol op apegapen. Ter hoogte van zijn middel heeft een uittredende kogel een keurig rond gat in zijn tenue gemaakt. 'Ziet er niet gezond uit,' doe ik verslag aan Orlando, die ook op zijn hurken achter het portier is gaan zitten om te schuilen. 'Ga jij maar eerst de auto in,' zeg ik en laat hem voorgaan. 'Houd je kop laag.' Alles in mijn lijf dat trillen kan trilt. 'Wacht!' herroep ik mijn besluit en trek Orlando aan zijn schouder meteen terug.

'Wat wil je nu, man?' Verongelijkt laat Orlando zich terug naar buiten glijden.

Weer wordt er geschoten. Ik duw Orlando opzij, kruip over de voorstoel en voel aan het contactslot. 'Geen sleutel, verdomme!' Mijn schoenen schoppen tegen het lichaam van de krullenman. Orlando voelt in diens zakken. 'Niets, niets te vinden.'

'Hij moet ergens op de grond liggen.' Ik laat me terugzakken en begin op de grond te voelen.

Snel loer ik onder het portier door. Ray is achter de trap vandaan gekomen en baant zich in een boog schietend een weg naar het fietspad om Samantha het zwijgen op te leggen. Het zoveelste schot echoot over het water weg. Aan de overkant van de plas zie ik in gebouwen lichten aan gaan. 'We maken wat te veel lawaai.'

'Ik wil weg hier,' is het enige dat Orlando nog zeggen kan.

'Ik doe mijn best.' Met mijn hand grijp ik midden in een agressieve prikkelplant. 'Shit!'

'Wat?'

'*Never mind*,' lik ik mijn handpalm en wrijf over de getroffen plek. Waar is Klara gebleven? Verdomme, waar is ze? Is ze geraakt? Opeens zie ik haar aan de andere kant van de schuilhut staan.

'Klara. Kom hierheen!' Ray is, ineengedoken, halverwege het fietspad gekomen.'Bukken en rennen, Klara,' gil ik. Ze hoort me. Met haar hoofd tussen haar schouders rent ze onze kant op, gebruik makend van een kleine schietpauze. Achter het portier laat ze zich, met sliding, bij mij op de grond vallen. Ze hijgt, is compleet buiten adem. 'Goed gedaan,' zeg ik en tik haar op haar been.

'Ik dacht dat vogels spotten een rustige sport was.'

'En ik dacht vrouwen van opwinding hielden.'

Ze lacht. Haar lippen zijn gestift, wat een zeldzame prestatie is onder deze barre omstandigheden. 'Ik klaag niet. Zolang jij mij alimentatie betaalt…'

'Kunnen jullie dat even tot later bewaren, godverdomme,' onderbreekt Orlando ons. 'Ik wil…'

Het lawaai van een nieuwe schotenwisseling snoert hem de mond. Ik voel onder de auto. 'Daar is de sleutel!' Ik pak hem op, werk me weer de auto in en kijk uiterst voorzichtig langs de spaken van het stuur door de voorruit. Volkomen onverwacht staat Ray pal voor de bumper om dekking achter de auto te zoeken. Hij richt zijn pistool over het dak. Er wordt nu zo veel geschoten dat ik me afvraag hoeveel schiettuig Samantha niet heeft meegesjouwd. 'Het lijkt hier wel oorlog.'

Ray neemt een run langs de auto.

'Sam, kijk uit. Hij komt jouw kant op!' Ze kan me onmogelijk horen, besef ik.

Vanaf de schuilhut galmt een kreet over het gras. Ik glijd opnieuw naar buiten en kijk langs het portier naar de vogelhut. Blondie is onderweg naar ons. Hij staat midden tussen een paar manshoge onkruidplanten. Als in een spaghettiwestern grijpt hij naar zijn borst, staart verbaasd naar de lucht en valt langzaam tegen de grond. We voelen de dreun bij de auto.

'Sam heeft hem te pakken. Ik wist niet dat ze zo goed kon schieten,' grijns ik.

'Wees er maar blij mee,' oordeelt Klara en werkt zich half over mijn schouder de auto in, naar de passagiersstoel. 'Geef hier die sleutel. Ik start het ding, en we gaan.'

'Ray is nog in de buurt!'

'Kan me niets schelen.'

'Laat me erbij.' Ik veer overeind en spring in de auto. Het schieten is weer gestopt. Wat een puinhoop maak ik ervan! Ik ga rechtop achter het stuur zitten en steek de sleutel in het contact. De motor start. Orlando zit me buiten nog als een bevroren konijn aan te kijken. `Stap nou in, man!'

Zijn gezicht wordt bleek. Ik kijk naar de andere kant, naar het portier bij Klara, dat plotseling openstaat.

Aan de rechterflank van de auto staat Ray met Samantha. Hij richt zijn wapen op haar hoofd, dan op mij. 'Uitzetten die motor, Marcel! Het spel is uit.'

'Doe Samantha niets!' roep ik en zet de motor zonder enige aarzeling stil. Het stinkt buiten doordringend naar diesel.

'Blijven zitten!' Ray doet het rechter achterportier open en dwingt Samantha, haar grof vasthoudend bij haar haren, in te stappen. Als ze op de achterbank zit, laat hij haar los en gooit het achterportier dicht. 'Tijd voor afscheid,' hoor ik hem zeggen.

Woest trapt hij de deur bij Klara dicht, richt zijn pistool door de ramen heen op mij en loopt voor de autoneus langs mijn kant op. Ik moet iets doen. Ik wíl iets doen. Maar ik weet niks te doen. Mijn deur staat nog steeds open. Orlando is opgestaan en leunt hijgend tegen de zijkant van de auto.

'Hoi Ray,' zeg ik als hij bij ons is.

Ongeïnteresseerd rolt hij met zijn voet het lijk van de krullenbol een slag bij de auto weg.

Zijn blik spreekt meer dan boekdelen. 'Ik heb genoeg gespeeld. Tijd om de zaak af te ronden.' Onderzoekend springen zijn ogen van mij naar Samantha, dan naar Klara, en tot slot naar Orlando. 'Het viel niet mee jullie bij elkaar te krijgen. Als Orlando niet in mijn spullen was gaan neuzen, had ik jullie laten gaan.'

'Je eet van twee walletjes?' Ik voel dat ik rood word.

'Een deel van mijn inkomen voor later regel ik via andere kanalen, onderdelen van Wladimirs netwerk. En dat zou geen ramp zijn geweest, als Orlando niet ontdekt had waar ik *bank accounts* had uitstaan.'

Een hele monoloog voor deze omstandigheid. Ik knik en trek een gezicht dat laat zien dat ik onder de indruk ben. Ik moet tijdrekken. `Ik wil je...'

'Kop dicht,' bijt Ray me toe. 'Orlando, instappen naast Samantha.' Hij knippert niet eens met zijn ogen, tot Orlando zijn order heeft opgevolgd en naast Samantha heeft plaatsgenomen. 'Perfect.' Hij staat vlakbij mijn deur en sluit met zijn voet het achterportier waar Orlando is ingestapt. Ik zou zijn revolver zo kunnen pakken. Ray buigt zich achter mijn rug langs de auto in, tilt zijn wapen iets op en richt op Orlando's voorhoofd. Ray is een scherpschutter. Hij weet precies wat hij doet. Over enkele seconden is Orlando dood. Zijn hersens zullen uiteenspatten tegen de achterruit en over Samantha. Orlando zal niet eens beseffen dat hij sterft. Dan zijn wij aan de beurt. Als toetje zal Ray de auto in de hens zetten om alle sporen uit te wissen. Ik denk aan mijn ouders, aan Samantha, aan Klara, aan alles wat ik verkeerd heb gedaan, aan het feit dat ik geen opvolger heb voor mijn activiteiten in Zuid-Amerika. Ik denk aan verse bananen. Een knal vibreert in mijn oorschelpen, botst tegen mijn trommelvliezen, doet mijn ogen in een reflex sluiten. Achter en naast me krijsen Samantha en Klara. Ik hoor het geluid van bloedspatten tegen het glas. Ik durf niet te kijken, ik durf het niet. Klara en Samantha blijven maar gillen. Opeens is het stil. Doodstil. Onnatuurlijk stil. Zelfs de krekels zwijgen. Aarzelend loer ik door mijn wimpers, kijk opzij, haal mijn neus op en doe mijn ogen verder open. Buiten de auto, op de grond, ligt het lichaam van Ray, dwars over dat van krullenbol heen. Ik begrijp het niet. Wie heeft...? Ik kijk naar de achterbank. Orlando staart me geschrokken maar springlevend aan. Ik kijk weer naar de lichamen buiten de auto.

'Dat kun je nog eens een shoot-out noemen,' bromt een nasale stem vanuit het donker.

Ik laat minstens vijf druppels urine schieten en kijk op. Dit kan niet! Dit is onmogelijk!

Een man met het postuur van sergeant Garcia, een minstens even gore stoppelbaard en een leren jasje, staat voor me te grijnzen alsof er niets gebeurd is.

'Jezus, Zippi, hoe.... Wat....?' Hij staat werkelijk in levende lijve voor me!

'Leuk je weer te zien, Marcel. Je dacht dat ik dood was daar in die sloot? Het koude water bracht me aardig bij mijn positieven. Als alle dokters even veel talent zouden hebben als jij, lagen de mortuaria vol met levende lijken, kerel.'

'Dus je was niet dood?'

'Lijkt me niet,' grijnst Zippi. Hij heeft een wapen vast dat dat van Ray overtreft. 'Ik had niet veel later moeten komen. Uitstappen maar, want deze bak zit zo vol met kogelgaten dat het tocht.'

In de spiegel zie ik dat iedereen op de achterbank met open mond naar Zippi staart. 'Uitstappen, eindpunt,' zegt hij nog eens.

Verdoofd klauteren we de Landrover uit en verzamelen ons voor de motorkap. Zippi lacht. 'We zijn nog niet klaar, Marcel.'
'Niet klaar?' stamel ik, me steeds achterlijker voelend.
'Nee toch, Orlando?'
'Orlando?' hik ik nerveus.
'Wegwezen naar jouw auto, nu,' commandeert Zippi goedmoedig. '*Chop chop*!' Hij neemt met zijn brede lijf de kop en marcheert weg. Ons rest niets anders dan er mechanisch achteraan te gaan. Onderweg komen we de zwerver weer tegen. Laveloos hangt hij tegen een boom. De boodschappentas ligt op de grond. Zonder in te houden bergt Zippi zijn wapen op, graait in zijn broekzak en gooit de man een muntstuk toe. Hij maakt flink vaart. Af en toe kijk ik naar zijn waggelende dikke kont. Ik droom. Het kan niet anders.
Eenmaal op de weg kom ik pas weer bij mijn positieven. Het is ongetwijfeld niet voor niets dat Zippi nu pas opduikt. Ik zoek naar onze Volvo. Hij staat nog op zijn plek. Bij de auto groeperen we opnieuw. Er heerst een padvinderachtige sfeer. Zippi klakt met zijn tong. 'Instappen. Jij stuurt, Marcel.'
We stappen in, zonder iets te vragen. Zippi heeft op een natuurlijke manier het commando overgenomen. Hij posteert zich naast me, de rest bivakkeert op de achterbank. Ik start de auto en we rijden weg. 'Waarheen? Waarvoor?'
'Je klinkt als begrafenisondernemer,' schimpt Zippi. 'Ik geef toe dat ik niet ver weg was van het kerkhof, maar je moet niet overdrijven.' Hij wrijft over zijn kin. 'Naar het villapark. En met spoed graag, voor Wladimir doorkrijgt wat er gaande is.'
'Gaande is?'
Zippi draait zich om. Zijn buik zit in de weg. 'Is het gelukt, Orlando?'
'Helemaal. Het laatste probleem staat zoals we al analyseerden in het villapark.'
'Goed,' antwoordt Zippi tevreden.
Ik ben het spoor geheel bijster. 'Wist Orlando dat jij in leven was?'

'Ja. Dat wist hij.'

'Maar... maar...'

Zippi lacht zijn typische hoge lachje. 'Zoals het in een melige politieroman hoort, zal ik je alles uitleggen. Zoals je inmiddels door hebt zat ik wat omhoog met schulden. Een voorstel van Wladimir om jou om te tuin te leiden en geld te incasseren, kwam niet slecht uit. Maar de zaak liep in de boekwinkel uit de hand. Enfin, daar was je bij. *Whatever...* Ik had je hier nodig om de zaken op orde te krijgen, en dus preste ik Klara om je te bellen. Daar trapte je in. Iemand die minder blij met mijn activiteiten was, was Ray. Hij schoot op me bij Klara, waarna jij vervolgens dacht ik kastje wijlen was en me dumpte in een sloot. Waar ik me dankzij de hulp van een langskomende zwerver uit geworsteld heb. Bij een vriendje heb ik me laten behandelen voor de schotwond. Vervolgens ben ik jou en Ray in de gaten gaan houden. Zo kwam ik bij Orlando uit. Orlando is *a smart guy*. Hij was Wladimirs rechterhand. Niet vrijwillig. Hij werd gechanteerd met een witteboordenvergrijp bij de bank. Omdat we allebei Wladimir wilden uitschakelen, zijn we wat gaan bedenken. De zwakke plek van Wladimir bleek zijn administratie te zijn. Op geheime locaties op enkele pc's heeft hij informatie over zijn zwartgeldklanten. Vervolgens zijn we met de buitenlandse rekeningen gaan goochelen en heeft Orlando onze sporen softwarematig uitgewist. Vandaag is dat allemaal rondgekomen.' Zippi haalt met zijn pink iets uit de binnenkant van zijn neusschelp. 'Er is nog één probleem.'

'En dat is?' hap ik naar adem. Is de halve wereld er dan op uit de andere helft te belazeren? We passeren het stadskantoor, kruisen een brug met ultraviolette lampen en slaan af langs de singel.

Zippi geeft me een stomp tegen mijn schouder. 'Stop hier even. Dan kunnen we Orlando en Klara uitlaten.'

Ik stop aan de straatkant. 'Zo goed?'

'Best,' bromt Zippi en schuurt weer met zijn hand langs zijn ruwe kin.

Klara geeft me een zoen in mijn nek. 'Toedeloe, gek! Wees voorzichtig!'

'Jij ook,' grijns ik.

Ze stapt uit. Orlando groet ons droog voor hij gaat. 'Toedeloe.' Twee portieren slaan dicht.

'Rijden nu!' Zippi geniet van de spanning.

Zo ken ik hem weer. 'Vertel je verhaal nu eens af.'

'Ja, doe dat,' kirt Samantha van de achterbank. 'Het was net zo interessant!'

'Goed,' knort Zippi terwijl we met hoge snelheid langs de singel toeren. Er is geen kip op de weg. 'Het enige probleem dat we nog hebben is een pc bij Wladimir die op zijn geheime netwerk aangesloten zit. Orlando kon daar niet bijkomen.'

'Maar hoe wil je bij Wladimir binnenkomen? Ik denk niet dat hij ons gezellig binnenlaat als we aanbellen.'

'Verwacht ik ook niet. Maar ik heb een plan.' Zippi knipoogt over zijn schouder naar Sam.

'Wat dan?' vraagt ze en leunt naar voren.

'Zien jullie straks wel. Als we binnen zijn moeten we de pc zien te vinden en vernietigen.'

'Vernietigen?'

'De hens erin,' wrijft Zippi zich in zijn handen. 'Fikkie! Vuur! Weg ermee!'

'Laat Wladimir ons dan verder met rust?'

'Reken maar. Orlando zal vannacht Wladimirs grootste criminele klanten van een stevig pak geld ontdoen. Wladimir zal nooit begrijpen wat er precies gebeurt als er een peloton *hitmen* op hem wordt afgestuurd.'

'Dat is een *masterplan*!'

Zippi haalt zijn schouders op. 'Zonder Orlando was het nooit gelukt.'

'Hoe lang duurde het om het uit te werken?'

'Halve dag. Orlando was als een kind zo blij dat ik aanbood hem te helpen.'

'Genoeg geluld. Als ik het goed begrijp is die pc van Wladimir de laatste belangrijke schakel in het netwerk, en moet die eraan?'
'Heel juist,' sist Zippi.
We verlaten de singelroute en rijden een brede dubbelbaansweg op. Zwijgend staren we naar de koplampbundels, tot we het villapark bereiken. Fors bemeten vrijstaande huizen verschuilen zich nog steeds achter hun afwerende hagen en hekwerken. De schaduwen zijn hier donkerder dan in de rest van de stad.
Dankzij Samantha vinden we de straat van Wladimir in een oogwenk. Het is er onbehaaglijk stil, alsof de tijd bevriest. Voor het hek van Wladimirs villa zet ik de Volvo stil en schakel de koplampen uit. Ik wijs naar het rieten dak. 'En nu? Het is dik twaalf uur geweest. Aanbellen?'
Zippi knikt. 'Op onze manier.'
'En hoe is dat?' begin ik nattigheid te voelen.
'Op zijn Brabants,' hikt Zippi van innerlijk plezier. 'Een kwartier te laat met de deur in huis vallen. Je mikt de Volvo recht voor de poort en gassen maar.'
'Door de poort knarren?' vraag ik, om zeker te weten dat ik Zippi goed begrijp.
'Nog vérder,' glimt Zippi. 'We nemen de voorkant ook meteen mee. Kunnen we eens kijken wat dit bakbeestje kan. Wedden dat die Ikea-kabouters dat in Zweden niet uitproberen?'
Ik knik stijfjes, zet de auto in zijn achteruit, dan weer in zijn vooruit en manoeuvreer hem strak voor de poort. We maken onze gordels vast. Samantha neuriet weer hetzelfde liedje als daarstraks. *Lazy days* van Robbie.
'Daar gaan we,' roept Zippi.
Mijn voet staat klaar op het gaspedaal. Mijn hart roffelt tegen mijn middenrif. '*Let's do it!*'
'Maar al te graag,' kraait Zippi.
'Vandaal!' Grijnzend druk ik de Volvo op zijn staart. Als deze auto doet wat ze beloven, krijgt Wladimir de schrik van zijn

leven. De voorwielen trekken krijsend over de straat. Uitlaatgassen dampen achter ons weg. We rammen over de stoeprand. De glimmende poort komt op ons af. Een lichte twijfel bekruipt me. Moeten we dit op deze manier doen? Moeten we überhaupt iets doen?

'Doorgassen!' schreeuwt Zippi. 'Dit is geen Kever, Marcel!'

Het zoete gevoel van wraak neemt bezit van me. 'Jezus Zippi. Daar gaan we!'

Stukken ijzerwerk knallen tegen de bumpers weg als we de poort frontaal raken. We voelen een lichte schok. Dreunend schieten de poortdelen naar de zijkant weg. De auto laat zich nauwelijks ophouden. Een deel van de bumper en een stuk van een koplamp buitelen weg over de motorkap. Ik ruik diesel. De autobanden ploegen achteloos door het gazon, op weg naar de villa. Overal in de tuin schieten halogeenlampen aan.

'Het is showtijd!' roep ik.

Samantha gilt opgewonden. '*Be careful!*'

'Maf mens,' roep ik en schakel door naar zijn twee. De voorgevel doemt op in de koplampbundels. Het rieten dak van de villa trilt onder onze komst. Ik laat de motor brullen, scheur door een bloembed, recht op een groot raam af. '*We are in the spotlights!*' roep ik en houd me vast aan het stuur. Brokken baksteen en glasscherven vliegen langs ons heen als we de gevel penetreren. Een houten kozijnstuk nestelt zich achter de ruitenwissers. Aan Zippi's kant schieten een paar airbags uit. Hij vloekt en slaat de resten ervan weg. Dan is er alleen stof, rook, chaos. We staan stil. Samantha hoest.

'Ik geloof dat we binnen zijn,' roept Zippi.

'Werkelijk?' vraag ik, proberend iets door de stofwolken te zien.

'In het huis, eierdoos,' rochelt Zippi half lachend. Hij zet zijn raam open en spuugt een vlok de auto uit. 'Uitstappen!'

Een gekmakend alarm is afgegaan. Mijn oren doen er pijn van. Ik duw mijn portier een stukje open. Ik krijg bijna geen lucht.

Het licht van buiten valt spookachtig de kamer in. 'Waar is die pc dan, verdomme?' vraag ik als ik de deur over een puinbrok ram. Voorzichtig zet ik een voet op de grond. Overal ligt glas, het knispert onder mijn zool. Een tweede been erbij, en ik sta in de kamer. Voor me ligt een aan diggelen gereden designstoel. 'De Bouvrie!'

'Wat?' roept Zippi vanaf de andere kant van de Volvo.

'Laat maar.' Het achterportier zwaait open. Ik help Samantha uitstappen.

'*Nice interior*,' zegt ze.

'Geld zat hier,' grinnik ik. 'Alleen hebben ze niets met verlichting.'

Zippi staat ineens voor onze neus. 'Meekomen! Zit de sleutel nog in het contact?'

'*Yep*!'

'Mooi.' Zippi gebaart dat we hem moeten volgen. 'Onze entree is vast niet onopgemerkt gebleven.' Net als wij schreeuwt hij om boven het hallucinerende geluid van het alarm uit te komen. 'We komen achter je aan,' antwoord ik en sla hem op zijn vette kont. Fantastisch dat hij er weer is. We duiken een donker gat in. Zippi lijkt de weg te kennen. Nog steeds hangen er verstikkende stofwolken. Ergens in de buitengevel rinkelt nog een stuk glas op de grond. Zippi trekt een binnendeur open. We komen in een brede gang. Twee noodlampen zorgen voor een vage rode verlichting. Plotseling stopt het alarm. De deur valt met een klap achter ons dicht. Ik kan weer ademen, het stof is niet tot hier gekomen.

'Volg me maar,' loodst Zippi ons verder de gang door naar een vorstelijke hal.

De stilte is beklemmend, tot we beneden in de kelder mannen horen roepen. Het moeten de bodyguards van Wladimir zijn. Mijn maag trekt samen.

'Naar boven,' wijst Zippi naar een trap met Hollywood-allures. Haastig duwt hij ons de goede kant op. Beneden ons horen we vloeken in een vreemde taal, dan naderen er voetstappen vanuit de kelder.

'Gaan we zo wel goed?' vraag ik. Ik heb Samantha's hand vast.

'Helemaal,' zegt Zippi. 'Minder lullen en harder lopen graag.' Bij de trap laat hij ons voorgaan.

Met grote stappen pak ik de treden, Samantha achter me aan slepend.

'Rustig, Marcel,' protesteert ze.

Geen tijd voor pietluttigheden. We komen aan op een overloop. Ook daar brandt noodverlichting. Het rode licht geeft ieder detail een twijfelachtig allure. Ik kijk naar Samantha achter me. 'Lekkere tent hier.'

Zippi hijst zich steunend de laatste treden op, werkt ons met zijn zware lijf aan de kant en begint op goed geluk wat deuren open te duwen. Het huis is een paleis. 'Wie het breed heeft, laat het breed hangen,' fluister ik. Ik word er niet rustiger op, met dat geschreeuw van die kerels ergens beneden ons.

Om onduidelijke reden lacht Zippi ons toe. 'Hier is het.' Hij stapt een kamer in, gebaart dat we moeten komen en doet het licht aan.

Ik trek Samantha mee tot over de drempel. We staan in een kantoor met een grotesk bureau, een zithoek en een gigantische bibliotheekkast.

'Wladimirs Tolstoj-verzameling?' Ik probeer mijn trillende knieën stil te houden.

'Geen tijd voor vrede, wel voor oorlog,' gromt Zippi en loopt naar een pc midden op het bureau.

'Hoe weet je dat dat de pc is?'

'Dankzij Orlando. Kijk eens naar de zijkant!'

Nog voor ik bij Zippi ben zie ik het. Iemand heeft een sticker van de bank op de zijkant geplakt. 'Wie zegt dat Wladimir geen back-ups van zijn bestanden heeft?'

'Orlando. En die weet het van Wladimir zelf.' Zippi zet de pc aan. Het ding reutelt dat het een lieve lust is, maar het duurt me allemaal te lang. 'Wat ga je doen?'

'Berichtje sturen naar Wladimirs familie dat de poet vandoor is.'

'Echt? Maar duurt dat niet vreselijk lang om…'

'Geintje, Marcel! Even checken of dit écht de pc is die we moeten hebben.'

'Schiet op dan.' Zit die eikel op een moment als dit de zaak er nog tussen te nemen… Ik verleg mijn blik naar een olieverfschilderij aan de muur. De mannenstemmen hebben nu absoluut de benedenverdieping bereikt. 'Schiet op!'

'In orde,' roept Zippi eindelijk en haalt een zakaansteker tevoorschijn. Met één slag draait hij er een dopje vanaf en sprenkelt de aanstekerinhoud over de pc uit. 'Speciale menging. Wegwezen jullie.'

Ik draai me om, ren naar Samantha die geduldig in de deuropening staat te wachten.

'Is dat de pc waar het om gaat?' vraagt ze.

'Ja,' hijg ik en duw haar de overloop op, waarna ik er met een sprong achteraan kom. Achter ons klinkt een knal. Ik hoor Zippi onze kant op stampen en kijk om. De pc staat in lichterlaaie. Zwarte stinkwolken reiken als duivelse tentakels onze kant op. Zippi gebaart dat we verder uit de buurt moeten gaan. Als hij zelf weer op de overloop is trekt hij de deur demonstratief dicht. 'Einde van Wladimirs netwerk. Morgen kunnen Orlando en ik rentenieren, en zijn een aantal goede doelen veel rijker.'

'Wladimir heeft dan helemaal niets meer?'

'Jij wilde toch wraak? Of niet soms?' grinnikt Zippi. '*Softy*!'

Beteuterd tuit ik mijn lippen. 'Kan wel. Ik…' De overloop baadt plotseling in het licht van een kroonluchter boven onze hoofden. 'Iemand heeft die verdomde kitschlamp aangezet!'

'Ze zijn op de eerste verdieping,' schreeuwt een man beneden.

Er is geen plek op mijn lijf waar het klamme zweet niet uitbreekt. 'We zitten als ratten in de val.'

'Hoe moeten we nu weg?' informeert Samantha, niet onterecht bezorgd.

Zippi haalt zijn schouders op, spuugt op de granieten tegels en haalt zijn schiettuig tevoorschijn. 'Vriendelijk vragen of ze ons willen uitlaten?'

'Barst Zippi! Ik dacht dat je een plan had!'

Plotseling zwaait een van de andere deuren open. Een man met een doorgroefd gelaat en donkere ogen, gestoken in een geruite kamerjas, steekt zijn hoofd om de hoek. Hij ziet hij ons en vloekt.

'Wladimir!' roept Zippi. 'Jou zocht ik.' Voor Wladimir de deur kan dichtduwen maakt Zippi een sprong naar voren en trapt de deur open, waarbij hij in dezelfde beweging Wladimir een vuistslag tegen zijn kin bezorgt. Met een pijnkreet zie ik Wladimir achteruit zeilen. Zippi draaft direct de kamer binnen. Ik moet hem helpen. Nog steeds heb ik Samantha vast. Ik sjor haar mee, naar de slaapkamer. Op de drempel blijf ik verbaasd staan. Het is of ik een boudoir binnenval. Naast een breed hemelbed ligt Wladimir ruggelings op de grond te piepen, terwijl Zippi zijn achterwerk op diens buik gevleid heeft, Zippi's favoriete manier om mensen in bedwang te houden. 'Zippi? vraag ik en krijg een blote schouder in het oog van een dame die zich grotendeels onder de dekens verborgen houdt. 'Wat moet je met hem?'

'Niks,' grijnst Zippi. 'Gewoon even lekker zitten.'

'Ben je gek geworden? We moeten naar de trap!'

'Helemaal niet,' grinnikt Zippi naïef. 'Nergens voor nodig.'

'Niet?'

'We moeten daarheen,' wijst Zippi naar een metalen deur aan de andere kant van het bed. 'Dat is de vluchtroute.'

'Ja?' begint ook Samantha nu aan Zippi's geestelijke vermogens te twijfelen.

Onder de dekens ontstaat enige beweging. Wladimirs vriendinnetje heeft besloten zich bloot te geven. Eerst verschijnt een arm, dan een dos kastanjebruine haren en een gezicht. 'Marcel?' vraagt de vrouw in bed terwijl ze me een verleidelijk blik gunt. 'Bonnie!' Ik zie vlekken voor mijn ogen. 'Jij hier?' Ik zucht, bijt op mijn tong, zucht weer, mijn longen pakken geen lucht meer. Ik dwing mezelf diep in te ademen. Het helpt om mijn kalmte te herwinnen. 'Jij hier?' roep ik nog eens uit.

'Sorry?' trekt ze een pruillip. 'Lastig allemaal…'

Ik wil niet weten wat ze daarmee bedoelt. Het is al erg genoeg dat ik bijna bij haar in bed was beland.

'Tijd voor vertrek!' springt Zippi opeens overeind. Hij trakteert Wladimir nog op een vinnige mep op zijn kruin en rent onze kant op. Vanaf de Hollywood-trap klinkt geschreeuw en gevloek. Ik besef dat de kamerdeur nog veel te gastvrij open staat. 'Geef mij je blaffertje,' sis ik tegen Samantha. Ze opent haar tasje en duwt het pistool in mijn hand. Ik kan niet goed schieten, maar het is tenminste iets. Een oude man met een grijze kop blikt de kamer in en duikt meteen weer weg op de overloop. 'Oprotten jullie,' roept hij tegen ons. Collega's achter hem beginnen ook te schreeuwen. Voor ik het weet wordt er ineens gul geschoten door Wladimirs commando's. Zippi schiet lukraak terug naar de hal. Bonnie schreeuwt, grijpt naar haar hoofd en duikt weg onder de dekens. Ik werk mezelf met Samantha naar de metalen deur en voel aan de klink. Er zit beweging in. Zippi komt schietend achter ons aan. Plotseling springt de grijze man de kamer in en richt zijn wapen op ons. Er vlamt een kogel uit Zippi's revolver. In het shirt van de man verschijnt een rode plek. Langzaam, als de Titannic op het droge, valt hij achterover op de grond. Dan klinken er opnieuw schoten.

'Ze zijn met zijn drieën,' roept Zippi terwijl hij de trekker weer overhaalt.

Mijn oren beginnen hinderlijk te fluiten. 'Wat moeten we doen?'

'Die deur binnen,' schreeuwt Zippi. 'En snel ook.'

'In een klerenkast?' roep ik. 'Daar houden we het geen seconde uit.'

'Schiet op. Samantha eerst,' schuimbekt Zippi. Zijn ogen twinkelen.

Een tweede man legt zijn hand om de deurpost en lost een schot. Vlak naast mijn hoofd slaat de kogel in de muur. Kalkstukken spatten om mijn oren. Ik trek aan de metalen deur, hij scharniert naar buiten open. Het ding is loodzwaar. In de ruimte erachter springen automatische lampen aan. Vluchtig screen ik de kamer. Het is een ruimte van vier bij vier meter met gecapittonneerde wanden. Ik duw Samantha naar binnen.

Zonder protest duikelt ze over de drempel. Nog net kan ze zich staande houden voor ze de achterwand raakt. 'Wat is dit in godsnaam?' vraagt ze als ze weer stevig op haar benen staat. Achter mijn rug fluiten de kogels als leeuweriken door de kamer. Ik schijt bijna in mijn broek.

'Het is een *panic room*,' schreeuwt Zippi terwijl hij zijn hoofd tussen zijn schouders trekt. 'Naar Amerikaans voorbeeld.'

'Jij nu eerst, Zippi,' doe ik een stap opzij. Meteen heb ik spijt van mijn galantheid, want een salvo van een automatisch wapen penetreert het plafond boven het bed. Stukken steen storten op de dekens. Bonnie gilt het uit. 'Jij eerst, Zip!' roep ik.

'Goed,' roept Zippi, lost twee schoten naar de slaapkamerdeur en draait zich om. Achter het bed zie ik plotseling Wladimir in zijn muizige ochtendjas staan. De kilheid in zijn ogen beangstigt me. Zijn gezicht is vertrokken tot een grimmig masker van rimpels. Met gestrekte armen richt hij een pistool op Zippi's rug. In een fractie van een seconde realiseer ik me dat de kogel Zippi zal doorboren. 'Bukken!' gil ik naar Zippi en duw hem opzij. Vanuit de heup los ik een schot naar Wladimir. De kogel splijt tijd en ruimte. Speeksel loopt in mijn mondholte. Wladimir laat zijn pistool vallen en grijpt naar zijn borst. Bloed spuit ter hoogte van zijn hart naar buiten. Bonnie krijst onder de dekens. Schreeuwend valt Wladimir achterover naar het raam. Zijn ogen staan wijd open. Nog voor zijn hoofd de vensterbank raakt weet ik dat hij dood is.

'Bedankt cowboy,' dreunt Zippi op mijn schouder. 'Zonder jou…'
'We gaan,' zeg ik met een merkwaardig tintelend gevoel in mijn buik. Het is of de dood van Pjotr nu pas gewroken is. '*Moven*, Zippi!' Meteen na Zippi spring ik zelf de kamer in en sjor de deur achter me dicht. Met een draai aan een knop worden interne grendels in de deurpost geschoven, waarmee de *panic room* hermetisch is gesloten. Alledrie hijgen we als overjarige paarden. Boven ons hoofd schakelt een airco in. Voor in de hoek hangt een monitor.
'Wat is dat?' Nieuwsgierig drukt Samantha op een knop.
Mijn maag knort, hoewel eten het laatste is waar ik nu aan moet denken. Het monitorscherm gaat aan en gunt ons een blik op de slaapkamer. Twee mannen in zwarte kleding duiken de kamer in, wapens in de aanslag. Een van hen trekt de dekens van het bed. Bonnie slaat poedelnaakt haar armen voor haar borst. Ze zegt iets, begint te huilen. De mannen ontdekken het lichaam van Wladimir, wijzen naar de deur van de *panic room*. Een pakt er zijn mobieltje en belt. Niets, maar dan ook niets van wat er in de slaapkamer gebeurt is hier binnen te horen.
Met een korzelig gebaar zet ik de monitor uit. 'Wat nu?' vraag ik aan Zippi die met een grijns aan een pukkeltje op zijn stoppelkin staat te peuteren. 'Heeft Orlando je soms ook verteld hoe we hier moeten uit komen?' Pissig wijs ik naar het scherm. 'Die jongens hoeven alleen maar te wachten tot we honger krijgen.'
Zippi glimlacht of hij de cover van een huisvrouwenmagazine wil halen. '*Easy*, Marcel! Daar hebben die lui helemaal geen tijd voor, want binnen een uur ziet het hier zwart van de politie. Kijk eens onder je voeten.'
'Wat?' Ik kijk naar mijn stoffige schoenpunten. Dan zie ik iets interessanters. Ik schraap mijn keel. 'Een luik?' Ik voel me weer die suffe puber van vroeger.
'Een luik in de vloer!' echoot Samantha opgelucht.
'Ja, een luik,' bevestigt Zippi en gebaart dat ik een stukje moet

opschuiven. Hij trekt een klepje in de muur open en drukt op een van de zich openbarende knoppen. Zoemend klapt het luik weg, waarna in het donkere gat naar beneden LED-verlichting aangaat. Ik zie een rechte diepe trap die naar een betonnen gang leidt.

'Jij eerst,' lacht Zippi vol leedvermaak. 'Jammer dat je je eigen gezicht niet kunt zien.'

Natuurlijk, een *panic room* moet ook een *panic exit* hebben. Jezus, wat is het diep. 'Oké, ik ga eerst,' verman ik me. Ik draai me om, zet mijn voeten onhandig op de eerste sport van het laddertje en ga treetje voor treetje naar beneden. Als mijn hoofd bijna onder de vloer verdwijnt zie ik de slangenprint op Zippi's leren laarzen wellustig kronkelen. Dan is de kamer weg. Meterslang kijk ik voor me uit tegen de treden en de betonnen wand aan, tot ik weer grond onder mijn voeten voel. Ik zweet als een parende otter. Goddank, dat is achter de rug. Knipperend kijk ik omhoog. Het is een meter of acht naar boven. Daar verschijnt Samantha's kont, en niet veel later het achterwerk van Zippi dat maar net door het gat kan. Ik wacht geduldig tot ze allebei naast me staan en inspecteer intussen de tunnel. Het is een *cleane* rechte gang met lampjes in de muren.

'Lopen maar,' zegt Zippi. 'Die kant op.'

'Alsof we iets te kiezen hebben,' smaal ik.

'Je kunt nog terug,' lacht Zippi en deelt een dreun op mijn schouder uit.

'Nee dank je.' Ik por hem in zijn buik, die vrolijk terugveert. 'Je hebt verdomme geen idee hoe blij ik ben dat je nog leeft. Ik miste je.'

'En ik jou.'

'*Excuse me.* Voor we allemaal gaan huilen: zullen we eens gaan?' stelt Samantha voor.

'Heel pragmatisch,' knikt Zippi. 'Lopen dan.'

We lopen. Het is niet eens spannend hier. Wladimir liet gewoonweg niets aan het toeval over. Na pakweg twintig meter stuiten we op het einde van de gang waar een nieuw laddertje ons opwacht, in lengte slechts de helft van de andere.

'Laat mij maar eerst gaan,' stelt Zippi voor en werkt zich meteen de sporten op. Ik kijk hem na. Hij verdwijnt in een schacht. Ook daar fungeren LED's als gids. Bovenaan zit een luik met een cijferslot. Zippi tikt een code in en het luik springt open.

'Hoe weet je dit toch allemaal? Van Orlando?'

'Orlando wist álles van Wladimirs huis. Ik hoefde het alleen maar te vragen.'

'Dat soort dingen lukt mij nou nooit.'

'Daarom moet je je maar niet met dit soort dingen bemoeien,' galmt Zippi als een engel van boven. 'Komen jullie?' Hij duwt het luik open en verdwijnt in een donkere ruimte.

'Jij eerst,' zeg ik tegen Samantha. Ze gaat het trapje op. Ik volg haar. Haar billen dansen de vrijheid tegemoet. Ze laat een spoor van *Noa Perle* na. De geur intrigeert me zo dat ik vergeet dat ik hoogtevrees heb. Boven ons gaan lampen aan. Samantha stapt over de rand van het luik en verdwijnt uit beeld. Haastig kom ik achter haar aan. Het luik hangt nog schuin open als ik in een enorme garage arriveer. Aan het hoge betonnen plafond branden tl-buizen. Zippi staat bij een wandgrote schuifdeur een bedieningspaneel te bestuderen. Hij draait zich om, donders goed wetend dat mijn ogen bijna uit hun kassen springen. Met grote stappen loopt hij naar een spiksplinternieuwe motorfiets aan de overkant. Zijn ogen glanzen als hij zijn hand op het zadel legt. '*Superbe Yamaha*. En die daar is voor jullie. De sleutels liggen op de voorstoel.'

'Voorstoel?' Het ademen kost me moeite. 'Mogen we die auto zomaar pakken?'

'*No problem*. Hij is geregistreerd als diplomatiek vehikel, dus je kunt er zo'n beetje heel de wereld mee door. Waar je maar wilt.'

Als een klein kind staat Samantha te springen bij de auto die tussen ons en Zippi staat opgesteld. Ik probeer mezelf bij zin-

nen te brengen door hard op mijn tong te bijten. Mijn pokerface laat me voor het eerst in de steek. 'Wat een *beauty*! Een
Audi R8! 4,2-liter FSI V8-middenmotor, 4-kleppen FSI-tech-
nologie, in 4,6 secondes van 0 tot 100 km/h, tot 8.250 toeren
per minuut, maximaal 430 Nm en een topsnelheid van 301
km/h. 309 kW/420 pk!'

'Je klinkt als een autoverkoper!' spot Zippi gemoedelijk. Hij
loopt naar de deur, drukt op een knop en gaat terug naar de
motor. Ik heb nauwelijks aandacht voor hem, terwijl de deur
wegklapt en boven ons hoofd een veilig heenkomen vindt. Lauwe
avondlucht drijft onze kant op. Zippi duwt de *Yamaha* van de
standaard,stapt op en start. 'Marcel, we ontmoeten elkaar nog
wel. Maak dat je wegkomt nu. Vér weg. Nederlandse criminelen zijn veel te wispelturig voor jou.'

Ontwakend uit mijn droom kijk ik hem aan en steek een duim
op. Het agressieve geraas van de motor weerkaatst tegen de
wanden. 'Bedankt Zip! Het ga je goed!'

'Van hetzelfde,' grijnst Zip. Hij geeft gas en schiet als een kogel
de garage uit, de nacht in.

'We moeten ook gaan, Marcel!' roept Samantha.

Ik kijk naar de R8. Ik durf hem bijna niet aan te raken. Voorzichtig
trek ik het portier open. '*This really is a supercar*!' roept Samantha
en stapt met minder omzichtigheid in. Met een klik slaat haar
portier dicht, terwijl ik nog bij mijn halfopen deur sta te treu-
zelen.

Ik kijk het adembenemende interieur in. 'Ongelooflijk!'

'Marcel, wil je alsjeblieft nou eens instappen! We moeten gaan!'

Buiten klinken ontploffingen uit Wladimirs huis. Ik pak de
sleutel, stap in en start de motor. Het is geweldig wat ik hoor.
Langzaam geef ik gas en we zweven de garage uit. Een ligt
hellende oprit brengt ons naar straatniveau. De autolampen gaan
aan.

Glunderend is Samantha het geluidssysteem al aan het uittes-
ten. '*Cool*! *Bang & Olufsen*. '

'Jij wordt zeker gesponsord!` We slingeren *tempo doeloe* over een smal pad tussen de struiken door. In mijn achteruitkijkspiegel zie ik rookwolken uit de villa komen. Dan zijn we weer op straat, waar ik meer snelheid durf te maken.
'Gaan we nou eindelijk weg uit Nederland?' lacht Samantha. Ik knik. Het is mooi geweest. `We pikken onze belangrijkste spullen op en verdwijnen.' Neef Pjotr mag tevreden zijn. Ik doe mijn raam een klein stukje open. Overal in de wijk gaan alarmen af. Waakhonden hebben zich tot een waanzinnig koor georganiseerd. Schuin voor ons zien we de blauwe zwaailichten van een brandweerauto langsschuiven. Ik stoot Samantha aan, terwijl zachte muziek zijn weg door de auto zoekt.

Het is drie uur in de nacht en we naderen Parijs. In ons hotel hebben we nog gedoucht, wat spullen gepakt en uitgecheckt. Ik heb Klara kort gebeld. Alles was goed met haar. We kunnen nu zeggen dat we als vrienden uit elkaar gaan. Ook die *unfinished business* is afgesloten.
Ik haal diep adem. Met honderdvijftig kilometer per uur glijden we over de snelweg. Samantha's gezicht straalt een zachte tevredenheid uit. Misschien is het de bevestiging van het gevoel dat ik zelf heb. Ik bestudeer de klokken op het dashboard. Op de achtergrond hebben we muziek van Robbie opstaan. *Life through a lense*, zijn beste cd. Ik kijk weer naar Samantha. Ze draait haar gezicht naar me toe. 'Straks komt de afslag naar Disneyland.'
'Zullen we die vandaag maar overslaan?'
`Si. Naar Barcelona!'
'Zoals gepland,' stem ik in. Ik wil die stad wel eens terugzien.
'Nog een uur of zes en we zijn er.'
'Wist jij dat ik een nicht in Amsterdam heb? Ze doet iets met mode.'
'Nee.'
'Ze gaat volgend jaar weer terug naar Spanje.'

'O.' Weer haal ik diep adem, het is meer een zucht. Spanje zit vol mysteries, en zijn vrouwen ook.

'Je ex zag er heel goed uit,' merkt Samantha op. 'Té goed.'

'Dat zag ik ook. Zelfs haar make-up…' Ik denk een moment na. 'Waar zou ze die spullen vandaan gehaald hebben? Ze is letterlijk zo van de straat geplukt door Blondie!'

'Precies wat ik bedoel,' antwoordt Samantha. 'Zou ze Wladimir een handje geholpen hebben?'

Ik ga recht zitten. 'Jezus! Dan had ze me bijna toch te pakken?'

'Wie weet,' glimlacht Samantha. 'Wie weet…'

Ik wil er niet over nadenken nu. Klara ligt achter ons. Nederland ligt achter ons.

Zwijgend vreten we kilometers weg tot we op de rondweg van Parijs zijn.

'Marcel?' Samantha legt een hand op mijn knie.

Mijn zesde zintuig bezorgt me een lichte kriebel. 'Wat is er, *honey*?'

'*Nos conomicos en Barcelona.*'

'Wat wil je daarmee zeggen?' Samantha spreekt nooit Spaans tegen me… 'Ik beloof je dat ik Spaans ga leren als we thuis zijn…'

'Het betekent: we leerden elkaar kennen in Barcelona.'

Onder mijn oog trilt een spiertje. 'Ja…?'

Ze buigt mijn kant op. Haar hand schuift naar mijn bovenbeen. 'Wil je met mij trouwen in Barcelona?'

Ik geloof dat de R8 over de weg slingert. Opletten, Marcel!

'Trouwen?' Mijn oren suizen. Trouwen, met deze prachtige vrouw? Durf ik dat aan, na mijn *so-called* huwelijk met Klara? Want deze vrouw wil ik niet bedriegen. Jezus! Waarom vraagt ze me dat soort dingen op dit soort onmogelijke momenten?

'Marcel? Je zegt niets…'

'Sorry, ik had niet verwacht dat je mij ten huwelijk zou vragen.'

'*Sure*. Maar wat is daarop je antwoord?'
Ik ben ervan overtuigd dat ze iedere mogelijke reactie open-
laat. Door een nee zal ze zich niet afgewezen voelen, zo is ze
niet. Dat is ook precies de reden waarom ik haar het meest
bewonder van alle vrouwen. En om haar billen natuurlijk. Ik
slik iets weg, nog een keer en nog een keer. 'Ik wil met je trouwen! Graag! In Barcelona.'
'Geweldig!' roept ze uit en valt me om de hals.
De R8 slingert nog feller dan zo-even, tot ik de zaak weer onder
controle heb. 'Ik weet zeker dat je er geen spijt van krijgt.'
'Als jij er maar geen spijt van krijgt,' riposteert Samantha, laat
zich in haar stoel terugglijden en zet de muziek harder.
'Onmogelijk,' grinnik ik terwijl aan Samantha's kant de ver-
lichte skyline van Parijs voorbijtrekt. Ik zet Robbie harder. Hij
wéét hoe je met vrouwen omgaat. 'Absoluut onmogelijk.'

Uit het crime-fonds van Uitgeverij Ellessy:

De nacht van de wolf, Sandra Berg (2002)
Onder de oppervlakte, Sandra Berg (2004)
Nephila's netwerk, Marelle Boersma (2005)
Stil water, Marelle Boersma (2006)
Roerend goed, Ina Bouman (2004)
Bij verstek veroordeeld, M.P.O. Books (2004)
De bloedzuiger, M.P.O. Books (2005)
Gedragen haat, M.P.O. Books (2006)
Jacht op de Jager, John Brosens (2004)
Duijkers dossiers, John Brosens (2005)
Zwart fortuin, John Brosens (2006)
Dubbel gepakt, John Brosens (2007)
Superjacht, James Defares (2004)
De beloning, James Defares (2006)
Het rode spoor, Ivo A. Dekoning (2001)
Perzikman, Frans van Duijn (2002)
Engel, Frans van Duijn (2003)
Maniak, Frans van Duijn (2004)
Eigen richting, Jan van Hout (1997)
In andermans huid, Jan van Hout (2000)
Dummy, Jan van Hout (2001)
Frontstore, Jan van Hout (2003)
Coke en gladiolen, Will Jansen (2001)
Het teken van de uil, Berend Jager (2005)
Vanwege de hond, Tom Kamlag (2004)
Het witte paard, Tom Kamlag (2006)
Blog, Tom Kamlag (2006)
Bloed op het Binnenhof, Martin Koomen (2004)
Kleine koude oorlog, Martin Koomen (2006)
De connectie, Jan Kremer (1997)
De ingreep, Jan Kremer (1999)
De misleiding, Jan Kremer (2003)

Barabbas, Jacob Vis (2004)
"Wij...", Jacob Vis (2005)
Het rijk van de bok, Jacob Vis (2007)
Moeders mooiste, Anne Winkels (2002)
Deadline, Anne Winkels (2006)
Ongeluk, Agathe Wurth (2005)
De Maasmoorden, Agathe Wurth (2007)